東京クルージング

伊集院 静

角川文庫
22042

目次

東京クルージング

第一部　天使のいたずら

第一章　ニューヨークの秋

あの年の、ニューヨークの秋の美しさを、私も、君も、生涯忘れることはないだろう。セントラルパークの木々がさまざまな色彩に染まり、海からの風が淡い葉の香りを通りを歩く人に伝え、ざわめく街の喧噪《けんそう》をやわらかな風音が抱擁していた。どの年とて、〝ニューヨークの秋〟は特別だと人々は言うが、あの年はやはり特別美しかったのだ……。

二〇〇三年十月三十日、私たちはグランドセントラル駅からKホテルを目指して歩いていた。足元をさらう風が、その日の午後は、冷たく感じられた。

私たち二人は並んで歩いていた。

隣りを歩く三阪剛《みさかつよし》君が手にしている紙袋についたリボンの赤が、私の目に留まった。

――まさか松井《まつい》選手へのプレゼントじゃないよな。

私たちは二ブロック先に見えるKホテルで待つ、一人のスポーツ選手に面会に行こうとしていた。

松井秀喜《ひでき》。今年から、ニューヨーク・ヤンキースに入団し、一昨日まで行なわれたメジャー野球のポストシーズンで、堂々とヤンキースの4番を打っていた選手に取材のお礼を言いに行くところだった。

松井選手に何かプレゼントをしたいと思う気持ちは三阪君だけではなく、私も同じだった。

私たちはこの半年をかけて、松井選手の取材を続けていた。

松井選手を小説家の私が取材し、番組を構成した。

三阪剛君は公共放送のテレビ局のディレクターだ。まだ若いが、スポーツ番組において、これまで評判になった作品を何本か制作したホープだった。

今回の番組はきっと上手《うま》くいくはずだ。三阪君も、私も確信していた。それほど松井選手の入団一年目の活躍は素晴らしかった。

何かプレゼントしたい気持ちが起こるのは当然だが、公共放送に勤める彼が取材相手に何かを、プレゼントするのは禁じられていた。

――きっと日本で待つ彼女へのプレゼントだろう……。

松井選手と待ち合わせたニューヨークのホテルに私はむかいながら、隣りを歩くテレビ局のディレクターの三阪剛君が右手に持つ紙袋をちらりと見た。

赤いリボンが目に留まり、恋人へのプレゼントだと思った。

——三阪君の恋人ってどんな女の子なんだろうか？

私は彼の恋人を想像しようとしたが、何も思い浮かばなかった。

——でも、きっと素敵な女の子に違いない。だって大人の男の目から見てもこんなに男らしくて、やさしい青年なのだから……。

「伊地知《いじち》先生、どうかしました？　ボクの顔に何か付いてますか？　あ？　それとも、今日は挨拶《あいさつ》だけだから、こんなニューヨークのＴシャツを着たことがマズかったんでしょうか……」

「いや、ぜんぜん違うよ。今日は、松井選手も取材じゃないとわかってるし、ほら、昨日の取材で、あれだけの湿布をしてあらわれたんだもの、きっと湿布をしたままジャージかなにかであらわれるよ」

「ボクも同意見です。じゃなぜ、伊地知先生はスーツを着てらっしゃるんですか」

「人間、六十歳に近くなると、どこへ出かけるにもおかしなものが着られなくなるもんなんだよ」

「先生は若く見えますし、実際、若いんですから何を着ても大丈夫ですよ」

「気分だけ若いんだよ、私は」

「いや、ヤンキースタジアムで大声を出して松井選手の名前を呼ばれた時、少なくとも百人以上が先生を見てましたよ。だってもう一度、松井選手の名前を叫ばれた時、周囲の人が全員で拍手してたじゃありませんか」

「ありゃ地声がデカいんだよ」

私たちは顔見知りになったホテルのドアマンに笑いかけた。彼は親指を立てて言った。

「ヒデキ」

もう松井選手が到着しているのだ。私たちは時計を見て、約束の時間にはまだ三十分もあるのに驚いた。

そこにスーツを着て、ネクタイをした松井秀喜選手が笑って立っていたのだ。

「えっ！　その恰好《かっこう》……」

私が思わず声を出すと、松井選手は白い歯を見せて言った。

「この恰好がどうかしましたか？」

松井選手が三阪君を見た。

「い、いや。素敵なスーツですね」

三阪君がとりつくろうように言った。

「三阪さんもすっかりニューヨーカーぽくなってるじゃありませんか。そのTシャツ、今、ニューヨークっ子に人気なんですよ」

「そ、そうなんですか。ショップの女性にすすめられて、つい買ってしまって……。それより、す、すみません」

三阪君が松井選手に深々と頭を下げた。

「えっ？　どうしたんですか、三阪さん」

「す、すみません。今日、松井さんにお礼を言いに来た日なのに、こんな恰好でやって来て、ボクは本当に礼儀知らずです」

「なんだ。そんなことですか。ボクは三阪さんの服装を少しも失礼とは思っていませんし、こうして三阪さんとも伊地知先生とも気軽にお話ができるようになって喜んでいるんです」

私は松井選手の様子を見て、彼がこころから、そう思っていることを感じた。

――どうして彼はこんなに素直で、真っ直ぐなのだろうか。

グラウンドの松井選手を知らなくとも、一度逢《あ》って話しただけで誰もが、その魅力に引き寄せられてしまう。

そう、私がこの半年の取材中に、三阪君に何度となく話したこと。

「ねえ、三阪君、松井選手はたとえ野球選手としての素晴らしい力を持っていなかったとしても、きっとボクたち二人を魅了したと思いませんか」

「本当にそうですね。でもやっぱり松井選手にとって、ベースボールは神さまが与えたものなんではないでしょうか。ボクはそう信じますね」

私は三阪君の言葉にうなずいた。

「本当にお二人にはこの半年お世話になりました」

「いいえ、ボクの方こそいろいろ取材で無理ばかりを言ってすみませんでした」

三阪君がまた深々と頭を下げた。

「さあ、今日はボクがニューヨークを案内しますよ。まだ一年目でたいしたところは知りませんが、ボクなりにベストのことはしますから……」

松井選手が言った。

「そんなわけにはいきません。今日は私たちが松井さんをご招待しようとやって来たんですから、そんなことをされたら困ってしまいます」

三阪君が大きな声で言った。

「いやボクにご馳走《ちそう》させて下さい」

「いいえ、それはできません。ボクが、いや私の会社が」

「いやボクが」

「いいえ、私が」

私は二人のやりとりを見て苦笑した。

どちらかというと小柄な身体付きで、華奢《きゃしゃ》なタイプに映る三阪剛君と、この一年で日本でプレーしている時より、ひと回り身体が大きくなっている松井秀喜君の二人が互いの顔を見つめ合いながら、主張し合っている姿は、巨人と少年が話しているふうにも、いやガリバーと小人が語り合っているような、いやそうじゃない、やはりゴジラと少年が見つめ合っているふうに見える。

「三阪さん、今日はボクが……」

「いや松井さん、絶対、私が……」

――コラコラ二人ともいい加減にしてくれませんか。

そこで私は大きく、

「ウォッホ――ン」

と咳をひとつした。

二人が私を見た。

「二人ともいい加減にしなさい。そんなにご馳走したいのなら、ワリカンにしなさい。お金というものはもっと大切にしなくてはいけません」

「あっ、わかりました」

「でもまず皆で景色の美しい場所へ行きましょう」

「ほう、そりゃいいね。どちらへ」

「エンパイアステートビルにです」

「そうか。エンパイアステートビルならゴジラと合うね」

「先生、それはゴリラでしょう」

「そうだったかね……」

エンパイアステートビルの展望室から眺めたマンハッタンの眺望は素晴らしかった。

「ワオ――ッ、これがニューヨーク、マンハッタンですね。世界一、お洒落《しゃれ》な街ですね」

三阪剛君が思わず声を上げた。

「いや本当に美しいですね」

松井選手がタメ息まじりに言った。

「えっ？　もしかして松井さんも、ここに来るのは初めてなんですか」

三阪君が訊《き》いた。

松井選手は頭を掻《か》きながら言った。

「いや、バレてしまいましたね。実はボクもここに上って来たのは初めてなんです。皆さんを案内しますと言いながら、ボクが行きたかった場所のひとつなんです」

「なんだ。そうだったんだ」

三阪君は松井選手の表情を見ながらうなずいていた。

私は年頃も同じくらいの二人の仲睦《なかむつ》まじそうな姿を見て笑っていた。

「そりゃ、そうですよね。いくらニューヨークに住んでいるっていっても、松井選手はアメリカにやって来て、すぐにスプリングキャンプでタンパへ行き、それからは春のオープン戦から開幕まで、どこかのグラウンドにずっといたんですものね」

三阪君が言った。

「本当にそうなんです。ニューヨークの部屋だって、春に引っ越して来た時の段ボールが開けないままずっと置いてあって、金沢《かなざわ》から両親がやって来て、その荷物を初めて開いてくれたんですから」

――そうだね。本当に何もかもが初めてのことで大変な一年だったね……。

私は松井選手がメジャーへ挑戦すると記者会見をした去年の秋からの一年を振り返りながら、彼の不撓不屈《ふとうふくつ》の強靭《きょうじん》な精神を思い起こしながら、マンハッタンの風景に目をやる大きな背中を見つめていた。

「松井さんはやはりアメリカでニューヨークが一番好きなんですか？　他に好きな街はあるんですか？」

三阪君が訊いた。

「そうですね。やはりニューヨークが一番ですが、ボストンも好きですね。静かで落ち着いた雰囲気がありました……」

――へえ――、松井選手はボストンの街が好きなんだ……。

私は三阪君と話す松井選手の言葉を聞きながら、ボストンはもしかして、生まれ育った街のひとつ金沢に似ているのかもしれない、と思った。

私も、ニューヨークと同様にボストンの街が好きだった。

緑の多いボストンは、私が好きな美術館があり、絵画だけではなく、音楽、演劇も盛んな街だった。

しかしボストンはヤンキースの宿敵レッドソックスが本拠地にしていた。

今シーズンもヤンキースはレッドソックスと最後の最後まで地区優勝をかけて戦い、その後もポストシーズンを凄絶《せいぜつ》な戦いをくりひろげて来たのだった。

松井選手と三阪君が目をかがやかせて眺めているマンハッタン。

若い二人に私が近づくと、

「君たち、このマンハッタン、ニューヨークは恋愛の最高の舞台でもあるんだよ」

私が二人の背後から言うと、二人は私を振りむいて、

「そうなんですか？」

と声を揃えて言った。

「そうだよ。たとえば君たちが今立っているエンパイアステートビルのこの展望室。ここで逢う約束をして逢うことができなかった悲しい恋のシネマが大ヒットしたのを知ってるかい？」

二人は同時に首を振った。

「昔の映画だからね。〝めぐり逢い〟という題名の映画で世界中で大ヒットしたんだよ。当時の人気スターの男優、ケイリー・グラントと美人女優のデボラ・カーが主役の恋愛映画だよ。二人はニューヨークにむかう豪華客船で出逢い、恋に落ちる。しかし二人にはそれぞれ婚約者がいて、相手との関係を清算して半年後に、このエンパイアステートビルの屋上で再会することを約束するんだ。しかし当日、男はやって来たんだが、女性の方は待てども待てども姿をあらわさない……」

「えっ？　どうしてですか？」

と真剣な表情で訊《たず》ねてきた三阪剛君の様子に私は思わずあとずさりしそうだった。

——どうしたんだ？　三阪君、これは映画の話なんだから……。

「実は女性はこのエンパイアステートビルにむかっている途中で交通事故に遭ってしまい病院に運ばれていたんだ」

「……そうなんだ。でも彼女は亡くなったわけじゃないんでしょう？」

三阪君が真剣な目をして言った。

「そうなんだ。亡くなってはいなかったんだけど彼女の怪我は重傷で、車椅子で暮らさなくてはいけないほどの状況だったんだ。それを知った彼女は相手の将来のことを考えて、そんな身体になった自分がいては相手の人生が大変になってしまうと、再会をあきらめてしまうんだ」

「……そうか、そんなふうに彼女は考えたのか。たしかにそうですよね」

深刻そうにうなずきながら独り言を口にする三阪君を見ながら、私も松井選手も少し驚いていた。

「でも二人は運命的な再会をするんだ」

「そ、そ、そうなんですか。それは良かった。良かったですね」

三阪君が言った。

「三阪君、君、大丈夫かい？　これは映画のストーリーだから、現実の話とは違うからね」

「あっ、そうでしたね。映画の話ですよね。えーと何という映画でしたっけ？」

「〝めぐり逢い〟だよ」

「〝めぐり逢い〟か。日本に帰ったらぜひ見てみます」

「うん、そうするとイイ。私が心配してるのは、三阪君もそうだが、松井選手も、きちんと選手生活を送りたかったら早めにいい恋人を見つけて、家庭を作ることだよ」

「伊地知先生、そんなに家庭、家族っていいものなんですか？」

松井選手が訊いた。

「それは結婚というものは、イイ時もあるけど、大変な時だって多いよ。いやむしろ後者の方が多いかな？」

私が結婚について話をすると、まだ独身の二人はいぶかしそうな顔をしてお互いを見つめ合っていた。三阪君が言った。

「えっ、それじゃ、なぜ、ボクたちに結婚を、家庭を持つことをすすめるんですか？」

「それはね……」

私は二人の顔を見てから、少し沈黙した後で言った。

「元々、違う環境で生まれ育った男の人と女の人が、或《あ》る日を境にずっと一緒に暮らすというのはやはり大変なんだよ。人間は理性もありますが、半分は感情の生きものですからね。いつも機嫌がイイとは限らないし、二人とも機嫌が悪い時だってあるもの。そんな時は辛《つら》いものです」

私は自分の体験を振り返って、暗い顔になった。すると私の顔を見て三阪君が首をかしげながら言った。

「……そうなんですか……？　私が聞いた先生の話は……」

「何ですか？　私の話が……」

「はい。小説家の中でも先生は〝極楽トンボ〟と呼ばれて、一度家を出て行かれたら、自由にどこまでも飛んで、遊んで、ぜんぜんお宅には帰ってこられないと聞きましたが」

「えっ！　そんな噂話があるのかね？　初耳だな。それにしてもけしからん噂話だ」

私が腕組みをして頰をふくらませていると、松井選手が言った。

「先生の、その〝極楽トンボ〟の話はボクも聞いたことがあるな。たしか今の奥様とご一緒になった時、駅前にタバコを買いに下駄《げた》履きで出かけられて、駅の近くで遊び友だちに逢われ、そのまま新宿《しんじゅく》、歌舞伎町の麻雀《マージャン》屋さんに行って、二日だか三日だか家に何の連絡もせずにいたという話だったな」

「マ、マ、松井君、君、いい加減なことを言ってもらっちゃ困りますよ。私は真面目な小説家で通っているんですから」

「そう思っていらっしゃるのは先生一人なんじゃないですか？」

「そ、そ、そんな、心外だな」

顔を赤くしている私にむかって二人は楽しそうに笑っていた。

私は目の前にいる青年が、つい数日前までスタンドにファンがあふれたヤンキースタジアムで、ワールドチャンピオンこと世界一の優勝回数を誇るニューヨーク・ヤンキースで堂々の4番を打っていたことが信じられない気がした。

あと少しでワールドチャンピオンだった。

「いや自分がきちんとプレーができていれば……」

と松井選手は日本人記者に洩《も》らした。

記者の誰一人として、ワールドシリーズの敗因を松井選手のせいにする者はいなかった。それでも彼は自分のプレーがもっとしっかりしていればと本気で思うタイプの選手だった。

私と三阪君は松井選手との約束の場所へむかう地下鉄の中で話していた。

「伊地知先生。松井選手のメジャーデビューのこの一年をどう思います？」

「いや素晴らしいと思いますよ。他のどの日本人選手に、これほどの活躍ができたかと思うんです。彼だからできたんです。打点はチームで二番目の106打点だよ。2塁打なんて42本で、あのジョー・ディマジオが持つ新人最多記録にあと2本だよ。あのディマジオだよ。そんな新人がいますか？」

私はつい声が大きくなった。

三阪君とも話したとおり、去年のオフシーズンにメジャー挑戦を宣言してからの松井秀喜選手の一年は、稲妻のように駆けていった。〝命懸けで戦ってきます〟と日本での記者会見で松井選手が口にしたのを聞いて、正直、私は驚いた。

今の日本の若者で何かを〝命懸けでやるんだ〟という者が何人いるだろうかと思ったし、感動した。

松井選手が世界のベースボールの聖地であるヤンキースタジアムに初めて立った日のことを私は一生忘れないだろう。四月八日だった。それは5回裏のヤンキースの攻撃の時に起きた。松井選手は5番打者だった。ランナー2、3塁で前の打者、バーニー・ウィリアムズが、なんと敬遠されたのだ。ミネソタ・ツインズの捕手が立ち上がった瞬間、私は思わず日本で見ていたテレビの前で声を上げてしまった。

「えっ！　松井選手の前の打者が敬遠？」

信じられなかった。

高校球児の時、松井選手は甲子園大会で相手の投手から5打席四球という前代未聞の敬遠策を取られてゲームに敗れた経験を持っていた。そのプレーは〝アマチュア野球において勝つためならどんな策をやってもいいのか？〟と、しばらく社会問題にまでなった。同時に、5打席とも黙って1塁へ走って行った松井選手の姿勢が称《たた》えられた。まさに〝北陸の怪物〟の誕生だった。その松井選手の前の打者が敬遠で歩かされ、松井選手との勝負の方が打ち取り易いと相手の監督は思ったのだ。

――これは松井君は燃えるぞ。

当たり前だ。打者にとって、これほどの屈辱はない。メジャー野球が牙《きば》を剝《む》いて、

「日本から来た若者よ、打つなら打ってみせろ。これがメジャーだ」

と言わんばかりに思えた。

松井選手の表情が変わっているようにテレビの画面からは映った。

相手のメイズ投手も必死だ。松井選手は粘りに粘って、第6球目をフルスイングした。

カ——ンという心地良い打球音とともに白球はライトスタンドに吸い込まれた。

北陸の海を見ながら育った若者がメジャー野球の洗礼を見事に打ち破った日だった。


松井選手がヤンキースタジアムでのデビュー戦で満塁ホームランを放ち、地元ニューヨークの新聞も〝ゴジラがグランドスラム〟と大見出しで称えた。日本でもスポーツマスコミだけではなく一般の新聞までが、その活躍を第一面で掲載したし、テレビのニュースまでがトップで発表した。

松井選手の活躍で日本中が湧いていた四月の中旬、私の下に一本の電話が入った。

「もしもし伊地知先生ですか。私、NHZのディレクターで三阪剛と申します。実はヤンキースの松井選手の取材を半年かけてやりたいのでぜひ先生のお力を……」

「ほう、半年もですか？」

「はい。今回のヤンキースタジアムのデビュー戦の活躍といい、松井選手は今シーズンずっと大活躍をすると思うんです」

——ウ〜ム、なかなかできるディレクターだナ。

「……」

私は相手の言葉に感心し、少し黙っていた。すると追討ちをかけるように声が続いた。

「先生、あなたもそう思われるでしょう？」

「勿論《もちろん》です。彼の本当の実力は私が一番よく知っているつもりです。それにしても、公共放送のNHZのディレクターの君が、よくぞ松井選手の大活躍を予測して来るものだね」

「は、はい。ボクは、いや私、甲子園球児の時からの松井選手のファンでして」

「そうなんだ。君は偉いね」

「偉いだなんて、そんな言葉を先生から言われて驚いてます。困ったナ……」

――コラコラ、初対面じゃなくて、初めての会話で困ってどうするの……。それにしても面白いディレクターだな。

「……それで伊地知先生。私どもの取材にご協力いただけませんか」

「勿論、と言いたいのですが、何しろ私、このところ自分でも困っているくらい忙し過ぎまして、あなたが希望される協力ができるかどうか……」

「松井選手の取材は先生でなくては……」

初めて電話で話をした三阪剛君というNHZのディレクターの言葉に私は内心嬉《うれ》しくなっていた。

――くすぐってきますね。この三阪君というディレクター、なかなか面白い人だ。

「それで先生。ご多忙なのは承知しているのですが、早いうちにお目にかかって打ち合わせしていただきたいんですが」

「打ち合わせですか……。なにしろ〝超《チョー》〟忙しい身ですから……。そうですね。今からすぐ逢いましょうか？」

「えっ？」

私は数年前から自宅を東京から仙台《せんだい》に引っ越していた。

妻の父上、私の義父の健康がおもわしくなく、妻は父上の看病をしたいので、実家のある、彼女が生まれ育った仙台に移り住むことを希望していた。

私は小説家の中でも有名な、ぐうたらな作家で別名を〝極楽トンボ〟と呼ばれていた。

〝極楽トンボ〟とは、周囲の人の心配をよそに、その人一人が毎日極楽で暮らしているかのようにどこかへ飛んで遊びに行き、まったく帰って来ない人のことをそう呼んだ。

〝我ヶ家の、極楽トンボ君、今日はどこまで飛んで行ったやら〟と妻はつぶやいていたに違いなかった。

東京は、その極楽トンボには遊び場所があり過ぎるので、賢明な妻が、父上の看病もあったが、私の身体のことを心配して引っ越したという説もあった。

そういうわけで、私は東京に出て来た時はお茶《ちゃ》の水《みず》の駅の近くにあるちいさなホテルに宿泊していた。

そのホテルのロビーで、私はNHZのディレクターの三阪剛君と待ち合わせた。約束の時間になって部屋から階下に下りて行くと、バッグを肩に担いだジーンズ姿の一人の青年が立っていた。

――あの青年に違いない。

私は一目見て、その青年が三阪剛君だと確信した。

こんなに瞳《ひとみ》が澄んだ青年を見るのはひさしぶりだった。

今日の午前中、電話で話をしただけなのに、私は彼が三阪剛君だとわかった。

人と人が出逢うことは、人間がこの世の中で生きていることの中で、一番不思議で、一番魅力があって、そして何よりも〝奇跡〟に近い出来事だと、私は信じている。

青年が私を見て笑った。

私も青年を見て笑い返した。

――ほらね。〝奇跡〟は簡単に起きるだろう。

「伊地知……」

「三阪……」

私たちは同時に声を上げ、同時にまた笑い合った。

「いやあ……」

三阪君が私を見て思わず言った。

「いやあ、何だね？」

「こんなに身体の大きな人だとは思いませんでした」

「大きいのはマズかったかね。春から夏にかけては特別大きくてね……」

「はあ……」

「冗談です」

青年は大きな瞳をさらに見開いてから、

「ビックリしました」

と言って胸を撫《な》でおろすようだった。

そうして青年はジャケットの内ポケットから赤い名刺入れのようなものを出して、中からカードを取って差し出した。

「はじめまして、NHZの三阪剛です。今朝方は電話で失礼しました」

私は、三阪剛という文字を眺めた。

「強そうな名前だね」

「ちっとも強くなんかないんです。でも粘りはあります。どんなことでも最後まであきらめないでやります」

「ほう、そりゃスゴイね」

「……失敗の方が多いですが……」

「ハッハハ、正直でよろしい」

私たちはロビーの隅のテーブルに腰を下ろした。

「こんなに早く先生にお逢いできるとは思いませんでした」

「私たちが出逢うのが早かったというのはどうなんだろうか……」

私がそう言うと三阪君は小首をかしげた。

「それはどういうことですか？」

「いや、君が、こんなに早く私たちが逢うとは思わなかったと言ったでしょう」

「ええ」

「私はそう思わないんだ。人と人が出逢うことは誰にも予測できないし、もしかして神さまにだって想像もつかないかもしれない。それくらい、出逢いというものはドラマチックで、不思議で、そうして……」

「そうして何ですか？」

「ほとんど〝奇跡〟に近い」

三阪君は大きな瞳をさらに大きくして私を見つめた。

「どうしました？　私の顔に何かついていますか」

「い、いや、そうじゃなくて、先生の口から〝奇跡〟という言葉を聞くとは思っていなかったものですから」

「どうしてだい？」

「これまでの先生のお書きになった作品はほとんど読んでいるつもりです。その中に出て来ない言葉や物がいくつかあるんです」

「ほう、それは何かね……」

「ですから、今おっしゃった〝奇跡〟です。小説にも、エッセイにも、作詞にだって一度も出てきていません。こんなに〝奇跡ブーム〟なのに」

――ウ～～ム。たしかに言われてみればそうだナ……。しかし三阪君はなかなか鋭い洞察力の持ち主だぞ。

「他にはどんなのがあるんだい？」

「〝神さま〟も数度くらいで、それも主人公や、先生自らが、その言葉は使っていらっしゃいません」

「そうかな。〝神さま〟は使うでしょう」

「それは〝ベースボールの神さま〟という使い方だけです。でもボクは、その〝ベースボールの神さま〟という言葉が大好きなんです。きっといるんです。グラウンドには〝ベースボールの神さま〟が……」

――ウ～～ム、この青年はなかなかどころじゃないぞ。

大きな瞳をかがやかせて〝ベースボールの神さま〟のことを話す三阪君を見ていて、私は、この青年となら何か新しいものを二人で見ることができるかもしれないと思った。

「三阪君、他にはどんな言葉や物を私は自分の作品の中で使わないんだね？」

「〝愛している〟というのも一度も見たことがありませんね。何年も前から世の中は〝愛〟という字であふれていますけど。それなのに先生は恋愛小説にだって一度も〝愛している〟という言葉は使っていらっしゃいません。作詞では使わないなんてあり得ないのに使っていない。以前から、その理由をお尋ねしたいと思っていたんです」

——ウ～ム、鋭い指摘だ。たしかに私はこれまで作品の中に、いくつか使用を禁じていた言葉があった。その中のひとつが〟愛〟というものだ。

「そうだったかな……」

私ははぐらかすように言った。

「えっ！　ご存知なかったんですか？」

「はい。今、君に言われて、驚いているくらいだから」

「ウァ——ッ、これってスゴイことだ！」

——コラコラ、そんなに興奮しないでくれ。

「他には何があるの？」

「そうですね。あっ、これもビックリなんですが、先生が書かれた現代小説の主人公や登場人物が一度も携帯電話を使ってないんです。これがボクが発見した最大のビックリなんです」

「三阪君、君ね、〟最大のビックリ〟なんて日本語はありませんから、今後、そういう日本語の使い方はしないように」

「あっ、すみません」

「すみませんで済めば警察は必要ありませんから」

「す、すみません」

「まあよろしい。そうですか、携帯電話を一度も使ってないのか」

「はい。それともうひとつ、ボクにとっては残念なことですが、テレビを見るシーンがほとんどないんです。現代小説にですよ。先生はテレビがお嫌いなんですか」

――テレビを見ている人の表情が人形のように無感情に見えるんだ。

とは言えない気がした。

「そうだったかな……」

私はまた知らない振りをして言った。

「テレビはお嫌いなんですか？」

三阪君の目は真剣だった。

何と答えようか迷った。テレビ局のディレクターの前で、テレビは好きじゃない、と言うのは失礼だし、私は初対面だったが、目の前の青年に好印象を抱いていた。

「い、いや、別に嫌いというわけでは……」

三阪君は胸を撫でおろすようにして言った。

「安心しました。実は今日のお願いは先生にテレビ出演していただきたいと思いまして」

「えっ！」

「ダメですか？」

三阪君が不安そうな表情をした。

「い、いや、そういうわけでは……」

「じゃ、出演して下さるんですね」

「そうは言ってません。私はタレントではありませんから、作家として出演する必要性があるのなら考えます」

「あ、あります。おおいにあります」

「君、まだ君の企画を私は聞いてませんから」

それから二時間、私は三阪君の熱弁にじっと耳を傾けることになった。

話を聞き終って、私は一言つぶやいた。

「まだ甘いですね」

「えっ、どこがですか」

「三阪君、君の話を聞いていると、松井選手が今シーズン、ニューヨークで大活躍するように聞こえるけど、そんな保証はどこにもありません。それでなくとも松井選手は今月になってからバッティングの調子が今ひとつ良くなくて、ニューヨークの新聞には〝ゴロキング〟などと書かれているんですよ。それに日本より倍も激しく選手と選手が接触しますから何かの拍子に怪我をしてしまう可能性だってあります。どんな一年になろうと対応できる企画にしておかなくてはなりません。それには数字ではなく、ここです」

と私は胸元を叩いた。

「どういうことですか。ここって？」

「スピリッツです。精神を表現するのです。日本の一人の若者が〝命懸けで戦ってきます〟と約束したものが何だったかを」

三阪君の目がかがやいた。

「わかりました。松井選手を信じて1シーズン取材をします。スピリッツですね」

「そうスピリッツだね。今の日本人が忘れかけたり、失いかけてる〝こころざし〟や〝誇り〟を、松井秀喜という一人の若者のプレーを見ることで復活できれば、この企画は成功すると思いますよ」

「はい。〝こころざし〟か。〝誇り〟か……。いい言葉の響きですね。先生の口からお聞きすると余計にボクたち若者はその言葉の意味を感じます」

「三阪君、お世辞は言わなくて結構です。君にお世辞や、おべっかは似合いません」

「いいえ、お世辞じゃなくて本当にそう思っているのです。今のボクたちの年頃は本気で怒ってくれたり、アドバイスをしてくれる人の顔が見えないと言うか。どこかでちゃんと叱って欲しいと思っているんです」

「はあ？　それは何ですか」

私は三阪君の言いたいことがよくわからなかった。

「ですから、今の若者はどこかで甘えて育った気がしてるんです。もっと言わせてもらえば、本気で生きるって何なのだろうって、誰もが答えを知らないんです」

「ふぅ〜ん」

私は腕組みをして三阪君を見た。

「でも三阪君、そのテーマはいつの時代にもあるんじゃないのかな。私だって本気で、きちんと毎日を生きてるかって問われたら、それは、時々、すみません、と頭を下げなくてはいけないもの」

「えっ、先生でもですか」

「はい。そうです。人間は何歳《いくつ》になっても自分に踏ん張るように言わなくてはならない生きものなんです」

「それを聞いて少し安心しました」

「でも誰かがこう生きるんだと見本を見せてくれて、それを見て感動した時が一番理解しやすいんです。だから松井選手がいかに踏ん張って戦い続けたかを日本人に見せることは意義があることです」

「わかりました。それで先生は出演して下さるんでしょうか」

「それはまた後日話しましょう」

私と三阪剛君との出逢いはやはり運命的であったと思う。

二人とも、あの日から、さらに一生懸命に松井秀喜選手のプレーを見るようになった。

三阪君の勤めるテレビ局のNHZのBS放送でメジャー・リーグ・ベースボール、すなわちMLBのテレビ中継をはじめたのだが、なにしろ日本とニューヨークのあるアメリカ東海岸では時差が十三時間ある。

ナイトゲームなら、早朝五時に目覚し時計で起きてテレビを見ればいいが、デーゲームの時は大変だ。夜中の二時過ぎにはもう起き出さなくてはいけない。

メジャー野球は子供のファンやお年寄りのファンを大事にするから、週末、日曜日はデーゲームが多いし、スケジュールの関係で（なにしろ一年で162ゲームをこなす）ダブルヘッダーになることも度々ある。

眠たい目をこすりながら私はヤンキースの、松井選手のプレーを見ていた。

——今頃、三阪君も起きて見てるんだろうナ……

と私は時々、三阪君の大きな瞳を思い出すことがあった。

松井選手は不調だった五月を、トーレ監督のアドバイスで〝かがやく六月〟に変えて、また大活躍しはじめた。

日本では松井選手の大活躍で珍しい現象が起こっていた。それを教えてくれたのは三阪君だった。

「いや先生、松井選手の活躍は素晴らしいですね。毎日が楽しいという寝不足のサラリーマンが増えているらしいですよ」

「ハッハハ、そうか。皆朝早く起きて松井選手のプレーを見て会社へ行くんだ」

「そうなんです。それともうひとつ夕刊がとてもよく売れてるんです」

「ほう、どうして？」

「松井選手の活躍振りを詳しく伝えてくれるからですよ。特に故郷の石川県では夕刊紙の売れ行きが倍近く増えているんですって……」

「そりゃスゴイね。皆これほど彼の活躍に注目してるんだね。それで君はいつアメリカへ行くの？」

「来月はオールスターゲームがありますので、そこへ出かけます」

「本当ですか？」

「はい。上司の許可が出ました」

電話のむこうから聞こえる三阪君の声がはずんでいた。

「いい上司をお持ちですね」

「はい。ボクもそう思います」

「チェッ！」

私は原稿の締切りばかり増えて、外にさえ出られない自分と三阪君を比べて、思わず口惜《くや》しさに舌打ちした。

「あれ、今、何かおっしゃいましたか、先生？」

「い、いや、何も。きっとどこかでツバメが鳴いているんですよ。ところで今年のオールスターゲームはどこであるんだい？」

「USセルラー・フィールドです」

「ああシカゴだね。ホワイトソックスの本拠地だ」

「さすがにお詳しいですね。ホームランの出やすい球場ですから、松井選手の、日本人選手の初ホームランが見られるかもしれませんよ」

「ファン投票はどうなの？」

「アメリカンリーグの外野手では3位に入っています」

「そりゃスゴイね」

「松井選手はアメリカでも人気があるんです。特に子供たちに人気だそうです」

「ほう、それは嬉しいね。やはり彼の人柄の良さが子供たちにはわかるんだろうね」

「はい。ヤンキースタジアムにも松井選手の背番号と名前入りのTシャツを着た子供たちの姿が増えてるんですって」

「いや、そんな子供たちの姿を早く見てみたいもんだね」

松井選手はオールスター戦をスタメン出場で飾り、1安打を放った。

そうして二〇〇三年のメジャーリーグは後半戦に入り、ヤンキースは世界一を目指して日々奮戦を続けた。

後半戦に入ってすぐのクリーブランド戦で松井選手はサヨナラホームランを放ち、メジャーのアナウンサーが初めて〝SA・YO・NA・RA〟という言葉を使って松井選手を称えた。少しずつ松井選手の真価が伝わって行った。

メジャーリーグの野球は前半戦が終了すると、オールスターゲームの休みの後に後半戦がはじまる。

〝真のシーズンの争いは後半戦からだ〟と言われるほど、後半戦に入ると各チームはポストシーズンにむかって必死の戦いをはじめる。

松井選手が所属するヤンキースはアメリカンリーグの東部地区にあった。この数年、アリーグの東部地区は、ニューヨーク・ヤンキースとボストン・レッドソックスの二強の争いになっていた。

そのシーズンも予想通り、アリーグの優勝をめぐってヤンキースとレッドソックスの対決になった。

リーグ優勝決定戦は7ゲームを戦うが、先にどちらかが4勝すれば勝利し、ワールドシリーズにむかうことができる。

激戦が予想されたヤンキースとレッドソックスのゲームは、なんと第7戦までもつれてしまった。

第7戦はヤンキースタジアムで行なわれ、8回表までレッドソックスが3点リードしていた。ピッチャーはアリーグを代表するペドロ・マルチネスだった。マルチネスは絶好調で誰の目にもレッドソックスの逃げ切り勝ちと思われていた。8回裏1アウトから、ジータ、そしてウィリアムズ、次に松井選手がライト線に2塁打を放ち、続くポサダのセンター前で2塁走者の松井選手が一気にホームまで走り込み、とうとう同点とした。

この時、松井選手はホームに生還した後、今まで彼が一度も見せたことのないあざやかなパフォーマンスを見せたのだ。

なんと松井選手はホームに滑り込んで起き上がった後、宙を1メートル近く飛び上がり、

——ヨオーッシ、同点だ。ついにレッドソックスをつかまえたぞ
という気持ちを全身であらわした。

私も東京のホテルのテレビでそのシーンを見ていて、驚いた。

——そうか、これほど松井選手は勝ちたかったのだ。彼はもしかして内に秘めた闘志は人の何十倍もあるかもしれない……。

私は嬉しくなって、三阪君に連絡した。

「行きましょう。ニューヨークへ」


私がニューヨークのケネディー空港に到着すると三阪君が笑顔で迎えてくれた。

「ようこそニューヨークへ」

「うん、ようやく来ることができたよ。さあマーリンズとの東海岸でのワールドシリーズだね」

「はい。東海岸は、ニューヨークは燃えていますよ」

「三阪君、何だか君も燃えているね」

「は、はい。なにしろリーグ優勝決定戦をこの目で見ましたから」

三阪君の目がかがやいている。

「サヨナラホームランも劇的だったけど、何と言っても8回裏の松井選手の2塁打と、それに続く同点となったホームへの素晴らしいランニング……」

「そ、そ、そうです」

「ホームに滑り込んだ後で、松井選手が空に……」

「そ、そ、そうです。松井選手が空に……」

私たちはたがいの顔を指して、同時に声を上げて言った。

「空に、舞い上がった！」

「空に、舞い上がった。ゴジラ。イェーイ」

私たちはハイタッチした。

「いや感激しましたよ。何度もビデオで空に舞い上がる松井選手の姿を映し続けたんです。あの時、松井選手は雄叫《おたけ》びを上げているんです。知ってました？」

「何を言ってます、三阪君。あのシーンは日本でも何度も放映しましたよ」

「ボク、初めて見ました。松井選手がグラウンドであんなに感情を出した姿を」

「私もだよ」

「やはり……」

「やはり何だね、三阪君」

「メジャーの野球は素晴らしいんですよ。松井選手があんなに興奮するほど、メジャーの野球は厳しいものなんですね」

「うん、それはいい視点だね」

「それは先生から教えてもらったことです。あの空に舞い上がった姿をきちんと撮影できたので、今回の企画はきっと成功しますよ」

三阪君が大きくうなずいた。


まるで夢のようだった松井選手のメジャー一年目の活躍……。

ヤンキースの球団史上でも初ものづくしの記録を、日本からやって来た青年が達成したのはニューヨークの人々も驚きだった。

その活躍を、私と同様に、自分の夢のように思っていた青年がいた。

三阪剛君は、こころの底から松井選手を尊敬し、応援していた。

その三阪君が、今、私の目の前で、松井選手と楽しそうに語り合っている。

私も、三阪君も本当にしあわせ者だと思った。

食事が終ると、今夜の食事の支払いを三阪君と松井選手のどちらがするかということでお互いが譲らなかった。

「三阪君、松井選手は私たちの何倍も稼いでるんだ。ここはご馳走になろうよ」

「でもこれは取材のひとつですから」

「そんなことを言ってたら、私だってこれまで自分より歳が下の人からご馳走になったことなど一度もないんだよ。その私がこうしてご馳走になろうとしてるんだ」

「ありがとうございます」

松井選手が頭を下げた。

「但し、日本ではこういうわけにはいきませんよ」

「わかりました」

「そうだ、三阪君、日本で松井君に何か美味《おい》しいものを二人でご馳走しようよ」

「……」

三阪君は不満そうにちいさくうなずいた。

そうして思い出したように隣りのシートから赤いリボンの付いた紙袋を取ってテーブルの上に置いて、

「松井さん、これ、女性用の洗顔セッケンなんです。松井さんの肌が女性のように繊細《せんさい》と聞いたので私の局のニューヨーク駐在の女性に選んでもらったんです。どうぞ私たちからのプレゼントです」

――なんだ……。日本にいる三阪君のガールフレンドへのプレゼントじゃなかったんだ……。

「いや、ありがとう。これで少しはニキビもなくなるかな」

「じゃ、バーで一杯だけ乾杯して終ろうかね」

私の言葉に二人が立ち上がった。

ひんやりとした秋の夜風が火照った頬に気持ち良かった。

私と三阪君は松井選手と別れて、セントラルパークの中を歩いていた。

「伊地知先生、さっきの松井選手の言葉は、ボク、少し驚きました」

「何がだね？」

「ほら、彼が言った『ボクは、ボク自身を誉めたりしません』ですよ」

「ああ、あの言葉だね。私も何だか勉強させられた気がしたな」

「本当ですね。松井選手って本当にスゴイ選手なんですね……」

「まったく、私より歳下とは思えないよ。私も正直、君が彼に今年のシーズンの素晴らしい活躍を振り返って、松井さんはご自分を誉めてあげてもいいんじゃないんですか？と訊いた時、誉めてもいいかもしれません、と言うんじゃないかと思っていたよ。ところが……」

隣りで歩いていた三阪君が立ち止まって松井選手の話し方を真似るようにして言った。

「ボクは、ボク自身を誉めたりしません。だって、そう思いません。このくらいの成績で自分を誉めてたんじゃ、成長がなくなると思うんです」

パチパチパチ、私は拍手した。

「うん、良く似てたよ。私も、あの時、松井選手の話を聞いていて、そんなふうに考えていたんだと感心したんだ」

「本当ですね。松井選手は明日をきちんと見ていますよね。その点ボクはまだダメだな。伊地知先生。実はボク先生に相談があるんです」

「相談事は私は聞かないんです」

「そうなんですか？」

「はい。私は、他人の相談事に答えられるほどの人間ではありません。そんなことより、三阪君、君はそんなに明るくて魅力のある若者なのに、どうしてまだ独りでいるの。私は君が持って来た赤いリボンの付いた紙袋は、日本で君の帰りを待っている恋人に買ったものだと思っていたんだから。相談事などいいから、早く恋をしなさい」

「実はそのことで相談が……」

「えっ？」

私はその場に立ち止まり、三阪君を振り返った。

彼は神妙な顔付きをしていた。

「そうなんです。伊地知先生に一度ぜひ聞いて欲しい話があるんです」

「そう……。じゃ立ち話もなんだから、ホテルのバーにでも行って話しましょうか」

「はい、聞いていただけるのなら、どんな場所でもいいんです」

三阪君の真剣な表情は変わらなかった。

——どんな話なんだろうか……。

ニューヨークの摩天楼が眺望できるバーの片隅にあるテーブルで私と三阪君はむかい合って座った。

「ともかく私は君とこの半年の間に何度か一緒に過ごしていて、君がどんなに素晴らしい青年かは、私なりにわかっているつもりだ。その君を見ていて、どうして君がいい年齢になっても独り暮らしをしているのか理解ができないんだ。たしかに人との出逢いは縁のものだから、いずれ誰かと素敵な出逢いをするかもわからないけどね。でも〝差しのべた手の中にしか、葡萄《ぶどう》の果実は落ちてこない〟という言葉があるとおり、自分から進んで何かを求めて行動することも大切なのだと思うよ」

私が言うと、三阪君は唇を真一文字にして何かを考えるようにテーブルの上に置いたウィスキーの入ったグラスを握りしめていた。

「ああ、ごめん。私の言い方が少しきついように聞こえたら、かんべんして下さい」

「いいえ、そんなことはありません。先生からそういうアドバイスを受けて、やっぱりボクが思っていたとおりの先生だと思いました。ありがとうございます。〝差しのべた手の中にしか、葡萄の果実は落ちてこない〟。いい言葉ですね。今日からボクもその言葉を胸に刻んでやっていきます。それで先生に聞いてもらいたかったという話は、今の先生のアドバイスとも関わることなんです」

三阪君が私に聞いてもらいたい話が、私のアドバイスと関係があるって何だろう。

「実は、ボクには好きな人がいるんです」

三阪君がゆっくりと話しはじめた。

――なんだ、やはりそうか……。

「いや正確には、いた、と言うべきなのかもしれません」

――えっ、何の話だ。

「ボクは大学の四年生の春に、第一希望だったマスコミ関係の就職試験を受け、NHZに入社が内定しました。その報《しら》せを聞いて、とても嬉しかったんです。それで社会人として働きはじめる一年後の春まで、今までできなかったことをしようと思いました。バックパッキングでの旅行もいいし、どこか憧《あこが》れの土地で何ヶ月か暮らしてみるのもいいナ、などと思いをめぐらせていました。でもそれにはまず資金が必要なので、アルバイトを探しました。ありきたりなアルバイトじゃ面白くないナ、と考えていました。そうしているうちに、東京湾を夕刻に出発して、たそがれ時の湾の美しい眺めを見ながらお洒落な船のキャビンで美味しいディナーを楽しむ〝東京湾クルージング〟というものがあって、そこのウェイターを募集していたんです」

「ああ、ディナーの企画は聞いたことがあります」

「ボク、案外とグルメなんです。それでもしかして、美味しい食事の賄いもあるんじゃないか、と下ごころもあって、面接に行ったところ採用になったんです。面接の翌週には船に乗り込んで、〝見習い〟として働きはじめました。そこで一人の女性と出逢ったんです。名前は言いません、それはあとでわかってもらえると思うので……」

そこまで言って三阪君は何か緊張で口の中が渇いたのか、握りしめたグラスのウィスキーを一気に飲み干した。

「三阪君、そんなふうに飲んではダメだよ。それで、話を続けなさい」

「はい。とても美しい人で、清純で、ボクは一目で彼女に惚《ほ》れてしまい、恋に落ちてしまいました……」

――なるほど……。

三阪君の恋の話を聞きながら、私はたそがれ時の東京湾にむかって出発するお洒落な船と、そのキャビンの中で夜景を見ながら豪華な食事をする男女の姿……、そうして、そこで接客する若い男と女のホール係たちがまぶしくかがやいているシーンを想像した。

「さあ、三阪君、話の続きを聞かせてくれるかい」

「は、はい」

三阪君の表情が少し曇っているのに気付いた。

――どうしたんだ？　あっ、恋ごころを打ち明けたらふられたのかナ……。

「それでボクは彼女に思い切って、自分の胸の内を打ち明けたんです」

――うん、それで……。

「そうしたら、彼女もボクのことを好いてくれたんです。そうしてボクたちは恋に落ちました。こんなに人のことを好きになったのは、正直、生まれて初めてのことでした。それまでも初恋らしきものはありましたが、彼女との恋はまるで違うものでした。まさに〝運命の出逢い〟だと感じました」

「それは良かったね」

「はい。しかし……」

三阪君が少し口ごもった。

――どうしたんだろう？

「ボクたちは恋に落ちて、一緒に暮らしはじめました。彼女の住んでいたアパートへ行き、二人で引っ越しの荷物を出し、ボクのアパートに運びました。二人には十分に結婚する気持ちはあったんです。またたく間に二ヶ月が過ぎました。ボクは夏休みに入ったので、アルバイトを休んで、故郷の富山に帰ることにしたんです。ボクは自分が生まれ育った富山が大好きなんです。父も、母も、大好きなんです。故郷に戻って、夏の立山《たてやま》連峰を登るのも楽しみのひとつでした。彼女は故郷に帰るボクを上野《うえの》駅のプラットホームまで送りに来てくれました。ボクは動き出した電車から、彼女が笑いながらちいさく手を振っている姿を見ていました。すぐに帰るからね、と思っていましたが、でも、それが彼女を見た最後だったんです」

「えっ、何だって」

私は思わず声を上げた。

私は三阪君とかつての恋人だった女性との出逢いと、そして今、目の前で彼が話そうとしていることに驚いた。

——それが彼女の姿を見た最後だったって、どういうことなんだ……。

「ボクは夏休みを終えて、東京のアパートに帰ったんです。そうしたら郵便ポストにボクが彼女に出した絵葉書が入ったままで、どうしたんだろうって鍵《かぎ》を開けたら、アパートの中から彼女のものがすべて消えていたんです」

——えっ、どういうことだ？　それは……。

「三阪君、彼女のものがいっさいなかったって、置き手紙か何かはあったの？」

三阪君はうつむいたまま黙って首を横に振った。

「それはどういうことなんだね」

「ボクにもわかりません」

「じゃ、君が富山に帰省している時に彼女と電話で喧嘩《けんか》したとか？」

「いいえ。ボクたちはお互いに手紙だけで連絡をし合おうと決めていたんです。ボクも、彼女も昔気質《むかしかたぎ》というか、彼女からも電話で声を聞くと淋《さみ》しくなるからって言われていて……」

「けど二ヶ月間でも一緒に暮らしていたんだから、彼女の実家とか、連絡先を聞いてはいたんだろう」

私の質問に三阪君は顔を曇らせた。

「彼女は自分の話をあまりしたがりませんでした。そのことを聞くと悲しそうな顔になってしまうんです。ボクも何か事情があるんだろうって、執拗《しつよう》に尋ねるつもりはありませんでした。いずれ時間が経てば、彼女も話してくれるだろうと思っていました。彼女がボクのことを好いてくれていたのは十分わかっていましたし、初めて恋をしたことも打ち明けてくれました。ボクも好きということでは同じでしたし、だから必要以上にいろんなことを質問して彼女を悲しませたくなかったんです」

——なるほど……。

「でも君は彼女の以前住んでいたアパートを知っていたんだろう。大家を訪ねればアパートの契約書とかがあったんじゃないのかね」

「そうなんです。それでアパートへ行ったんです」

「うん、それで彼女のアパートへ行ったらどうだったの？」

「はい。そこにあったはずのアパートが消えていたんです」

「えっ、何だって？」

「アパートが消えていたんです」

「消えていたって、どういうこと？」

「そこが更地《さらち》になって夏草が風に揺れていました」

——夏草が風に揺れてって、ミステリーじゃないんだから……。

「三阪君、私には君が言ってることがよく理解できないんだが、現代版の〝雨月物語〟じゃないんですから」

「ボクも更地になっているのを見て驚きましたが、そのアパートは取り壊される予定だと彼女から聞いていたのを思い出したんです。実は、ボクたちが同棲《どうせい》をはじめるようになったのは、彼女が住んでいたそのアパートが古くなっていて、大家のオバアサンからアパートを出て行ってもらいたいと数年前から住人が言われていたからなんです。彼女ともう一世帯が残っていただけでした。彼女は部屋を探していることをボクに話してくれました。彼女、生活が大変なようでした。昼間も、夜も働いていましたし……。それならボクのアパートに来たらどうなの、と提案しました。両親が富山から上京した時に宿泊できるように、ボクのアパートは少し広いところを借りていたんです」

「なら、その大家のオバアサンを訪ねればいいんじゃないの」

「そうなんです。それで大家さんの住まいを教えてもらおうと思って、役所へ行ったんです。そうしたら役所の人に、あの土地はすでに売却されてますって、言われたんで。でも大家さんに逢うのが目的ですから、大家さんの住所を教えて欲しいと申し出ると、役所の人に、大家さんとどういう関係なのかと訊かれました。少し事情を話したんですが、信じてもらえませんでした。そりゃそうですよね。でも帰り際に役所の人が小声で話してくれたんです。大家さんは亡くなったんですよ、たしか六月だと思いますが……って。ボクは驚いてしまいました」

――何だ。ますますミステリーじゃないか。まさか三阪君はニューヨークの最後の夜に私をからかっているんじゃないのか？

私は三阪君の顔を見た。

真剣な表情だった。

「それでどうしたの？　その亡くなったアパートの大家のオバアサンに家族はいなかったの？」

「はい。戦争で家族を皆亡くしてからずっと独りだったそうです」

「それでどうしたの？」

「警察へ行きました。どこかで事故にでも遭ってしまったんじゃないかと、アパートの近所で交通事故とか何かなかったのかを訊きました。警察には遺体が見つかっても身元不明のままの人が何人もいるんです。そういう場合は、その人が身に付けていた衣服や、衣服の中にあった財布やキーとかさまざまなものが保管してあるんです。彼女のものらしきものはありませんでした」

「それで君はどうしたの？」

「探し続けました。彼女と交わした会話や、何かアパートでボクが見た彼女の持ち物やデートの時に見せた仕草や……、そういうものを必死で思い出しながら、彼女の過去につながるものを探そうとしました」

「それで……」

「大学を卒業して、NHZに入局しても、休日になると彼女を探して街を歩きました」

「もしかして今でも？」

「いいえ、もう十二年も前の出来事ですから……」

三阪君が黙り込んだ。

「そう……」

私は言って、やはり黙るしかなかった。

「それで……」

同時に二人は声を上げた。

「あっ、三阪君、言いたいことがあったら言いなさい」

「それで、伊地知先生、ボクたちはいずれ結婚をしようとまで約束をしていたんです。そのことを彼女に打ち明けた時、彼女は泣いていました。そんな彼女が、突然、何も言わずにボクの元を去ってしまって……。伊地知先生、彼女はもう死んでしまっているのでしょうか。それともどこかで生きているんでしょうか」

私に恋人の行方をたずねた三阪君の瞳がうるんでいた。

私は三阪君を見ていた目を、ホテルの最上階にあるバーのガラス窓ごしに広がるニューヨークの摩天楼の夜景に移した。

——なんて話だ。よりによって、こんな素晴らしい青年の身の上に、神さまはなぜこんなことをなさったんだ……。

私は唇を噛《か》んだ。

視線を戻すと、三阪君はうつむき、小刻みに震え出した手元を見ていた。

——どう答えればいいのだろうか……。

私は迷った。

三阪君の肩先までが震え出していた。

——そうか、まだ忘れることができないんだ。十二年という歳月が過ぎても、三阪君には唯一の恋人で今もあり続けているのかもしれない。

——君はどこにいるんだよ。

私は胸の中でつぶやいた。

——どうして彼女はそんな酷《ひど》いことをしなくちゃならなかったんだ。何があったんだ？

私は、三阪君と一緒に過ごした、この半年の間、彼の明るい表情や、失敗をしでかした時の口惜しそうな仕草を思い返した。

——ダメだ。こんなことくらいで三阪君の人生が揺さぶられ続けては……。

その時、三阪君が顔を上げた。

「先生」

「三阪君、よく聞いて下さい。君の質問に私の答えをいいます。その人は、今も、どこかで生きていて、三阪君、君以外の人と暮らしています」

「えっ」

「そうです。間違いありません。それが私の答えです」

三阪君は私の顔をじっと見ていた。

私も三阪君を見返した。

言葉にはしなかったが、

――三阪君、君が新しい出発をするためには、その恋人のことを忘れることが大切なんだ。そんなことにいつまでもこだわっていては、君が不幸になってしまう……。

三阪君はずっとうつむいていた。

その様子を見て、私は彼に少し辛いことを言い過ぎてしまったかもしれないと思い、胸の隅でちいさな痛みが走った。

――いや、そんなことはない。

「三阪君」

私が名前を呼ぶと三阪君は顔を上げた。

大きな瞳がうるんでいるように見えた。

「君が、その女性がどうしているのか、と質問をしたので、私は、思ったことを答えただけだ。私は、勿論、超能力者ではないから、本当のことはわからない。今、私が言ったことは忘れてくれていいよ」

「……」

三阪君は黙っていた。

「さて、私は明日早くにニューヨークを出発するので、そろそろ休むとするよ」

私が立ち上がると三阪君も立ち上がった。

「先生、今夜はボクの話を聞いて下さって、ありがとうございました。先生に話を聞いてもらったので何だかすっきりしました」

「そうかね。それならいいんだが」

三阪君は笑っていたが、それがこころの底からそうしているふうには思えなかった。

「エレベーターまでお送りします」

私はバーのチェックをする三阪君を待った。

二人してエレベーターに乗り込んだ。私たちの部屋は同じフロアーだったが、エレベーターを降りて右と左に分れていた。

「三阪君、今夜はいろいろ勝手なことを言ってすみませんでした。少し酔っていたのでしょう」

「いいえ。そんなことはありません」

「じゃ……」

私は何かを言い忘れている気がした。

「三阪君、君はヤンキースタジアムでのワールドシリーズでヤンキースが敗れた時、他の記者より早く松井選手にインタビューをしたと言っていたね」

「はい。そうです」

私は三阪君とエレベーターホールで別れる間際に、松井選手が左膝《ひざ》のひどい痛みに耐えてシーズン最後のワールドシリーズに立ちむかっていたことを三阪君に話した。

「……男というものは二十歳を過ぎれば誰だって他人には見せない傷や痛みをかかえているものなんだ。でもそれを平然と受け入れるのが、本当の大人の男じゃないか、と私は思うんだ」

「誰でもですか？」

「ああ、私は誰でも他人には見えない傷や痛み、つまり切ないものをかかえて生きていると思う。いや、それをかかえることが生きることだとも思っている。私は〝極楽トンボ〟だから、そんなたいしたことはなかったけど、それでもちいさいなりにかかえなくてはならなかった哀しみはあった気がする。三阪君、君も、私も、そんなことを平然とかかえて生きていきたいよね」

「はい、本当に今夜はありがとうございました」

私は三阪君に手を振り、部屋にむかった。

――これでよかったんだろうか

という気持ちが頭の隅を横切った。

帰国すると、私はまた締切りに追われる日々に戻った。それでも松井選手のプレーを見つめた余韻は消えなかった。北国に雪が降りはじめ、年の瀬は過ぎ、新しい年を迎えた。

北国の雪が少しやんで、青空が見えた日の夕暮れ、三阪君の制作した松井選手のメジャー挑戦一年目のスペシャル番組は放映になった。

一ヶ月前に、私はひさしぶりに三阪君に逢った。彼は、番組の中のナレーションを録音するのに立ち会ってくれた。

それまで私はこんなに長い時間、テレビ画面に出演したことがなかったので、何やら気恥かしい心地だった。

しかし三阪君が構成、編集した番組の内容は素晴らしいものだった。

何より主役である松井選手のプレーに感動した。

松井選手という一人の青年が、メジャーリーグに挑戦し、デビュー一年で何をして、アメリカの人々に何を与えたかがまことによく出ていた。

第二章　天使の分け前

三阪君が去年一年をかけて制作した松井選手のメジャーデビュー一年目の活躍を追ったドキュメント作品の中で、私が特に気に入ったのは、いや特別感心したのは、或《あ》るシーンだった。デビューして三ヶ月が過ぎ、メジャー野球が後半戦に入った頃に、松井選手を応援するファンが少しずつ増えて行き、その中でも、松井を懸命に応援するファンにひとつの特徴があるのを見つけて、彼等にインタビューをしていた。

それはアメリカの少年たちで、中でもどちらかというと内向的というか、普段はおとなしくて、なかなか自分から何かを主張できない内気な子供たちだった。

まだ皆幼いファンたちで、しかも恥かしがり屋で、カメラをむけても、彼等は自ら語ることはなかった。両親が彼等の気持ちを代弁しているシーンだった。

或る母親はこう語った。

「正直、少し驚きました。この子が、突然ヒデキマツイを観に行きたいと言い出したんです。普段、何かを好きと積極的に口にする子ではなかったのですが……。勿論《もちろん》、ベースボールは彼のお気に入りのスポーツで、しかもヤンキースファンです。しかし数多いスター選手の誰かが好きとはこれまで口にしたことはなかったんです。それが、突然、〝ママ、ヒデキマツイを観たいのでヤンキースタジアムに連れて行って欲しい〟と言い出したんです。私も主人も驚きました。それでスタジアムに来たんです。ほら、このTシャツもこの子が欲しいと言ったんです。とても嬉《うれ》しかったんですよ、私も主人も……」

そう言って少年の背中を見ると55番、MATSUIの文字が見えた。

瞳《ひとみ》の澄んだ少年だった。

インタビュアーが、彼に『ヒデキマツイ選手が好きなの？』と訊《き》いても、彼は恥かしそうにこくりとうなずくだけだった。それでも松井選手がバッターボックスに立つと、彼は目をかがやかせて見つめていた。

内気な少年が松井選手を応援しているシーンを見て、私は感動した。

それを見逃さなかった三阪君の目に感心した。私は録音スタジオで彼に言った。

「いいねぇ、このシーン、よく撮ったね」

すると三阪君は少し照れたような表情をして言った。

「実は、ボクも少年の頃、内向的過ぎて両親を困らせていたんです。だから静かにしている少年を目にすると、感じる時があるんです。あれっ？　もしかしてこの少年、ボクの子供の頃と同じじゃないのかな、って……」

――なるほど……やっぱり！

と私は思った。

私はこれまで、素晴らしいものを創造してきたクリエーターを見てきた。同時にさまざまな書物を読んで、偉大なものを創造してきた偉人たちの伝記や、その偉人たちの周囲の人々の話を知り、学んできた。そこで知ったことは、世の中で人々を感動させる創造をした人たちの少年、少女時代は、私が想像していたのとまったく逆の場合が多かったのだ。私は、立派なことをした人たちは子供の時からよく勉強ができた優等生だと思っていた。ところが素晴らしい創造者の大半が、子供の時代に、勉強が上手《うま》くできなかったり、自分の思っていること、考えていることを上手に誰かに伝えることができなかった。

そうして、その子供たちは一様に、生きることや、明日に対して不安を一度ならず感じていた。

世界はそういう子供に、不安を感じた若者たちに、創造力を与えたのだと、私は考える。

だから私は、内気で不安を感じながらも懸命に生きようとしている子供たちに、松井選手のプレー、彼から伝わるやさしさ、ぬくもりのようなものを、三阪君も同じように感じたのだと思った。

私も、松井選手に初めて逢《あ》った時から、そういう彼のパワーを感じていた。

野球というスポーツには、そのような人智を超えたようなものがあって、信じられないような奇跡が何度も起きてきた。

それはあらゆるスポーツで野球だけが持つ不思議な力なのだ。

録音スタジオの片隅で、私と三阪君はお互いが考えて来たタイトルについて話し合っていた。

「先生、どうして〝天使〟なんですか。ボクは〝神さま〟の方がいいように思うんですが」

「うん、たしかに〝神さま〟の方が聞いた感じもいいとは思うけどね」

「じゃ〝神さま〟にしましょうよ」

私たちが話し合っていた〝神さま〟と〝天使〟は作品のタイトルで、一ヶ所だけが違っていた。

〝ベースボールの神さまに抱かれて〟

が三阪君の提案したタイトルだった。

〝ベースボールの天使に抱かれて〟

これが私の案だった。

その日、録音が終るのを私はスタジオの隅で待っていた。

私は、三阪君と食事の約束をしていた。

スタジオで浮き浮きと働く三阪君の姿は見ていて爽《さわ》やかであったし、頼もしくもあった。

──やはりいい青年だ……。早く素敵な恋人を見つければいいのに……。

それが私の正直な気持ちだった。

私の胸の片隅に、ニューヨークでの最後の夜に、三阪君が打ち明けた話が、どうしても居残ってしまう。

──あんなふうに言って良かったのだろうか……。もっとわきまえた話はできなかったのか。

私がそう言ったのは、私自身の経験から来るものだった。

若い時に、親しい人、近しい人、ましてや家族を失くしてしまうと、その別離をなかなか受け入れることはできないし、失くした人を思い出す度に、気持ちが揺り動かされ、どうしようもない心境になってしまうからだ。

意志が人より強いと思っていた私でさえ、酒に溺《おぼ》れる日々が続いたからだ。

──あんな辛《つら》い目を三阪君はいつまでも味わっていてはダメだ。

それが私の思いだった。

録音が終って、私たちは赤坂《あかさか》にあるお鮨《すし》屋へ行った。

そこは私が昔から馴染《なじ》みにしている、三阪君の先輩のテレビディレクターから紹介された店だった。

三阪君が小声で言った。

「何だか緊張します。こんないいお鮨屋さんに入るのは初めてなんです」

「何を言ってるの。遠慮しないでどんどん食べて下さい。そうだ、この店は三阪君の大先輩で同じ富山の出身の人に連れて来てもらったんです」

私がそのディレクターの名前を出すと、三阪君は、よく存じ上げてます。ディレクターの大先輩です、と肩をすくめて言った。


「三阪君、昼間話をした天使の話だけど……」

「あれはやはり〝神さま〟でしょう」

——オヤオヤ、頑固だね。

「いや違うんだ。このウィスキーだけど……」

私は手元のウィスキーが入ったグラスを見た。

「このウィスキーは、私の好きなスコッチで、今、流行のシングルモルトウィスキーです。私は、他の人より少しお酒が好きなんです」

「よく存じ上げています」

「以前、ウィスキーの故郷を訪ねてみようというので、スコットランドのアイラ島へ行ったんです。訪ねた時が冬になろうかとする季節で、極寒の島でした。ウィスキーを作るか、荒海に漁に出るかしかない土地でした。それでも島の人たちは誇りを持っていました。人間のこころをあたためてくれるスコッチを作っているということにです。私、B&Bといわれる簡素なホテルに泊まったんです」

「知っています。BEDとBREAKFASTで、泊まるところと朝食だけのホテルですね」

「そう。そこの女主人と仲良くなってね。もう九十歳くらいの方でした。スコットランドにはゲイル語という古い言葉があるんです。英語より古い言語でね。それを孫たちに教えようと老人たちが学校をはじめてました。彼女が言うには、言葉は民族の、国の礎《いしずえ》であり、誇りだと。母国語を失ったら、その民族も国も喪失してしまうと……。私たちにはそういう経験がありませんから実感はわきませんが、少し考えてみたら、彼女の言うとおりなんだと思いました」

「ボクもそう思います。言葉の力を信じています」

三阪君が真剣な目をして言った。

――こういうところが三阪君はイイナ～。

「彼女からもうひとつ教わったことがあるんです。彼女のカスク、スコッチを入れた樽《たる》のことです。樽に入ったスコッチの子供たちが一年に五パーセントなくなるんです。自然と蒸発するんですが、それを〝天使の分け前〟というんです」

「〝天使の分け前〟ですか？」

「そうです。いい言葉でしょう」

「ええ。言葉の響きが、とても素敵です」

「シングルモルトウィスキーのカスク、樽は十年も経つと、四分の三くらいしか残らないんですね。じゃ、四分の一はどこへ行ったんだ？　となると、自然蒸発なんですが、それは蒸発なんかじゃなくて、誰かが持っていったんだと……。じゃ誰が持っていったんだ？　島の人々は、それは天使が持っていったんだ、と考えたんです。それでカスクの中の減っているスコッチの原酒は〝天使の分け前〟だと……」

「いい話ですね」

「そう思いますか。私もこの言葉が好きなんです。その言葉を耳にして以来、私たちの周囲にも同じようなことはあるはずだと思いはじめました」

「ボクたちの、この日本でですか？」

「そう。日本だけじゃなくて、世界中に〝天使の分け前〟はあるんです。たとえば春になって美しい桜が咲きはじめますよね。毎日、それを眺めていて、或る朝、その前夜がとても風が強い夜だったとするでしょう。朝、目覚めて桜を見に行くと、半分近くが散ってしまっているとするでしょう。それを眺めて、悲しんだりせずに、きっと昨夜、天使たちが花見をしに来たんだろうって。私たちは自分だけが美しいものを見ることができれば、それでいいと考えがちですが、そうじゃなくて、世の中には理屈だけで片付かないものがたくさんあって、そういう時に、前向きで考えられるかどうかが大切なんだと思うんです」

「……」

三阪君はじっと私の話を聞いていた。

「おそらく天使は私たちの周りのいろんな場所にいて、私たちに恋のチャンスをくれたり、悪戯《いたずら》をして困らせたりしているんだろうと思うよ」

「えっ、ボクたち人間を困らせるんですか？」

「そりゃ、そうだよ。天使だって、善い天使と悪い天使がいて当然でしょう」

「へェ～」

三阪君が感心したようにうなずいた。

三阪君は、天使の中にも善い天使と悪い天使がいるという、私の言葉に驚いていた。

「ほら堕天使と言うのがキリスト教であるでしょう。元々は天使だったのに、天上界で神さまより自分が偉いと言い出して、天上界を追われた天使のことを言うんだよ。キリスト教では悪魔のことをさすんだけどね。そこまでじゃないにしても、天使だって私たちと似たようなところがあって、時々、悪戯をするのさ。それで仲の良かった恋人同士が喧嘩《けんか》をしたり、別れたりするのさ」

私の言葉に三阪君の顔色が変わった。

「だから自分の周りで起こった出来事をすぐに自分のせいにしていたら、身体が、いや人生がいくつあっても足らなくなるってことだよ」

「先生はいつもそんなふうに物事を考えていらっしゃるんですか」

「今はね。でも君の年齢の時は、そんなに余裕を持って考えられなかった。自分の家族や、近しい人に切ないことや悲しいことがあると、むしろ自分のせいなんじゃないかと考えるタイプだったよ。でも今はそんなふうには考えなくなった」

「どうしてですか？」

「そうしないと自分を含めて、周りの皆が切なくなってしまうからさ。自分はいいとしても、たとえば両親なんかは、子供が、彼の周りで起きた切ない出来事をすべて自分のせいにしているのを知ったら、いたたまらないと思わないか？」

「そうですね。両親が可哀相ですよね」

「でも若い時は、そう考えられない。どうしてかと言うと、世界の中心に当人はいると思っているからなんだ。でもそう考えるのは当たり前さ。だってそうだろう。自分の未来のことで頭の中は一杯なんだもの。それが若いということなんだ。誰だってそうさ。恥かしいことでもなんでもない。やがてそれだけで生きていけないことがわかる」

「どうやってですか？」

「方法があるわけじゃない。自然とそうなるものだろう」

「それはたとえば挫折《ざせつ》をしたり、悲しいことに遭遇するからですか？」

「勿論、それもあるだろうね」

三阪君はちいさくうなずいた。

私は三阪君を励まそうとして、そんな話をしたのではなかった。それはニューヨークで彼から聞いた、何とも不思議で、ミステリアスで、そして切ない恋の話はたしかに私の胸の片隅に残ってはいたが、私にはそんな他人を慰めるなどというおこがましい考えはなく、野球というスポーツがまだ未完成のスポーツであり、松井選手のドキュメント番組のタイトルに、私は三阪君も〝神さま〟などという発想はしない方がいいと思ったからだった。

「まあ番組はプロデューサー、ディレクターのものだから、タイトルは君が決めればいいよ。私のはあくまで提案だ。……それと最後にもうひとつ言っておこう。天使というのは世界のいたるところにいるものだ。好奇心が旺盛《おうせい》で、誰と誰を恋に落としてやろうかと目をキョロキョロさせている天使もいれば、四六時中いねむりして夢ばかりを見ている天使もいるんだ。それでも天使がいったん誰かに取り憑《つ》くと、その人は恋をしたり失恋したりするし、楽しくなって歌ったり踊ったりする。別の人は何かを創り出したりするものだ。スポーツ選手に素晴らしいプレーもさせれば、とんでもない失策もさせてしまう。それでも天使の存在は間違いなく、彼等の力で人間にそうさせているものがある。それは世界中を出逢いであふれさせていることだ。私は、それを君に言いたかったんだ。もう一度言うよ。世界は新しい出逢いであふれているんだ。その出逢いをこころの隅で待ち望んでいるのが人間という生きものさ。私であり、君ということだよ」

私の言葉に三阪君は嬉しそうに笑みを浮かべていた。左の頬にあらわれる片笑窪《かたえくぼ》がまぶしかった。

松井選手の番組のタイトルは、私が想像していたとおり、〝神さま〟が採用された。たぶん放送局の上司の選択もあったのだろう。でもそんなことはたいしたことではない。番組は大評判になり、三阪君の局では放映後、感動の電話が鳴りっ放しだった。すぐに再放送され、私の元へもお誉めの言葉が何人からも届いた。勿論、帰国していた松井選手からも、三阪君にお礼の電話があったという。

夢見心地の春は過ぎ、初夏から私はヨーロッパの美術館を巡る旅に二度出かけた。〝ぐうたら作家〟〝極楽トンボ〟の私が急に仕事をすると言い出し、各出版社は驚き、旅の駕籠代《かごだい》（交通費）は一番安いものにしてくれと言ってきた。作家も遊んでばかりいると気が付いた時には、ただのオジサンになってしまっていた。

そこで私があわてたか？　そんなことは百も承知だった。出版社などというものは、今でこそ一流大学卒業者がこぞって入社してくるが、ほんの二百数十年前までは一発商売の瓦版《かわらばん》屋である。作家先生、ヨオッ大小説家、などとおだてていても、作家も本も所《しょ》詮《せん》はスーパーの陳列棚に並ぶ、インスタントラーメンと何もかわりはしない。売れなければとっととお払い箱である。ところが私はまだ世の中が景気の良かった時代にデビューし、当初少し騒がれたことを利用して、各出版社にお金を限度額まで借り切っていた。

その私が、そろそろ仕事をして借金を返済したいので、取材費を出して欲しい、と申し込むと、各社は渋々、ともかく一番安い取材にしてくれと、金を出したのである。

——今さら何を言い出すんだ。六十歳を過ぎたら売れる本を書くだと？　そんな作家は今まで一人もいやしないぜ。借金を返すための取材費と言うし、他社も出すらしいからしょうがなく出してやるんだ……。

ほらね、私はそんなことはとっくにお見通しだったのである。

安い駕籠代のために、私は一計をめぐらし、世界一周便という、地球を一周すれば半額近く割安になるシステムを見つけ、カメラマンと二人で取材の度に、用があろうがなかろうが、世界の三都市を周遊したのである。

そこでちゃっかり、ニューヨークを訪れ、松井選手のプレーを見学にヤンキースタジアムを訪れたのである。

メジャー二年目の松井選手の活躍は素晴らしいものだった。

ヤンキースはリーグ優勝こそ逃がしたが、十年連続でポストシーズンに参戦した。

今や、ヒデキマツイは堂々たるヤンキースのクリーンナップであった。

ニューヨークの街を歩いていると、私は三阪剛君のことを思い出した。

松井選手のメジャー二年目はかがやかしい成績だった。

松井選手を応援するファンが皆口を揃えて言ったことは、そのシーズンの途中から、彼の身体がそれまでのスマートな身体付きから超人ハルクを思わせるような上半身に変わって行ったことだった。

実はメジャー一年目の後半から、彼はメジャーの投手のボールが重くて、しかもカットボール、ツーシームボール……とほとんどが手元で変化するため、バットの芯《しん》を少しでも外れると打球がヘナヘナと力の弱いものになることに、どう対処するかを考えていた。日本ではスタンドに入って当然の打球がスタンド前で失速し、外野手になんなく捕球されてしまう。その対策として彼はまずスイングが力強くなることと、もうひとつ大切なこと、それはしっかりバットの芯でとらえることだと結論を出した。そのためには投手の投げたボールをぎりぎりまで引きつけてから、そのコース、球種を見分けてフルスイングする。そうするために少しひろめのスタンスで構え、重心を低くして、投手のボールを見るようにしていた。

それが功を奏して、日本ではたまにしかなかったレフト方向の長打、ホームランが出るようになった。

そのバッティングを見たヤンキースのトーレ監督以下ナインたちは、〝ヒデキの野球に対する努力と対応力は素晴らしい〟と一目置くようになった。プレーだけではない。毎回、試合が終ると、大勢の日本のマスコミに嫌な顔もせずきちんと取材に応じる姿を見て、初めナインは、調子が悪かった日など、あんなふうに自分たちは取材を受けるマインドを持っていないよ、拒否してもいいのに……と思っていた。やがてナインは、松井選手の声を大勢の日本の野球ファンが待っているのを知って、彼がそのファンへメッセージを送っていると理解してからは、皆が見習うようになった。

松井選手はプレーだけでなく、プロの選手として何をすべきかを学ぶことができる選手なのだと、少しずつ、特別な存在に変わって行った。

〝進化するゴジラ〟と日本のマスコミは絶賛した。

メジャー二年目の春、私は仙台の自宅の庭に一本の木を植えた。

私は妻に話しかけた。

「庭に一本、木を植えたいんだが」

「へぇ～、珍しいわね。あなたがそんなことを言うのは」

「実は、松井君の夢がかなうようにと願って植えたいんだ」

「それってどういうこと？」

「ほら、この家は仙台でも特別寒い山の麓《ふもと》にあるだろう。冬は泉ヶ岳《いずみがたけ》から、あんなにすさまじい山下ろしの吹雪がやって来る。その中で踏ん張って伸びて行く木を植えて、その木が空に聳《そび》えるほど成長した時、私の夢もかなうと思うんだ」

「夢って？」

「松井君が、世界で一番のスラッガーになること。そうしてワールドシリーズでMVPを取ることさ。それを見るのが私の夢だよ」

「そんなことがかなうかしら？」

「私はかなうと信じている。かなうと信じて、夢にむかって手を差しのべなきゃダメなんだ、差しのべた手の中だけに果実は落ちてくるものだ」

「あら、素敵な言葉ね、どうしたの？」

「へへへ。イギリスの古い諺《ことわざ》をいただいたのさ」

「わかりました。私も賛成。じゃさっそく庭のお世話をしてくれている親方を呼びましょう」

数日後、親方が家にやって来た。

「どんな木がいいですか……。桜の木なんかは花が咲いて、見栄えもしますよ」

「桜は苦手なんだ」

「苦手？」

親方は目を丸くした。

すると妻が言った。

「そうなんです。この人、桜の木が怖いんです」

「怖い？　先生のような大きな身体をして」

「親方、派手な花が咲く木じゃなくていいんだ。寒風の中で、寒さに耐えて、凜《りん》と立っている木を選んで欲しいんだ。そうして大きく成長したら、たくさんの鳥がやって来て、気持ちの良い葉音をさせる、皆が寄り添うような木がいいんだ。何というか、バッターで言うと堂々としたスラッガーみたいな木です」

「スラッガーですか？」

いつかその木が成長したら、私は松井選手を応援してくれた人たちと集い、その木の下で春の一日を過ごしたいと思っていた。

私はその木のことを三阪剛君に手紙を書いて報告した。

『まず誰よりも、君と二人でその木の下で一杯やろう。ぜひ来てくれたまえ』

仙台の家に届いた三阪君からの手紙は、その木をぜひ見たいということと、もうひとつ、この春から彼が東京の局から四国の局へ異動になることが書いてあった。

NHZ放送局に勤める人は誰もが一度地方局に転勤になるのが通例だった。

『転勤お目出度う。四国の放送局なんて最高じゃないか。海の幸の最高なところでお酒も美味《おい》しい土地だよ。良かったね。夏には黒潮に乗って、クジラもやって来ると聞いたよ。いいね、一度行ってみたいよ』

私は三阪君のあの大きな瞳にまぶしい太平洋の海原が映るんだろうナ、と想像した。

松井選手はメジャー三年目を迎え、この春先、球団が翌シーズンからの再契約で三年契約三千百五十万ドル（〇五年レートで三十三億八千八百万円）の提示を受けたが、今年一年の自分のプレーを見ていてくれと言わんばかりに、契約はシーズン後にしたいと申し出た。

万全の状態でシーズンを迎えた松井選手は珍しく、今年は本塁打王も狙いたい、と口にした。

しかしシーズンに入ると、二ヶ月近く本塁打が出なかった。六月十二日の誕生日は日本から両親もやって来るので、いつもこの日は大活躍をしていたのに、右足首を捻挫《ねんざ》してしまった。私はその十日後にヤンキースタジアムを訪れた。なんとその一週間で打率4割5分5厘、3本塁打、10打点でメジャーの週間MVPを獲得した。

上機嫌の松井選手からニューヨークの宿泊していたホテルに連絡があり、食事をしませんか、と言われた。

「いいんだよ。プレーに集中しなさい」

断わったが、ぜひにというので、たぶん祝杯を上げたいのだろうと約束のレストランに出かけた。

私がレストランに入ると、松井選手はレストランのウエイティングルームでファンに囲まれていた。

――スゴイ人気だな……。

すでに松井選手はニューヨークの人々の愛すべきプロフェッショナルになっていた。

「いや素晴らしい一週間だったね」

「ありがとうございます」

逢う度に成長して行く松井選手を目の前で見ていて、頼もしいというより、何やら自分一人がこうして付き合ってもらうことが申し訳なく思えた。

先刻、サインを求めていたファンもいざ松井選手が食事の席に着くと、誰一人彼をジロジロ見ないし、ましてやサインや握手を求めてくる人はいなかった。

いつか彼が、日本にいるよりニューヨークの方が楽なところもあります、むこうの人はプライベートは大切にしてくれますから、と言っていた言葉を思い出した。

「松井君、ニューヨークにはもう慣れましたか？」

「はい。もう三年目ですし。道もようやく覚えました。もっとも自宅とスタジアムまでの道ですが、ハッハハ」

「車の運転は気を付けないとね。君だけが交通事故から逃れられるってことはないのだからね」

「わかりました。安全運転ですから」

「寝坊をすると、スピードを出す時もあるからね」

「いや、まいったな」

松井選手の遅刻は日本でも有名だった。

「どう、いろんなアメリカの都市を遠征で出かけてみると、ニューヨーク以外でいい街はあったかい？」

「ボストンが良かったですね。あの街なら一度住んでみたいな、と思いました」

「ああ、そう言っていたね。ボストンは私も大好きだ。いい美術館もあるし、あの街のオーケストラは全米で一番だよ」

「評判は聞いています。ぜひ一度聴きに行きたいと思っています」

「今週の活躍で日本のファンもひと安心だろう」

「そう言えば三阪さんは元気なんですかね」

松井選手がNHZディレクターの三阪剛君の名前を口にした。私は少し驚いた。

「ああ、元気にしてるよ。今は東京から四国に転勤になって、むこうで頑張ってるみたいだよ」

「そうですか。そりゃ良かった。初めてお逢いした時、可愛い顔立ちだったのでてっきり自分より歳下だと思っていたら、歳上だったので驚きました」

「そうだね。彼はどちらかと言うとベビーフェイスのところがあるからね。でもその印象は、あの大きな瞳から来るものだろうね」

「ああ、そうかもしれませんね」

松井選手が思い出したようにうなずいた。

「あの瞳を見ると、何か物を創造するのが適職なんだと思います」

「そうなんですか？」

「はい。私の先輩や知人でクリエイティブな仕事に携わり良い仕事をしている人たちに共通している瞳です。やさしそうに見えて、そのくせ目の力が強いんです」

「運動選手の目はどうなんですか？」

「君、自分がバッターボックスに入って投手を見つめている目を見たことないんですか？」

「ほとんどありませんね」

「獲物を睨《にら》んでいるライオンのようですよ」

「ゴジラですから」

「あっ、それは失敬。ゴジラもたいした眼力でしょう。何か目から光線を出しませんでしたっけ」

「そう言えば目から光を出してましたね」

「君、あまりゴジラのこと知らないの？」

「ニックネームというか、渾名《あだな》ですから」

——へェ〜、そんなもんなんだ。

私は今の彼の話を三阪君に教えてやればきっと喜ぶ気がした。

春先、私は三阪君から手紙をもらっていた。

何でも三阪君が住む街で、私の田舎の後輩が本屋さんをやっていて、その後輩と酒を飲むと、皆で私の話をする、と書いてあった。

伊地知先生、東京に戻ったら、もう一度、松井選手の取材をしたいですね、と書いてあった。

松井選手のメジャーでの三年間は、私の日々の暮らしに想像もしなかった活力を与えてくれた。

私は五十五歳になり、〝極楽トンボ〟は相変らずだったが、いつの間にか、新人作家と思っていた私が、ベテラン作家の棚に並べられるようになっていた。それでも私はまだまだ自分はこれからだと思っていた。

それは少年の時に、或る先生から言われたことがあるからだった。

「伊地知君、人生には到達点などというものはないのだよ。〝山上になお山在り〟だよ」

「先生、その〝山上になお山在り〟とは何のことですか？」

「それはね、伊地知君、人が山の頂きを目指して登って行くだろう。その山が高ければ高いほど、そこが山の頂きだと思っていた場所についてみると初めて見える、もっと高い山がそのむこうにあるということなんだ」

「……」

少年の私は先生の話していることがよくわからなかった。

「先生、山を登る前にもっと高い山があるのをその人は知らなかったということですか？」

「そうじゃない。山は物事のたとえを言っているんだ。何事も目標を持って懸命に、その頂きを目指せば、いつか山の頂上に登ることができる。そうしてその頂きに立った人の目だけに、さらに高い山が見えるんだ。山に登ることだけがすべてではないんだ。大切なのは一歩一歩足を進めながらも、大きなこころざしを忘れずにいることなのだよ」

「わかりました。〝山上になお山在り〟ですね。胸に刻んでおきます。はい」

「君はいつも返事だけはいいな。まあよろしい。返事も大切なことだ」

少年時代の私は、正直、勉強が嫌いだった。勉強の何倍も遊ぶことが好きだった。学校が終ると一目散に駆け出して、海の見える砂浜や、風が吹き抜ける原っぱへむかった。

そうして或る日、私は風の中に、今まで聞いたことがないような心地良い音色を聞いた。音のする方へ疾走すると、四月の風の吹く草原に、年長の少年たちが白いボールを追いかけていた。

私は目を見開いて、それを見た。

青く澄んだ空の下で少年たちは白球を投げ、打ち、走り、泥だらけになりながら、笑い、叫び、懸命にゲームに興じていた。

「あれは何ちゅうもんじゃ？」

するとそばにいたオジサンが言った。

「坊は、あれを知らんのか。あれが野球じゃ。アメリカさんからやって来た、英語で言えば〝ベースボール〟というもんじゃ」

またカーンと音がした。

見ると白いボールが青い空にグングン上昇していた。

「ロケットみたいじゃ！」

「ロケットじゃない。あれはホームランと言うんじゃ」

「ホームラン？」

「ああホームランじゃ」

以来、私は野球に夢中になった。

明けても暮れても野球をしていた。そうして野球の中にさまざまなことを学んだ。人生に必要なことはすべて野球にあった。

叫びたいほど嬉しいことも、涙がこぼれそうになるほど口惜《くや》しいことも、仲間のために自分を犠牲にすることも、そして、何よりチームのために戦い、仲間とともに喜びがわかち合えることも教わった。

そうしてもうひとつ野球をする場所の天上に〝野球の神さま〟がいて、天上から天使たちが舞い降りてくることも……。

サヨナラゲームで敗れた時、エラーをした私が、どうしてあそこでボールがイレギュラーバウンドしたのだろうか？　と泣きながら自問をしていると、耳の奥から声が聞こえた。

『悪かったね。あれは天使の悪戯なんだよ。次はいいこともあるさ』

その声に偽《いつわ》りはなかった。

数日後、ライバルチームの豪速球を、これまでは一度だって打てなかったのに、目をつぶってバットを出したら、妙な感触とともに歓声が聞こえた。

目を開けると、何と私の振り下ろしたバットに豪速球が当たり、打球は外野手の間をコロコロと転がっていた。

私は生まれて初めてヒーローになった。

その夜、星の下で、バットスイングをしていたら天上から声がした。

『どうだね。ヒーローの気分は？　今日、君の背中にいた天使はどうも君が好きだったようだね』

私は星にむかってうなずいた。

いろんな天使が天上から舞い降りてきて、この世の中のいろんな場所で、私たちを見て、笑ったり、怒ったり、時によって、ひどい悪戯をしたりしている。

恋のキューピッドもいれば、作曲家に素晴らしいイマジネーションをプレゼントする天使もいる。迷える子羊に草原の帰り道を教えている天使もいれば、新天地を目指して大海原へ出航した船乗りたちに恐ろしい嵐を起こして海の底に沈めてしまう天使もいる。

それはすべて天使が人間に与える神さまからの〝運命〟という名前の分け前なのである。

野球のグラウンド以外で、私が天使の分け前を知ったのは二十歳の時だった。

上京していた私の下に、実家から連絡があり、弟が海で行方不明になり、彼の乗ったボートだけが台風が近づく海岸に漂着したという。私はすぐに故郷の海へ戻った。

海岸に男たちが仁王立ちしていた。

私の姿を見つけると、父が決心したように言った。

「ボートを漕《こ》げ。あの子を探しに行くぞ」

皆の反対を押し切り、私と父は台風で荒れる沖にむかってボートを漕ぎ出した。

父は空を睨んでいた。やがて台風の目がもうすぐこの海の真上を通過する。それを狙って父は海へ出たのだった。やがて風が止み、海が静かになり、夜空の一点に星が見えた。

「おい、あの岩場だ。あの子が生きているとしたら、あの岩場しかない」

私は必死でボートを漕いだ。岩場に着き、父と私は大声で弟の名前を呼んだ。

「岩場にはさまってるなら岩だけでも叩《たた》け」

呼べども返答がなかった。

やがて海が荒れはじめた。ボートが揺れた。転覆しそうだった。

「ダメだ。引き返せ。わしらが連れて行かれてしまう。引き返せ」

私は浜にむかってボートを漕いだ。その時、父が言った。

「あいつら、わしの息子を連れて行きやがった」

——あいつら？

それが天使のことだとわかったのは、ずいぶんと後になってのことだった。

天使はいろんな場所で私たちを見ているのだ。

私はその天使が私たちに与える〝天使の分け前〟の話で、三阪剛君に話さなかったことを、四国にいる彼へ手紙で書いた。

前略　三阪剛君

元気にしてますか。私は相変らずの〝極楽トンボ〟ですが、まあ元気にしてます。ところで録音スタジオで君に話すことができなかった話を伝えたくて、筆を執りました。あれから私は松井選手の活躍をずっと見てきて、気付いたことがあるんです。〝天使の分け前〟って、実は松井選手も受けてるってことです。ほら、君が制作した松井選手のメジャー一年目のドキュメント番組の中で、松井選手のファンの中に、普段、友だちと上手く話ができなかったり、一人で家に籠《こも》ってしまっている孤独な子供たちが大勢いるってシーンがあったでしょう。あの時、一人の少年のお母さんが、『この子がテレビを見ていて、突然、ママ、ヒデキマツイの応援をしに野球場に連れて行って、と言い出したんです』って話していたでしょう。あれはどうしてかな、と私はあれから考えていて、その理由がわかったんです。一ヶ月前の夜半、実はその日はヤンキースはデーゲームだったのでテレビの実況が深夜だったんだ。私は珍しくその夜、落ち込んでいて、松井選手から元気をもらえればいいな、とテレビを見ていたんだ。すると松井選手が大きな外野フライをナイスキャッチしたんだ。私はそれを見て感激し、落ち込んでいたこころがパァーッと明るくなり、元気になったんだ。ありがとう、松井君、と思いながら、テレビで何度もそのナイスキャッチのシーンをリプレーしたものだから、それを見ていて、私は見つけたんだ。

何だと思うかい？　三阪君。これは少しもったいぶってもいいんだが、友だちの君には話しておこうと思ってね。いいかい、驚いてはいけないよ。大きな外野フライに松井選手が信じられないほど高くジャンプした時、なんと松井選手の背中に白い翼《はね》がついていたんだ。ほら、あの〝天使の翼〟さ。私も何度もリプレーをしてくれなかったら見逃すところだったんだよ。驚いただろう。

その松井選手の背中に、一瞬見えた〝天使の翼〟を目にして私は、松井選手の応援に、突然、行きたいと言い出した子供のファンが大勢いる理由がわかったのさ。ほら、頭の回転のいい三阪君なら、もうわかっただろう。そのとおりだ。子供たちも〝天使の翼〟を松井選手の背中に、きっと見たんだよ。いい話だろう？　そうして私は君だけに打ち明けておく話があるんだ。信じない？　いや、君は信じるはずだ。いつか君に海で遭難して死んだ私の弟の話をしたよね。あの捜索をしている時、私は父天使に逢っているということなんだ。それは私がこれまでの人生で何度かの一言で、天使が弟を連れて行ったことを後年になって知るのだけど、弟はどうしているのかなと時々思ってはいたんだが、一度だって弟は私の夢に出て来なかった。ところが或る夜、元気にしている弟が夢にあらわれて『兄《にい》ちゃん、心配しなくても、ボクは元気にしているから』と笑って言ったんだ。私は弟が悪い天使に連れて行かれたとばかり思っていたから、彼等を憎んでいた。でもそれが変わったんだ。実はこの手紙の本題はもうひとつあるんだ。ニューヨークの最後の夜に君は私に、昔の恋人との切ない話をしてくれたね。あの時、私は『その人は今も生きていて君以外の誰かと暮らしている』なんて残酷なことを言ったよね。そのことがずっと私の胸の奥に残っていて、君に申し訳ないことを言ってしまったと後悔していたんだ。いくら酒をいささか飲んでいたからといって、あんな酷《ひど》いことを友だちの君に話したことを猛省しているんだ。それで私もずっと、その人はどうしているんだろうかって考えたんだ。この手紙の前の方に書いた、松井選手のファインプレーを見た夜、私は仙台の家の庭に出て、星を見上げたんだ。すると声がしたんだ。『心配はいらないよ、極楽トンボ君。彼女は天使の悪戯でいなくなっただけで、今も元気に生きているから』ってね。それを君に伝えたかったんだ。だから君も、彼女以上にしあわせな人生を送らなくちゃいけないんだ。そうだろう。長い手紙になったけど、君の活躍を、近々、天使に逢えることを祈ってるよ。じゃ、また。

極楽トンボより

この手紙を私は投函《とうかん》した。

手紙を出して、数日もしないうちに三阪君から長い手紙が届いた。

前略　極楽トンボ先生

お元気ですか。こちらは毎日、暑い日が続いています。こころあたたまるお手紙をありがとうございました。ボクの方はこちらで何かと忙しい日が続いています。東京に比べて時間があるだろうと思い、これを機会に少し小説を読もうと、柄にもなく文学全集を買ったのですが、いざ読もうとすると、これが毎日、クジラ見物や川下り、宴会が続いて、東京にいた時より遊んでしまっているという情けない日々です。お酒の美味しい土地の人はやはりよく飲む人が多いのですね。

さて先生のお手紙の中にあった〝天使の分け前〟が、そういうことだったのかと、感心、感動しました。正直、録音スタジオで天使の話をうかがった時は、よく理解できませんでした。やはり頭が良くないのですね。松井選手を見て、突然、野球場に行きたいと言い出した、おとなしい子供たちが、まさか〝天使の翼〟を松井選手の背中に見たとは……。いや驚きです。先生のご覧になった、あのパドレス戦のファインプレー、さっそく本局の後輩に頼んでVTRを取り寄せましたが、ボクの目には、先生のご覧になった〝翼〟が何度リプレーしても見えませんでした。子供たちと違ってボクの目は濁っているのかもしれません。もう十四年も前になる彼女とのことを先生が覚えていて下さって、心配して下さっていることに感激しました。彼女とのことはボクのこれまでの人生で最大の出来事でした。それは今も変わりません。こう書くと、そんな昔のことにいつまでくよくよしてるんだと思われますが、どうしようもありません。ニューヨークの最後の夜、先生が、『彼女はどこかで生きている。生きていて君以外の誰かと暮らしている』と言われた時、頭をガーンと打たれたと言うか、ショックでした。でもすぐにわかったんです。先生はボクを再出発させようとして、そうおっしゃったのだと……。言われてみて、ボクは何か目の前でボクの明日を遮断《しゃだん》していた幕のようなものが一気に落とされた気がしました。

仙台の星空の下にいらした先生に天上の声が届いて、彼女が元気に生きていると知って、安心しました。ありがとうございます。

先生、いつかボクも天使を見ることができるのでしょうか。そんなシーンを見ることができたらボクはきっと興奮してしまうに違いありません。その日がいつかボクにもやって来るのを祈って、先生のますますのご活躍を祈って、下手な文章をここで終ります。ぜひ一度、こちらに美味しいお酒を飲みにみえて下さい。皆が先生を待っています。

三阪剛

私は口元をゆるめながらその文字をまじまじと見て、三阪君の手紙を読んだ。

そうして二ヶ所の文章を読み返した。

――彼女とのことはボクのこれまでの人生で最大の出来事でした。それは今も変わりません。

——彼女が元気に生きていると知って、安心しました。

私は大きくタメ息をついて独白した。

「やはり三阪君はまだあの恋人のことが忘れられないんだ。もう十四年が過ぎたというのに……」

私は切なくなって、仕事場から庭へ出た。飼いはじめた二匹目の犬が嬉しそうにあとからついて来た。

西の空に短い北国の夏の夕陽が沈もうとしていた。美し過ぎる夕陽だった。

私は夕陽を見ながら、もしかして人と人が別離するのに、その時はあまりにも悲しいことだが、目の前でその人が死んでしまった別離の方が、酷な言い方かもしれないが、いっそあきらめがつき易いのではと思った。私の生まれ育った瀬戸内海《せとないかい》沿いのちいさな港町でも、近所に、そう思わせるお婆さんがいた。息子を兵隊として戦争に連れて行かれ、皆がとっくに死んでしまっているのに、そのお婆さんは、いやきっと息子はこの家に帰って来ると信じて、明日帰って来たらと、お正月の料理や月見のお団子を息子さんの分までこしらえていた。

少年の私が母に、あんなのとっくに死んどるのに、と言うと、母は真顔で、そんなことは言ってはいけません、とたしなめた。

そうしてそのお婆さんに、「元気で帰られるといいですね」と挨拶《あいさつ》をしていた。

母がどうしてそんな行動をとったのか、この歳になってわかった。

「それにしても美しい夕陽だな。その人も今、日本のどこかで、この夕陽を見ているのだろうか……」

やりきれないような美しさだった。

足元で音がした。

見ると愛犬がシッポを振って、私の膝《ひざ》に前足をかけようとしている。

「何だ？　おまえも夕陽を見たいのか、ノボ君？」

私は愛犬の名前を呼んで、彼を抱き上げた。私は彼を夕陽が見える生け垣の上にかかえ上げた。

「どうだ、見えるか？」

犬はまばゆい光に目を細めて夕陽を見ていた。

「美しいんだな。ノボ君、君たちには私と違って特別な嗅覚《きゅうかく》や、近しい人を探し当てる能力があるんだろう？　それなら、その人が今どこにいるかを、この極楽トンボに教えてくれないか」

犬は私が何を話しているのかを知ろうとしているのか、じっと私の顔を見ていた。

その瞳に夕陽が映っていた。

私は三阪君の大きな瞳を思い出した。

北国の短い夏はまたたく間に過ぎ去り、秋風の中にコスモスが揺れていた。

私は、その秋、ヨーロッパの美術館を巡る二ヶ月間の長い旅に出た。

不思議なもので、ヨーロッパの人たちはベースボールのことをほとんど知らなかった。だから松井選手の日々の情報を得るには、毎回、日本へ連絡するしかなかった。人の口から聞くスポーツの話はまったく迫力がなかった。もどかしい旅だった。


二〇〇六年、松井選手を思わぬ危機が襲った。

五月十一日、ヤンキースタジアムにレッドソックスを迎えたゲームの1回表、レフトの守備についていた松井選手のところへマーク・ロレッタが浅いフライを打った。松井選手は捕球しようと果敢に前進して行った。ヤンキースタジアムの深い芝生にグローブがすれすれで伸びた時、グローブが芝生に引っかかり、無残にも松井選手の左手首は90度あまり反り返ってしまった。それでも彼は落ちたボールをすぐに返球したが、その直後、これまで私が見たことがないほどの苦渋の表情をした。

——イカン、怪我をしたのか？

駆け寄るジータに松井選手は唇を噛《か》んだままでちいさくうなずいた。

「大丈夫か？　ヒデキ、痛むか」

ジータが声をかけても、松井選手は顔を歪《ゆが》めてうなずくだけだった。左手首の複雑骨折だった。

翌朝すぐに手術が行なわれた。

想像以上の重傷だった。

松井選手にとって野球をはじめてから、これほどの大きな怪我はなかった。

執刀医の発表も復帰までどれほどの時間がかかるか言えないほどだった。

日本のジャイアンツ時代から続いていた連続試合出場は1768試合で途絶えた。

しかし記録のことより、怪我からの復帰のさきゆきが見えないことが心配な状態だった。

何本ものボルトとナットが松井選手の左腕から手首にかけて埋め込まれていた。

ヤンキースにとっても松井選手がチームから欠けることは大きな痛手だった。

キャプテンのジータは、

「松井選手の替わりは誰にもできない」

と口惜しさをにじませた発言をした。

その日から松井選手の復帰への凄《すさま》じい戦いがはじまった。

骨がつくまで三ヶ月が必要だと言われた。

骨がついてから元の状態に戻るまでは何ヶ月かかるか松井選手自身にも見えなかった。

それでも彼は動かなくなった左手首に驚異的なリハビリを課すことで少しずつ快復にむかわせた。

おそらく松井選手の選手生活の中でこれほど苦しい日々はなかっただろう。

誰もがシーズン中の復帰は無理だと言っていた左手首の骨折を押し、松井選手はなんと九十八日目にベンチ入りして、グラウンドに帰って来た。

九月十二日、デビルレイズ戦に8番、指名打者で出た時、ヤンキースタジアムはファンの誰もが立ち上がってのスタンディングオベーションで迎えた。拍手が鳴りやまず松井選手は一度バッターボックスを外してファンにヘルメットを取ってお礼を示した。

そのゲームで松井選手はなんと4打数4安打という大活躍をして、キャプテン、ジータを呆《あ》きれさせた。

復帰からの14試合で打率4割3分を記録し、シーズン終了時、51試合で打率3割2厘と打ちまくった。

チームも九年連続でアメリカンリーグ東部地区優勝してポストシーズンに入った。

しかしポストシーズンの初戦の相手であったデトロイト・タイガースにヤンキースは敗れて、二年連続してワールドシリーズに進出することができなかった。

松井選手の怪我は、私と三阪剛君にとっても大事件だった。

三阪君も局内のメジャー中継の特派員に松井選手の容態を、折々で聞いて、私に報告してくれた。

「伊地知先生、松井選手は大丈夫でしょうか？」

電話のむこうの三阪君の声が沈んでいた。

「大丈夫です。誰にだって試練の時はやって来ます。それを乗り切るのも一流選手のつとめですから」

「このまま選手生命が終ってしまうなんてことはありませんよね」

「ありません。彼には、ほら、天使がついていますから」

「そうでしたね。そうですよね。松井選手には力強い天使がついていますものね」

私は三阪君にそうは言ったものの、彼がグラウンドに復帰し、大活躍する姿を目にするまでは心配でしかたなかった。

私は妻に、彼女が日曜に教会の礼拝に行く度に、

「松井君のことを神さまにお願いしておいて下さい」

と告げる半年だった。

「わかっています」

と彼女はきっぱりと言った。


二〇〇七年は世界各地で過激派による爆弾テロからはじまった。

9・11のテロ以来、イスラム過激派が世界のあらゆる場所にひろがりつつあった。イラク戦争も、アメリカ、ブッシュ大統領が二万一千五百人の軍の増派を決定し、かたちの見えない恐怖が少しずつ私たちの胸の中にもひろがっていた。

そんな中で私の唯一の愉《たの》しみはメジャーでの松井選手の活躍を見ることだった。

ところが松井選手は左手首骨折からの復帰後の無理もあったのか、開幕4試合目のボ

ルチモア戦でキャッチャーゴロを打ち、全力疾走で1塁ベースにむかっている時に左太《ふと》腿《もも》を痛めてしまった。手首骨折以外で故障者リストに入るのは初めてのことだった。二週間後復帰し、五月には日米通算2000本安打を達成した。

この年は多くの記録が生まれた。

七月には28試合に出場し、打率3割4分5厘、打点28、長打率7割3分5厘、13本塁打、得点31点。この記録はこの月のアメリカンリーグでトップの成績だった。

その年の五月、私は三阪君から三ヶ月近く連絡がないことに気付いて、私の方から連絡を取った。

「やあ、三阪君、元気にしてるかい？」

「はい。元気です。このところ忙しくて手紙も書けずに失礼しています」

「そんなことはないよ。君が元気ならそれでいいんだ」

「もしかしてボク、この夏あたりに東京へ帰れるかもしれません」

「あっ、そう、それは良かったね。東京に帰って来たら、さっそく祝杯だ」

「は、はい。お願いします。それとボクからも先生にお願いがあるんです」

「何だね？」

「もう一度松井選手の番組を作りたいんです。今度は〝天使とベースボール〟でやりたいんです」

「おう、いいね」

私は三阪君が東京へ戻るのを楽しみにしていた。


三阪君が東京に戻ってくるという報《しら》せを聞き、私は喜んだ。

三阪君が帰って来る前に、彼と四国で逢い、飲み友だちになったという一人の青年が私を訪ねてきた。

私は彼に以前、故郷の山口で、友人に紹介されて逢ったことがあった。彼の家は山口のいくつかの街で書店を経営していた。新しい店を四国にも開店し、彼が委《まか》されて四国へ行き、三阪君と仲良くなっていた。

「先生、おひさしぶりです」

「やあ、元気かい？」

「はい。相変らず読書と、毎晩、居酒屋で乾杯を続けています」

「ハッハハ、それはいい。私も毎日、〝極楽トンボ〟だよ」

「ハッハハ、さすがですね。でも先生の本は三阪君たちと一緒に読んで、酒場で皆で感想を言い合っています」

「私の本では酔いも覚めてしまうだろう」

「そんなことはありません」

そう言ってから彼は少し真面目な表情になって話し出した。

「実は、今日、先生をお訪ねしたのは少し気になっていることがあって、それをお伝えしようと思って……」

「何のことですか？」

「はい。これはたしかなことではないんですが、三阪君も知っている私たち飲み友だちの一人に大学病院に勤める医師がいまして、彼が言うには、三阪君の身体の調子が良くないらしいんです」

「良くないって言うのはどういうことだね？」

「ですから、きちんと医者に診せて治療をしなくてはいけない……、ようなことを聞きました」

「……ようなと言うのは？」

「はい、たしかなことは、その医者の友人もわからないようですが、ともかく一度きちんと診察してもらった方がいい、と言っていました」

「医師の個人情報の守秘義務というやつだね。それは心配だね。けれど三阪君はもう大人だ。それに仕事もできるし才能もある人だ。自分の身体のことは彼が一番よくわかっているよ」

「そ、そうですね」

彼はうなずいて帰って行った。

二ヶ月後に三阪君が帰京したので、さっそく二人で食事をした。

元気な彼の姿を見て、私は二ヶ月前の青年の話は、彼の思い過ごしだったのだとひとまず安心した。

「元気そうで何よりだね」

「先生こそ。いや当初、東京を離れた時は淋《さび》しい気持ちになりましたが、すぐにむこうの水に慣れたというか、水が合っていたというか、生来、ボクは呑気《のんき》なのかもしれません。あちらはあちらで、ここでずっと暮らしてみても悪くないなと思いました」

「ほう、もしかして……」

「もしかして何ですか？」

「もしかしてイイヒトができたとかですか？」

「イイヒト？　あっ、恋人のことですか？　それは残念ながらダメでした」

「本当かな？」

「何ですか、先生、その目はボクが嘘をついてると思ってるんですか」

「いや、そうじゃなくて、私の印象では三阪君は女性から人気があるんじゃないかなと思ってね」

「えっ、ボクがですか」

「はい。君がです」

「いや、先生からそんなふうに言われると嬉しいな。光栄です」

「光栄じゃなくて、私は正直に言ってるんだよ。イイ仕事をしたかったら、やはり自分の周りをきちんとすることも大切だからね」

「あっ、それって、ニューヨークでおっしゃった結婚の話ですね。ボク、今でも覚えていますよ。先生が結婚をすすめるのは、実はご自分が苦労した結婚生活をボクたちにも味わわせたいと言う話でしょう」

「あれはジョークですよ。人には早く結婚した方がいいタイプもいるんだよ。私が見ていて君はそっちのタイプのような気がしてね」

「へぇ～、そうなんですか。ともかく先生にそう言われて嬉しいです」

「しばらくはゆっくりできるんだろう」

「いや、実はもう仕事をはじめてるんです。今回は少し大きな仕事になりそうで楽しみなんです」

「ほう、それは良かったね」

三阪君とひさしぶりに逢った。

彼は元気だった。本局に戻って早々にはじめる仕事の話を目をかがやかせて語った。

「あの、ここだけの話ですが、いや、やはりよしましょう」

「オイオイ、そこまで話して、ナシはないだろう」

「これは企業秘密ですから」

「そうか、わかりました」

私は三阪君から四国に赴任していた時の面白い話を聞きながら、彼の身体を心配して訪ねて来た青年の顔を思い出していた。

「先生、ところでひとつ質問をしていいですか？」

「はい。何でしょう？」

「先生は長嶋茂雄《ながしましげお》さんと王貞治《おうさだはる》さんではどちらがお好きですか」

「えっ、長嶋さんと王さんかい」

「はい。〝ON〟のどちらがお好きかと思いまして」

「長嶋さんは私にとっては大学の野球部の大先輩だしね。それにあの松井選手の育ての親だからね。一方、王さんは私が左バッターということもあって、その打撃をずっと目標に練習をしていた人だしね。これはなかなか難しい質問だね。しかし急にどうしてそんなことを質問するんだい？」

「いや、ちょっと聞いてみたかっただけですから」

三阪君の顔が紅潮した。

――おや、顔色が変わったということは、さてはさっきの大きな仕事と関係があるな。そうか、帰京してすぐの大仕事は〝ON〟のドキュメントに違いない……。しかし嘘がつけない青年だな。

私はその時、今ここで、単刀直入に三阪君に訊いておくべきだと思った。

「ところで、三阪君、君、体調の方はどうなんだい？」

「体調って、ボクの体調ですか。それはもう、ほらこのとおり元気一杯です」

「そうだね。ところで君は今年何歳になるかね？」

「三十八歳です。元気な盛りでピンピンしてます」

「三十八歳か。元気なのは何よりだが、たまには人間ドックに入ってきちんと身体のケアーをするのも大事だよ」

「その言葉はそのまま先生に言いたいと思います」

三阪君の元気な姿に、私は安心した。

二〇〇八年の夏の暑い年だった。

東京では熱帯夜が何日も続き、上京して仕事を夜半にしていても、蒸し暑さに閉口した。

その年の松井選手はシーズンインから好調だった。一時は打率3割3分7厘で首位打者に立つほどだった。

「やはり家族を持つと違うものだ」

松井ファンはそう言っていた。実はスプリングキャンプからオープン戦の最中に、松井選手は結婚を発表した。

突然の発表に皆驚いた。

「あなた、今、松井選手の結婚のニュースをテレビでやっているわよ」

妻からの電話で、私も驚いた。

「そう、良かったじゃないか。やはりプロ野球選手は家庭を持って落ち着いてからが勝負だからね」

「でも相手の人の名前も公表していないのよ。どうしてかしら？」

「一般の人だからだろう。家族までマスコミの攻勢に遭わせたくないんでしょう」

「あっ、そうか」

「ともかくお祝いを言ってあげないとね」

翌日の日本のスポーツ新聞は松井選手が描いたのか、発表の席で記者団に見せた似顔絵を持つ松井選手の笑った顔が掲載された。

――何だか面白い結婚報告だナ……。

私はその記事を見て苦笑いをした。

好調だった松井選手が六月十八日に、突然、左膝の痛みで欠場した。それは日本でプレーしている時からの古傷だった。とりあえず膝に溜《た》まった水を注射で抜いた。

治療とリハビリを続けたが、シーズン後半は思いどおりのプレーはできなかった。

シーズン終了後、松井選手は左膝を手術することを決意し、内視鏡手術をした。

松井選手が手術した翌日、ヤンキースは十四年振りにポストシーズンに進出できない事態になり、ポストシーズン、ニューヨークの新聞は、ヤンキースの不振の原因をいろいろ並べた。挙がった選手の中の一人に松井選手の名前もあった。

辛口の批評で知られるニューヨークのマスコミとわかっていても、松井選手にとっては厳しい記事だった。

二〇〇八年の夏の終り、私は小説の取材で愛媛県松山《まつやま》市を訪れた。

松井選手がヤンキースに入団してからは海外の取材を積極的に引き受けていた。

二年前などは、値段が割安になる地球一周便のチケットを入手して、一年で三度も地球を一周した。

世界の主要な都市を三ヶ所経由することが割安チケットの条件で、必ずヤンキースタジアムのあるニューヨークを経由した。

国内の旅行はひさしぶりだった。

松山はこれまで何度も出かけた。いろんな旅があったが、やはり十数年前に亡くなった〝いねむり先生〟との旅が最高だった。

〝いねむり先生〟は私の恩師だった。〝いねむり先生〟は渾名で、先生はどんな場所でもどんな時間でも眠くなると、突然、眠ってしまう人だった。こう言うと、いつもグーグー眠って呑気な人に思われるが、それはとんでもない間違いで、突然の睡眠は〝ナルコレプシー〟という、突発性睡眠症という厄介な病気のせいだった。先生の場合は若い時に、時間の区別なく、ずっと起き続けていろんなことをなさったので、体内の時間がおかしくなってしまったのだろう。

その先生との楽しい旅に出かけたのが、この四国の松山だった。

私は松山に着くと、すぐに先生と二人で散歩した海岸や路地を歩いた。

先生と歩いた浜に秋風が吹いていた。天気が良かったので、秋風は、春のうららかな風に似ていた。

先生は大きなお腹を海風に当てて数歩前を歩いていた。

「伊地知君、私は今回の松山の旅をとても楽しみにしていたんだ。きっといいことがありそうな気がします」

「ボクもそんな気がします」

「〝坊っちゃん〟の温泉もよろしいが、もし勝勝《かちかち》に勝ったら、私はあの……」

そう言って先生はうしろを振り向き、山の上にわずかに見えるお城を指さして言われた。

「私、松山城を買って帰ろうと思っています」

「ハッハハ、それはいいですね。だったらボクが馬を買って先生を乗せて引きますよ」

「そうして下さい」

先生と私は、時々、ギャンブルをした。

松山への取材は、この街が生んだ明治の文人、正岡子規《まさおかしき》の小説を書くためだった。

私は少年の頃、母から正岡子規の俳句を教えてもらった。高校の授業では子規の短歌にも出逢った。

そして何より子規の生涯を書いてみたいと思ったのは、一枚の古い写真を見たことだった。

それはセピア色になった一葉の写真で、そこに一人の若者が、野球のユニホームを着て、手にはバットを握って写っていた。

神田《かんだ》の古本屋の軒先でそれを見た時、どこか懐かしいような、こころがやさしくなる気分がした。

「すみません。この写真に写っている若者は誰なのでしょうか」

すると古本屋の主人がニコリと笑って言った。

「これは子規ですよ。明治の文豪、正岡子規ですよ。ほら、柿くへば鐘が鳴るなり法隆《ほうりゆう》寺《じ》、の。夏目《なつめ》漱石《そうせき》の親友の……」

――へぇ～、これが子規か？

「子規は野球が好きだったんですか」

「好きなんてもんじゃありません。学校の勉強を放ったらかしで毎日、野球をやっていたそうですよ」

――ええ～、それじゃ若い時の私とそっくりじゃないか……。

「そのせいで落第までしてしまうんだから困った文豪です。けど子規がいなかったら、高浜虚子《たかはまきよし》だって、長塚節《ながつかたかし》だって、いや漱石先生だって世に出なかったかもしれません。若くして亡くならなきゃ、もっといい作品を残したでしょう」

——そんなに偉いのか。でも面白い人だ。

私は、少し割高の、その写真を一枚買い求めて、仕事場の机に置いた。いつか自分が好きな小説を書かせてもらえるようになったら、子規の生涯を書こうと決めていた。その取材で、私はもう京都、奈良、東北各地を旅していた。

今回は子規が漱石と二人で暮らした〝愚陀佛庵《ぐだぶつあん》〟の取材だった。

一人旅だったので、私は松山の街を散策した。

子規の取材をしなくてはならないのだが、ついつい先生と一緒に歩いた路地に入ってしまった。

先生のことばかりを考える旅になっていた。

愛媛の松山は温暖な地である。

瀬戸内海に面し、かつて〝伊予《いよ》〟と呼ばれた土地は文化度も高く、能、狂言の舞台もあり、俳句、短歌の結社も古くからあった。

夏目漱石が松山中学校に英語教師として赴任した折の思い出を重ね合わせて書いた小説〝坊っちゃん〟を読んでもわかるように住んでいる人ものんびりしていた。

昨夜、取材もそっちのけで、私は海岸から盛り場へ行き、酒場を徘徊《はいかい》してしまい、ひどい二日酔いだった。

私には少年の時から見る幻覚があった。そのせいで病院へ連れて行かれ、私は子供ごころにひどい恐怖心を抱いて過ごした。

その幻覚があらわれると、私はヒステリックになり暴れることが何度かあった。

その幻覚への恐怖を癒《い》やしてもらったのが〝いねむり先生〟だった。

先生も少年の頃から、厄介な幻覚を見て生きて来たことを打ち明けられた。

「私が伊地知君になんだか親近感を持ったのは、もしかして同じ病気をかかえていたからかもしれないね」

「〝同病相憐《どうびょうあいあわれむ》〟というのですか」

「ああ、それかもしれない。私は自分の病気の原因を考えたことがあるんだ。医学的なことでは解消できないものだからね」

「まったくそう思います」

「それで或る時、〝旧約聖書〟を読んでいてね。ああこれだ、と思ったんだ。〝旧約聖書〟の中に聖人ヤコブが天使と戦う一節があるんです。天使にも善い天使と悪い天使がいて、〝堕天使〟は自分が神になろうとしたほどの天使だから、聖ヤコブが戦うのだけど、彼等は人間のこころの中に簡単に入って来て、その人を破滅させてしまうらしい。それを読んで、私の幻覚はその天使のせいだとわかったんだ。それなら上手くかわす方法があるはずだとね」

「それで、それは見つかったんですか」

私は思わず、先生の顔を見た。

先生と私の中に居ついている幻覚が、実は堕天使の悪戯だと、先生が説明してくれて、その解消法があるはずだと、私に言った。

私は二十年近く、その幻覚のために苦しんでいたから、その解消法を訊いた。

先生は私ににじり寄り、耳元でささやいた。

「伊地知君、大きい声で言うと、どこかで天使が聞いているかもしれないからね。堕天使の正体は悪魔なんだよ。西洋の悪魔だよ。悪魔が苦手なものを君は耳にしたことがあるだろう」

——悪魔が苦手なもの？　何だったか……。

「ほら、あれですよ」

「あれって何でしょうか」

「ニ・ン・ニ・ク。ニンニクですよ。よく外国の映画で悪魔にむかってニンニクを突きつけるでしょう」

「ああ、そう言えば見たことがあります。ニンニクで退治できるんですか。あの恐ろしい幻覚が……」

「そうです」

先生はちいさくうなずいて、

「だから今夜は焼肉にしましょう。ほらあそこに美味しそうな焼肉店の看板が見えます」

と、一人で先にスタスタと焼肉店にむかって歩き出した。

焼肉と一緒にニンニクをホイルに入れて蒸し焼きにして二人で山ほど食べた。

私は子供の頃からニンニクが苦手だったが、幻覚を見ないで済むのならと我慢をして口に入れた。

しかし途中で気持ちが悪くなり、トイレに行きニンニクを吐き出すことにした。なかなか吐き出せなかった。

口を大きく開けて、鏡にむかって唸《うな》り声を上げてみた。

「まるでドラキュラみたいだナ……」

そう思った瞬間、

――ドラキュラ？

と私は声に出してみた。

もしかしてニンニクは悪魔ではなくドラキュラ退治に使うのではと思った。

私はトイレを出て、先生にニンニクは悪魔ではなくドラキュラ退治に使うんです、と告げようとすると、先生はすでにいねむりをしていた。

先生の口の両端に箸《はし》をふたつに割ったものがくわえられていた。ドラキュラだ。

――何だ！　ジョークだったのか。

私は〝いねむり先生〟との楽しかった松山での日々を思い出しながら、いつの間にかちいさな船着場に来ていた。

――でも、私は先生の背中に、白い翼がはえていたのを何度か見たことがある……。

先生の身体の中には、時々、善い天使が入って先生をしあわせな気分にさせていたに違いない。

　そうだ、思い出した。先生が亡くなってから丁度一年後の春に、私は仕事で香港に出かけ、そこで入った古いレストランで給仕にあらわれた男が先生に瓜《うり》ふたつで、私は驚き、やっぱり先生は生きていたんだ、と嬉しくなり、そのホール係を探しに厨房《ちゅうぼう》の中に入ると、そんな男はこの店にいないと叱られた。

　――あのホール係が厨房に消える瞬間、たしか白い翼が見えた……。

　パドレス戦で松井選手が相手打者の放った大飛球をジャンプして好捕した時にも、彼の背中に、たしかに白い翼があった……。

　耳の奥で先生の声が響いた。

「だからね。世界中のいろんな所に天使はいて私たちを見ているんだよ。君にもきっと善い天使がついていると私は思うよ」

　しかし私に善い天使がついていると感じたことはなかった。

　その時、桟橋の方から清らかな歌声が聞こえた気がした。

　たしかにそれが歌声かどうかわからなかったが、聞こえた方を見ると、一人の女性が桟橋の突端に立って、じっと沖合いを見つめていた。

　長い髪が海風になびいていた。

　――美しい情景だな……。こんな情景を見るのはひさしぶりだ……。

　桟橋までは少し距離があったが、私は、その女性の周囲に、奇妙な憂いのようなものを感じた。どうして初めて見る人に、そんな感情が湧いてきたのかわからなかったが、なぜか、私はその女性に親しみを覚えた。

——さっきの歌声はもしかして、この女性《ひと》が……。

また歌声が聞こえてきた。

やはり、その女性が歌っていた。美しい歌声だった。

——はて、どこかで聞いたような音階だが、どこで聞いたのだろう。

私はじっと女性を見ていた。

その時、私が立つ堤防のすぐ脇で少女の声がした。

「ダメ、危ないから、動いちゃダメ」

見ると一人のよちよち歩きの子供が堤防の上を歩いていた。どうやって上ったのかはわからないが、むこうに倒れたら海に落ちてしまう。母親らしき女の声がして、それで網の修理をしていた老人が立ち上がり、堤防によじ上ろうとしたが高くて上手くいかない。

「動いちゃダメ」

子供がよろりと身体を傾けた時、横から白い影が飛ぶように子供に近づき、その子を抱きかかえると、そのまま海と逆側の桟橋に着地して止まった。

白い影の腕の中に子供は抱きかかえられていた。

白い影は、一人の少女だった。

子供が大声で泣き出した。

少女の凜とした声が、私の耳の中でこだました。

「なにもないから、男の子が泣いてはいかんぞな」

少しませた伊予弁の男言葉から、少女の胸の内にある男の子への思いやりのようなものが伝わった。

それ以上に、今、私の前で起こった少女のあざやかな救出劇に感動していた。

大人の男でも、その堤防の上に一気に上がるにはかなりの跳躍力がなければなるまい。

それを少女は浜の方から走って来て、こともなげに狭い堤防の上に立ち、片腕で男の子を抱きかかえると、ふわりと浮き上がり、海とは逆側に着地した。

ひとつひとつの動作がまるでスローモーションのように、私の頭の中で反復された。

——まるで奇跡のような救出劇だな……。

男の子の母親がそばに寄ってきて、泣きじゃくる子供を叱りはじめた。

「子供を叱る前に、お母さんがしっかりこの子を見ておらんと」

少女が言うと、母親は怪訝《けげん》そうな表情をしてから、

「あなた何ねん？　人の子のことでいらんこと言わんでくれる」

とくってかかった。

おそらく母親は、少女が彼女の息子を救出したのをきちんと見ていなかったのだろう。

それほど一瞬の動きだった。

「あんた、それは違うとる。この子があんたの息子を助けたんじゃ。礼を言わんと」

そばにいた老漁師が言った。

「えっ、この子が？　いい加減なことを言わんでよ」

母親は少女を足先から頭の先まで見直して言った。

なるほど少女の髪は、金髪だし、着ている服もジャージの上下で、いかにも、この田舎町のヤンキー娘にしか見えない。

「何よ、この不良娘が……」

母親が毒づいた。

「あんたね」

少女が母親に詰めよろうとすると、老漁師が、

「ミカエ、やめんかい。でないと、したことが無駄になる」

その少女は浜辺を走っていった。まるで飛ぶように走る少女の姿を見ていて、私は一瞬、目を疑った。少女の背中に、羽が、天使の羽があるのが見えた。

天使は、桟橋に駆け上がった。

そうして、あの美しい歌を歌った女性に笑いかけた。女性も振り向き、少女に笑い返した。

二人の目元は少し似ていた。

――もしかして親子か？

女性が歌っていた歌を、今度は少女が歌い出した。

それで二人が、母と娘なのだと、私は確信した。

私はもう一度、海を見た。

秋の陽が傾きかけて、瀬戸内海の海面がまぶしくかがやいていた。

――また逢う時があるかもしれない……。

私はそうつぶやいて、空港へむかった。


その年の松井選手は、メジャーに入団して、当人にも口惜しいシーズンになった。

十二月に入った午後、仙台の家に松井選手から電話が入った。

「どうも先生。今年もいろいろお世話になりました。暮れのご挨拶にうかがおうと思っていたのですが、今度の正月は妻とニューヨークで過ごすことになりまして、ご挨拶にうかがえません」

「そんなことは気にしないで下さい。新婚生活の、それもやっと二人でゆっくり過ごせる時間が取れたのですから、のんびりするといいですよ」

「ありがとうございます。それともうひとつ、NHZディレクターの三阪さんからグリーティングカードをいただいたのですが、教えてもらっていた局の番号に電話をしても、彼が不在なので、もし先生が連絡先をご存知なら教えていただこうと思いまして」

「ああ、そうなんだ。彼は四国から東京の局に戻って来たから、私の方でも調べてみて連絡しましょう」

「いいよ。国際電話も大変だし、私が調べて家内からメールさせるよ」

「そうですか、すみません。じゃ、お願いします」

私は妻に言った。

「ヒデキ君は今年はニューヨークで過ごすそうだよ」

「あら、それは良かったわね。新婚だもの、その方がいいわ」

——新婚か……。

私は松井選手に早い時期に結婚するように助言していた。

松井選手は彼の両親の、それも愛情あふれる環境で育った。愛情と言っても、ただやさしいだけでは、それは真の愛情とは言わない。やがて親元を離れて独立した時、周囲の大人たちに恥かしくない青年であって欲しい、と厳しい躾《しつけ》をされた。

そのひとつが、彼が他人の悪口を言わないことであったし、両親、兄弟、祖父母を驚くほどいたわっていることもそうだった。

家族を大切にするプロスポーツ選手は早く自分の家族を持つべきだ、と私は考えていた。

その日の午前中、私は東京のNHZの番組制作部に電話を入れた。

三阪君は不在と言われた。

私は五年前に、松井選手との番組を制作した折に、面識があった松岡《まつおか》というプロデューサーの名前を告げた。

松岡プロデューサーはすぐに電話口に出た。こちらの名前を告げると、彼は懐かしそうな声を上げた。

「いや、先生、ご無沙汰《ぶさた》しています。その節はお世話になりまして……。それで何か？」

「実はあなたをお呼び立てしたのは、三阪剛君と連絡を取りたいからなんです。二度ほどそこに電話を入れたのですが、三阪君は不在と言われたんでね」

「……」

私が言うと松岡プロデューサーはしばらく沈黙していた。

「もしもし……」

「あっ、失礼しました。三阪ですね。実は彼、先週から人間ドックに入っていまして、それで局にはいないんです」

「そうだったんですか。それで局にはいつから出社なさいますか」

「たぶん、来週には出て来ると思います」

「そうですか。ではそのくらいにまた電話を入れさせてもらいます」

「はい。わかりました。何か三阪に特別な御用でも？」

「いや、ニューヨークにいるヤンキースの松井秀喜選手が彼にグリーティングカードのお礼を言いたい、と連絡先を私に聞いてきたものですから」

「ああ、そういうことですか。先生は今どちらにいらっしゃるんですか？」

「仙台です」

「東京にはいつ出てこられますか？」

「十二月三十日に上京します」

「それはまたあわただしい時に……」

「いや、毎年、実家へ挨拶に戻るんでね」

「それは、それは。もしよろしかったら先生の連絡先を教えていただいてかまいませんか？」

「はい。東京は……」

私はお茶の水にある東京での定宿の電話番号を相手に告げた。

私の生まれ育った家は、厳格な父の言うことが絶対で、父は正月を家族全員で迎えることを子供たちに命じた。

子供たちも上京していても必ず正月には帰宅して、父に挨拶して新年を迎えた。

その父は数年前に亡くなっていたが、姉、妹が隣りとはいえ、母が一人で私の帰宅を待ち望んでいた。

十年前までは妻も一緒に帰省していたが、犬を何匹か飼っているせいと、大勢で帰省すると、御節《おせち》や年賀の挨拶も大変なので、この数年は私と母の二人で静かに正月を過ごしていた。

この年も十二月三十日に上京し、大晦日《おおみそか》の最終の飛行機に乗る予定だった。

三十日の午後、定宿に入るとほどなく部屋の電話が鳴った。

「先生、NHZの松岡さんという方から電話が入っていますが……」

「つないで下さい」

プロデューサーの松岡さんが何の用だろうかと思った。

「先日はどうも、NHZの松岡です。三阪がまだ病院から戻っていなくてご迷惑をおかけしています」

「ずいぶんと長い人間ドックだね」

「そのことで先生に少しご相談が……」

――相談？　どういうことだ？

「これからそちらにうかがってかまいませんでしょうか」

――これから……。

「かまいませんよ」

電話を切って、私は部屋の窓からむかいにある理工大学の建物を見た。

午後になったばかりの時刻だったが、鉛色の雲が低く垂れ込めていた。

正月は雪という天気予報を聞いていた。

鉛色の空を見上げている内に、私の胸の底に奇妙な揺らぎが起こった。嫌な予感がしたが、それを口に出さないようにした。

やがてフロントから連絡が入り、松岡プロデューサーがやって来たと告げられた。

私は部屋を出てホテルのロビーに下りた。

ロビーの片隅に見覚えのある顔があり、私の姿を見つけると、立ち上がった。

「伊地知先生、ご無沙汰しています。NHZの松岡です」

「やあ、ひさしぶりだね」

「その節は大変お世話になり、ありがとうございました。お蔭《かげ》で、あの番組は数々の賞もいただきましたし、何より視聴者の方から大好評でした。今年もまた再放映いたします」

「こちらこそ。私も友人たちからずいぶんとお誉めの言葉をいただきました」

「それはよかったです。実は今日うかがいましたのは……」

松岡プロデューサーの表情が一瞬曇ったのを見て、人で賑《にぎ》わうロビーで話もしにくいのではと思った。

「地下一階にティールームがあります。そこでお話をうかがいましょう」

私が言うと、彼はちいさくうなずいて、おそれいります、と返答した。

ティールームの片隅の客の少ないテーブルに私たちは座った。

松岡プロデューサーはゆっくりと話をはじめた。

「……三阪君が、四国の支局で定期健診に行ったのが今から二年前だったそうです。それまでも何度か医務局から定期健診を受けるように言われていたのですが、健康に自信があったんでしょう。入社二年目以降はまったく受けていなかったんです。それが四国の仲間から強引に連れて行かれたんです。そうしましたら、腸の一部にポリープがあるので再検査をするように言われたのですが、仕事が忙しいと再検査を受けなかったんです。そうして一年たって、定期健診を受けた時に、それ以前はポリープと診断されていたものがはっきり癌だとわかったそうです」

「そうですか。それで手術か何かされたのですか？」

私は東京に帰って来た時の食事の席での三阪君の明るくて元気そうだった顔を思い出していた。

「いいえ。手術はしていません」

「していない。じゃどうしてあんなに元気なのですか。私が逢った時はとてもお元気でしたよ」

私が松岡プロデューサーに問いかけると、彼は少しうつむいたまま言った。

「おそらく、元気を装っていたんだと思います」

「装う？　何のことでしょうか」

「先生にご心配をかけたくなかったからでしょう」

「私に心配を……」

言葉が続かなかった。

「で、彼は、三阪君は今、どうしているんですか」

「病院で治療を受けていますが、根本的な治療ではないので、来週には局に出社して来ます」

「出社するって、今、きちんと治療をしないとダメでしょう」

「そうなんですが、私がそう何度言っても言うことをきかないのです」

「松岡さん、あなたは彼の担当医とは話したのですか？」

「いいえ、していません。それに私が行っても医者は家族以外には患者の情報は教えてくれませんから。彼がどんな状況かを私も正確には把握できていないんです」

「本人はあなたにどう言ってるんですか」

「癌のことは局内では私だけに話してくれました。どんな具合いだと訊くと、大丈夫です、と笑って言うだけですから、正直、私にも本当のことがよくわからないんです」

「……」

私は沈黙した。

松岡プロデューサーの眉間《みけん》に深いシワが刻まれていた。

「……三阪君と一緒に仕事をしている時、ふと彼の方を見ると、辛そうな表情をしている場面に出くわすんです。今、私たちは三年がかりで大きなスポーツドキュメント番組を制作しています。彼を東京に呼び戻したのは、その番組に必要な人材なので、上司に頼んで呼び戻した経緯もあるんです」

「松岡さん、それがどれほど大きな番組か知りませんが、仕事より、まずその人の健康でしょう、命でしょう」

「はい。先生がおっしゃるとおりです。そのことを私も何度も彼に話したのですが、理解をしてもらえないのか、それとも彼の中に何か決めていることがあるのか……」

——何かを決めているとはどういう意味なんだ？

私は相手の顔を見つめた。

その視線が自分でも知らぬ間に強くなっていたのかもしれない。

「……あっ、すみません。申し訳ありません」

松岡プロデューサーが頭を下げた。

「いや、あなたに怒ってるわけではないんです。もしかしたら三阪君に対して憤《いきどお》っているのかもしれません。今、あなたたちが取りかかっている仕事はいつクランクアップするのですか」

「来年の春には仕上げる予定です」

——それでは遅いかもしれない……。

ただ私も三阪君の本当の状況を知らなかったので、彼が松岡プロデューサーに答えているように、たいした状況ではないのかもしれない……。

「だいたいの事情はわかりました。お忙しい時にわざわざ話をしに来てくれてありがとうございます」

「いいえ、こちらこそ、この話を先生にしてよいものかどうかずいぶんと迷ったのですが、普段、彼が私に先生の話をしている時の嬉しそうな顔を何度も見ていましたので、やはり先生にだけはお話をしておくべきだと思いまして」

「いや、話をしてくれてお礼を言います。何も知らないままでは辛いですから」

「おそれいります」

ホテルを出て坂道を下りて行く松岡プロデューサーのうしろ姿を見ながら、彼もまた大きな何かを背中にかかえているのだ、と思った。

相手の姿が消えると、私は十二月の空を見上げた。今にも雪が舞い落ちて来そうな空模様だった。

二〇〇九年の元旦《がんたん》を私は山口県、防府《ほうふ》の生家で迎えた。

夜明け方まで原稿を書き、頃合いを見計らって衣服を着替え、まだ寝ているはずの母親を起こさないように忍び足で外へ出た。

雪が舞っていた。中国地方での元旦の雪は珍しい。

少し身震いがする。それでも私は海岸にむかって歩き出した。まだ夜の闇の中だ。

毎年、一年の始めに、私は一人で海岸に立つ。

生家から海は近いので、ほどなく海潮音が聞こえた。

古い桟橋が前方に見えて来た。

入江沿いの道から桟橋に続く階段を下り、桟橋の突端に進んだ。

突端に立つと海からの風と粉雪が頰に当たる。

私は腹に力を入れて、息を大きく吸い込むと、あらん限りの声を沖合いにむかってかける。

「オ〜イ、オ〜イ。オ〜イ……」

ありったけの力を込めて叫ぶ。

肩で息をしながら、叫び続ける。

少しずつ気持ちが晴れ晴れとしてくる。

見知らぬ人が見れば、風変わりな男の行動に映るかもしれない。

そんなこと、かまやしないのだ。

何十年もこうしているのだ。

四十年近く前、弟と二人で夜明け前の元旦にこの桟橋へ出て、私は彼の前で同じことをしたことがあった。

「兄ちゃん、大丈夫か？　人が見とったら頭がおかしいと思われるぞ」

「ハッハハ、そんなことかまうもんか。おまえもやってみろ。気持ちがええぞ。ほれ、やってみろ。誰も見とりはせん」

弟は私に言われて、少し照れながら声を上げた。

「ダメじゃ、ダメじゃ、そんなんじゃ。身体の中にあるもんをすべて吐き出してしまうつもりで声を出すんじゃ」

弟は大声を出した。

「まだまだ。もっと出せ」

オ〜イ、オ〜イ、オ〜イと弟の声が周囲に響いた。

「ハッハハハ」

笑い出した弟が私を振りむいた。

「どうじゃ、気持ちがええじゃろう」

「うん、こりゃ、まっこと気持ちがええもんじゃ。兄ちゃんはいつからこんなふうにしとるんじゃ？」

「もうだいぶ前じゃな。何かこうむしゃくしゃすることがあった時、ここへ来て、大声を出したら、こんまいことがどこかに吹っ飛んだ。今は元旦だけじゃ」

「むしゃくしゃすることがなくなったからか？」

「いや、むしゃくしゃすることはようけえあるわ。けど男じゃから、一年に一度と決めた」

「そうか。わしもそうする」

「ああ、そうせい、そうせい」

「けど、オ〜イ、オ〜イと誰を呼んどるんじゃ」

「誰だってええんじゃ。顔も見たこともない奴かもしれん。そうじゃなくてずっと俺のことを見てくれとる奴かもしれん」

「神さまということか？」

「それはわからん。けど誰でもええんじゃ。オ～イ、と声をかけたら、誰か聞いとる奴がおるかもしれん。それだけで淋しゅうはなくなるもんじゃ」

「兄ちゃんも淋しい時はあるのか」

「そりゃ、時々はある。それが俺たち男と言うもんじゃ」

「そうか、男は淋しゅうてもええのか」

「ええに決まっとる」

弟はちいさくうなずいた。

翌年の夏、弟はこの海で亡くなった。

別に、彼を呼んで、こうしているのではない。

どこかへ去って行った人たちを呼んでいるのではない。それはそれでかまわない。

ありったけの声を出すと、先刻までちぢこまっていた足先や耳や、背中までがポカポカとしはじめた。

私は、最後に沖合いにむかって祈った。

それはいつも同じ祈りだった。

——自分を思ってくれている人たちすべてにどうか幸をやって下さい。哀しみを与えないでやって下さい。

そうつぶやいて、私は海にむかって頭を下げた。

そうして生家にむかって歩き出した。

家にむかって歩きながら、今の自分なら、もう少しましなことを弟に言ってやれたように思えた。

そう思ってから、私は大きく首を横に振った。

——いや、そうじゃない。

人は過ぎてしまった時間には二度と戻ることはできない。

波打ち際の濡《ぬ》れた砂を歩くのと同様に、残したはずの足跡はすぐに波に洗われて消えて行くものなのだ。

それでももう少しましなことは言えなかったのかと思う。

短い弟の人生の中で、兄として弟への思いやりを素直に伝えてやりたかったと悔む。

その悔みが私の胸の隅にある限り、私は弟とつながっているのかもしれない。

——そう、つながっていたいから、人は立ち去った者へいつくしみの気持ちを抱くのだろう。

目の前で息絶えた、若かった妻の肉体を凝視したゆえに、まだどこか別離に対して納得がいくのかもしれない。

ずっと行方がわからなかったら、どこかで生きているのだろう、と思い込むに違いない。

それはさぞ辛い時間だろう。

私は足を止めた。

さぞ辛い時間だったろう……、と思った瞬間、澄んだ大きな瞳と人なつっこい笑顔があらわれた。

三阪剛君だった。

——どうして私は彼にあんな酷いことを言ってしまったのだろう……。

申し訳ないことをした……。

「正直、私の方も彼の身体の具合いが、本当のところどうなのかわかっていないんです……」

耳の奥で声がした。

三阪君の上司の松岡プロデューサーの声だった。

——この松の内の間に、三阪君と連絡を取ってみよう。

そうしよう、と歩き出すと、家の玄関先に人影が見えた。

母であった。

「明けましておめでとう。また栈橋へ行かれましたか」

母と妹がこしらえた御節料理とお屠蘇《とそ》で新年の挨拶をした。

微笑む母のむこうに、弟と亡くなった妻の写真が立てかけてあり、そこにも簡単な御節が供えてある。もう何年も変わらぬ正月の風景である。

子供の頃は家の中に去って行った人がともに暮らしていることが理解できなかった。お盆の迎え火も、送り火も何のためにそんなことをするのかわからなかった。それが歳月を重ね、近しい人との別離を否応《いやおう》なしに迎えると、最初は自分だけに哀しみが襲ったと思うのだけど、やがて歳月を経たことで、それがごく普通の出来事だとわかってくる。そのことは何かの本を読んでわかるものでもないし、聖職者の訓話で身体の中に入ってくるものでもない。誰もが自然にいつか理解をするものなのだ。それは科学や哲学で学ぶよりももっと大切なもので、宇宙が家族の、平凡な家の中にこそ存在したり、人間がいかに生きるか、という問いをいとも簡単に、生きてきた歳月が教えてくれるものなのだ。

母は顔をしかめてお屠蘇を飲み、うしろを振り返り、二人の写真にむかって、お二人とも新しい年が来ましたよ、無事に皆新年を迎えられました、と笑って声をかけた。

私も写真を見た。今しがた母が口にした言葉はごく普通の元旦の会話であり、それが実《じつ》のある会話なのであろう。

つい昨日までのことのように、この屋根の下で、六人の子供がめいめいに勝手な話をしながら、父があらわれると、皆がかしこまって挨拶していたのが思い出される。今は静かな元旦だが、それも皆が歳月の中で見るものなのだ。

「どうです？　仕事ははかどりましたか」

母は私が徹夜で仕事をしたことをちゃんと知っていた。

「はい。何とか……」

「何か心配事でもありますか？」

母は私の顔を覗《のぞ》き込むように言った。

「どうしてですか？」

「いえ、そんなふうに見えたものだから」

私は手にした箸を止めた。

母は三阪君のことなど知らない。

それでも私が彼の身体の具合いを気にかけているのを察知したのかもしれない。

「何も心配事などありません。今年もまた懸命に働くだけです」

私が言うと、母は笑って、それは良い年の始めですね、と言った。

元日は、朝食の後に墓参に行き、家に戻ると少し仮眠をとった。

目覚めて、夢を見ていた気がしたが、何の夢だか思い出せなかった。

それでも、その夢の中で誰か大切な人と言葉を交わしていた気がした。

翌日、楽しみにしていた野球部の後輩たちとのゴルフはゴルフ場が積雪のため中止になり、夜の宴会に顔を出した。

いつもの十数人の顔ぶれで、皆少しずつ中年のオッサンになって行く。

酒を飲みながら、時折、相談にやってくる後輩の話を聞いた。

今年は、彼等の子供の進学の相談が多かった。

「女房はできれば子供をそばに置いて、地元の大学へ行かせたいと言うんですが、一度外へ出すべきじゃと思いますが、どうでしょうか。いずれここに帰って来て家業を継がせようと思うんですが」

「君は外へ出した方がいいと思うんでしょ」

「はい。独りで生活をさせた方がいいと」

「そう思うんなら、そうすればいい。私も家を出て独りで暮らし、社会を見る機会を与えた方が、与えないよりいいと思いますよ」

「なら伊地知先輩がそう言われたと女房に言いましょう」

「おいおい、私のせいかね」

「ハッハハ、女房はわしの言うことは聞きませんでして」

次に別の後輩が来た。

「ヤンキースの松井秀喜選手は膝の調子はどうなんですか」

「話はされましたか」

「大丈夫でしょう」

「いいえ。それでも大丈夫です。今年はもっと活躍しますから」

「そうですよね。何しろゴジラじゃけぇ。先輩の松井選手とのＮＨＺの番組をビデオに録っとりまして、大晦日にまた見ましたよ。松井選手も素晴らしいが、やはり野球は最高ですね。そうでしょう？　先輩」

「そうだね。野球のグラウンドで私たちは本当に多くのことを学びましたからね」

「けどグラウンドでの伊地知先輩は正直、怖かったですよ」

「それはすみませんでした」

「先輩に謝られると、また怖いですのう、ハッハハ」


またたく間に正月の帰省の日は終り、私はその日の午後、福岡から仙台にむかう飛行機に乗った。

飛行機の窓から眼下の風景を眺めた。

雪に見舞われた正月が嘘のような快晴であった。その日の飛行ルートは、九州、福岡から四国へ出て、そこから新潟を目指した。

日本海が見えると、傾きかけた冬の陽に海が鏡のようにかがやいていた。

「美しいものだ……」

私はちいさな窓から眼下を望んでつぶやいた。

この数年、私は一年の三分の一を海外で過ごしていた。主としてヨーロッパを巡る旅であった。パリから飛行機で南下し、ピレネー山脈を越えて、やがてあらわれるスペイン海岸の地中海の景色も陽光があふれて美しい。イタリアにむかう時の雪にかがやくアルプスも素晴らしい。ドイツにむかう飛行機で眼下にひろがる広大な森林も情緒がある……。しかしヨーロッパからの帰国便で見る日本の美しさは格別だった。天気が良い日は鳥海山《ちょうかいさん》のむこうに日本アルプス、そして富士山が見えた。つくづくこの国は美しい国土を持った国だと感動する。

やがて飛行機の窓から能登《のと》半島が見えて来た。

——今頃、松井選手はニューヨークでどうしているのだろうか。

能登半島を見ていると、その先に立山連峰が見え、そこに富山の街があらわれた。

——ああ、あそこが三阪君の故郷か……。

私は三阪君がどんな少年時代を送ったのだろうか、と想像した。

そういえば、彼も少年の頃、野球に夢中だった時期があると言っていた。

私は三阪君がグラウンドでボールを追っている姿を思った。

ポジションはどこだったのだろうか。どんなバッティングフォームだったのだろうか……。

——少しばかり環境が、運命が違っていれば私は彼と同じチームで野球をしていたかもしれないな。

そうであったら、私たちはとてもいいチームメイトになれたに違いない。

野球はいつだって少年と少年に熱いものをかよわせる。

私は仙台へむかう飛行機の中で、丁度、彼の故郷、富山の街の上空にさしかかったところで、少年時代の三阪君と、同じく少年の自分が一緒にチームメイトとしてグラウンドに立っている姿を想像した。

あの澄んだ大きな瞳で白球を追っている少年の三阪君が、眺めている北陸の海岸の上を流れる雲間に立ち昇って来た。

——私たちはきっといいチームメイトになれただろうな……。

飛行機は新潟、佐《さ》渡島《どがしま》にむかって飛行していた。

耳の奥で声が聞こえた。

「でもボク、身体がちいさかったのでレギュラーになかなかなれなくて、野球をやめてしまいました」

三阪君の声だった。

たしかニューヨークで彼はそう話してくれた。少し恥かしそうで、それでいて少し口惜しそうな表情が思い出された。

——そうなんだよ。皆一度、あの白球に、心地良い打球音に魅了されて、原っぱへ、グラウンドにむかって夢中で駆けて行くんだ。そうして何人かの少年が、やがて野球と別れる時を迎えるんだ。

私は、グラウンドを去って行った大勢のチームメイトを知っている。

皆それぞれ、さまざまな理由があるのだが、私がそうであったように、野球がどんなに素晴らしいスポーツかは決して忘れることはない。

　それはたとえば、何かの理由で実際にボールを手にできなくて、いつも観客として野球を見続けた少年だって同じように野球に魅了され、野球に感動し、野球を生涯応援し続けるのだ。

　三阪君もその一人のはずだ。

　そうして多くのスター選手の中から、自分が思い描く野球の申し子を見つけて応援をする。

　そのスター選手が、私も三阪君も松井秀喜選手だった。

　応援する選手が同じということは、野球に対する考えが同じことを意味する。

　――そう、たぶん、私がひと回り以上も歳下の三阪君が気になるのは、その情熱が同じだからに違いない……。

　毎年、仙台での私の正月は一月の五日が明けてからになる。

　我ヶ家の犬たちも、新しい年を迎えたせいか、どことなくかしこまって、まぶしく映る。

「どうだ、二匹とも、今年の目標を話してくれないか」

　犬たちは私の言葉にただ尻尾《シッポ》を振っている。

「この子たちに目標なんかありませんよ。ただ去年よりたくさんオヤツが食べたいだけでしょう」

　妻がキッチンの方から言った。

――コラコラ、犬だからって、そんなふうに言うもんじゃありません。彼等だって新しい年を迎えて、それなりの決意はあるかもしれないじゃありませんか。

そうは言ったものの、二匹が私の前に並べてある料理をじっと見つめている姿を見て、

――案外、彼女の言うとおりかもしれない……

と思いはじめた。

仙台に届いていた年賀状を見た。

出版社や編集者からの年賀状が続いた中で、見覚えのある文字があらわれた。

三阪君からの年賀状だった。

先生、明けましておめでとうございます。
今年はボクのスポーツドキュメントの集大成の番組を制作しています。先生に感動を与えるつもりです。期待していて下さい。

三阪剛

――これが松岡プロデューサーが言っていた番組だな。

私は三阪君の年賀状の文面を読みながら、期待していて下さい、とあるのだから、彼の身体はまだまだ元気なのだと思った。

成人の日が終った翌日、私は上京した。

翌月に出版される本のプロモーションの打ち合わせと、本にサインをしなくてはならなかった。

今年初めての上京をして、仕事、打ち合わせも一段落したので、私は三阪君に連絡を取った。

しかし連絡がつかなかった。

松岡プロデューサーも海外へ出張していた。

私は少し不安になった。

私は三阪君の所属する制作部のデスクの人と松岡プロデューサーに、三阪君が出社をしたら連絡をくれるように伝言を残した。

二日後の午前中、東京のホテルの部屋にフロントから連絡が入った。

「外線で、NHZの三阪さんという方から電話が入っていますが……」

「つないで下さい」

しばらく受話器を持っていると、むこうから懐かしい声が聞こえた。

「先生、三阪です。何度もご連絡を下さったのに不在にしていてすみません。松岡プロデューサーからも話を聞いていたのですが、定期健診で入った人間ドックでミスっちゃいまして、なかなか出してもらえなくて……」

——人間ドックでミスをしたって、それは病院のミスなの？　君のミスなの？

「……それでようやく退院してからは休んでいた分を取り返すために、毎日、徹夜の作業が続きまして、ご連絡が遅くなってすみませんでした。でもいい番組になりますから期待をしておいて下さいね」

三阪君の話を聞いているうちに少しずつ私の不安は消えて行った。

「そう、そんなに面白い番組を制作しているのですか。そりゃ楽しみです。けどくれぐれも無理をしないで下さい。四十歳になる手前は案外と人は病気をかかえますから」

「ハッハハ、ボクに限ってそれはありませんから、心配御無用です」

「それは私にもわかりますが、将来のことを考えて、きちんと身体はケアーしておかなくてはいけません」

「わかりました」

「ともかく、その番組の制作が終了したら、二人で食事をしましょう」

「本当ですか。それは嬉しいな。約束ですよ」

三阪君は明るい声で言った。

私は安堵《あんど》した。

しかし、それが三阪君の声を聞いた最後だった。

二月の下旬に、私の短編集が出版された。出版に際して東京、銀座《ぎんざ》の書店でサイン会が行なわれた。

私はなんとなく、そのサイン会に三阪剛君がひょっこり顔をあらわす気がした。

私は、時折、首を伸ばして並んでいる人の顔を見た。

夕刻にはじまったサイン会は、夜の八時を過ぎても終らなかった。

最後の数人の客の顔を見直し、

――きっと三阪君は忙しいのだろう。それにこの本は彼に贈っているし……

と思った。

この本の中に、三阪君に読んで欲しい作品がひとつあった。

それは〝親方と神様〟というタイトルで、以前、彼から聞いた北陸の山中に、昔からあった〝タタラ〟と呼ばれる製法で古代から日本で鉄を作る人々の話を基に書き上げたものだった。作品を読めば、彼ならわかってくれると思っていた。

――大きなプロジェクトの仕事にかかっていると言っていたから、やはり忙しいんだ。

それはいいことだ。それにきっと手紙が届くはずだ。

本を贈ると、彼は必ずお礼の葉書なり手紙をくれた。

サイン会の後の食事の席で、私が三阪君のことを考えていると、担当編集者の一人が、

「伊地知先生、何か心配事でも？」

と訊いた。

「えっ、どうしてだい？　何も心配なことはありませんよ。少し考えごとをしてました。すみません」

食事の後、私は一人で銀座にある馴染みのバーに寄った。

古いつき合いのバーテンダーが私を見て、

「サイン会だったんですよね。うかがいたかったのですが、店がありまして」

「いいんだよ。それにサイン会は苦手だし……」

「どうしました？　何か心配事でもありますか？」

バーテンダーが言った。

私はトイレに立ち、鏡で自分の顔を見た。

「そんな顔をしてるのかな……」

私は首をかしげて鏡の顔を見ていた。


雨の多い春だった。

三月に入ると、二日毎に雨を見た。

中旬が過ぎた、或る午後、私は東京の定宿の部屋から見える、まだ蕾《つぼみ》の桜が濡れて風に揺れるのを眺めていた。

――また春が来て、花々が咲き、グラウンドに子供たちの歓声が聞こえて来るのだ……。


電話が鳴った。

「先生、NHZの松岡さんという方から外線が入っていますが……」

「あっそう。つないで下さい」

受話器のむこうから松岡プロデューサーの声がした。

「これはどうも松岡さん、先日は……」

「いいえ、こちらこそ……」

松岡さんの声がくぐもっているふうに聞こえた。

「どうしました？」

「実は、今朝、三阪剛君が亡くなりました」

「えっ！」

私は思わず声を上げた。

——今、彼は何と言ったんだ？

「すみません、三阪君が何ですって？」

「今朝、亡くなりました」

「今朝、亡くなったって、松岡さん、私はふた月くらい前に彼と電話で話をしました。その時は元気で仕事に復帰していますと言っていましたよ」

「申し訳ありません。直属の上司として三阪君の置かれた状況をよく把握できていなかったことを謝ります」

「いや、それはあなたのせいではありません。私も、彼の言葉を鵜呑《うの》みにしていました。残念なことです」

「いいえ、本当に申し訳ありませんでした。私が無理に彼に仕事をさせてしまったことが病状を悪くさせていたんです。悔まれます」

「松岡さん、それは違います。私も元気そうにしていた彼の声を聞き安心していたんですから。それに、私の想像ですが、こういうかたちになっても、それでいいと三阪君が望んだということでしょう。あなたと比べれば、そんなに長いつき合いではありませんでしたが、私にはわかる気がするんです。彼の信念が、創作することを最優先にしたのでしょう。あなたのせいでは決してありませんよ」

「ありがとうございます」

三阪君の死を報せて来てくれた松岡プロデューサーの無念そうな声に、私は三阪君が、なぜあんなに元気そうな声で、私との電話を応対したかがわかった。

彼は私に心配をかけたくないと思い、元気な自分を演じていたのだ。

私は必要以上に責任を感じている松岡プロデューサーにも、彼の死は誰のせいでもないことを話した。

「それでお通夜、葬儀は……」

「まだ何も決まっていません。ご家族の方の意向をお聞きして、先生の方にもご連絡を入れさせてもらいます」

電話を切ると、身体から力が抜けた。

先刻、見つめていた桜の蕾がガラス戸を伝わる雨水にぼやけて映った。

また雨が降り出していた。

桜の蕾に、あの人なつっこい、大きくて澄んだ瞳と、屈託のない笑顔が重なった。

──どうして君は、そんなにまでして仕事を懸命にしようとしたんだ？

やはり無理をしても、強引にでも逢っておくべきだったのだ。

私はちいさく吐息をつき、自分に言い聞かせた。

──死は、その人に二度と逢えないだけのことで、それ以上でも、それ以下のことでもないのだ。

しかし、死ぬのには若過ぎはしないか……。

私は窓辺を離れ、仕事机の前に座った。

仕事が手につきそうになかった。

ホテルを出て歩き出した。

傘を叩く雨音だけが耳の中に騒々しく聞こえた。

千鳥《ちどり》ケ《が》淵《ふち》の小径《こみち》へ出た。まだ蕾の桜木が雨に濡れ、その小径に相合傘の若い男女のカップルが仲睦《なかむつ》まじそうに歩いていた。

この中のカップルのどこかに三阪君がいても何の不思議はなかった。いや、むしろそうある方が、好青年であった彼にはふさわしかったのに……。

私は立ち止まり、お堀の水面を見つめた。

時折吹く風に水面はかすかに波立つが、あとは静かに佇《たたず》んでいた。

その時、お堀の端に、一羽の白いサギがじっとしているのが目に留まった。

身じろぎもしない白いサギが、夕暮れにつつまれた闇の中に浮かんでいた。

三阪君の葬儀は青山《あおやま》にある大きな葬儀場の一画で行なわれた。

お茶の水から葬儀場にむかうお堀端には満開の桜が春の陽にかがやいていた。

ほんの五日前には蕾だった花が今は開花して咲き誇っているように映る。

花見の客が道路の両脇をぞろぞろと歩いていた。

五日前の夜、雨に濡れた蕾の姿はそこにない。

時間というものは、人間の生死とはまるで無関係のように容赦なく流れて行く。哀しみの淵《ふち》で、戸惑い、立ちつくす人がそこにいても、時間は無慈悲とも思えるくらい容赦なく歳月を重ねて行く。

人間は死の前では無力である。人間の死を、運命のなすことと考えるなら、人間は運命の前で無力なのか。なす術《すべ》もなく、それを受け入れるしかないのか。

私は弟の海難死の時も、妻の病死の折も、自分の無力さを痛感した。若かった私は、なぜ自分の近しい者だけが、かくも切ない思いをしなくてはならなかったのかと自問し、答えの出ない自問は、やがて私を憤りのかたまりにしてしまった。酒とギャンブルに溺れた放埒《ほうらつ》な生活を続けた。周囲の人々が心配をしている表情にさえ目がむかなかった。重度のアルコール依存症の上、心臓が壊れかけた。そんな日々の中でさえ時間は容赦なく過ぎて行った。

そんな状態の私を救ってくれたのは、友であり、家族だった。そうして何より大きかったものは、時間だった。

今だからわかるのだが、容赦なく過ぎる時間は残酷に思えることもあったが、実はその時間の中にさえ、慈愛というものがあったのだと……。

葬儀の会場に入ると、三阪君の仲間、上司の方々が、彼を送り出すために、懸命に準備し、葬儀を執り行なおうとしていることがよく伝わって来る。質素ではあるが、良い葬儀だった。

テレビのニュースで見たことのある男と女のアナウンサーが、三阪君のことを語る時、声を詰まらせていた。プロの彼等でさえそうなるのを見て、三阪君がどんなに職場の人たちから好かれていたかがわかった。

祭壇の横に大きなスクリーンがあり、その画面に、三阪君が制作したスポーツドキュメントが放映されていた。

彼が私を起用して制作した松井秀喜選手のメジャー挑戦一年目の〝ベースボールの神様に抱かれて〟も放映された。

私はそれを見ることができなかった。

スクリーンのむこうに並んだ供花の中にニューヨークにいる松井選手の花もあった。

——ちゃんと供花をしてくれたんだ。きちんとしてるな、松井選手は……。

著名なスポーツ選手の供花が並んでいた。

司会の女性アナウンサーが、スクリーンに映った映像の話をした。

「今、映っている映像が三阪剛さんが最後に制作されたものです」

見ると、そこに〝ONの時代〟とタイトルがあらわれ、長嶋茂雄と王貞治二人の日本プロ野球界の大スターの若かりし映像が登場した。

――これが三阪君の言っていた、彼が最後の力をふりしぼって制作したものか……。

私が少年時代に見た長嶋、王の懐かしい映像と二人のインタビュー、各界の人々からの言葉……、どの映像にも、これまでのドキュメント番組にはない斬新《ざんしん》さがあった。

――さすがに三阪君が心血を注いだだけのことはある……。

職場の先輩の男性と後輩の女性が弔辞を読んだ。先輩の言葉には三阪君の仕事に対する姿勢とガッツが紹介された。後輩の女性は彼が普段、職場でどんなにやさしい先輩だったかを紹介した。彼女の弔辞は途中から言葉にならず、それを聞いて嗚咽《おえつ》する参列者がいた。人間は棺《ひつぎ》の中に入ってから、その人の真の価値や人間としての品格が出る、という言葉があるが、三阪君がそうなのだとわかった。

それは私にとって嬉しいことであったが、やはり無念の気持ちは拭《ぬぐ》えなかった。

僧侶《そうりょ》の読経が一段落し、焼香に入る時、私は三阪君の両親を初めて見た。数年前、手紙を貰《もら》い、北陸の名産品をいただいたことがあった。お二人ともひどく憔悴《しょうすい》されていた。三阪君から何度も彼の両親の話を聞かされた。自分の両親の話をこんなに嬉しそうに語る若者と逢ったことがなかったので、よほど実のある家庭で育ったのだと感じたことを思い出した。

私は焼香をするために立ち上がった参列者の中から、一人の女性を探した。

その女性の顔も名前も知らなかった。この葬儀に参列しているかどうかもわからない。しかし私には、その人がここに来ている気がした。私が彼女の立場で、どこかで生きていたら、この場に何があっても駆けつける気がした。

ニューヨークの最後の夜に、三阪君が私に打ち明けた、遠い日、彼が恋に落ちて将来を約束していたという女性のことだった。

親族、関係者の席には、それらしき人はいなかった。勿論、その人の顔を知っているわけではなかったが、その人を見たら、私にはわかる気がした。その人にはきっと特別な気配があるように思えた。私が座る一般の参列者の席を探した。私は立ち上がり、そっと後方に移り、その席の人たちを見回した。

一人の女性がうつむき加減に座っていた。清楚《せいそ》な雰囲気の女性だった。その女性の手を握っている可愛い少女がいた。目元は涼やかだが大きな瞳が印象的な少女だった。

——えっ？　この瞳……もしかして……。

私は母親らしき女性の顔を見た。

——この女性が、その人だとしたら、かたわらの少女は……三阪君の……。

まさか。三阪君が彼女と別離したのは十数年も前のことだ。少女はどう見ても五、六歳に見える。

その時、私が彼女たちを見つめているのに気付いたのか、母親が私の方を見た。目が合った。女性の瞳は少女の瞳と同様、大きな黒い眸《ひとみ》をしていた。私はドキリッとして、思わず会釈した。彼女も会釈を返した。

――彼女かもしれない……。

私は二人の次の焼香の列に並ぶことにした。いきなり声をかけるわけにはいかないが、ともかく自分の勘を信じることにした。母娘の列のうしろに並ぶといきなり声がした。

「いや先生、おひさしぶりで。三阪君とはお仕事を?」

芸能プロダクションの社長の滝口《たきぐち》だった。

「いや、ヤンキースの松井秀喜選手との番組を彼が制作して……」

「ああ、そうでしたね。あれは素晴らしい番組だった。さすがは三阪君だな、と感心しましたよ」

「それはどうも……」

「いや、こんなに若くして、残念なことですね。彼、家族はあったんでしたっけね。独身だったのかな……」

私は滝口の声が大きいのにヒヤヒヤした。もし前にいる女性が三阪君のかつての恋人だったらと思うと、少し小声で話せないものかと心配した。

「先生もご活躍ですな」

「いや……」

「読ませていただきましたよ。あの少年の物語。良かったですね。おや、ミキちゃんじゃないか」

滝口が前に並ぶ女性に声をかけた。

女性が振りむき、あっ滝口さん、おひさしぶりです、と返答した。

「おっ、お嬢ちゃん、大きくなったね。旦那《だんな》さんは？」

「少し遅れていて……」

「そうか、ミュージシャンはしょうがないな」

「す、すみません」

女性が頭を下げた。

――滝口の知り合いなのか。私の勘違いか……。

葬儀場を出ようとすると、松岡プロデューサーが挨拶に来た。

「ご苦労さま。疲れないようにね」

「先生いろいろすみませんでした」

「松岡さん、あなたが謝ることではありません。むしろ三阪君に最後まで仕事の機会を与えてくれたあなたに、彼は感謝していると思いますよ」

「そうでしょうか……」

私たちの前を、先刻の母子と主人らしき三人が通り過ぎた。

葬儀場からお茶の水のホテルに戻り、私はすぐに仕事をはじめた。夕刻までに渡さなくてはならない原稿があった。

仕事をはじめると、どこかうわの空になっている自分に気付いた。

葬儀場での自分の浅はかな態度と行動を反省した。

——もっときちんと三阪君を送るべきだった。最後の別れの席で、三阪君にお礼さえ言っていない……。いったい自分はいい歳をして何をしているんだ。

逆上している自分が情けなかった。

「こんな状態じゃ、まともなものは書けるはずがない」

私は声に出し、筆を置いた。

原稿を待ってくれている出版社の編集部に電話を入れた。

「どうしましたか？」

担当編集者が電話口に出て訊いた。

「一日、締切りをのばしてもらえませんか。どうも体調が良くなくて……」

「どこかお悪いんですか」

「いや身体の調子ではなくて、その……」

「わかりました。二日締切りをのばしましょう。版の組替えをすれば、大丈夫ですから」

「すまないね」

「いいえ、私が先生の担当になって、当日先生がそう申し込まれたのは初めてですから。ようやく私も先生の担当編集者になれた気がしています」

「……ありがとう」

電話を切ると、私は着換えて、表へ出た。

坂道を下りると、新入生らしき若者が笑いながら、大学の学舎の前にたむろしていた。若い人の明るい姿を目にすると、なぜか切ない気持ちになった。

大通りに出て、タクシーを拾った。

「どちらへ？」

「えっ、何ですか？」

「ですからお客さん、どちらへ行かれるんですか」

「ああ、そうだね。……東京駅へ、いや銀座の方へ」

「銀座のどこへ？」

「……四丁目あたりへ」

タクシーが走り出した。

タクシーは日比谷《ひびや》通りから晴海《はるみ》通りに入った。

「四丁目の交差点ですよね」

「あっ、すみませんが、海が見える場所へ行ってくれませんか」

「海ですか？　このあたりで一番近い海と言うと汐留《しおどめ》かな。それとも埠頭《ふとう》か桟橋のあるところに出ましょうか」

「ああ、そうして下さい」

タクシーは銀座中央通りを左折し、汐留の方角にむかって走っていた。

――三阪君に申し訳のないことをした。何と愚かなことをしてしまったんだ……。

タクシーは高速道路の下の海岸通りを走った。そうして倉庫の並ぶ交差点を左折した。

「この先に日の出桟橋があります。そこでいいですか」

「はい」

フェリー乗り場でタクシーは停車した。

「いろいろ行き先を変更して済まなかったね。助かったよ」

「いいえ。お客さん、上着のボタンの所にクリーニングの札が付いたままですよ」

「あっ、本当だね。ありがとう」

自分が動揺しているのがわかった。

子供の頃から何か不安なことや、激昂《げきこう》したりすることがあると一人で海の見える場所へ行った。

海の見える場所でじっとたたずんでいると、ささくれた感情やひび割れそうな気持ちが少しずつおさまって行った。

大きなフェリーが一隻停泊し、その船の中へ大型のトラックが列を作って乗船していた。

——どこへ行く船だろうか？

私はフェリー乗り場にむかって歩き出した。

大阪、鹿児島へむかうフェリーだった。出発までには一時間あった。

まさか、この船に乗るわけにもいかない。

原稿を待っている人がいるのだから……。

切符売り場の先に待合い室があり、その建物の中にちいさな展望台とレストランの文字が見えた。

私は階段を上り、展望台へ入った。

東京湾が傾きかけた春の陽の中にかがやいていた。

こうして東京湾を眺めるのは、上京して初めてのことに気付いた。

東京湾はこんなに美しい海景をしているのか……。

私はしばらく美しい湾から沖合いにむかってひろがる海を見つめた。

キュ〜ンとお腹の虫が泣いた。

そう言えば、朝から何も口にしていなかった。私はレストランに入り、サンドウィッチを注文した。テーブルを去ろうとしていた若いウェイトレスを呼び止め、ビールを注文した。

「少し喉《のど》が渇いたもんでね……」

私の言葉に彼女は白い歯を見せ、かしこまりました、と言いビールの銘柄を聞き、立ち去った。

そのウェイトレスとどこかで逢った気がしたが、そんな知り合いはいなかった。

ビールを飲み干すと、ウィスキーを注文した。

酔える精神状態ではなかったが、ウィスキーの苦みが救いのようにも思えた。

ガラス越しにひろがる東京湾は少しずつ傾く春の陽に照らされ、刻一刻とその彩色を変えていた。

——あの母親と娘さんにも非礼だった……。つくづく私という人間は品性に欠ける。

悔んでもしかたのないことだが、私は自分のいたらなさを反省していた。

私はウェイトレスに手を挙げた。

「もう一杯いただきましょう」

「わかりました。同じものでよろしいですか」

「はい」

「すぐに水もお持ちします」

彼女は私の水のグラスを見て言った。

「ああ、そうだね。ありがとう」

礼を言うと、とんでもありません、と言って白い歯を見せて笑った。

——親切な娘さんだ……。

そう思った時、私は彼女と以前どこかで逢ったのではなく、三阪君が恋に落ちた相手が船上のレストランのウェイトレスであった話を思い出した。

　ウィスキーと水をトレイに載せた彼女がテーブルに来た時、私は言った。

「東京湾を一周するクルージングの船もここから出るのですか？」

「いいえ、ここではありません。あそこに何隻かの船が停泊しているでしょう。あれが東京湾クルージングに出航する船です」

　彼女が指さした方角を見ると、船の窓に灯《あか》りが点《とも》った何隻かの船が見えた。

「今からすぐに行けば乗れるかな？」

「この時刻ではもう間に合わないでしょう。それに予約が必要です」

「ああ、そうなんだ……。あなたは乗ったことがあるの？」

「いいえ、ありませんが、友人で乗ったことのある人がいて、話を聞きました。とても綺麗《きれい》で、ロマンチックだそうです」

「あっ、そう」

「ええ……でもやはり誰か好きな人というか、恋人と乗った方がいいと思います」

「あっ、そうか、そうだね」

「お客さまは海がお好きなんですか」

「ああ、海のそばで生まれ育ったものだからね」

「いいですよね、海は……。東京に住んでいる人でも案外と知らない人が多いんです、東京湾がこんなに美しいことを」

私はうなずいた。

——昔、私の後輩が、その船でアルバイトをしていて、そこで同じようにアルバイトをしていた女性と出逢い、恋に落ちたんだよ……。

私は彼女にそう話してみたかったが、黙って海を見ていた。

船笛の音が聞こえた。

「お客さま、ほら、最初の、東京湾クルージングの船が出発しましたよ」

見ると一隻の白い船がゆっくりと沖合いにむかって進みはじめた。

私はその白い船をじっと見つめた。

誰かが時間を止めて、二人の出逢った時間に戻してくれたなら、私は三阪君と出逢うことがなくてもかまわないと思った。

夕暮れの東京湾を静かに航行する船影を見ているうちに、私は鼻の奥が熱くなり、船影がぼやけはじめた。

いったい、どこの天使が、二人を離れ離れにしたのかは知らないが、

——どうして人の一生はこんなにも哀しいものなんだ……。

私は立ち上がり、ゆっくりとレジにむかって歩き出した。これ以上、船を見ていられなかった。

ゴールデンウィークが迫った或る日の午後、仙台の家にちいさな宅配便が届いた。

愛犬のアイスとノボが、そのちいさな包みの中身を彼等の大好物のクッキーだと思い、仕事場までシッポを振りながらついてきた。

ワン、ワン、ワン……。「コラコラ、これはクッキーとは違うようだぞ」。それでも机の下から私の足に前足で飛びつく。

「どれどれ、お目当てのクッキーかチョコレートかな……」

ワン、ワン、ワン……。犬たちに甘いものをやらないで下さいよ。キッチンの奥の方から妻の声がした。

「わかっています。やりませんから、少しくらいはな、君たち……」

包みを見ると、差出人は由川浩太《ゆかわこうた》とある。

――はて、どこかで聞いた名前だが……。

しかし知り合いの顔は浮かばなかった。差出人の住所は東京、渋谷区《しぶや》とある。

包みを開くと中からエアクッションでさらに包んだものがあらわれた。

ワン、ワン、ワン。

「何だろうね、君たちの好物ならいいが」

その包みを開くと、可愛い野球のミニグローブがあらわれた。

「おう、これは可愛いな。妖精《ようせい》たちのリーグのグローブだな」

ワン、ワン、ワン。

私は二匹にミニグローブを見せた。彼等はクンクンと鼻を鳴らしてから、包みの中身が自分たちの好物ではないとわかると、走ってキッチンの方に駆けて行った。

――ゲンキンなものだな……。

私は包みの中にあった手紙を取り出し、由川浩太の名前を見ながら封を開いた。

前略　伊地知先生
このミニグローブお気に召しましたか。由川浩太の名前に驚かれました？　そうなんです。昨夜、先生から贈っていただいた〝少年譜〟を読み終えました。ボクはやはり〝親方と神様〟が一番好きです。由川浩太、いいですね。二日前に先生に申し上げた〝ＯＮの時代〟の制作がほぼ見込みがつきました――

――えっ、もしかして、この差出人は三阪剛君？　そんなことが……。

私は思わず、包みの外装を見直し、そこに書いてある差出人の名前をたしかめた。

〝由川浩太〟は、私が今春、上梓《じょうし》した短編集の中の〝親方と神様〟という作品の主人公の名前だった。

住所が、東京の渋谷区になっているのは、三阪君が勤めていたＮＨＺのある場所だからだ。

私は宅配便の送られた日を見た。

三月五日になっている。

——そうか、三阪君がまだ生きていた時に出されたんだ……。しかしどうしてこんなことを？　私が訝《いぶか》しく思っていた時、キッチンから妻の声がした。

「明日の食事会はレストラン〝ヒロ〟さんでいいですよね」

「何の食事会ですか？」

——誕生日？　あっ、そうか……。

「何をおっしゃってるの？　あなたの誕生会じゃないの、もう……」

私は三阪君が、私の誕生日のお祝いに、このミニグローブを贈ってくれたことに気付いた。

それでも彼のことだから、自分の死期に気付いてなかったとは思えない。

——もしかして何もかもわかっていて、これを贈って来たのだろうか……。

私は手紙の続きを読んだ。

今回、先生から贈られた短編を読んでボクはつくづく男というものは、少年時代に遭遇したものが、将来に影響するものなのだと実感しました。その点、ボクはしあわせ者です。少年時代に見た、或るテレビ番組に感動して、将来、あんな番組を制作する人になりたいと願い、その願いどおりにテレビの制作をする職業に就くことができたんですから。そのお蔭で先生にも、松井選手にも逢うことができました。先生ならもうお気付きだと思いますが、このミニグローブ、メジャーで松井選手が使用しているモデルと同じものです。先生は携帯電話があまりお好きじゃないのを知っていますが、携帯電話のストラップに使うと、カッコイイと思うのですが……。

なるほどM製の松井選手のグローブと同じだった。

私は三阪君が誕生日のお祝いに贈って来たミニグローブを見つめた。

携帯電話は好きではないので、仕事場のどこかに飾ろうと思った。

しかし考えてみると、三阪君は私にこのミニグローブを贈るためにずいぶんと前から準備をしていたことになる。

それが切なかった。

手紙の先を読んだ。

さて、実は今回、先生にお手紙を出させていただいたのは、本当はもうひとつ目的があったのです。それはニューヨークで先生にお話をした女性の件です。正直に言うと、ボクは今でも彼女を忘れることはできません。あの夜、先生はボクにおっしゃいました。その女性は今もどこかで生きていて、君以外の誰かと生きている、と……。そう言われた時は、正直、ショックでした。しかし時間を置いて考えると、あの答えが、先生のボクに対する思いやりだとわかりました。ありがとうございました。それでもボクは、彼女のことが忘れられません。先生はボクに、天使というのは真面目で善い天使も、悪戯好きな天使もいる。その悪戯好きの天使が、先生の弟さんや、奥様を先生から引き離したともおっしゃいました。その話をずっと考えていて、〝天使の分け前〟はさまざまなかたちがあり、たまたま悪戯好きな天使と出逢ったことが不幸なのだ、と考えていたのですが、先生が幸運、不運のたとえのためだけに天使の話をなさったのではないのではないか、とこの頃考えるようにさえなりました。人間が誰かの悪戯で不幸になるなんて考えるべきじゃないと思うんです。そんな気持ちになれただけでも先生のお蔭です。

あの夜、先生にお話ししていなかったことがあるんです。それは、ボクも彼女がどこかで生きているはずだと確信していたことです。そう思うのには理由がありました。彼女の声を聞けたのです。彼女の〝ありがとう。大丈夫よ〟と言う声がボクに届いたのです。それも一度だけではないのです。一年に一度の時もあれば、二年後のこともありました。でもその声はたしかに彼女なのです。彼女は今もどこかで生きているんです。

そこまで読んで私は手紙から目を離した。

こういう類《たぐ》いの手紙を読むのは、正直、切なかった。

その上、この手紙を書いた時点では、三阪君が生きていたことが辛かった。

耳の奥で声がした。

三阪君が、私への手紙を書きながら独白している声だった。

——彼女の声を聞けたのです。彼女の〝ありがとう。大丈夫よ〟と言う声がボクに届いたのです……。

もしかしてこの手紙を書いている時、彼の意識は朦朧《もうろう》としていたのだろうか。

いや、そんなことはあるまい。彼はそんな弱い男じゃない。だとしたら、彼は彼女の声を本当に聞いたのだろう。

私は手紙の続きを読んだ。

実は彼女の声は、ボクにとって、救いの声でした。東京湾クルージングでのアルバイトで出逢って、お互いが好きになり、ボクたちはアルバイトが休みの時にいろんな場所に出かけました。ボクは山登りが好きだったので、二人して東京近郊の山に出かけました。彼女も山が好きになり、一緒に計画を立てて出かけました。或る休日、高尾山《たかおさん》からさらに山梨方面にある山を登った日、あと少しで頂上という昼前に、急に天候が悪くなり、ボクが足を滑らせ、谷へ真っ逆さまに落ちてしまいました。山登りに自信があったこともいけなかったのですが、幸いボクは谷の途中の岩場に気を失っていたんです。その間の数時間、彼女はボクの名前を呼び続けてホイッスルを吹いていたそうです。

その時、ボクは奇妙な体験をしました。ボクの身体から、ボクが離れて行き、天上の遥《はる》かむこうにある光の中へ昇ろうとしたんです。その時、ボクの名前を呼ぶ声がしました。振りむくと、沢の木の間から天上にむかって、ボクを仰ぎ見ている彼女の顔がはっきりと見えました。

「剛さん、剛さん、ダメ、帰って来るのよ」

その声に目覚め、救助隊の人がボクにむかって、

「助かったぞ、もう大丈夫だ」

と声をかけてくれました。


私は三阪剛君からの手紙で、彼が山中で落下事故を起こし、生死の境をさまよった時、臨死体験の中で彼の恋人が大声で、彼の名前を呼び、彼を現世に戻してくれたことを知った。

私は、そういう人々の体験を信じる人間である。

この世に生を受けて、これほどさまざまな経験をし、たとえ生を受けた時間が短かろうが、長かろうが、人間の生は平等にいつくしみをあたえられるのではないか、と信じたい。

私は再び手紙を読みはじめた。


ボクが救助隊の人に助けられたのは、翌日のことでした。幸いにボクの身体は左脇が木の枝か何かにぶつかって出血をしていましたが、他に傷はありませんでした。

きっと落下の途中で木の枝をつかみ、必死でもがいていたことがクッションになって良かったのでしょう。それでも救助隊員に言われました。

「君は落下の途中でどこかの木でバウンドして、それが幸いしたのでしょう。それでも君は奇跡的に助かったのだと思います。あの谷に落ちて助かった人はほとんどいませんから……」

救助隊の話を聞きながらボクは訊きました。

「彼女はどうしていますか？」

「今、山麓《さんろく》の小屋にいらっしゃいます。あなたのことをとても心配していらっしゃいます」

「彼女は無事なのですか？」

「はい、どこも怪我はしていらっしゃらないと報告を受けています」

その言葉を聞いて、ボクは眠り込んでしまいました。

彼女はボクが崖《がけ》の下に落ちてから必死にホイッスルを吹いたそうです。ボクの名前を呼びながら、助けを求めて声を上げ続けていました。折り良く、その日、山岳救助隊の訓練があり、近くの谷に数人の救助隊がいたそうです。彼等に声が届いたのです。そうして生死をさまよっていたボクにも……。

担架に乗せられて山麓まで運ばれている間、救助隊の人たちの話し声を聞きました。

「あれだけの落下をした上に、一晩雨に濡れて冷え込んだ岩場で気を失っていたのだから、よく助かったものだ。よほど運が良かったのだね」

「本当ですね。それにしても、あの女性は素晴らしい声の持ち主だ。同じ時刻に別の救助隊が訓練で山に入っていなかったら、この人も助からなかったかもしれない……」

救助隊員の会話を聞きながら、ボクは、あの時のシーンがよみがえったのです。谷の沢から、ボクを呼び戻す、彼女の声と、あの必死の表情でした……。突然の雷雨が過ぎ去り、初夏の陽光が彼女に当たっていました。それはまるで雲間から彼女だけに光が差しているようでした。

「剛さん、剛さん、ダメ、帰って来るのよ」

あの声を聞かなかったら、たぶんボクの人生は終っていたような気がするんです。いやそうに違いありません。あれがよく聞く臨死体験だと思うんです。この世と別の世界に行こうとしたボクを助けてくれたのは、彼女なんです。

山麓の小屋に戻った時、彼女はボクを見て泣きじゃくりました。

「助かったのね。戻れたのね……」

その声を聞きながら、ボクは彼女のためにも生還できたことを喜びました。

その出来事があとになってボクに奇妙なことを気付かせることになりました。先生もお気付きだと思いますが、結婚まで約束をした彼女の家族や生い立ちのことです。

　普通、将来を約束した相手なら家族や生い立ちのことを知っているものだと思うんです。ボクも何度か、彼女に、君は幼い頃はどこでどんなふうに過ごしていたの、と訊きました。でも、その話題になると、彼女はうつむき、とても悲しそうな顔になり、黙り込んでしまうのです。その表情を見てしまうと、それ以上、何も聞けませんでした。いつか打ち明けてくれると信じていました。ただひとつ彼女はこう言ったのです。

「皆、私のもとから去って行ってしまうの。それが私の運命かもしれない……」

　そう話した時の彼女の目は忘れられません。それは、ボクが目にしたどんな悲しみより、あんなに悲しみに満ちた表情はありませんでした。左の目元にあるホクロがあふれ出した涙に濡れていました。だからそれ以上は聞くことはできませんでした。そうしてはっきり言いました。

「ボクは違う。君のもとを決して離れたりはしないから」

　そう言うと、彼女が言いました。

「それはわかります。あなたは他の人とは違うのは。船の中で初めて逢った時に、それは私にもわかりました」

　そう言われることが何よりボクは嬉しかったんです。長い手紙になりましたが、最後にひとつだけ。彼女がとても楽しそうにしている時にハミングする歌があったのです。

ずっとその歌が気になっていたのですが、彼女が居なくなってからは知り得る方法がありませんでした。その歌のことが、半年前、偶然、わかったのです。スペインのカタルーニャの特集をテレビでしていた時、そのメロディーとともに一人の演奏者が画面にあらわれました。パブロ・カザルスというチェロの奏者が、生涯にわたって演奏し続けた〝鳥の歌〟という歌でした。二十世紀最高のチェロ演奏者と言われている彼は熱心な平和運動家でした。スペイン内戦でカタルーニャ自治政府を応援した彼はフランコ政権から命を狙われ、フランスに亡命しました。その後、プエルトリコに移り住み、その地からフランコ政権への抗議を続け、世界中で演奏しました。その時、必ず演奏するのが〝鳥の歌〟で、カタルーニャ地方の民謡です。詩は、カタルーニャでは鳥たちが、PEACE、PEACEと鳴くという内容です。どうして彼女がその歌を知っていたのかわかりませんが、何か彼女の生い立ちがわかる気がして、先生にお報せしたのです。

きっとこんなことばかりを書いていると、先生からまた「早くいい女性《ひと》を見つけて結婚しなさい」と叱られるに違いありませんが、彼女のことを聞いていただいた先生には、どうしても知って欲しかったのです。とても美しく、哀愁に満ちた歌です。先生もぜひ聞いてみて下さい。では誕生日、おめでとうございます。これからも良い仕事をして下さい。そうして時々はボクと食事、お酒をご一緒して下さい。

奥様とワンチャンたちに宜《よろ》しくお伝え下さい。

三月五日

三阪剛

私は手紙の日付けを見た。

たしかに三阪剛君は、この時は生きていた。

手紙の文字を見つめていると、三阪君が生きていた時、私の誕生日のことを思って、病の治療で大変な身体でこうしてプレゼントを注文し、長い手紙を書いてくれたことが切なかった。そうしてそれ以上に、病と闘ってなお、あの女性のことを思い続けていた愛情の強さと、再会できなかったことが、私の気持ちを揺さぶった。

プレゼントのちいさな松井選手モデルのグローブが、仕事場の机の上に差す五月の陽光にかがやいていた。

近しい人の手がそれに触れていたと想像するだけで、なぜこんなにあらゆるものが悲しみに満ちてしまうのだろうか……。

私はこういうことを何度か体験してきたが、やはり慣れるということはないのだ。しあわせの光景にはどこか皆共通したものがあるが、悲しみの光景はひとつひとつが皆違っている。〝死というものは、二度とその人に逢えないことで、それ以上でも以下でもない〟。誰が言ったかは知らないが、私はこの言葉を何度も胸の中でつぶやきながら切なさを克服しようとした。しかし、以上でも以下でもそれは当事者にとっては最大のことなのである。

「あなた、お茶を召し上がりませんか？」

キッチンの方から妻の声がした。

「ああ頼むよ」

そう答えてから、私は大きく息を吐いた。

足音がして、妻と二匹の犬たちがお茶を運んできた。

「あら、可愛いグローブね。お誕生日プレゼントですか。お洒落《しゃれ》ね……」

妻がミニチュアのグローブを指でつまんで犬たちに見せている。

犬たちはそれが欲しいのか、前足を上げて立ち上がっている。

ワン、ワン、ワンワン……。

どこの家にでもある初夏の風景である。

その後、私はタクシーを呼んで、近くにある地下鉄の駅周辺にある商店街へ出かけた。

タクシーを呼んで欲しいと言うと、妻はどちらへお出かけですか、と訊いた。

「少し、仕事のことで本を探してみたいんで」

「なら私が運転しますよ」

「いや、本を探すのに時間がかかるかもしれない。長く待たせてもなんだから」

「私はかまいませんよ」

「いや、一人の方がいい」

探したいのは本ではなく、パブロ・カザルスのCDだった。

パブロ・カザルスが〝鳥の歌〟を演奏する古いフィルムをテレビで何度か見たことがあったし、彼のCDを買っておいたような気がしたが、仕事場を探しても見当たらなかった。

妻は、三阪君の死は知っていたが、今日届いた手紙とプレゼントが、生前の彼が贈ってくれたものであるとは伝えなかった。妻は半年前に母親を亡くしていた。気丈にはしているが、仲が良かった母子だったから、その悲しみが易々と克服できるとは思わなかった。誰でもさまざまな事情をかかえて生きるのが人の生ではあろうが、近しい人たちが必要以上に悲しみに触れることを避けるようにするのが、大人の男の生き方だと、私は父から教わった。

それに手紙を読んだばかりで、平然と手紙のことを彼女に話せる自信がなかった。

CDショップに行き、カザルスのCDが置いてあるかと訊くと、若い女子店員はパソコンで検索し、クラッシック音楽のコーナーに三枚のCDがあると教えてくれた。

コーナーでそれを手に取ると、やさしい目をしたチェロ奏者の顔が目に入った。

第三章　鳥たちの歌

パブロ・カザルスは一八七六年にスペインの地中海沿いにひろがるカタルーニャ地方のタラゴナ県、ベンドレイに生まれた。

名前のパブロは生まれ育ったカタルーニャ地方の言語でパウ。同じ名前に、画家のパブロ・ピカソがいるように、カタルーニャの人々は自分たちの土地、言語、生き方を誇りにしている。

音楽の好きな母の影響で、幼い頃から音楽、楽器に親しみ四歳からピアノを父のカルロスから習いはじめ、六歳で〝マズルカ〟を作曲し、九歳になってペダルに足が届くようになるとオルガンでの作曲をはじめた。そうして十一歳でチェロと出逢《であ》い、その音色に感動し、チェロをかたときも離さなくなった。

十二歳の時、ベンドレイからカタルーニャの中心地、バルセロナに移り住んだ。バルセロナは芸術を愛する街であった。芸術に良き指導者たちがいた。彼はすぐにバルセロナ市立音楽院に入学し、そこでチェロ、ピアノ、作曲、音楽論を学んだ。

チェロはホセ・ガルシアに学び、ピアノ、作曲は市立音楽院の院長だったホセ・ロドレダに師事した。入学して半年経つと、カザルス少年は学費を得るために町はずれにあるカフェ〝トスト〟で働きはじめた。カフェの下働きの合間に、彼は店でチェロを演奏した。少年の弾くチェロの演奏が評判になり、遠くからわざわざ聞きに来る人までいた。バルセロナ市立音楽院での五年間はカザルスにさまざまなものをめぐり逢わせた。厳しいチェロの指導、自由な発想の作曲法……、そんな或《あ》る日、バルセロナの大通りから少し入った路地の楽器店で、彼は偉大な作曲家、バッハの名曲〝無伴奏チェロ組曲〟の楽譜とめぐり逢った。少年はその楽譜を見つめ、指先で音階、音律をなぞり、感動でこころを打ち震わす。のちに彼の代表的演奏曲となる〝無伴奏チェロ組曲〟との出逢いだった。

ベンドレイ、そしてバルセロナに住んだ歳月がカザルスの音楽と精神を確立させたと言っていいだろう。彼のカソリックとしての深い信仰心も、この地方で生まれ育ったことで培われた。

世界中の人々に賞讃《しょうさん》されたチェロ演奏者、パブロ・カザルスが生涯の半分以上を故郷のカタルーニャに帰ることができなかった理由は、彼が生きた時代に起こったスペイン市民戦争とカタルーニャ人の反ファシズム、反フランコ政権と関係する。

その前に少しだけ、彼の生まれ育ったカタルーニャ地方とカタルーニャ人の話をしておこう。

カタルーニャ地方はスペインの北東部、地中海沿いにひろがる。昔から地中海を往来する交易で栄え、もう一方で温暖な地中海性気候がゆたかな農産物を耕作させる肥沃《ひよく》な大地を人々に与えた。それゆえにスペインという国が誕生する以前からカタルーニャはヨーロッパ屈指の豊かな土地として千年以上栄えていた。それまでスペインは小王国が乱立し連合をくり返していたが、十五世紀にスペイン王国が成立してからも、カタルーニャは、首都になったマドリードや古都トレドを抱える内陸部の地方と常に対抗する自主独立の地方としての勢力を擁していた。スペインの公用語が、首都のあるカスティーリャ地方のカスティーリャ語になっても、この土地の人は自分たちの言葉であるカタルーニャ語を使い続けた。

〝カタルーニャはスペインであって、スペインでなし。私たちはスペイン人である前にカタルーニャ人である〟と今も言ってはばからない誇り高い人々である。

そのゆたかな土地の力はカソリックの深い信仰を築き、ロマネスクの時代から多くの教会をピレネー山脈のあちこちに建て、モンセラットという山にも立派な修道院を建てた。コロンブスがアメリカ大陸発見の航海に出発したのもバルセロナである。信仰とともに芸術も擁護し、近代になって絵画ではピカソ、ミロ、ダリ、サグラダファミリア教会で有名な建築家ガウディなど多くの芸術家が生まれ育っている。

一九三一年カタルーニャ自治政府が誕生した折、カザルスはその記念式典でベートーベンの第九交響曲を指揮し、それまで選挙に一度も行かなかった彼が、自治政府首班のマシアに一票を投じた。

しかし一九三六年七月に植民地モロッコのメリージャで陸軍の将校が中心になって反乱軍を率いて蜂起《ほうき》がはじまり、共和国軍との戦争がはじまった。

スペイン北西部から少しずつひろがったスペイン内戦は三年余りの長期戦になり、最終局面はバルセロナを中心としたカタルーニャ地方での攻防となって行った。

その頃、ヒトラー率いるナチスがドイツを席巻《せっけん》し、イタリアではムッソリーニがファシスト党政権を掌握していた。

反乱軍の実権を握っていたフランコ将軍はヒトラー、ムッソリーニと交渉し、反乱軍への支持を取りつけた。それが後のドイツ空軍によるバスク地方爆撃やイタリア軍のマヨルカ島攻撃となって行く。このスペイン内戦は世界におけるファシズムと共和国、民主主義の戦いの象徴となった。世界中から共和国軍を支持する義勇兵がスペインにむかった。フランス義勇兵一万人、アメリカ義勇兵三千人、英国義勇兵二千人、亡命ドイツ義勇兵五千人。亡命イタリア義勇兵三千人、その他五十七カ国から義勇兵が集まった。そのアメリカ義勇兵の中に、戦争の取材に出向した作家ヘミングウェーもいた。この戦いを背景に書かれた作品が〝誰《た》がために鐘は鳴る〟である。写真家キャパの名を一躍有名にした『崩れ落ちる兵士』もこの戦闘で銃撃を受けた義勇兵の写真である。ドイツ空軍のバスク地方爆撃は、ヨーロッパ戦争史上で初めての市民を巻き込んだ無差別攻撃となり、それを知ったピカソが、その悲惨さを訴えるために大作『ゲルニカ』を制作し、画家による抗議の象徴となった。

パブロ・カザルスはこの内戦の反乱軍に加担しないように世界中に訴えたが、聞き入れられなかった。彼は加担した国で演奏はしない、とそれ以降、演奏活動を中止した。しかし演奏中止どころかカザルスの身の上に反乱軍からの危険が迫まり、スペインから亡命しなくてはならなくなった。その日以降、彼は故郷の地を踏むことはなく、宿敵フランコ政権に抵抗しながら生きて行く運命になった。

さてカザルスの話に戻そう。彼の音楽の才能は父カルロスが教会のピアノの修理の職人で後にピアノ演奏までしていた血脈と、母のピラールがオルガンをよく弾く女性であったことも影響していよう。しかし何より母の音楽と息子を愛する生き方が天才チェリストを生んだ。

十六歳になったカザルスは恩師ガルシアの助言でパリでさらに勉学するための奨学金に応募したが、首席の彼は奨学金を得られなかった。彼はマドリードでのコンクールでピアノとチェロを演奏し、モルフィ伯爵から手当を受けるようになり、マドリードで王立音楽学校へ通い、さまざまな個人授業を受けるようになる。学校在学中にもかかわらずカザルスは演奏者として天才少年の名を轟《とどろ》かせるようになった。そこからカザルスの演奏旅行の日々である人生がはじまった。

ところがスペイン内戦、第二次世界大戦が彼の人生を大きく変化させ、〝さまよえるチェロ奏者〟として生涯を送らせる。平和運動家である彼はフランコ政権への抗議として演奏を何年もの間、中断していたが、彼の演奏を聴きたいと世界中の声が高まり、一九五五年、プラド音楽祭で音楽監督として活動を再開する。カタルーニャに戻れない彼は一九五五年、プエルトリコに定住する。プエルトリコは母、ピラールの生まれた土地であり、二度目の若き妻マルタの故郷だった。多くの弟子が彼に指導を受けるために訪れた。日本人もいた。その中の一人、平井《ひらい》丈一朗《たけいちろう》のために一九六一年に来日し公演旅行をしている。とは言え正式に海外で大衆を前にした演奏は四十年近く中断していた。

一九七一年十月、九十四歳を迎えたカザルスに国連平和賞が授与され、ニューヨークの国連本部で演奏し、有名なスピーチをする。チェロを手に立ったカザルスが静かに言った。

「今日は演奏をしなければいけません」

そうして演奏の姿勢をとると右手を持ち上げて〝鳥の歌〟の紹介をした。

「(私の故郷カタルーニャでは) 空を飛ぶ鳥たちは、羽ばたきながら……歌っています。ピース (PEACE)、ピース、ピース……そしてこの曲を、バッハやベートーベン、すべての作曲家は愛し、讃《たた》えることでしょう。これが我が祖国、カタルーニャの魂なのです」

この時のスピーチと演奏はフィルムによって世界中にニュースで流れ大絶賛された。両脇をひろげて演奏するカザルスの演奏法は彼が独自に生み出したものでバルセロナの恩師、ガルシアの教えとは違うが、この演奏法を彼が発見したため、チェロ演奏は一気にその領域をひろげたと言われる。

それまでチェロ演奏を聞いたこともない世界中の人々までもが、一人の平和主義者で、天才演奏家が九十四歳でなお素晴らしい演奏をしたことを知って感銘を受けた。二年後の一九七三年十月、パブロ・カザルスは、その生涯を終えた。いつか演奏者がカタルーニャへ帰るために、遺体をおさめた棺《ひつぎ》は銅と鉛製のものが用意された。世界中の人が彼の死に喪失感を表明した。葬列は絶えることなく続いた。

一九七五年フランコ総統が亡くなり、ファン・カルロス王子が国王に即位した。国王は立憲君主国として民主化を推し進めた。一九七八年の新憲法のもと、カタルーニャの自治が承認された。直ちにカザルスの帰国準備がはじまり、その年の十一月、故郷、ベンドレイ郊外の他の家族の眠るちいさな墓に棺がおさめられた。


私はカザルスのCDを買って家に帰った。

妻も犬たちも散歩だろうか、出かけていた。ショップの袋からCDを取り出すと、ジャケットにちいさなホールの中央で一人立っているカザルスと、距離を置いた場所に正装した男女の観客が数十人いた。

その観客の中に、若かりし頃のジョン・F・ケネディー大統領とジャックリーヌ夫人が最前列にいた。一九六一年アメリカ、ホワイトハウスでの演奏会を収録したものだった。

メンデルスゾーンのピアノ三重奏曲第1番ニ短調とジャケットに書かれてあった。

チェロの音色はみずみずしかった。演奏者はすでに八十四歳である。

――たいしたものだ……。

CDは進んで、クープランの小品から、シューマンのアダージョとアレグロ変イ長調に入っていた。この曲は以前、仙台のバーでホルンでの演奏を聞いていた。中盤に曲が劇的なヤマ場を迎える。それを見事にこなしている。

――本来、カザルスの気性は激しいのかもしれない……。

やがてその演奏が終り、聴衆からの拍手が聞こえた。

最後の曲が〝鳥の歌〟である。

ピアノが静かに前奏したが、すぐにチェロの単音にかわった。

重厚な旋律だが、民謡が基になっているから、なるほど口ずさみ易い……。

〝鳥の歌〟を聞きながら、私はこれを聞いて、恋人が口ずさんでいた旋律だとわかった三阪君の耳の良さと、彼女を想い続けていた愛情の大きさに感激した。

たしかに旋律もシンプルで、全体のサイズも短いので覚え易い歌ではあったが、この歌を人が一度聞いただけで覚えるとは思えなかった。

幼い頃に耳にしたり、目にしたものは、人は生涯記憶していることが多いとは聞いているが、やはり誰かの背中で聞いていた子守唄でも、何度も耳にしたから覚えているのだと思う。

〝鳥の歌〟はスペインの、それもカタルーニャ地方の民謡にすぎない。この歌が日本でポピュラーであったと聞いたことはない。

ではなぜ彼女はこの歌を、楽しい時や機嫌のいい時に思わず口ずさんでいたのだろうか……。

私はCDをリセットして、もう一度〝鳥の歌〟を聞いた。

聞いているうちに、何度か訪れたカタルーニャの風景がよみがえってきた。

青い地中海の水平線、モンセラットの奇怪な岩のかたちと修道院、フィゲラスのまぶしい光あふれた海岸線、モンジュイクの丘、旧市街の情緒ある建物、サンタ・マリア・デル・マル教会、夕陽に染まるサグラダファミリア、夕暮れのバルのにぎわい、画家、ミロが幼少期を過ごしたモンロチの村の農園風景……すべてが海と空の光と風につつまれて美しかった。

もう十度以上、私はカタルーニャの地を訪れていた。友人も多くいた。

カタルーニャには日本人も多く暮らしている……。

――もしかして、彼女は幼い頃、カタルーニャの地で暮らしていたのか……。

私は一度友人と彼の子供が週末に通っている日本人補習学校を訪ねた時の光景を思い出した。子供たちが学校の運動場で遊戯をしていた――あの中の子供に彼女がいたとか……。

「まさか」

私が声に出した時、玄関先で音がして、妻と犬たちが帰って来た。

三阪君からの誕生日のプレゼントと手紙が、仙台の自宅に届いた日から、私は仕事場の机の卓上ランプに、プレゼントのミニチュアグローブを吊《つる》し、それを眺めては、三阪君との日々を思い出していた。

そうして、時々、カザルスの〝鳥の歌〟を聞いた。

初めて三阪君が、お茶の水にある東京の定宿を訪ねてきた午後、あの大きな目をしばたたかせて、私を見ていた爽《さわ》やかな表情……、スポーツ番組の制作ディレクターの三阪君が、野球というスポーツがいかに素晴らしいスポーツかということを語っていた折の、あの熱い語り口……、私が話の合い間にジョークを口にすると、驚いたように目を丸くしてから、それがジョークだとわかり人なつっこい顔をして笑い出した声……、すべてがまぶしく新鮮だった。

ヤンキースタジアムの芝生を二人で歩いた時の彼の興奮した一言一言。

「この芝生の上を、あのベーブ・ルースが、ルー・ゲーリッグが、ミッキー・マントルが走って、打って、プレーをしていたんですね。スゴイと思いませんか、先生」

「本当だね。いったい何人の選手と、何万人の観客と、どれほどの数の野球ファンがラジオから、やがてテレビ中継から、伝説のプレーを聞いたり、見たりしたんだろうね」

「そうですよ。ベースボールの歴史はここからはじまって、今もここがベースボールの聖地なんですよね。そこに立って、ヤンキースの主力打者として堂々と戦っている松井秀喜選手はスゴイ人なんですよね」

「ああ、そうだね。彼は私たち日本の野球ファンのまさに誇りだね」

「本当ですね。感激だな。今までいろんな仕事をしてきましたが、今回の仕事はきっとボクの一生の思い出になると思います。ボクはなんて運がいいんだろう。先生のお陰《かげ》です。ありがとうございます」

「私じゃありません。松井選手ですよ。彼がいてくれて、彼が彼自身の夢にむかって苦しい練習に耐えてきたからですよ」

「それはそうですが、ボクは先生のあの文章に出逢わなかったら、こうして松井選手と先生と仕事をしていませんから」

三阪君が私に仕事を依頼してくるきっかけになった週刊誌に書いた私の文章を、彼は切り抜いて、初対面の日に見せた。

それは松井選手がメジャー挑戦を決意し、その覚悟を語った記者会見を、私が見て、その感想を書いた文章だった。

日本で一番美しい日本語を話す若者

私はこれまで、これほど美しい日本語を話す若者を見たことがない。松井秀喜選手のメジャー挑戦の記者会見で、彼が語ったメジャー挑戦の決意と覚悟を述べた折の日本語である。松井選手はインタビューの中で、メジャー挑戦を決意した上は、〝命を賭《か》けて戦うつもりです〟と口にした。正直、ここまで言わなくてはならないのかと切なくもあった。今の日本で、いや世界中で、命を賭けて何かをすると語ることができる若者が何人いるだろうか。日本球界を代表するチームの4番打者であり、かつ日本を代表するスラッガーが大勢のファンの前から姿を消し、メジャーへ渡るお詫《わ》びまでをも彼は語った。言葉のひとつひとつを慎重に選び、そして一言の間違いもなく記者会見を終えた。私たち大人が、日本人が忘れかけていた、人が生きる姿勢を教えられた気がする。私は驚きとともに、安堵《あんど》を抱いた。日本にはまだこれほど素晴らしい若者がいる、こんなに美しい日本語が話せる若者がいるのだ。その若者が世界にはばたこうとしている。この若者なら私たち野球ファンの夢をかなえてくれそうな気がする。頑張れ、松井秀喜。


私もこの文章には思い出があった。たしか記者会見の夜に週刊誌の編集長から依頼があり、酒場から編集部へ行き、一晩で書いた文章だった。

それを三阪君が読み、こうして私たちが出逢ったのも縁なのだろう。

私は原稿を書き上げた後、記者会見に居合わせた記者とカメラマンと居酒屋へ行った。

そこでエピソードを聞いた。

「松井選手の左手にボールペンで書いた文字がびっしりとあるのが見えました。しかしそれも汗でにじんで読めないくらいでした」

いい話だと思った。

私の仕事場の卓上ランプにぶらさがったミニチュアグローブを指先で揺らしながら、三阪君との出逢いについて考えることがあった。

――どうして私だったのだろうか？

それは考えてもしかたのないことと、私も十分わかっていた。それでも私はそう考えてしまう癖がついていた。

これまでの半生の出逢いと別離のせいでもあった。

二十歳の時に、私は海難事故で弟を亡くした。弟は十七歳だった。十日間余り、台風で荒れ狂うちいさな湾を眺めながら、この海のどこかで自分に救いを求めている弟がいる気がした。七日目が過ぎて、大勢の弟の同級生が捜索の手伝いにやって来て、手をつなぎ海の中を歩いている光景を見ていた。弟と同い歳の高校生だった。

――なぜ弟でなくてはいけなかったのか。

それは弟ではない他人であったならという思いではない。

――なぜ、私の弟でなくてはいけなかったのか

ということだけである。

私は祈った。何度も祈ったが、十日目に遺体で海上にあらわれた弟を、海に飛び込ん

で抱き上げボートにむかう時、弟の顔を洗うようにかかる汐水《しおみず》が、彼の涙のように見えた。

私は憤った。

弟に、そのような運命を与えた、何か、何者かに対して怒りがこみ上げてきた。それでも私以上に悲しんでいる母を、父を見て、その感情を表には出さなかった。

それから毎年、命日に墓参に故郷へ帰る度に、私は胸の中でつぶやいた。

――どうして君でなくてはいけなかったのか……。

近しい人を亡くし、残された人々が同じ思いを抱くことを私は歳月を重ねるうちに知った。

考えても詮方《せんかた》ないことであるのはわかっていても、残された人々はそう考えるのである。

恩師や、友人の死もあったが、三十五歳の時、私は妻を亡くした。

二百九日間の闘病生活の末の死であった。

難病のひとつであったが、救えるはずだと信じていた……。

生きてまた陽光の下で、あの快活な笑顔を取り戻してやろうと、医師たちと懸命に見えない病魔と戦った。

私たち以上に、彼女が戦っていた。

強靭《きょうじん》な体力を持つ大人の男が服用しても激しい副作用に耐えねばならぬ抗癌剤を、若い彼女は泣き言ひとつ言わずに耐え続けた。

しかし辛《つら》い日々だけではなかった。治療期間が終ると、彼女は退院したらやってみたいことを楽しそうに話した。

寒気の強い二月に入院し、暑い夏が過ぎ、静かな秋を迎え、彼女は私たちの下を去った。

またたく間に過ぎた二百九日間であった。

治療の間、私は一度も、

——なぜ彼女でなくてはならなかったか

と考えたことはなかった。

それほど懸命に対処せねばならない時間がそこにあったのだろう。

今でも、その日々のことはたしかには覚えていないが、おそらく私は何度も祈ったのだろう。

彼女が睡眠に入ると、私は一人で病院の屋上に出た。

満天の星の夜もあれば、小雨が落ちる夜もあった。

私はたぶん何度も祈ったのだろう。そうしてその祈りがかなわなかったことを憤ることもなかった。

それが通夜、葬儀、四十九日、納骨……と故郷の墓に眠る弟の骨壺《こつつぼ》のかたわらに置き、仕事を休み、故郷で過ごしているうちに、或る夜、突然、怒りがこみ上げてきた。

——なぜ彼女なのだ！

怒りはやがて私から気力を失わせ、酒とギャンブルの日々をくり返すようになった。

周囲の人々は心配したが、その人たちの表情にさえ目がむかなかった。

放埒《ほうらつ》な生活が続き、重度のアルコール依存症になり、幻覚、幻聴とともにそれでも彷《ほう》徨《こう》を続けた。

一年余りが過ぎた頃、一人の先生に出逢い、私はその先生と旅に出た。

「伊地知君、人の悲しみにはいつか終りがくるのです」

「本当ですか？」

ちいさくうなずいた先生の顔を私は見つめた。

私は先生の言葉を信じてみようと思った。その時、私はもうどうしようもないところまで自分が来ていることがわかっていた。私にも、私以外の誰にも、私を救う者はいないとわかっていた。数日おきに襲ってくる幻覚はこの二年で恐ろしいものに変容していた。逃げても逃げても幻覚は私を追いかけ、追い詰めた。叫び声を上げてむかっても、最後に私はへとへとになり、うずくまって震えている時もあれば、観念《かんねん》して身体を投げ出す時もあった。

「もういい。わかった。好きなようにしろ。いっそ私を楽にしてくれよ」

体力も気力も失いかけていた。

先生と出逢い、旅をはじめた。その旅だけが救いだった。

先生は小説家で、素晴らしい文学者だった。その上、別の名前で、〝ギャンブルの神様〟とも呼ばれていた。旅は先生の骨休めのような時間で、昼間は競輪場へ行き、夜は麻雀《マージャン》をするか、食事をして酒を飲み、先生の好きなジャズの店に出かけたりした。二年余りの旅で、先生もまた幻覚に悩んでいることがわかった。その幻覚は私などには想像がつかない恐怖をともなったもののようだった。

先生が或る時、自分のことを話された。

「子供の時からコンプレックスのかたまりでしてね。人に良く思われたい、人と折り合い良く生きたい……、と思い過ぎたことが、結果として、こんなに厄介な病気をかかえこんでしまったんでしょう」

先生には、突発性睡眠症、別称、ナルコレプシーという病気があり、時間と場所に関係なく、突然、睡魔が襲ってきて眠り込んでしまう病気だった。端から見ると、のんびりと眠っていてしあわせそうに映るが、当人は睡魔と闘って来た末の睡眠だから、苦しくてしかたがないものだった。しかし先生にはそれ以上の病いがあった。

先生にも幻覚があるのを知って驚いた。同病相憐《どうびょうあいあわれむ》だ、などという気持ちは微塵《みじん》も抱かなかった。先生のような立派な人がそんな幻覚に悩まされていることが切なかった。

旅先で、私が幻覚に襲われ、朝まで街をさまよい、一晩中降っていた雨にずぶ濡《ぬ》れになり、ようやく宿の部屋に辿《たど》り着いた時、先生が部屋を訪ねて来て、乾いたタオルを差し出して言った。

「伊地知君、人の悲しみにはいつか終りがくるのです」

「本当ですか？」

ちいさくうなずいた先生の顔を私は見つめた。

そうして私は、その言葉を頭の中でくり返しながら、うずくまったまま床を見ていた。

「先生、悲しみの終りはどうやって訪れるのでしょうか」

「それは私にもわかりません。私は或る人から聞きました。人間は絶望のどん底にいる時でさえ生きようとするそうです。たとえそこがどんなに深い闇の中であっても人間はかすかな光や声を、つまり救いを求めてさまよう生きものだそうです。絶望が人を死に追いやることはないのです。光が見えなかったり、声が聞こえなかったり、救いが見つからないことが、人間を自死させるのです。伊地知君、君が今、辛いことは私にも見ていてわかります。でも生きていれば必ず救いの光は差してくるそうです。生きて行けば悲しいこととめぐり逢うのが、私たちの〝生《せい》〟です。でも人間がこうして何千、何万年と、泣いたり、笑ったり、怒ったりしているのは、悲しみが終りを迎える時があるからです。どうかそれを信じて下さい」

先生の目がうるんでいるように見えた。

私はちいさくうなずき、

「わかりました。やれるだけやってみます」

と泣きながら応《こた》えた。

先生もうなずき返して、さらに言った。

「人にはそれぞれ与えられたものがあると思うんです。伊地知君は普通の人が若い時に与えられないはずの試練を受けているのかもしれません。かたちこそ違え、私が子供の時に経験したものも、今思えば試練だったような気がします。子供ごころに自分だけがどうして？　と思いました。でも試練は、さらに懸命に生きよ、と誰かが言っている啓示のようなものだと聞いて納得したのです」

〝試練はさらに懸命に生きよという啓示〟

先生からその言葉を聞いて、私は目の前にずっとかかっていた霧のようなものが取れた気がした。

その話を先生から聞いてほどなくして、私たちの旅は終りを迎えた。

先生はかねてから書こうとしていた小説を書くために岩手へ引っ越された。

それから一年が過ぎた春、先生は突然亡くなった。

訃報《ふほう》を聞いた時、先生にめぐり逢ったことが、二人して旅に出て笑い合ったり、酔って千鳥足で繁華街を歩いたことさえが、最初から夢だったのではと思った。

私は先生の言葉を信じて、自暴自棄になりそうだったヤワな性根をおさえ込み、懸命に生きた。

先生から存命中に言われたと、小説誌の編集者がやって来て、小説を書いてみませんか、とすすめられた。自信などはなかったが、これも試練だ、先生からの啓示だと考え、懸命に原稿用紙にむかった。少しずつしか進まなかった。それでもあきらめずに書き続けた。

いつしか幻覚も失《う》せていた。

五年が過ぎた頃、作品としてかたちが整ってきたのか、一冊目の短編小説集が出版され、少数だが読者がつき、二冊、三冊と書き進めて行くうちに、何とか小説を生業《なりわい》として暮らせるようになった。

先生に出逢うことがなかったら、小説家としての私は存在しなかった。

今頃、どこかの街を幻覚に怯《おび》えながらさまよっているか、野垂れ死んでいたはずだ。

〝試練はさらに懸命に生きよという啓示〟

耳の奥に先生の声が、時折する。

――どうして三阪君でなくてはならなかったのか。どうして私だったのか。

仕事場の卓上ランプに吊したミニチュアのグローブを見ながら考えた。

――どうして三阪君は、私に彼女のことを打ち明けたのだろうか……。

私はCDカセットのスイッチを入れた。パブロ・カザルスの〝鳥の歌〟が流れた。

もう空で口ずさめた。

――三阪君の恋人はどんな表情をして、この歌を口ずさんでいたのだろうか……。

彼の手紙には、彼女が何か楽しいことがあったり、上機嫌の時に、この歌を口ずさんでいたと書いてあった。

ちいさな部屋で、彼女の歌を聞きながら彼が本を読んでいる光景が浮かんだ。

三阪君のしあわせそうな表情は想像がついた。しかし彼女はキッチンかどこかに立っているのだが、その表情はおぼろでしかなかった。

私は彼女に逢ったことがないし、写真さえ見たことがない。そう、名前さえ知らない。

――どうして名前くらい訊《き》いておかなかったのだろうか？

私は元々、他人のプライバシーを覗《のぞ》くことが好きではなかった。

それでも、名前くらいは尋ねておくべきだったと思ったが、私は首を横に振りながら、

「そんなことを尋ねることは失礼だ」

と声を出した。

もうこの世にいない友だちの、遠い日の恋愛など、そのうち私も忘れてしまうだろう。

三阪君が亡くなったことに、そうしてその亡くなった後に届いた手紙に衝撃を受けて、私は感傷的な気分になっているのだ。

――そうに違いない。

「そうだ。もう忘れてしまおう」

私はまた声に出し、仕事に取りかかることにした。

私は机の上に文房具を出し、原稿用紙をめくった。

すると、リピートにしていたCDカセットがまた作動し、チェロの美しい音色が聞こえてきた。

「もうまったく」

私は立ち上がってスイッチを切りに居間へ行った。

「とてもいい曲ね。この数日、この曲ばかりを聞いていらっしゃるのね。とても覚え易くて、私も口ずさんでしまったわ」

妻が居間の中央に立って、チェロを弾くような仕種《しぐさ》をして、そのメロディーをハミングしていた。

「この歌はそんなに覚え易いかね？」

私はハミングしている妻に訊いた。

「ええ、とても。何という曲なの」

「〝鳥の歌〟という題名だ。演奏しているのはパブロ・カザルスといって、スペインのカタルーニャ出身の人で、世界的に有名だった人だ」

「ああ、その人なら知ってるわ」

「えっ、どうして知っているんだ？」

「何年か前にNHZのドキュメンタリー番組で見たわ。平和運動家で、死ぬまでスペインに帰ることができなかったチェリストでしょう」

「どうして、そんなに覚えているの」

「ほら、あなたと二度目のスペイン旅行から帰ったばかりの時で、カタル、カタルー」

彼女が口ごもったので、

「カタルーニャだ」

「そうカタルーニャ。ほらバルセロナのモンジュイクの丘の途中にあったミロの美術館にあったでしょう。赤と黄色で描いたミロの絵ですよ。その絵のタイトルがたしか〝月光の中のカタルーニャの農夫〟でしたでしょう」

「そうだ」

――よく覚えているものだ。

「その時、〝月光の中のカタルーニャの農夫〟の絵葉書を買って帰りましたから」

「そうだったかな」

「そうです。最初の旅行はマドリードやトレド、それにザビエルが生まれたお城のある町まで行ったけど、二度目からはずっとバルセロナに滞在したのよ」

「ああそれは覚えている」

「最後にモンセラットの修道院にロザリオを返しに行ったでしょう」

「そうだったね」

妻は父親が癌を患い、その看病のために仕事を休業し、仙台に引っ越してきた。その頃、私は彼女をスペイン旅行に連れて行った。その旅の途中、バルセロナから車で北へ一時間走った山の上に、奇跡を起こす〝黒いマリア像〟があるというので、私も義父の病気が治るようにと、二人してその山の、モンセラットの修道院に祈りに出かけた。

それが、二人の最初のスペイン旅行だった。

モンセラットは、奇妙なかたちをした岩がいくつも立ち並ぶことで有名な山で、カタルーニャの人で、その山のことを知らぬ者はいなかった。

その山の頂きに修道院があり、そこに奇跡を起こすと言われる〝黒いマリア像〟があった。紀元七世紀、カタルーニャ地方では飢饉《ききん》や疫病が続き、小国が戦争ばかりをくり返していた。そんな時に、モンセラットの山中の土の中から一体の丸い石を右手に持つ美しい黒いマリア像が発見された。そのマリア像を修道院に祀《まつ》ると、飢饉は去り、疫病は失せ、戦争も終って平和が訪れた。人々はこのマリア像のお蔭と、それ以来、この地方を守るマリアとして信仰するようになった。それから不思議なことが続いた。年老いた病気の祖母を連れて、孫の少年が、その黒いマリア像が持つ、丸い玉に祖母の手を触れさせると、病気が治り、元気になったとか、生まれてから一度も口をきかなかった赤ん坊に丸い玉を触れさせると、いきなり声を出したとか……。その噂はたちまちスペイン全土にひろがり、遠い町から奇跡を信じて、参拝者が続いた。そうして奇跡を願う人々は、今も絶えない。

バルセロナに住む私の友人にその話を聞いた妻はぜひそこで父親のことを祈りたいと申し出た。

私は奇跡など信じなかったが、父親のことを祈りたい彼女の気持ちはよく理解できた。

信仰の篤《あつ》い彼女は山へ登る車中でも神妙な顔をして、奇岩の立ち並ぶ山景を見ていた。

「イエズス会の創始者の一人であるイグナティウス・デ・ロヨラもこの山中の洞窟《どうくつ》で神から啓示を受け、イエズス会をはじめたと言われているんです。その洞窟があるのが、あのラクダのかたちをした岩のむこうだよ」

「へぇ〜、そうなの。実はバルセロナに入る前にザビエルが生まれたお城を見に行ったんだよ」

「ほう〜、それは良かったね」

友人の言葉を聞きながら、奇妙なかたちの岩を眺めていた私は、もしそのマリア像が奇跡を与えてくれるのなら、義父に奇跡を与えて欲しい、と思うようになっていた。

大勢の参拝者がマリア像にむかう階段に並んでいた。

私はその日、奇跡を見た。


修道院の中は人であふれていた。

「いつも、こんなに大勢の人が来るのですか」

私は友人に訊いた。

「いや、平日のこの時間は特別なんです。午後一時になると、賛美歌を歌う少年たちの合唱を聞く人たちで混雑するんです」

「ほう。そんなに素晴らしい合唱団なの？」

「ええ、ヨーロッパの中ではウィーン少年合唱団と並んで、ここにあるエスコラニア音楽院の聖歌隊は有名です。エスコラニア音楽院に入るためにスペイン全土から少年たちが集まってきて、難しい試験を受け、ほんの少しの少年しか合格しません」

「ほう、それは大変だね」

妻の方を見ると聖堂の奥にある祭壇のキリスト像とマリア像をじっと見ていた。

「前へ行くかい？」

「ええ」

彼女は私たちの先頭に立って人混みの中を祭壇にむかって歩き出した。

彼女は祭壇の柵《さく》の前に立って、ふたつの像を仰ぎ見ていた。

そうして柵の前に膝を突き祈った。私は頭《こうべ》を垂れて目を閉じた。信仰者ではない私にとって祭壇の前に立ったり、祈りの場に立ち会ったりすることは苦手だったが、いつしか彼女につき合わされて祈りの場をともにするうちに、静かに瞑想《めいそう》することも良いものだと思うようになった。

祈りを終えて彼女はキリスト像とマリア像をじっと見つめていた。

「美しいイエスさまですね」

「ああ、そうだね」

私は返答して、ふたつの像のさらに上に人影が動いているのを見た。

「あれは？」

私は祭壇の上部にいる人影を指さした。

「あそこに〝黒いマリア像〟があるんです」

「あっそう。どうやってあそこに行くの」

「一度、ここを出て、右手に階段がありますから、そこを上って行きます」

私たちは祭壇のある大広間を出て右手の階段にむかった。

「おう……」

〝黒いマリア像〟にむかう階段に百人以上の参拝者がびっしりと並んでいるのを見て、私は思わず声を上げた。

「大変な人気だね」

「スペイン中から来ていますから」

友人の言葉を聞いて、そんなに大勢の人が奇跡を必要としているのかと思った。

「スペイン人は奇跡が好きですから」

友人が言った。

その話は知っていた。

人間はどこかで奇跡を待ち望んでいる。特に信仰心の篤い人たちはそうである。キリスト教に限らず、宗教の経典は〝奇跡の物語〟でもある。

ヨーロッパの中でスペインは圧倒的な数のキリスト教徒をかかえている。〝西のカソリック王国〟とも呼ばれている。それはスペインの地形も影響していた。東を海で、北東をピレネー山脈でヨーロッパ諸国と分断されている地形は宗教改革の波をかぶることがなかった。四百年近くイスラム勢力に統治され、いつかキリスト教社会を取り戻そうというのがスペイン人の長い願いでもあった。〝レコンキスタ（捲土重来《けんどちょうらい》）〟と呼ばれる再興の思いが、スペイン人にキリスト教に対する強い信仰を築いた。スペイン人にはなぜかマリア信仰が盛んである。

十人近くが横に並んだ列に三人で立ち、私たちは階段を少しずつ進んで行った。

私は立っている自分の身体が妙に不安定なのに気付いて足元に目をやった。

驚いた。

頑丈な石の階段が人の足が踏む所だけ大きく凹《へこ》んでいた。

「見てごらん。人の足跡がこんなに……」

私が言うと妻もうなずいた。

「ええ、さっき見て驚きました」

「千年以上にわたって大勢の人が踏み続けたんですからね」

と友人が笑って言った。

私たちの前に、年老いた女性を両方から支えるようにして階段を上る家族がいた。時折老婆に声をかけていた。高齢のためか彼女は腰がくの字に曲がっていた。大丈夫？と家族が気遣っているのが様子でわかった。

やがて最上段に着くと、そこから階段は急に狭くなり、人がやっと二人通れるほどになっていた。

ちいさな階段のむこうで、祈っている人や手を伸ばし何かに触れている人の姿が見えた。

かすかにガラスに囲まれた中の〝黒いマリア像〟が見えた。

私たち三人が立つ階段の踊り場の十メートルほど前に、先刻の年老いた女性と数人の家族がいた。

息子か、孫であろう青年が手を差しのべようとする老婆を抱きかかえるようにしてガラスの方へ近づけた。

どうやらガラスにはマリア像に触れられるスペースが開いているようだった。

老婆の右手がガラスの中に入った時、彼女が左手で青年を払いのけるようにした。

老婆の背筋が少しずつ伸びて行った。それはスローモーションの映像を見ているかのようにゆっくりとした動きだった。

青年と家族が目を見張って老婆を見ていた。

思わず声を上げている女性もいた。

老婆は階段を上っていた時の痛々しさは失せ、まるで若い女性がするように真っ直ぐに背中を伸ばして、そこに立っていた。

かすかに老婆が笑ったように見えた。その笑みはやがて大粒の涙がつたう感激の顔に変わった。

青年が手を叩《たた》き、老婆の頰にキスをした。次から次に家族が彼女の頰にキスをし、目の前のマリア像にむかって興奮したように祈りを捧《ささ》げた。

私は妻の顔を見た。

妻は微笑していたが、その目には涙があふれそうになっていた。

私の頭の中は、正直少し混乱していたが、マリア像の前に立つと、その戸惑いも少しずつ失せていった。

ガラスのむこうのマリア像は肌が黒く、長い歳月で肌のあちこちは傷ついていたが、膝《ひざ》の上で我ヶ子、イエスを抱き、右手に全宇宙を象徴する玉を載せ、目を静かに閉じている表情はおだやかで慈愛に満ちていた。椅子に腰掛けている様子はどこか日本の弥勒《みろく》菩薩《ぼさつ》像に似ていた。

ガラスの左手に、人の手ひとつが入るようなスペースが開いていて、そこからマリア像の右手の上の玉に触れられるようになっていた。無数の人の手が触れたためか、玉は光っていた。

妻は祈りを終えた後、ガラスに近づき、手を中に入れて玉に触れ、そうしてあとずさりをして頭を下げ、また祈った。

〝黒いマリア像〟と対面し、先へ進むと下りの階段があり、岩肌が露出した右手の壁の前に何本もの火を点《とも》した赤い蠟燭《ろうそく》が並んでいた。

見ると左手の台の上に蠟燭が何本も積んであるのが見え、そこに布施を入れる箱が置いてあった。

「あの蠟燭は何ですか？」

妻が友人に訊いた。

「あの蠟燭に火を点し、願いを込めて祈るんです。そうすれば願い事がかなうと……」

妻が私の方を振り返った。

私はうなずいた。

「お金は気持ちだけ、あの箱に入れればいいんです」

友人の説明に妻は小銭を出し箱の中に入れると三本の蠟燭を手に戻って来た。

そうして笑って私と友人に蠟燭を一本ずつ渡した。

「皆で願い事をしましょう」

友人は、何を祈るかな、息子が中学の受験に受かるように、とするかな、と笑った。

私は、義父の病気が快復してくれるように、火を点した蠟燭に祈っていた。

私と友人の祈った時間はあっさりしたものだったが、妻は懸命に祈っていた。

友人が小声で言った。

「けなげな方ですね」

「うん、若い時に家を出て、好きなことをして親に迷惑をかけてきたという思いがあるんでしょう。元々やさしい性格なんです。それに少女の頃からの信者ですから、私には想像ができない神との対話をしてきているんでしょう」

友人は私の言葉にうなずいた。

修道院の左手に出ると陽差しがまぶしかった。

「そうだ。もしよろしければ、ここのロザリオを買って行かれてはどうですか。そのロザリオと一緒に願い事をすると、もっとご利益《りやく》があると言いますよ」

――オイオイ……。

私は友人の顔を見た。

「そうしてもし願い事がかなったり、奇跡が起きたら、そのロザリオをここに返しに来る慣《なら》わしがあるそうです」

「本当に？」

妻が友人を見た。

修道院の脇にも小店がいくつか出店し、スカーフを被《かぶ》った女性たちがロザリオや御影《ごえい》を売っていた。

「しっかりしたものなら、そこの地下に修道院でこしらえたものが売っていますよ」

友人の言葉に、私たちは修道院前の広場の地下に入った。そこは売店もあったが、美術館にもなっていた。

妻は真剣な顔でガラスケースの中のロザリオを見ていた。

「お父さんとお母さん、それに妹たちにも買って帰ってあげようと思って……」

時間がかかりそうなので、私は美術館を見学することにした。

「君はロザリオを持ってもう一度祈りに行かなくてはいけないんだろう。私は美術館を見学しておくからゆっくり祈ってくればいい」

友人に妻のことを頼んで、私は美術館に入った。

館の中には美術品だけではなく、修道院の由来、歴史を説明するコーナーもあり、イエズス会の創始者の一人のイグナティウス・デ・ロヨラが神の啓示を授かった洞窟での様子を描いた絵も展示してあった。

美術品は修道院に寄贈されたものがほとんどで、さして見るべきものはなかった。

美術館を出たが、まだ二人は戻ってきていなかった。

階段を上がり広場へ出た。眺めのいい場所へ行くと、ピレネー山脈がひろがっているのが望めた。

人間は長く生きれば生きるほど、自分たちの力ではどうしようもできないものと遭遇する。信仰のある人は、その人が信じる神に救いを求める。信仰のない人は、年長者の話を聞いたり、同じ体験をした人たちの話、あるいは書物を読み、どう対処するかを見つけようとする。

人間は自分が無力な存在だと感じた時、悩み、葛藤《かっとう》する。それでも何かの光を見つけて歩み出す。

死という大前提が、私たちの〝生〟の前にある限り、人間は悩み、哀しみ、うろたえてきた。

それでも私は、今日まで大勢の人が生きてきているのは、人間の強さだと思っている。奇跡はそんな人間に与えられた或る種のユーモアだと私は思っていた。

しかし、先刻の老婆に起きたことは、私に衝撃を与えていた。

モンセラットのマリア像のご利益であったのか、義父は、医師から宣告された年月の倍以上を生きてくれた。

癌とわかってから五年目の誕生日を迎えた義父のささやかな食事会の帰り道、妻は私に言った。

「モンセラットのマリア様のお蔭ですよね。あそこに行って本当に良かったわ」

その二年後、義父は静かに息を引き取った。亡くなる直前に神父さんが義父に〝終油《しゅうゆ》の秘跡《ひせき》〟を与えて下さった折もおだやかであったと聞いた。

義父の死の後、今度は義父を毎日看病していた義母が同じ病気を患った。

私は妻に頼まれて、義父のロザリオを教会に返しに行き、義母のロザリオを買って帰って妻に渡した。

義母も長く元気でいてもらえた。

以来、我ヶ家では、モンセラットの修道院の、あの〝黒いマリア像〟は奇跡を起こしてくれたと信じるようになった。

妻がパブロ・カザルスの演奏する〝鳥の歌〟を知っていたことは、ごく自然のことだったように思えた。

彼女にとって、モンセラットのあるカタルーニャは特別な土地だったのだ。

「でも、あなたはどうして急に〝鳥の歌〟を聞くようになったの？　普段、仕事の時も静かな方がいいとおっしゃって、音楽を聞くことはないじゃありませんか。それとも仕事のかたちを変えられたとか？」

「そんなところかもしれない。いや、本当は違うんだ。今、書いているスペイン美術の本で彼のことを書かねばならないんでね」

私は彼女に〝鳥の歌〟を聞いている本当の理由を話さなかった。

私には子供の頃から、父に教えられたいくつかのことがあった。

その中のひとつに、〝家族の中でも、女の人やちいさな子供が心配するようなことを男の人は口にしてはいけない〟というのがあった。その教えには〝他人の悪口や中傷を女性の前やちいさな子供の前で口にしてはいけない〟ということも同時に含まれていた。〝嫌な噂話や、切ない話はおまえが身体に受け止めて、そこで飲み込みなさい。おまえの身体がつまらぬことを防ぐ壁になるんだ〟

私はそれを大人の男の役目だと思ってきた。

〝鳥の歌〟を聞いていると、なぜかモンセラットの修道院で見た老婆のことがよみがえった。

あの瞬間、彼女の周囲の空気がちいさな光の粒のようなもので覆《おお》われていた気がする。

最初、その感覚は、よくハリウッド映画のアニメーションで主人公が特別なパワーで人を変身させたり、魔法をかけたりするシーンで使われる特殊な映像が、私の記憶の中で混同し、あの奇跡のような出来事を特別なものにしているのかもしれないと思った。

ところが、そんな老婆の姿を見ている時に、奇妙なことが起こった。

それは老婆の姿が消えた後からも、きらめく光の粒が失せずに残った。その粒のきらめきを見つめていると、そこからふたつの人影があらわれるのが見えた。

——何だ？　あれは……。

最初にあらわれたのは、どこかの山径《やまみち》を歩いているところだった。

背の高い人影は、その頭部に揺れる影からして髪の長い人で、それが女性であることがわかった。その人と手をつないでいる子供らしき影も同じように髪の毛がなびいていた。

——母親と子供か……。

二人が歩いている場所は、どこかの山径だが、日本ではないように思えた。

——どこだろう？

背景に見えた山のかたちで、そこがモンセラットの山径のように思えた。

——それにしてもこの母と子供は誰だろう……。

逢ったこともない母と子供である。

もしかして、あの老婆の若かりし時を見ていたのかもしれない。そうであるとしたら、やはり、私が見た〝マリア像〟の前で起こったことは、誰かの私への啓示だったのか。

これだけ生きて来れば、そんなこともあるのだろうと、その時はさして気にしなかった。

ところが、今、〝鳥の歌〟を聞いていると、その母と子供の姿があらわれ、二人が歩いている場所が山径とは違っていた。

そこは海辺であった。しかもその海は私が少年の頃から見つめて来た海景と似ていた。

その母と子供を見ていて、私は思った。

――もしかして、あれは少年の私と母ではないのか？

私は子供の頃、いっとき頭髪を女の子のように長く伸ばさせられていた。

私は目を凝らして、光の粒の中からあらわれた母と子供を見つめた。

背後に海原と水平線が光りかがやいていた。汐風に吹かれて、二人の髪がなびく。

私の母の若い頃にしては少し背が高過ぎるように思える。子供もやはり少女に見える。

二人が急に立ち止まった。

何かを聞いたのか、二人は同時にうしろを振り返った。子供が手を上げて海の方を指さし何事かを言っている。母親も差し込む陽光に手をかざしながらそれを見つめ、うなずいている。

二人はしばらくそれを見ていた。

おそらく沖合いの船を見ているのだろう。船笛を聞いて二人は立ち止まり、振り返ったに違いない。

そう言えば、昔、私はよく母に連れられて生家近くにある桟橋へ散歩に出かけた。その折、外国航路から帰ってきた大きな船が船笛を鳴らして入港してきた。

少年の私が、その船を指さして声を上げたかどうかはわからないが、たしかに母と二人で沖合いを航行する船を眺めていた記憶はあった。

――やはり、私と母なのだろうか？

それにしてもなぜ今頃、そんな記憶が〝鳥の歌〟を聞いている時にあらわれるのだろうか。

やがて二人の姿は失せ、私は首をかしげながら仕事をはじめた。

数日後の早朝、私は、この〝鳥の歌〟を聞くのをこれで最後にしようと思って、CDカセットのスイッチを押した。

素晴らしいチェロの音色を聞きながら、いつしか自分も、このメロディーを諳《そら》んじていた。目を閉じていると、老婆の姿の後に、母子の姿があらわれた。

そこは渚《なぎさ》で、たくさんの海鳥が飛び交う波打ち際に、母と子供はいた。少女だった。はっきりと少女の横顔が見えた。母親は波打ち際に立ち、じっと沖合いを見ていた。

その瞬間、私は声を上げた。

「もしかして、あの女性は三阪君のかつての恋人なのではないか。いや、そうに違いない。それでなければ〝鳥の歌〟を聞く度に、私の前にあらわれるはずがない」

私は立ち上がり言った。

「彼女は生きているんだ」

私は度重なる偶然に、庭に出て空を見上げた。

澄んだ北国の空に、あの母子と、三阪君の顔が浮かんだ。

——もし彼女が、この空の下のどこかで生きているのなら……。私は彼女に逢いに行くべきではないか。

「そうするべきだ」

私は声に出して、ちいさくうなずいた。

第二部　二人の奇跡

第一章　海辺の母娘

一人の女が桟橋の突端に立ち、海を見つめている。

つややかな黒髪が海からの風に揺れて、時折、前髪が目元をかすめる。一瞬、目を細めるが、すぐに目を見張り、沖合いを見つめ続ける。

切れ長の美しい目の中に水平線が映っている。左の目元にかすかに浮かぶホクロに、黒蜜《くろみつ》のような女の瞳《ひとみ》から、今しも涙があふれてきて濡《ぬ》らしてしまいそうに思える。

一度見たら忘れがたい印象的な目元である。

もう三十分近く、彼女はそこに立ったままじっと海を見ていた。

足元のサンダルで彼女がこのちいさな海辺の町の住人であることがわかる。

どこからかエンジン音が海風に乗って聞こえて来た。

やがて水平線に船影がひとつあらわれた。その船影を追うように、一隻、二隻と船影が重なって行く。

左の岬からけたたましい鳴き声とともにカモメの群れが船団に向かって飛んで行く。

寄港地へむかう漁船はゆっくりと舵《かじ》を右手に取って行く。カモメの群れも羽を海風にまかせて右手へ飛翔する。

一羽のカモメが群れから離れ、上昇して行く。

そのカモメを追うように女の視線が空を仰ぐ。白いうなじに黒髪が巻きつき、その肌の白さをきわだたせる。

女は一羽のカモメに見惚《みと》れている。

「私に翼があったら……」

女の口先からかすかに言葉が発せられた。

女の立つ桟橋に、一人の少女があらわれ、小走りに駆けて来た。

「お母さ～ん」

少女が声を上げた。

女は海鳥に夢中になっているのか、その声に気付かない。

「お母さ～ん。お母さ～ん」

女はようやく声に気付いて振りむき、少女の姿に目を留めて、白い歯を見せた。

「ミカエ……」

女は胸の内でつぶやくように少女の名前を呼んだ。

「お母さ～ん」

少女は桟橋の突端にいるヤスコの前に立つと肩で息をしながら、彼女の手を取り、

「ジイチャンが呼んでるよ」

と明るい声で言った。

「迎えに来てくれたの。ありがとう……ミカエちゃん」

ミカエはちいさく首を横に振り、

「きっとここだと思ったわ」

と照れくさそうに笑った。

「オジイチャン、薬は飲んでいた？」

「飲んでいなかったから、ミカエが飲ませたよ」

「そう、黙って飲んでくれた？」

ミカエはまた首を横に振り、

「ううん、いやがって口を開こうとしなかったよ」

「そう、困ったオジイチャンね。ありがとう。学校の方はどう？」

ヤスコの言葉にミカエがうつむいた。

ヤスコはミカエをじっと見て、やさしい声で言った。

「そう、行ってないの。嫌なことがあっても我慢して行かなきゃ、あなたのためなんだから」

「……」

ミカエは下唇を噛《か》んで黙っている。

「嫌なことから逃げていたら、何もできない人になるわよ」

「わかってる……」

「そう。ならもう何も言わないわ」

「それと居間が少し荒されてた」

「いつ？」

「今しがただと思う。オジイチャンに訊《き》いたけど知らないふうだった。きっとイチの奴だよ」

「そんな言い方をしてはダメでしょう。あの人はあなたのおじさんなんだから、イチヤという名前があるんだから、イチヤさんと呼ばないと」

「あんな奴、おじさんじゃない。人間のクズよ」

「ミカエ、どこでそんな言葉を覚えたの？　女の子が使う言葉じゃないでしょう」

ミカエは不満そうに頬をふくらませた。

「さあ帰りましょう。お腹が空《す》いたでしょう。今夜はあなたの好きなハンバーグ」

「やったあ」

「その言葉もダメ」

栈橋から歩きはじめたヤスコとミカエの頭上をカモメたちが声を上げて飛んでいた。

「ねぇ、私、一度、お母さんに聞いてみたかったんだけど……」

ミカエが言った。

「何を？　何でも答えてあげますよ」

「ほら、私がまだちいさかった頃も、そうなんだけど、お母さんは何かあると海を見に行くでしょう。そうして何も言わずにずっと海を眺めているでしょう。お母さんは海が好きなんだナ、と思っていたけど、あれはもしかして何か海とは違うものを見てるんじゃないの？」

「あら、どうしてそんなふうに思うの？」

「そうやってあらたまって聞かれるほど特別な理由はないんだけど、私にはお母さんのようにずっと海を眺めることができないもの。でもそれができる方法があるのを、この間気付いたの」

「へぇ～、どんな方法があるの？　私にも教えて欲しいわ」

「お母さんに教える必要はないでしょう」

「どうして？」

「だってずっと海を、さっきだって三十分以上見ていたもの」

「ミカエちゃん、ずっと私を見てたの？　それってあまり趣味がよくないな」

「ごめん。でもお母さんを見ていて、もしかして海なんか見ていないんじゃないのかなと思ったの」

「それがミカエちゃんが見つけた方法と関係があるんだ？」

「そう」

「教えて」

　ヤスコが両手を合わせて片目をつぶった。

「それは、たとえばよ。誰かのことをずっと考えたり、その人と逢《あ》ってた時のことを思い出したりすれば、ずっと海を見ていられるんじゃないかな、と思って」

　その瞬間、ヤスコの表情が変わった。

　ミカエはそれを見逃さなかった。

　しかしすぐにヤスコの口から発せられた言葉にあわてた。

「ミカエちゃん、もしかして誰か好きな人ができたってこと？」

「えっ！　違う、違う。そんなんじゃない」

　首を横に振るミカエの目をヤスコがじっと覗《のぞ》いた。

　家の木戸を開けると、漂ってきた異臭で、祖父の与一《よいち》が粗相をしているのがわかった。

　ミカエがすぐに鼻を両手でおさえた。

「臭い。またジイチャンやってしもうとる。臭い、臭い」

「ミカエ、そんなふうに言うもんじゃありません。ジイチャンは自分でできないんですから」

　ミカエが肩をすくめた。

　与一は襖《ふすま》を隔てた奥の部屋で寝ている。それなのに、これだけ臭いがする理由をヤスコはわかっていた。

襖を開けた。

与一の目が自分にむけられている。

憤怒《ふんぬ》している時の、人を威嚇する鋭い視線だ。

ヤスコは怒る与一の目を睨《にら》み返した。

出かける前にはきちんと掛けておいた蒲団《ふとん》が半分めくれ上がって、そこに与一が怒りにまかせて塗りたくった便が付着している。

全身が麻痺《まひ》して身動きひとつできないと、事故から生還し、運び込まれた病院の医師は宣告したが、そうではないことをヤスコは知っていた。たしかに最初の内はそうだったが、与一が世間の常識では計れない男だということはヤスコが一番良く知っていた。戦う相手に両手両足を奪われても、与一は喉元《のどもと》に噛みついてでも相手を倒し、生きのびる男なのだ。

——島の男たちは皆、大小の差こそあれ、そういう性根をした男衆なのだ……。

たしかに家へ帰る時刻は少し遅れたが、これほどのことをする与一の性格に驚いてしまう。
ウ、ウッー、何か自分に言いたげに与一が喉を鳴らした。
先刻からかたときも視線を外さない。

ヤスコも目を逸《そ》らさない。

強靭《きょうじん》な意志を見せる目を見ながら、ヤスコは胸の奥でつぶやく。

「たしかにあなたはナオキから救ってくれた私の命の恩人です。あなたがいなかったら、今頃、私はどこかの街で身体を売るような生活をしていたでしょう。しかし、それはあなたの……」

それから先はヤスコは言葉にしない。

それを考えたところで詮方《せんかた》ないことを彼女は十分にわかっているからだ。

ヤスコは風呂《ふろ》場へ行くと、タライに水を汲《く》み、雑巾《ぞうきん》を手に与一の部屋に戻った。

鼻を突く臭いが漂うが、ヤスコは平然と糞《ふん》を素手と雑巾で集め、片付けていく。

ウッウッー、と与一が喉を鳴らした。

ヤスコは与一の表情を見ると、台所にいるミカエにむかって、ミカエちゃん、ジイチャンにお水とお茶を持って来て、と声を上げた。

すぐにミカエは盆に載せた吸い飲みとお茶の入ったグラスを持って来た。

「どっちがいいか訊いて、飲ませてあげなさい」

ミカエはすぐに行動しない。

見ると、鼻と口をおさえたまま立っている。

「何をしてるの。このくらいのことで大袈裟《おおげさ》にしてはダメよ。子供の時にはあんなに仲が良かったジイチャンでしょうが」

「あん時は子供で、善い人だと思ってたから……」

「ジイチャンは今も何も変わってはいません。早くしなさい」

「ジイチャン、お水がええの、お茶がええの？」

ミカエの声を聞きながら、蒲団を剝《は》がした。

「臭い～」

「いい加減にしなさい」

ミカエが部屋を出て行くと、与一は目を閉じた。

ヤスコは蒲団をかかえ、家の裏手にある洗い場へ出た。誰か人の気配を感じて、隣家とを隔てた生け垣のむこうを見た。

背高泡立草《せいたかあわだちそう》が生い茂った草叢《くさむら》に身体半分を埋《うず》めて市也がこちらを見ていた。

市也《いちや》であった。

ヤスコは険しい顔をして市也を睨みつけた。

市也が笑った。

「ようヤスコさん、元気にしとるかの」

「……」

ヤスコは返答しなかった。

「ヤスコさん」

「今、戻ったら与一さんがあなたが家の中をうろうろしとったと言ってました」

「何を抜かす。与一さんはもう動けんが」

「なら中に入って見てみなさい」

ヤスコの言葉に市也がたじろいだ。

市也も同じ島の出だから、与一の怖さは子供の時から十分に知っている。たとえ身体が動かない老人とわかっていても、与一の半生を知っている島の男なら、名前を出しただけでおじけづくのだ。

「親戚《しんせき》ですから、頭領の見舞いに見えるのはかまいませんが、家に上がるなら一応断わりを入れて下さい」

「おう、わかった。これからはそうしたるわ」

「言っておきますが、この家にはあなたたちが遊ぶのに必要なものは何ひとつありませんから」

ヤスコは、今しがた祭壇のマリア像が傾いているのを確認していた。おそらく市也が遊び銭欲しさに家の中を物色したに違いなかった。島の男衆には縁者の家にある小銭を拝借することを何とも思わないところがあった。盗んだという観念がないのだ。一族が共有しているものを持って行っただけなのだ。

市也は草叢から立ち去った。

ヤスコは蒲団を物干しにかけ、家に入ると食事の準備をはじめた。

大根の葉を包丁で刻みながら、草叢にいた市也の姿を思い返していた。

――また仕事をやめてしまったのだろうか。

この春から海産物加工場へ勤めていたはずだが、何をやっても長続きがしない。

市也に、この家には何もないと言ったが、嘘ではなかった。ヤスコの暮らしもぎりぎりの状態だった。

寝たきりの与一と、中学の寮に入れているミカエへの仕送りで余裕などなかった。今日はパートで出ている花かつおの工場が調整休日で休まなくてはならなかった。どうにか出番にして欲しいと頼んでも、ヤスコ一人融通をきかせてくれるほど甘くはなかった。

密漁船との抗争で負傷したことが家計にはこたえた。

病院に運び込まれた時は、医師からは半分あきらめて欲しいと言われた。命をとりとめただけでも有難いことだった。

このままでは、またやりたくない仕事につかなくてはならない。しかしそれは二度としないと決めた。踏ん張るしかない。

夕食の前にヤスコとミカエは祈りを捧《ささ》げた。

祈りの言葉を捧げる折のミカエの声を聞いているとヤスコは安堵《あんど》する。

今夏の終りに、ヤスコはミカエの通う中学校の担任教師から呼ばれ、ミカエが素行のよくない友だちと遊んでいるらしいので注意をして欲しいと言われた。

「先生、何か悪いことをしたということでしょうか」

ヤスコは教師に訊いた。

「いや、特別何があったというわけではありませんが……。あの……」

教師が口ごもった。

「何かあるのならおっしゃって下さい」

「ミカエさんが、その連中とタバコやシンナーを吸ってる現場を見たという生徒がいまして……いや、その現場をたしかめたわけではありませんので、これはあくまで噂でして……」

「そうですか。そんなことを……」

「いや、サワタリさん。噂ですから」

教師は額の汗を拭《ぬぐ》った。

「わかりました。本人に訊いて、それが事実なら注意をします」

「あっ、そうしてもらえれば、親子が話し合うというかたちで」

「母と子二人というせいにはしたくありませんが、親の目が子供に行き届いていなかったのなら申し訳ありません」

教師に詫《わ》びを言い、校門を出てしばらくすると、ミカエが立っていた。

「アイツ何て言ったの？」

「アイツじゃないでしょう。きちんと名前を呼びなさい。二年生の秋からは高校への準備があるからしっかり勉強しなさいって」

「嘘だ。そういう話なら進学指導の時にするもの」

「じゃ何か他のことを言われたという覚えがあなたにあるの？」

ミカエは口をつぐんだ。

「ねぇ、お蕎麦《そば》を食べない？　前から松山に来たら食べたいと思ってたの」

「そんな贅沢《ぜいたく》をしていいの」

「この夏はしっかり残業もしたから」

「じゃ行こう」

ミカエがヤスコの手を握った。

派手なカラーに染めた前髪が揺れていた。

夕食を済ませると、片付けをミカエにまかせて、ヤスコは干しておいた蒲団を取り込みに庭に出た。

夏の終りの海風が草叢を抜けて、ヤスコの首筋を撫《な》でた。

見上げると、九月の星が夜空にきらめいていた。

北側の天上に、一番明るくかがやいている北極星が目に入った。

ヤスコは少女の頃から、ずっとこの星を見続けて来た。

父に教えてもらった最初の星である。

ヤスコは蒲団を抱いたまま北極星を見つめた。

その時、耳の奥から声が聞こえた。

「一万二千年後だってボクたちはずっと一緒さ……」

それはひさしぶりに聞く、あの人の声だった。

ヤスコは目をしばたたかせた。そうして星を見つめていた目をゆっくりと閉じた。

するとまた声が聞こえた。

「一万二千年後だってボクたちはずっと一緒さ……」

あの夏の夜、アパートの屋上で二人して七月の星を見上げた。

山登りが子供の時から好きな人だったから、山頂で仰ぎ見る星の話を、出逢った時にしてくれた。

ゲストたちが引き揚げ、音楽も止《や》んだ静かな船のデッキで、星を見ていた時、あの人が声をかけてくれた。

おとなしそうに見えた人だったから、少し驚いた。

「いつもそうして星を見ているね。星が好きなの」

「ええ……」

「ボクも大好きなんだ。今日は朝方の雨が止んで午後から風が強くなったから、星が一段と綺麗《きれい》だね。ほら、あれが北極星だね。一番明るい」

「北極星は私も好き」

「今はあのこぐま座のアルファ星が北極星だけれど、キリストが誕生した時は……近くに少し明るい星があるだろう、あれがコカブ、当時の北極星だ。西暦一万年にはハクチョウ座の十字架のデネブが北極星になる」

「本当に？」

ヤスコはイエスさまの名前に、目を見張って若者を見た。

つい数日前から船に乗っている若者の言葉にヤスコは思わず声を上げた。

夜空を見続けている若者の目のかがやきが、春の星座が映り込んでいるかのように見えた。

――いい人なのだろう。

「普段は、北極星はカシオペアからたどればすぐにわかるのだけど、春はカシオペアは見えにくいので、ほら、あの上にある北斗七星からたどるといいんだよ」

こんなふうに素直に星のことをほとんど初対面の相手に話す若者に逢ったのは初めてだった。

最初に交わした言葉が星の話だった。そして最後に聞いた言葉も星の話だった。

「一万二千年後だってボクたちはずっと一緒さ……」

ヤスコは北極星が少しずつぼやけてしまいそうになるのに気付いて、下唇を噛み、遠い記憶を払いのけるように首をちいさく横に振り、家の中に入ろうとした。

その時、どこからか声がした。

ミャーオ、

ミャーオ、

ヤスコは声のする方を振りむいた。

仔猫《こねこ》の鳴き声である。

草叢の方から聞こえる。ヤスコは草叢をじっと見た。カサコソと草を踏む音がして、一匹のちいさな仔猫があらわれた。

白に茶のぶち模様がかすかに見えた。

誰かがまた捨てて行ったのだろう。

ミャーオ、ミャーオ、仔猫はヤスコの姿を見つけたのか、立て続けに鳴いた。

ミャーオ、
ヤスコは仔猫の様子を見てから目を逸らした。

——この家ではとてもあなたは飼えないの。頑張って誰かに拾われなさい。

ヤスコは木戸を開けて家の中に入り、蒲団を居間に干し直して、与一の様子を見てから、寝間へ行った。

蒲団が敷いてあった。ミカエは窓辺に座ってイヤホーンを耳にあてて何かを聞いている。

ヤスコはミカエの勉強机のランプを点《つ》けて、役所に出す生活保護の申請書類を開いた。

「ナオキ、どうしとるんやろうか」

好きな音楽を聞いているものだとばかり思っていたミカエが、突然、父親の名前を口に出した。

「ナオキ、どうしとるんやろう」

ヤスコはミカエを見た。

イヤホーンをつけたまま窓の外を見ていた。

ヤスコはミカエが自分にナオキのことを尋ねたのだと思ったが、ミカエの様子にはそんな気配がなかった。

妻と子を売り飛ばすようなことをして消息を絶ち、何の連絡もよこさない男のことをミカエはまだ父親と思い、気にかけているのだろうか……。

「どこでどうしとるんやろう」

ミカエは窓の桟に頬杖《ほおづえ》をついた。

「気になるの」

ヤスコが言ったが、返答はなかった。

イヤホーンをつけたままである。

——独り言か……。

ある時、ナオキは借金が膨らみ、どうしようもなくなって、ヤスコとミカエを風俗の店へ売ろうとした。ミカエがそのことをどこまで理解できているかヤスコにはわからないが、ヤスコだけならまだしも、小学生の娘をともに売ろうとした。

最初、男たちが以前住んでいた家にやって来て、そっちの若い方が、と口にした時、ヤスコは血の気が引いた。

信じ難いことだが、ナオキという男はそういうことを平然とやってのけるのだ。

現に自分がそうされたのである。思い返すのがおぞましいほど、ヤスコはナオキに常識では考えられないような目に遭わされて来た。

生活保護の書類をめくろうとして、右手首に残った傷が目に入った。

もうこれ以上は耐えられない。自分の行き場はどこにもないとわかって、ヤスコは自ら死のうと思った。

ナオキと暮らすようになって半年目のことだった。

あの時、お腹にミカエがいなかったら、ためらい傷として、手首の傷跡が残るだけではすまなかっただろう。

自分が選んだ道なのだからしかたない。しかしあれは本当に自分が選んだことなのだろうかと、この頃思う時がある。


夜が明けるとともにヤスコは起き出し、顔を洗って身支度を調えると、朝食の準備をはじめる。そうして与一のところへ行き、身体を拭《ふ》いてやり、与一に朝食を食べさせる。

与一の目覚めは早い。見ているわけではないが、夜が明ける前には目覚めているはずだ。漁師とはそういうものだと、少女の頃、母に教わった。母は祖母から教えられたと聞いた。

祖母は、与一と同じ島の出身者であった。

ヤスコは幼い頃、祖母に連れられて島へ渡ったことが何度かある。水天宮の祭りの時だった。祭りの夜だけ、島の男たちはまるで女が着るようなあでやかな着物を着て、踊り続けた。子供ごころに、男たちの踊る姿には、晴れやかと思うと同時に、恐怖心を抱いた。祖母にしがみつきながら見物していると、祖母は笑いながら、

「ヤスコ、一年にいっぺんだけ、海の底から神さまがあらわれて、この衆たちに取り憑《つ》きよるぞなもし、怖いことはありはせんて」

と言った。

男衆の中には取り憑いたものを払い落とさず漁に出て、海の底に引き込まれる猛者《もさ》もいると聞いた。

与一や、彼の息子のナオキの行動を見ていると、常識では考えられないことを平然とやってのけるところがある。ヤスコは、海の底の龍神《りゅうじん》が彼等の中に棲《す》みついているのではと思う。

だから夜市で、突然、ナオキから求愛を受けた時も、頑として断わった。十四歳の時だった。ナオキは祖母の下まで通い、許嫁《いいなずけ》にさせて欲しいと何度も申し出た。

父も母も、娘はまだ子供なので、そういう話は大人になってからにして欲しいと断わった。祖母は満更でもなかったようだが、或《あ》る朝、磯に海苔《のり》を獲《と》りに行って、水死した。それを機に、一家は海辺から山の手にある新興住宅地に引っ越した。ナオキの姿も見なくなった。

父は外国船の航海士だった。温和な人であった。カソリック信者であった父のすすめで、母とヤスコは洗礼を受けた。

その半年後、父はインド洋を航海中、タンカーの機関室での事故で亡くなった。一年後の命日に母は、半年前から患っていた癌が悪化して、父を追うように亡くなった。

母を亡くしたヤスコは一人きりになった。ヤスコの面倒をみようと申し出た母方の親戚があったが、彼女はその親戚の世話になるのを断わった。その家が祖母の生家で、島にあったからだった。

ヤスコに家に来るように言ってくれた夫婦があった。母の高校の同級生の女性の家で、母とヤスコが洗礼を受けた教会の役員をしている家だった。

ヤスコはその夫婦の家から中学校へ通い、高校からは松山市内の寮に入って高校生活を送った。

与一の朝食を済ませ、台所に戻ると寝室の方から、何か鳴き声がした。

寝室の襖を開けると、仔猫を抱いたミカエがいた。

「どうしたの、その猫」

「さっき裏の方で声がしたので見に行ったらいた」

「この家では猫は飼えないわよ」

「わかってる」

「なら元いた所へ返して来なさい」

ミカエは首を横に振った。

「そうやって可愛がれば情が移るのよ。でも飼えないんだから、その猫のためにはならないわ。返して来なさい」

「……」

ミカエは黙っている。

「ミカエ」

「返すんじゃなくて、放り出すんでしょう。寮に戻る前に友だちの家へ連れて行ってみる。猫好きの家だから」

「……」

ヤスコは何も言わず台所に戻った。

ヤスコも動物が嫌いなわけではない。少女の頃、家で犬を飼っていたこともあった。父が長い航海から帰って来ると、その犬は驚くほど喜んだ。犬の喜ぶ姿を見て、母とヤスコは、愛犬の父への気持ちに感心したのをよく覚えている。

でもこの家では誰も仔猫の世話ができない。ミカエが友だちの家へ猫を持っていくかどうかはわからないが、彼女が仔猫を放り出したくないという気持ちは大事にしてやりたい。

仔猫を抱いたミカエと二人でヤスコは家を出た。

朝食の時、ミカエがミルクとパンの切れ端を食べさせたせいか、仔猫はミカエの腕の中で眠っていた。

「そう言えば、先週、工場の昼休みに、納品にきていた鈴木《すずき》監督と逢ったわ。ミカエちゃんはどうしてますか、と訊かれて、たまにはチームの練習を見に来て欲しいと言ってたわ」

「……」

ミカエは返答しない。

鈴木はミカエが所属していたリトルリーグの野球チームの監督だった。

ヤスコは運動が得意ではなかったから、ミカエが男の子たちの中で野球をはじめた時も、それも群を抜いた運動能力があると聞かされた時も信じられなかった。

やがてミカエはチームのエースになり、ミカエのチームは市の大会、県南の大会、県の大会に勝ち進んで行くのを聞いて驚いた。

県の代表チームを決める試合をヤスコは初めて観戦に行った。

そんなに野球には詳しくなかったが、ミカエの活躍が地元の新聞に載ったのを見て、工場の上司や同僚が驚き、応援に一緒に行こうと誘ってくれた。

海のそばの球場は大勢の応援団と観客で一杯だった。

ミカエがマウンドに立った時、ミカエの名前を呼び、声援を送る声にヤスコはそれまで一度も応援に来てやれなかったことを恥かしく思った。

「ねぇ、ヤスコさん、ミカエちゃん凄《すご》いじゃない」

「ああ、これはたいしたものだ、あんなに速い球を投げる女の子は初めて見た。ヤスコさん、これは、えらいことだよ」

野球好きの工場の主任が感心したように言った。

ヤスコは堂々とマウンドで投げる我ヶ子がまぶしく見えた。

——いつの間にこんなふうになったのだろうか……。

野球場のスタンドのあちこちからミカエを応援する声が聞こえた。

頑張れサワタリ。いいぞ、その調子だ、サワタリ。ミカ、頑張って。ナイスピッチングだ、ミカ。サワタリ、ナイスボール……。

ヤスコは自分の娘の名前をこんなに大勢の人たちが呼んでくれているのを初めて耳にした。

ミカエへの声援を聞いているうちにヤスコは身体が熱くなった。

——あの子が、あんな場所に立っているなんて……。

ミカエが小学校の上級クラスになって野球をはじめたのは知っているが、野球に詳しくないヤスコとて、少年たちの中に混じって女の子がプレーするハンディはあるとわきまえていた。だから、チームの子供たちと仲良く遊んでくれていれば、それでいいと思っていた。

ところが、今、グラウンドの中に立っているミカエはヤスコが想像もしなかった、まぶしい場所で、皆の応援を受け、それに応《こた》えている。

——この子は今、ヒーローなのだ……。

信じられないような気持ちだった。

ミカエはヤスコに自分がどんなふうに野球をしているか、一度も話してくれたことがない。

野球の道具を買って欲しい、と言う時だけ、

「ごめんね、お母さん」

と謝っただけだ。

きっとミカエなりに負担をかけることを申し訳なく思っていたのだろう。

——いいのよ。だってこんなにあなたはかがやいているじゃない。

ヤスコは胸の中でつぶやいた。

ヤスコは嬉《うれ》しかった。

他の家庭のように、望んだものを与えられなかったのに、彼女は自分で目指すものにむかって歩いていてくれた。

母一人、娘一人で生きて来ても、こんなふうに思える日が来ることに、ヤスコは感謝したかった。

チームは残念ながら敗れたが、その夜、家に帰って来たミカエにヤスコは言った。

「よく頑張ったわね」

ミカエは照れくさそうに笑った。

翌日、ヤスコが職場に行くと、工場の人たちからミカエのことを誉められた。

「いや、えらい選手やそうじゃの」

「名投手言うじゃないか。たいしたものですの」

「ヤスコさん、良かったね」

ヤスコはくすぐったいような気持ちだった。

働いている時も、何かの拍子に、まぶしいミカエの姿を思い出した。

ところがミカエが、その野球をやめたと報告してきた。

「どうして？　あんなに皆から応援されていたのに……」

「もういいの。女の子では限界に来てるから」

「そうなの」

「うん、それにしたいこともあるし」

ミカエは笑って言った。

その数日後、ミカエは中学校を松山に移りたいと言ってきた。

「何か学校であったの？」

「そうじゃないの。私が自立する第一歩ってところ」

ヤスコはミカエがそうしたいのならと中学校へ行き、松山の中学校への編入の手続きを取ってやった。

ミカエの友だちがすでに松山のその中学校へ、寮から通っていた。

初めて母と子が離れることになったが、週末、時々、家に帰って来るので淋《さび》しくはなかった。

ミカエが松山に行ってしばらくして、一人の男の子が訪ねて来た。

「今晩は。俺、ミカエさんと同じ野球チームでキャプテンをしている今田《いまだ》と言います。ミカエさんのお母さんでしょうか？」

「そうですが……」

「実はお母さんにお願いがあって……」

「はあ……」

チームのキャプテンの今田という少年の話は、ミカエにもう一度チームに戻るように話をして欲しいということだった。

ヤスコが少年にミカエに直接話をしてくれるように言うと、少年は、何度か話したけれど、言うことをきいてくれないので、ヤスコに頼みに来たと言った。

「どうしてミカエに直接話をしてもダメなの？」

ヤスコは訊いた。

「もう二度、ミカエさんにチームに戻るように話したんですが、ダメなんです。もう野球はしないって……」

「ミカエもそう言ってたわ。女の子じゃもう限界だって」

「そ、そんなことはないんです。チームの中でもミカエさんほどのピッチャーはいないんです」

「そうなの？　私は野球のことはよくわからないので、ミカエに話はできないわ。それともミカエが野球をやめたのには何か他の理由があるのかしら？」

「……」

少年は急に黙り込んだ。

「チームのことはあなたたちで解決しなきゃいけないんじゃない」

するとと少年の顔が曇った。

「実は、リトルリーグの時もそうだったんですが、今のリトルシニアのチームになってからも、選手の保護者たちが替わるがわる練習の時や試合の時に世話係をして下さるんです。けどミカエさんがチームに入って来た時、彼女は自分の家はそういうことはできないということを最初に話したんです。でもミカエさんはどうしてもチームに必要な選手だったんで、皆で話してミカエさんの分は、俺たちでやって行こうって……」

——そんな決めごとがあったの。

「でもリトルシニアになって新しい選手も入って来て、何人かの保護者が文句を言い出したんです。保護者が出て来ないのはおかしいって……」

——それでミカエは野球をやめたの。

「今田君っておっしゃったわね。今田君、その世話係はどんなことをするの」

「週に一度、練習グラウンドに出て、いろんなことを」

「どのくらいの時間？」

「午後の三時から練習の終る六時か七時までです」

「わかったわ。ミカエと話してみるわ」

「本当ですか。じゃお母さんが出てくれるんですか」

ヤスコの返答に、少年は喜んで帰って行った。


その週末、家に帰って来たミカエにヤスコは野球チームの仲間が来たことを話した。

「チェッ、あいつ」

「そんな言い方はやめなさい」

「だって、ここには絶対に来ないって約束だったんだもの」

「それはしょうがないわ。彼も困ってるんだから。それで保護者が当番で練習のお世話をするようになっていたの？」

「もういいよ。やめたんだから」

「そうじゃないの。もしあなたがまだ野球を続けたい気持ちがあって、野球をやめた理由が、そのことだったら、何とかしてみようかなと思って」

「そんな無理しなくていいよ。だから前も言ったでしょう。女の子の体力じゃ限界があるって」

「彼はそう言ってなかったわ。あなたはチームに必要な選手だって」

「今は必要かもしれないけど、レベルが上がって行ったら、私なんかじゃダメなの」

ヤスコは野球のことがよくわからないので何とも言いようがなかった。

「じゃ、あなたの言葉を信じるわ。でももし野球をしたくなったら、私に話をしてね」

「もうそんな気ないって」

「だから、そういう気持ちになったら」

「わかった」

「でも、ごめんなさいね。今まで、そんなことも母さん知らないで」

「そんなこと言わないで。だって母さんが教えてくれたんじゃない」

「何を？」

「人間には皆それぞれ、その人だけが背負わなきゃならないものがあるって……」

ヤスコはミカエの言葉に目をしばたたかせた。

これ以上は何も言うまいと思った。

つい昨日まで、子供だと思っていた娘が、彼女なりに自分の置かれた立場をわかろうとしてくれている。

でもヤスコはミカエの、あの野球場でのまぶしい姿を目にしていたから、彼女が望めば、あの光の差す場所に立たせてやりたいと思った。

しかしミカエは野球をしたいとは言い出さなかった。

ヤスコはバスの停留所にミカエと二人で立っていた。

金髪を海からの風が揺らしていた。

この髪で学校に行っているのだから、教師たちから叱責《しっせき》されているのだろう。それでもそうしているのは、ミカエなりに何かを変えたいと思っているのかもしれない。

自分もそうだった。

東京へ行こうと決めた時、東京なら新しい世界が自分を待っていると思った。いや信じていた。

ヤスコはそれまで一度だって、光の当たる、ミカエが野球場で立っていたような場所に立ったことがなかった。

人は誰でも、一度だけでも、かがやく場所に立ってみたいと思うものなのだろう。

両親を一年余りのうちに続けざまに亡くした時、それは哀しくてしかたなかったけれど、病床で母が自分に言った言葉を思い出すようにした。

「ヤスコ。誰にだって辛《つら》いことや、苦しいことは訪れるのよ。でもその時、自分だけが辛い目に遭っているとか、苦しいんだとは思わないでね。自分より、もっと辛い、苦しい目に遭っている人はいるはずなの。大切なのはどんな時でもきちんと生きてみよう、という気持ちを持つことよ。そうしていれば、いつか必ずしあわせとめぐり逢うわ」

それでも母が亡くなった時は途方に暮れた。

どうしてこんな目に遭うのだろうか、と思った。母の言葉を思い返しながら、ヤスコは生きてきた。

「ねえ、今度、機会があったらプロの野球を二人で見に行かない？」

ヤスコの言葉にミカエが顔を上げた。

「どうしたの？　急に」

「工場にあった新聞で見たんだけど、アメリカへ渡ってむこうのプロ野球で大活躍してる日本人選手がいるんだってね、え～と、たしかマ、マツイ君かな」

「松井秀喜選手でしょう」

「あの人、大勢の里親になってるの知ってた？」

「本当に？」

ミカエの目がかがやいた。

「そうなんだって、ベトナムで両親を亡くした子供の何人かの里親になって支援をしてるんですって」

「えっ、知らなかった。私、松井選手のことなら何でも知ってるつもりだったのに、それってスゴイ。さすがヒデ君だ」

ミカエは嬉しそうに言った。

ヤスコはミカエが小学生で野球をはじめてしばらくして、彼女のバスの定期入れの中に野球選手の写真の切り抜きが入れてあるのを見たことがあった。

それはたまたま定期入れを忘れて家を出たミカエを追いかけてバス停まで走っている

時に零《こぼ》れ落ちたものだった。

道端に落ちたちいさな写真には野球のユニホームを着て笑っている選手の顔があった。

——やさしそうな目をした人だ……。

ヤスコはすぐに写真を定期入れに戻した。

プロの選手とはいえ、たとえ小学生でも、娘に誰か憧《あこが》れる人がいたことが嬉しかった。

その写真と同じ顔が、工場の食堂にあったスポーツ新聞に載っていた。

——どこかで見た顔だ……。

気になってその記事を読むと、その写真の主は、アメリカ、ニューヨークのヤンキースというチームで活躍している日本人選手だとわかった。

——松井秀喜という名前なんだ。

やはり新聞に載った顔も笑っていた。

記事を読んで、ヤスコは感動した。

ニューヨーク郊外に住む心臓病を患った少年が、松井選手のファンになり、ホームランをたくさん打って欲しい、と手紙を出したところ、松井選手は病院から届いた手紙だったので気になって調べてもらうと、重い心臓の病気でずっと入院していることがわかった。

彼は少年の願いがかなえばいいと思ってプレーし、たまたま1試合に2本のホームランが打てた日曜日のデーゲームの後、少年の病院へホームランボールを届けに行ったことが記事になっていた。そうしてその記事に、彼が日本でプレーをしていた時代から、両親を亡くした人の里親になっていることや、困った人にオールスター戦のＭＶＰの賞金を寄附したことが書いてあったのだ。

——こんな素晴らしいスポーツ選手がいるのだ……。

その記事を読んで感動したことと同時に、その選手を小学生の時から応援しているミカエのことも嬉しかった。

ヤスコはミカエの試合を一度見に行っただけで、野球のルールもよくわからない。

しかしそんな素晴らしいことをする選手がやっているスポーツなら一度プロの試合を見てみたいと思った。

「四国にプロ野球チームがやって来るのは一年に一、二度しかないから、大阪か、福岡へ行かなきゃダメだよ」

「福岡か、いいじゃない。フェリーに乗ったらすぐじゃない」

「本気で言ってるの？」

「勿論《もちろん》、本気よ」

「何があったの？　毎日、働いて大変そうにしか見えないけど……」

「それは暮らしは少し大変だけど、ミカエも頑張って勉強してくれているし、少しは私たち二人にご褒美があってもいいかなと思って……」

ヤスコが笑って言うと、

「何か変だな、お母さん」

ミカエも笑った。

「私とミカエさんはこの世界で、いや宇宙で一番仲の良い親子ですから。きっと一万二千年後にめぐり逢っても、お互いのことがちゃんとわかるはずよ」

「一万二千年後？　それって何のこと」

「何でもありません」

やがてバスが来て、ヤスコはミカエを見送った。

時刻を見ると、少し遅れてしまいそうなのでヤスコはあわてて会社の送迎バスが来る場所へ急いだ。

「ごめんなさい。お待たせして」

待っていたのは社員食堂の係の夫婦の車だった。

ヤスコは工場の勤務の前に、食堂へ入り、その日の昼食の下ごしらえのアルバイトをしていた。

夫婦は、そんなヤスコを早朝、車に乗せてくれる。

「ヤスコさん、この頃、綺麗《きれい》になったみたいだの。何かあったかね」

運転するご主人が訊いた。

昼休み、ヤスコは工場の屋上に上がった。空を見上げると、雲はちいさな魚たちが泳ぐような秋の雲にかわっている。海風にはまだ熱気があるが、それでも秋の気配が近づいている。

　耳の奥で声がした。

「ヤスコさん、この頃、綺麗になったみたいだの。何かあったかね」

　今朝方、乗せてもらった車を運転してくれていた食堂係の夫婦のご主人の声だった。

　ヤスコはその言葉に少し驚いて、すぐに、

「そんなことはありません」

　と返答したが、自分でも語気が強いのに戸惑った。

「あんた、ヤスコさんは元々美人じゃから」

　奥さんまでが言った。

「奥さん、そんなふうにおっしゃらないで下さい。私はもうオバアサンですから」

「ヤスコさん、それは違う、違う。オバアサン言うのはうちのこれのことを言う言葉じゃ」

「あら、そんなことを言っていいのかね」

　助手席の奥さんがご主人を睨《にら》んだ。

　ご主人が笑い出した……。

　ヤスコは海風に当たりながら彼方《かなた》の瀬戸内海を見た。

「何かあったかね」

　ご主人の言葉が何を言おうとしていたかはわかる。

ヤスコは海風につぶやいた。

「私はもう恋などしない。あの人を裏切ってしまったのだから……」

そう声に出すと、水平線のむこうに、屈託のない剛の笑顔と大好きだった瞳《ひとみ》があらわれた。

封じ込めていたはずの笑顔が、そして瞳が、ヤスコをじっと見ている。

ヤスコは大きく首を横に振り、突然、あらわれた剛の面影を消そうとした。

目の前の柵《さく》を握りしめた。

――お願いです。消えて下さい。

ヤスコは目を閉じ、下唇を噛んだ。

背後で声がした。

「事務所に電話が入ってますよ」

サワタリさん、サワタリさん。振りむくと事務の女性がヤスコを見ていた。

――私に電話？

ヤスコは訝《いぶか》しむような顔をして、

「誰からですか？」

と聞き返した。

「男性の方ですが、名前をおっしゃらないんです」

「わかりました。すぐに行きます」

ヤスコは事務所の小窓の前にある電話を取った。

「お待たせしました。サワタリですが」

「俺だ」

その声を聞いた瞬間、ヤスコは血の気が引いた。

ナオキだった。

——生きていたのだ……。

ヤスコは咄嗟《とっさ》に電話を切った。

電話機をおさえたまま目を閉じた。

すぐに電話の呼び出し音がした。

ハイ、明関《めいせき》物産ですが、と事務の女性が電話に出た。

「サワタリさん、こちらの回線に電話が入ってます」

ヤスコは目を閉じたまま首を横に振った。

「サワタリさん、電話が入ってますけど」

ヤスコは目を開け、受話器を持つ事務の女性に言った。

「申し訳ありませんが、いないと言って下さい」

事務所の女性はヤスコの言葉に戸惑ったような顔をした。

「サワタリさん、あなたにですよ」

「すみません。早退したと言ってもらえませんか」

「いいんですか」

女性が電話で、早退した旨を告げたが、納得しないらしく、少しやりとりが続き、最後に女性が怒った声で、

「そういう言い方をされても困ります」

と電話を切って、ヤスコを睨んだ。

「ご迷惑をかけてすみませんでした。課長さん、今日は早退させていただきたいのですが……」

事務所の奥に座っていた課長にヤスコは言った。

「何かあったのかね、サワタリさん」

「お願いします。今日は早退させて下さい」

「工場の方は困るんだが、何か事情があるのならしかたないな」

課長は不機嫌そうに言った。

ヤスコは事務所を出ると、急いでロッカー室に行き、作業着を着換えて荷物を持ち、工場を出た。

バスの停留所まで走った。

時刻表を見ると、昼間のバスの運行は数が少なく四十分余り待たなくてはならなかった。

ヤスコは家にむかって走り出した。

走りながら、先刻聞いた電話の声が耳の奥に響いた。

『俺だ……』

まぎれもなくナオキの声だった。

ナオキの顔が浮かんだ。

不敵に笑う顔に、蛇のような冷たい目が揺れた。

——どうして……、どうして舞い戻って来たの。どうして……。

ヤスコは訳がわからなかった。

ナオキのもとからヤスコとミカエが逃げ出し、半年が過ぎた時、市也に見つかってしまった。

「お願い。私と逢ったことをあの人に言うのはやめて。お願いだから見逃して下さい」

ヤスコが頭を下げて頼むと、市也が言った。

「何をそんなつまらないことを言ってんだ。俺たちも、この半年、兄貴を探しとるんじゃ。こっちが兄貴のことを聞きたいわい。あんたは何も知らんのか」

市也が怒ったように言った。

「何のこと？」

「兄貴は大阪でトラブルに巻き込まれて、揉《も》めた相手のヤクザ連中から追われとったんだ。その噂を聞いて、俺は島の若衆何人かと大阪へ兄貴の加勢に行ったが、どこを探しても兄貴の姿が見つからんかった。そのうちヤクザ者から兄貴は始末をつけられたって話を聞いた。あの兄貴が、たとえヤクザ者相手でも、始末をつけられることはない。俺たちは大阪のドヤ街からあちこち、身を隠していそうな所を探し回ったが、どこにもいなかった。そのうち妙な話が入ってきた。兄貴は拉致《らち》され、大阪湾の沖へ船で連れて行かれ、そこで殺され、石を抱かされて海に放り投げられたと言うんだ。皆でそいつらを探したが、わからなかった」

「市也さん、その話は本当なの？」

「本当も何もあるもんか。兄貴はどこかで生きてるんだ。あんた、兄貴が死んだら嬉しいのか」

市也がヤスコを睨みつけた。

その話をたしかめるために、ヤスコは父親の与一を訪ねた。

「わしも大阪に島の者を行かせた」

与一は不機嫌そうに言った。

「揉め事があったのはたしからしい。しかしそれであいつが本当に殺されたかどうかはわからん。松山におる大阪のヤクザの事情に詳しい男の所へ行き、何があったのかを聞いてもらった。返事はいいもんじゃなかった。ナオキのことはあきらめた方がいい、と言われた。あのバカタレが……」

与一は忌ま忌ましい顔をして、つばきを吐き捨てた。

ヤスコは与一の顔を見て、ナオキが死んだのだ、と思った。

「あいつがおらんのなら、家に戻って来るか」

与一が言った。

ヤスコは大きく首を横に振った。

与一の家を出てから、ヤスコは歩きながら、

——これで自由になれる。ミカエと二人で堂々と陽の下を歩ける……

と思った。

その話はミカエにはしなかった。

ひどい男ではあるが、ナオキはミカエの父親である。

ヤスコにとってナオキは自分の人生を根こそぎ踏みつぶした疫病神であった。

身体を売られたり、酷《ひど》い目にあった。それでも生き抜いたのはミカエがいたからである。


ヤスコはようやく家に着いた。

すぐに家の中に上がった。

人が侵入して来た形跡はなかった。

台所を見た。出て行った時にはそこになかったグラスがひとつ置いてあった。

ヤスコはすぐに与一の部屋へ行った。

与一は口から泡を飛ばし、何事かをヤスコに言おうとした。

——ここにもう来たんだ！

ヤスコは与一を睨みつけた。

「来たのね。あの人が、ここに来たんでしょう」

ヤスコが大声で言うと、与一は唸り声を上げた。

ヤスコの指先が小刻みに震え出した。

ヤスコは与一を見た。

与一は口元に泡を飛ばし、何かを言いたげにしている。

——何を言いたいんだろう……。

ナオキは与一が、こんな身体になっているのを初めて見たはずだ。殺し合いをしかねないほど仲が悪かった父と子だから、ナオキは父親のあわれな姿を見て、あざわらったに違いない。

ナオキのことだから、与一が抵抗できないのを察知し、横っ面を張ったかもしれない。そういうことを平然とする男だった。

ヤスコは怪我でもしていないかと与一の顔を見直した。

ヤスコは息を止めた。

与一の目元からひとすじ光るものが頬を伝った。

——本当に？

ヤスコはもう一度与一の目を見た。

大粒の涙が、またひとすじ零れ落ちた。

——本当に泣いているの……。

ヤスコは目を見張った。

これまで一度として与一が泣く姿を見たことはなかった。

——口惜しいんだ。息子にいたぶられたことが口惜しいんだ。

そう胸の中でつぶやいてから、奇妙な与一の表情に、すぐにヤスコは、

「違う」

と声を上げた。

与一は嬉し泣きをしているのだ。

あんなにいがみ合っていた父と子であっても、与一は根のところでナオキを憎んでいたりしなかったのだ。

——いけない。こうしてられない。

ヤスコは寝間へ行き、急いで荷物をバッグの中に入れた。

隠しておいたわずかな現金も財布に仕舞った。

——急がなくては。ナオキが戻って来る。

今、ナオキは工場に行っているはずだ。自分がいないとわかると、すぐにここへ引き返して来る。

ミカエの衣服も数枚入れ、ヤスコは家を飛び出そうとして、立ち止まり、与一の部屋へ行って言った。

「出て行きます。二度とあなた方親子の目に触れないところへ。あの男に、探しても無駄だと伝えて下さい」

与一は目を剥《む》いてヤスコを睨んでいた。

与一が唸り声を上げた。

ヤスコはそれを無視して、工場とは逆方向に走り出した。

汗が額からほとばしり落ちる。背後で車のエンジン音がして、振り向くと〝郡中〟と標示を出したバスが見えた。ヤスコはバスに手を振り、少し先のバス停にむかって走った。

「どうもすみません」

ヤスコはバスの運転手に礼を言い乗り込んだ。

席に座って膝の上にボストンバッグを置いた。あわてて荷物を入れたので、押し込むように詰めた衣服などを畳み直した。

──何か忘れてないかしら……。

荷物を整理しながらヤスコは思い返した。

今は混乱していて、何を忘れたかすぐにわからなかった。

バスはすぐに伊予鉄道の駅近くの停留所に着いたので、ヤスコは降車し、郡中港《ぐんちゅうこう》駅に

「留守電は聞いたよ。今、寮にむかっている」

ミカエはすぐに電話に出た。

伊予鉄道の駅の公衆電話からヤスコはミカエに電話を入れた。

すぐに電車は松山市駅に着いた。

こうやって二人して逃亡をしたのは初めてのことではなかった。

――いや、あの子なら、そうしなければならない事態とわかってくれるはずだ。

る支度をして欲しい、と言っていることが非常識に思えた。

ヤスコはミカエの留守番電話に伝言を入れると、自分でも我ヶ子に、すぐに学校を出
事が起きるかわからないと考えたからだ。

しかしミカエに携帯電話を持たせたのはヤスコである。自分たち母子には、いつ緊急な
元々、ヤスコが若い時には携帯電話などなかったし、なくても十分皆が暮らしていけた。

ヤスコは携帯電話を持っていない。携帯電話の通話料金を払うことがおしまれた。

松山駅に来て下さい。お願いします。これから三十分置きに連絡します」

「ミカエ、街を出なくてはならなくなったから早退して、寮へ行って、荷物をまとめて
授業中なのだろう。やはり留守番電話だった。

帯電話に連絡を入れた。

次の電車が来るまで時間があったので、時刻を確かめて駅の公衆電話からミカエの携
むかった。

「あなた学校へ出ていないの？」

「急いでるんでしょう。一時間後に駅に行けるわ。長くなるの？　それとももう帰れないの？」

ミカエの言葉にヤスコは一瞬口ごもった。

ヤスコは下唇を噛んでからはっきりとミカエに言った。

「帰れないかもしれないわ」

「わかった」

待ち合わせ場所を決めて、ミカエは電話を切ったが、素っ気なく答えたミカエの心情を思うと、ヤスコは切なかった。

一時間後、ミカエがバッグを肩にかけてやって来た。普段着のジャージではなく、目立たない恰好《かっこう》をしている。

「お母さん」

ミカエがヤスコの足元を指さした。

ヤスコは足元を見た。工場の作業靴を履いたままだった。

ミカエが苦笑した。釣られてヤスコも笑った。

「それにブラウスも汗で濡れてるわよ。トイレで着換えて来たら」

「電車の中で着換えるわ」

「そう。じゃそうしたら。どこへ行くの？」

ミカエが訊いた。

「まだ決めてないけど、フェリーで九州へ行こうかと思ってる」

「フェリーはやめた方がいいと思うわ」

「どうして？」

「海のそばは島の人たちの顔見知りが多いから……」

ヤスコはミカエの顔を見直した。

――この子は事情を察しているのだ……。

「そうね。じゃ、まず高松《たかまつ》へ電車で行きましょう」

電車の切符はミカエが買いに行った。

二十分後のＪＲの電車に乗った。

電車が動きはじめると、ヤスコはちいさくタメ息をついた。

愛媛を出て香川の観音寺《かんおんじ》に電車が入った。

ヤスコは車窓に映る瀬戸内海を見ていた。

秋の陽光は傾きはじめ、凪《な》いだ海をまぶしくかがやかせていた。

ミカエはむかいの席で眠っていた。

かたわらに置いたミカエのバッグのふくらみがこころなしかちいさく思える。

――急いで荷物をまとめたのだ……。

ヤスコはミカエに申し訳ないと思った。

しかしこうするしかなかった。あのままナオキが家に入り込んで来たら、ヤスコもミカエもとんでもないことになる。もう二度と、あんな生活をミカエにさせるわけにはいかない。そのことはミカエもわかってくれているはずだ。

そう思うしかなかった。

気丈な子である。いや気丈に見えるだけで、本当はさみしがり屋なのをヤスコはわかっていた。私に気遣って、そういうふうに見せているのだ。それが母親として辛かった。

ヤスコは海に目をむけた。

こんなに美しい海のそばで生きているのにどうして自分たちはこんなふうに逃げなくてはならないのか、と思う。

――この海を見るのは最後になるかもしれない……。

ヤスコは胸の奥でつぶやいた。

その予感が当たるような気がする。

『俺だ……』

また耳の奥でナオキの声が響いた。

ヤスコはその声を掻《か》き消そうと首を二度、三度横に振った。

右の耳を手でふさいだ。

ヤスコの左の耳はかすかにしか聞こえない。酒に酔ったナオキから嫌というほど暴力を振るわれた時、左耳の鼓膜が破れた。

「大丈夫……」

声に顔を上げるとミカエがこちらを見ていた。

「大丈夫よ。もう少し眠っててていいわよ」

「もう平気。どこへ行くの？」

「今夜は丸亀《まるがめ》に泊まろうと思うわ」

「わかった。今日、お母さんから携帯電話に連絡がある少し前に、あの声を聞いたよ」

「本当に？」

「うん、『逃げなさい』って。お母さんは？」

ヤスコはあの声を聞いたというミカエの言葉に目を見張った。そうして動揺を見せないように言った。

「私は少しあわてていたから、もしかしたら聞き逃したのかもしれないわ」

「そうなの？　私は声を聞いたから、すぐに準備をしたんだもの。ひさしぶりだね。こんなふうにするのは」

ミカエが口元に笑みを浮かべて言った。ミカエは無理に笑おうとしていた。

「もうこれを最後にしましょう」

「そうなの？　だといいね。ナオキが帰って来たんだよね」

ヤスコは返答せず、ゆっくりとうなずいた。

「ひどいことされなかった？」

「大丈夫。逢ってないから」

「生きていたんだね。そう思った」

ミカエは大阪で起こったことを知らないはずなのに……。

もしかしたら市也が話したのかもしれない。

先刻、フェリーに乗ろうとしたヤスコに、ミカエは、フェリーはやめた方がいいと思うわ。海のそばは島の人たちの顔見知りが多いから、と言った。

勘のいい子だから、頭がめぐるのだろう。そんなことを娘にさせている自分が情けなかった。

丸亀駅に電車が着いた時はすでに陽は傾いていた。

二人は市中のビジネスホテルに入った。

チェックインを済ませると近くの中華料理店へ行った。

「お腹空いてたでしょう」

ミカエがこくりと首を曲げた。

「しっかり食べましょう」

食事を済ませ、コンビニエンスストアーで買物をしてホテルに戻った。

ヤスコはホテルのベッドの上でメールを打っているミカエの表情をうかがった。

もしかしたら交際している男の子にメールを打っているのかもしれない。

先日、冗談のつもりでミカエに誰か好きな人がいるの、と訊いた時、ミカエの顔が赤くなったのを覚えていた。

ミカエはもうそういう年頃なのだと思った。

もしそうなら、四国を出ようと思っていたのを考え直さなくてはならない。

――ミカエだけでも松山に置いてやり、学校を続けさせるべきだろうか……。

ミカエは懸命にメールを打っている。

――正直に話してみようか……。

「ミカエちゃん、メールが終ったら先にシャワーを使って」

「わかった。よし、これでオーケー」

ミカエが明るく言ってベッドから跳ねるようにして跳び降りた。

ミカエはバスルームに入った。

バスルームからミカエのハミングする声が洩《も》れて来た。

カタルーニャ民謡の〝鳥の歌〟のメロディーである。

ミカエが赤ん坊の時からヤスコが歌って聞かせた歌だ。

自分と同じようにいつの間にか覚えてしまっている。

ベッドの上にミカエの携帯電話が置きっ放しだ。勿論、中を覗こうとは思わない。ミカエはミカエでちゃんと一人の人格がある。それを認めることを教育して来た。

ヤスコはぼんやりと部屋を眺めながら、これからどうしたらいいのかを考えた。

気が付けば自分も〝鳥の歌〟のメロディーを口ずさんでいた。

――やはりミカエを置いては行けない。

二人してここまで生きて来たのだ。ミカエが一人前に成長するまでは自分に責任がある。

――それをはっきり伝えておこう。

ミカエがバスルームから出てきた。

バスタオルで髪を拭いている。

「ミカエちゃん、少し話をしていい？」

ミカエが振りむいた。

「ミカエちゃん、ナオキさんが帰ってきたわ。今日の昼間、工場に電話があったわ。与一ジイチャンの話では、あなたには話さなかったけどあの人は亡くなったとばかり思っていたの。だからこの二年半、母さんは初めて静かに暮らせた。でも頭の片隅で、あの人が亡くなるはずはないと、いつも怯《おび》えていたの。この次にあの人があらわれたら、私は生きていけないかもしれないと。でもあの人はあなたのお父さんだからいつか立ち直ってくれるはずだと思ったことも何度かあるわ。あの人は病気なのよ。こころが蝕《むしば》まれているの。私の力ではどうにもならない。あの人は私を見ると逆上するの。どうしてあなたにこんな話をしたかと言うと、あなたがもう大人だから……」

「大人じゃないよ、いつももっと大人にならなきゃダメって言うじゃない」

「それは違うわ。人間は大人になっても、大人らしいことができないことがたくさんあるの。だから大人になることを身に付けるためにあなたに注意してるの。話の続きを聞いて」

ミカエがちいさくうなずいた。

「あの人はあなたにはひどいことをしないと思うの」

「そんなことはない。一度、母さんと私を売り飛ばそうとした」

——知っていたのね……。

「あの時は、そんなふうに見えたけど、本心は違っていたはずよ」

「それ、母さんがそう思いたいだけなんじゃないの」

「いいえ、私にはわかるの」

「それで？」

「あなたまでが逃げる必要はないと思うの。学校も二学期がはじまったばかりだし、あなたが松山の中学校に通ってることは知らないはずよ」

「あんなヘビみたいな奴、すぐに嗅《か》ぎつけるよ。それとも私が邪魔なの？」

「そういう言い方はやめなさい。あなたがいたから、私たちはここまでやって来られたんでしょう。私が言いたいのは、いつまでもあの人から逃げ続ける暮らしはやめようと思うの」

「本当に？」

「ええ」

ヤスコははっきりと言ってミカエを見た。

「私は母さんが選んだ道を一緒に歩いて行くよ」

「こうしたいというものはないの。もし松山から離れたら友だちとも逢えなくなるわけでしょう」

「友だちなんかいないよ」

「そんなことはないでしょう」

「どうして？」

「いつか野球を見させてもらった時、皆があなたに声をかけていたもの」

「あれは私じゃなくて、チームの応援で声を出してただけだよ」

「でも、あなたがボールを投げてた所からベンチに帰る時、皆が声をかけて、あなたは笑ってたわ」

「だから、それはチームの決まりなの。でも野球を知らないのに変な所を見てたんだね。ボールを投げる所じゃなくて、マウンドって言うの」

「あっそうなの」

「私、眠くなったんでもう寝るよ」

「わかったわ。今、話したこと考えておいてね」

「はあ〜〜い」

ミカエはアクビをしながら言ってベッドに入った。

ヤスコは荷物を整理し、シャワーを浴び、髪を乾かしながら窓辺の椅子に座った。カーテンを開けると月が中天にかがやいていた。

――綺麗な月だわ。まだ満月じゃないわね。

こんなふうな月を遠い昔、仰ぎ見たような気がするが、それがいつの日のことか思い出せなかった。

ヤスコは星を探したが、月明りが強い分だけ、星のきらめきが見つからない。

時計を見ると、すでに十二時を過ぎていた。いつもならとっくに休んでいる時間なのだが、やはり気持ちが昂《たかぶ》っているのだろう。

ヤスコはバッグの中に入れて置いた袋を出し、マリア像と聖書を取り出した。そうして袋の底にあるはずのロザリオを探した。ない。

――まさかロザリオを忘れるなんて……。

どんな時にでも手放さず持っていたロザリオを忘れて来たことが信じられなかった。亡くなった母の形見のロザリオだった。

ヤスコは動揺した。

あんなに大切にしていた母の形見のロザリオを忘れて来たことが悲しかった。

耳の奥で母の声がした。

「赤ん坊のあなたはこのロザリオを手に握りしめて離そうとしなかったのよ。お父さんと私はそんなあなたを見て笑い出したわ」

その母が入院していた病院の部屋で、何ひとつ残してあげるものがないと言って、渡してくれたロザリオだ。

大切にしていたものを、こんなふうに忘れてしまうのは、気が動転していたのだ。

ミカエが寝息を立てていた。

ヤスコは窓辺で祈りをした。

祈りを捧げると気持ちが落ち着いてきた。

聖書を閉じて、ヤスコはしばらく夜空を見上げていた。

——どうしてこんな生き方になってしまったのだろうか……。

自分の半生を見ていた人がいるのなら、その理由を教えて欲しい、と思った。

これまでヤスコは、こんなふうに自分の生き方を問うことはしなかった。

神を信じていたし、どんな苦難にも必ずいつか光が差し込んで来ると思っていた。自分よりもっと辛い立場の人たちがいるはずだし、自分だけが不幸な目に遭っていると考えたこともなかった。

「どうしてなのですか」

ヤスコは声に出した。

夜空のむこうに、あの人の瞳があらわれた。

つい数日前の夜もそうだった。

胸の奥に、記憶の箱をしっかりと封印するように、追憶さえ掻き消してきた人の瞳がまたもあらわれた。

すべては自分が犯した過ちであった。

だからあの人のことを思い出すことさえ許されないと思っていた。

取り返しのつかないことを自分はしてしまった。

その報いを自分は受け続けているのだ。そう思って、今日まで生きて来た。

それでも今は……。

「剛さん……」

ヤスコはその人の名前を呼んだ。

十五年振りのことだった。

第二章　星々の出逢い

ヤスコの脳裡《のうり》に十五年前の春の午後のことがよみがえった。

その日、ヤスコは少し早く入船し、休憩室に入った。

そこへ接客部の主任に連れられて、一人の若者が入って来た。

「……ここが休憩室だ。でも実際には休憩する時間などないのだがね。あっ、サワタリ君、早いね」

ヤスコはあわてて机の上のテキストを仕舞い主任に挨拶《あいさつ》した。

「おはようございます。はい少し早く着いたものですから」

「サワタリ君、今度、接客部にアルバイトで入る……え〜と」

「三阪です。三阪剛です」

「そうだ。三阪君だ。どうもこの頃、物忘れをすることがあってね」

「サワタリです。よろしくお願いします」

「こちらこそ三阪剛です。よろしく」

爽《さわ》やかな感じの人だと思った。

ヤスコも同じアルバイトである。この船に乗って半年になる。船を運航する親会社は都内にある老舗《しにせ》の観光会社で、バスの観光で有名だった。その会社の子会社がクルーズ船を持ち、東京湾のクルージングに食事の付いたサービスを提供しはじめた。昼間にはランチクルーズ、夕方からのサンセットクルーズ、ディナーを中心としたナイトクルーズがあり、船は日の出埠頭《ふとう》を出発し、東京湾内を航行する。それぞれのクルーズは時間が決まっており、ランチクルーズで二時間十分、サンセットクルーズで二時間、ナイトクルーズで二時間三十分である。

アルバイトはシフト制になっていて、ヤスコは朝の十時に入船し、夜の十時まで働く。ヤスコがこのアルバイトを選んだのは時給が千円を超えて他のアルバイトより高かったことと、何より好きな海の上で働けることだった。

実際、研修を終えて働きはじめると海の景色をゆっくり眺めることなどできなかった。次から次にコースの料理を運んでいかなければならない。料理が冷めないうちに運ぶこととタイミングが大切になる。

東京湾クルージングは予約制なので、料理は前もって決まっている。その料理をディナーなら出航してゲストが下船するまでの二時間半で終えてもらわねばならない。乗船からディナーのはじまるまでが三十分あり、食事を終えて下船までが同じように三十分の余裕を見てあるから、実際は一時間と少しで前菜からメインディッシュ、デザート、コーヒーまでを終えなくてはならない。

その間、厨房《ちゅうぼう》の中は戦場のようになる。十数人のコックと接客のチーフの怒鳴り声が響くことも度々ある。

天候が悪く、運航に支障をきたす日は船は出ないが、少しの雨、風では出航する。一〇〇トンの大型船だから大きく揺れることはないが、それでも風の強い日、波が少しある日は足元に気を付けてサービスしなくてはならない。湾の中とは言え、東京湾は日本でも有数の大きさを誇る内海である。

ヤスコが、その若者を次に見たのは、翌週の朝であった。

ヤスコが配属されていた班の中に彼が入って来た。

「おはようございます。先日はどうも」

ぺこりと頭を下げて笑った顔で相手の人の良さが伝わった。

「研修を終えられたんですね」

「はい。想像していたより大変な仕事ですね」

「慣れればそう感じなくなりますよ」

「好きな海を見ながらアルバイトができるなんて考えてたら間違いでした」

「海が好きなんですか」

「ええ……」

その時、背後で声がして、ミーティングがはじまった。

チーフからランチクルージングのゲストのリストとゲストの座る席、そしてランチメニューが記してあるペーパーがそれぞれに配られ、チーフが注意点を説明しはじめた。

「あっ、その前に、本日からうちのクルーに入って来た人を紹介します」

若者はチーフから紹介されると前へ出て、自己紹介した。皆が拍手した。

ヤスコも拍手しながら、自己紹介する声を聞き、はきはきした人だな、と思った。

ヤスコはランチのクルージングで、その人が汗だくになって料理を運んでいるのを、時々目にした。

「三阪君、そういう皿の持ち方じゃダメだ。ほらきちんとこうして……」

「は、はい。すみません」

チーフの強い口調の声がし頭を下げる姿を見ると自分の半年前を思い出した。

「ほら、おまえ、とろとろすんじゃないよ」

サブチーフの宮田《みやた》が声を荒らげた。

ヤスコは眉間《みけん》にシワを寄せた。宮田はアルバイトにやたらと文句を言う人だった。

ヤスコはすれ違いざまに小声で言った。

「三阪さん、落着いて。今のままで大丈夫ですよ」

「あっ、ありがとう」

船が日の出埠頭に着岸して、ゲストが下船を終えると、ヤスコたちはテーブルクロスを片付け、次のミーティングまでの一時間の昼食と休憩に入った。

昼食はバイキング形式で、船長以下のクルー、コックたちも一緒に摂《と》る。

「さっきはありがとうございました」

料理を取ったトレイを手にした彼が礼を言った。

「隣り、かまいませんか」

「あっ、どうぞ」

そう言ってヤスコは少し離れたテーブル席を見た。

そこに先刻のサブチーフの宮田がヤスコたちを刺すような目で見ていた。

「研修より大変ですね」

大きなタメ息が聞こえた。

「あっ、このスパゲティー美味《うま》い。うん、やはり正解だった、このアルバイト」

ヤスコは苦笑した。さきほどからの宮田の視線を、より強く感じるようになった。

このアルバイトをはじめて少し経った頃、ヤスコは宮田から食事に誘われたが、断わった。それでも宮田はしつこくヤスコを誘った。ヤスコは丁寧に断わったが、宮田は下船した後の埠頭で車を停めて待ちかまえ、ヤスコを強引に車に乗せようとした。アルバイトを辞めるつもりでチーフに相談した。

以来、誘いはなくなったが、ヤスコは宮田から恨まれているのを感じていた。

「このアルバイトはもう長いんですか」

隣りから声がした時、ヤスコは立ち上がった。

「ごめんなさい。私、先に行きます」

「えっ、は、はい。でもまだ食事の途中なんじゃないですか」

ヤスコはトレイによそった食事を半分も食べていなかった。

「ごめんなさい」

呆気《あっけ》にとられたような相手の顔を見て、ヤスコは切ない気持ちになった。

それでも、この人に迷惑がかかることの方を心配した。三ヶ月前に、一人のアルバイトの男の子が入って来て、ヤスコとよく話をしてくれていた。ところが或《あ》る日、その男の子の顔が赤く腫《は》れていた。ヤスコと目が合った途端、顔をそむけた。同じアルバイトの女性が、サブチーフの宮田が男の子を怪我させたらしいと話してくれた。

「本当に？」

「ええ、あの子、あなたに親しく声をかけてたでしょう。きっとそれに嫉妬《しっと》してやったんだと皆が話してたわ」

――そんな……。

その男の子はほどなくアルバイトを辞めた。噂の話だが、人の良さそうな三阪に同じことが起こるのが嫌だった。

ヤスコはデッキに出て風に当たった。四月の海風は心地良かった。

背後で声がした。

三阪だった。

「すみません。気安く声をかけてしまって。迷惑をかけたのなら謝っておこうと思って」

済まなそうな顔をした相手を見て、

「そうじゃないんです。迷惑なんかかっていません。話しても少しややこしくなるだけなんで……あなたに不愉快な思いをさせていたらごめんなさい」

と言って頭を下げた。

「そ、そんな。謝るのはボクの方です。お腹大丈夫ですか」

「ええ」

「はい、これ、よろしかったら」

相手がポケットの中からナプキンに包んだパンケーキを差し出した。

ヤスコはそれを受け取り、立ったまま口にした。

「美味《おい》しい」

「本当ですね。いいアルバイトだ」

相手の笑顔を見てヤスコも笑い出した。


翌週の月曜日、ヤスコは休暇を取った。

週末のクルージングは地方からやって来るゲストも多く、この頃は船上で結婚式をするカップルも増えていた。

週明けは比較的休みを申し出て取ることができた。なるたけフルタイムで働きたいのだけれど、この日は、次の住まいを探しに行かなくてはならなかった。

一年前の春に入居したアパートは、松山で母が亡くなった後、ヤスコの世話をしてくれた夫婦の夫人の紹介で借りた。家主は八十歳を過ぎた老女でやさしい人だった。独り暮らしの女性でアパートの一階に住んでいた。賃貸契約の時、古くなり過ぎたアパートを数年後に建て直すつもりなので、契約期間を二年にして欲しいと言われた。建て直しのために新入居者を断わっていたが、古い友人の紹介なのでと敷金、礼金なしで入居させてもらった。家主が、次の住まいを探して欲しいと申し訳なさそうに告げに来たのが一ヶ月前だった。上京して、右も左もわからない時に家主はヤスコによくしてくれた。感謝こそしているが、突然のことで困惑した。それでもその家主の申し出なら次の住居を早く探してあげたかった。

アパートに近い最寄りの鷺《さぎ》ノ宮《みや》の駅前へ行き、不動産屋の表に貼ってある物件を見て回った。これなら予算に合うと思って、店の中に入り、表の物件なんですが、と尋ねると、契約が決まったところだとか、手付け金が打ってあるのでと言われ、予算を言うとそれより高い他の物件を紹介された。

「お客さん、その予算では、このあたりに物件はないよ。今までどんな所に住んでたの」

ヤスコは住んでいる番地とアパートを言うと、

「あそこはもう壊すんだから、そりゃ、その家賃は特別だったんだよ」

「は、はい。私の予算ならどのあたりに行けばあるんでしょうか」

「そうだね。都下の田無《たなし》とか青梅《おうめ》の先まで行けば何とか探せるんじゃないの」

ヤスコは駅に行って、不動産屋の男に言われた町の都心からの所要時間と時刻表を見た。

今のアルバイトが終る時刻では電車がなかった。

ヤスコは本屋へ行き、賃貸物件の情報誌を買って調べた。

ヤスコはいくつかの私鉄に乗って郊外の町で降り、不動産屋を訪ねたが、どこも家賃が高いのに驚いた。郊外に行けば安いと思ったが、そこに大学や学園があると学生の借りる部屋なのに、防犯設備などが付いていて結構な値段がした。

その日の夕暮れ、ヤスコは京王電鉄に乗って、ドアの近くに立ってガラスのむこうに広がる風景を見ていた。

次の下北沢《しもきたざわ》で小田急電鉄に乗り換え、新宿に出て帰るつもりだった。

傾く春の陽光にマンションやビルがかがやいていた。

——こんなにたくさん建物があるのに、私が住める部屋がひとつもないなんて、やはり東京は違うんだ……。

その時、お腹が鳴った。

——あっ、イケナイ。

ヤスコは周囲を見た。誰にも気付かれていない。

――ヤレヤレ……。

ヤスコの視界の中に大きな樫《かし》の木があらわれた。

――あら、見事な樫の木。

新緑にむかう木の葉は夕日にきらめいていた。

――教会の、幼稚園の樫の木みたいね。

そう思った時、樫の木のそばに十字架が光ったのがはっきりと見えた。

――同じだ。郡中の教会と同じだわ。

ヤスコは嬉《うれ》しくなって、首を伸ばして教会を見た。

下北沢駅に着くと車内のアナウンスが聞こえた。

ヤスコは思い切って、この駅で降りてみることにした。

アルバイトをはじめてから日曜日のミサにも半年行っていなかった。

駅を降りると、周辺の地図のある表示板を探した。

表示板に教会は記されていなかった。

ヤスコは改札口の駅員に吉祥寺《きちじょうじ》方面から来た電車はどちらの方から来たのかと訊《き》いた。

駅員の教えてくれた方角を線路沿いに歩いた。

またお腹が鳴った。ちいさなサンドウィッチを売っている店で、牛乳とサンドウィッチを買った。

やがて前方に大きな樫の木が見えた。

ヤスコは教会を囲んだ金網と生垣の外から樫の木を見上げた。

見事に生茂った新緑の葉の中から小鳥たちの声が聞こえた。

教会の建物に目を移すと、薄茶色の瓦《かわら》屋根に白塗りの壁が、ヤスコが少女の頃から通った伊予のカトリック郡中教会にそっくりである。

なつかしさで胸が一杯になった。

ヤスコは思わず屋根の上に立つ十字架にむかって手を合わせた。

祈りの言葉を捧《ささ》げると、先刻まで住まいが見つからずに沈んでいた気持ちが少しずつやわらいで清々《すがすが》しい気持ちになった。

——そうだわ、イエスさまはいつも見守って下さっているのだ。こんなことで挫《くじ》けてはいけない。これはイエスさまのお導きだわ。

ヤスコが目を閉じて、胸元で十字を切った時、声がした。

「そんなところでお祈りしてないで、どうぞ中へ入って下さい」

声に驚いて目を開けると、一人の神父が笑ってヤスコを見ていた。鼻の高い外国人の神父だった。

「あっ、ごめんなさい」

「どうして謝るのです。あなたは素晴らしい信者さんです。さあ中へどうぞ」

手招いた手にバラの花と花鋏《はなばさ》みが見えた。

「よろしいんですか」

「勿論《もちろん》です。ここは教会ですよ」

門の前で迎えてくれた神父は、どうぞ遠慮なく、と教会の扉を開けてくれた。

「さあ、どうぞお祈り下さい」

聖堂の中の広さも郡中の教会と同じくらいだった。正面のステンドグラスも綺麗《きれい》な光を放っている。

祈りを終えてヤスコはもう一度聖堂の中を見回した。

神父は祭壇の脇に、先刻手にしていたバラの花を活《い》けていた。

「ありがとうございました」

神父はヤスコに微笑んで訊いた。

「この近くにお住まいですか」

「東京ですが、少し離れています。でも今日はこんなに素晴らしい教会でお祈りができて嬉しかったです」

「素敵なロザリオですね」

神父がヤスコの手に握られたロザリオを見て言った。

「母の形見のロザリオです。この教会が両親と通った生家の近くの教会ととてもよく似ているんです」

「どちらの教会ですか」

「四国、松山の隣りの町にあるカトリック郡中教会です。神父さまは……」

ヤスコが言いかけると、相手が言った。

「たしかラチョレ神父さんでしたか、スペインから来られた」

「えっ、ご存知なのですか」

「はい、一度お逢《あ》いしました。もうずいぶんと昔ですが、ここもあなたの教会と同じドミニコ派なのですよ」

──道理で似ていたわけだ。

「今日はお仕事でこの近くに」

「いいえ……」

ヤスコは神父に事情を話した。

「それは大変な一日でしたね」

「でもこの教会にめぐり逢えましたので、しあわせでした」

「ありがとうございます。きっとイエスさまのお導きだったのでしょう」

「はい、私もそう思います」

その時、ヤスコのお腹が大きな音を立てた。

「ごめんなさい。半日食事をしていなかったものですから」

「クッキーならありますよ」

「大丈夫です、これを」

とヤスコはバッグの中からサンドウィッチを出して見せた。

「では教会の庭で召し上がってはどうです。お茶をいれましょう」

「いいえ、神父さまにそんなことをしていただいては」

「いや、私もティータイムを逃がしていたのでご一緒しましょう」

二人は樫の木の下のテーブルに腰を下ろした。

「綺麗なお庭ですね。いろんな花が咲いているんですね」

「日本の春は素晴らしい季節です」

「神父さまはどちらから見えたのですか？」

「私は南フランスです」

「やはりたくさん花が咲いているのですか」

「ええ、近くに香水で有名な町もあります」

二人はしばし語らい、ヤスコはお礼を言って教会をあとにした。

駅にむかって歩き出すと、先刻までの沈んでいた気持ちが晴れて、何か良いことがある気がして来た。

駅が見えて来ると、不動産屋があったのでヤスコは、この町もいいかもしれないと、表に貼り出された物件を見た。

どの物件もヤスコが探している条件には収まらず、今日見たすべての物件より高い家賃だった。

ほとんどがマンションだった。

――やはりここは高級住宅地なんだ……。

ほんの一瞬でも、この町ならと期待した自分が情けなくなった。

「あれっ、もしかしてサワタリさん？」

背後の声に振りむくと、同じ職場のアルバイトの三阪が立っていた。

「ああ三阪さん」

「こんにちは。どうしたんです。サワタリさん。この近くに住んでるんですか」

「いいえ、少し寄っただけです」

「そうなんですか。でも奇遇ですね。驚いたな。ボクは今、友だちのお芝居を観ての帰りなんです。そうだ、ボク、サワタリさんに謝っておかなくてはと思っていたことがあるんです」

「私に？」

「はい。アルバイト初日の昼の休憩の時、図々《ずうずう》しく隣りに座って声をかけたことです。あとで考えたら、サワタリさんも迷惑したんじゃないかと、本当にすみませんでした」

三阪が深々と頭を下げた。

「三阪さん、そんなふうにしないで下さい。私は迷惑だなんて思ってませんから」

「そうなんですか。それで安心しました。でも偶然にしてもスゴイですよね」

「何がですか」

「一千万人以上の人が暮らす東京でこうしてばったり出逢うなんて。あっ、ちょっとオーバーかな。こんなふうだから調子がいい奴だって、きっと皆から言われるんでしょうね」

三阪が笑ったので、ヤスコも微笑んだ。

「駅までですか」

「はい」

「じゃ、駅まで一緒に行きましょうか。あっ、今何か見てましたよね。用事があったんならここで」

「いいえ。駅まで行きましょう。初めて来た町なので、よく道がわからなくて」

「そうなんだ」

二人して駅へむかって歩き出した。

「ボクの今日の一日は案外でした」

三阪が残念そうに言った。

「何がですか」

「いや、今朝起きて、テレビのモーニングショーを見てたら、占いコーナーでボクの今日の運勢はナンバー1だったんです。だからきっとイイコトがあるぞ、と出かけたんですが、観に行った芝居はひどいもんでした。ツイテナイ、って……。あっ、違う！　イイコトはありました」

三阪が大声で言った。ヤスコはその声に驚いた。

——ビックリした……。

ヤスコは胸を撫《な》でおろしながら、三阪が、突然、大声を出したのが、これで二度目だと思った。船上でヤスコのために持って来てくれたスパゲティーを自分でひと口食べた時も「美味い！　ここにアルバイトに来て良かった」と叫んだ。

——少し変わった人なのかもしれない。

三阪はヤスコがこれまで逢った男の人とまるで違っていた。

「サワタリさんは何かいいことありました？」

「はい。ありました」

ヤスコはあの教会にめぐり逢ったことを思い出して、笑って言った。自分で意外なほどはっきりと声を出したのに、少し驚いた。

「それは良かった。ボクと一緒だ」

「はい」

「あなたは陸《おか》の方が明るいんですね」

「えっ？　オカって何ですか」

「海に対して陸地のことをオカって、海の男は言うんです」

「あっ、それなら知っています。祖母がよくそう言ってました」

「海の近くで育ったんですか」

ええ、生家が、と答えようとすると、背後で急ブレーキをかけたような音がし、続いて人の悲鳴がした。

振りむくと自転車に乗った男のそばで一人の女性が道端に倒れ、キャリーカートが転がっていた。

「気を付けろ。このババアー」

男の怒声が響いた。

ヤスコはすぐに女性に駆け寄った。

「大丈夫ですか」

抱き起こすと何が起こったのかわからぬようすでヤスコを見上げた。白髪の高齢者だった。怪我はしていないようだった。

「何を言ってるんだ。相手はお年寄りじゃないか。彼女に謝るべきだろう」

「何だと、この野郎。ふらふらしてたのはそのババアじゃないか」

「ババアとは何だ。そんな言い方があるか。自転車を降りて、きちんと謝れ。大人の男として恥かしくないのか」

男は自転車を降りると、いきなり三阪を殴りつけた。

三阪が吹っ飛んだ。

「まあ！」

ヤスコは、転がって店の看板に頭を打ちつけた三阪を見て、目を丸くした。

「痛てて」

三阪は看板にぶつけた頭に手を当てて、すぐに立ち上がると、

「自分が何をしてるか、わかってるのか。おまえを許さない」

と大声で言って相手に突進した。

大きな男だった。三阪の倍もありそうに映る。それでも三阪は男の腹に頭をつけたまま押そうとしていた。男が三阪のズボンのベルトに手をかけ投げつけた。三阪がまた道に転がった。

「まあ」

ヤスコはまた声を上げた。

それでも三阪はまた立ち上がり、男に突進した。二度、三度、突進をくり返している三阪を通行人が輪になって見物していた。

おばあさんが立ち上がり、ありがとう、と礼を言って、もう大丈夫ですよ、と頭を下げた。

ヤスコは輪の中に入って、二人の間に三阪を守るように立ちはだかり、

「やめなさい。あなた、何をしてるの。この人とおばあさんに謝りなさい」

と大声を上げた。

自転車の男がきょとんとしてヤスコを見た。

「これ以上、暴力を振るったら許しません。あなたたちも見ているだけでいいんですか」

ヤスコは見物人にも声を上げた。

「そうだ。謝れ、そうだ、謝れよ」と皆が言い出した。

男はバツが悪くなったのか、おばあさんにむかって、悪かったナと言って立ち去った。

二人は私鉄の線路が見下ろせる陸橋の上に立っていた。

傾きかけた春の陽光がレールを黄金色にかがやかせていた。

「三阪さん、本当に大丈夫ですか」

「大丈夫です。こんなのへっちゃらです」

三阪はヤスコが水に濡《ぬ》らしてきたハンカチをおでこに当てて笑った。

「サワタリさんのお蔭《かげ》でちいさなたんこぶひとつで済みました。でも驚いたな。サワタリさんは勇気がありますね。尊敬します」

「そんな言い方をしないで下さい。私、三阪さんが、あの失礼な人にいきなりむかって行ったので、もう夢中で、何を言ったのかも覚えていないんです」

「あなたはちゃんとあの男に謝らせました。とても爽やかでした。ほら、あんな感じです」

三阪が彼方《かなた》の空を指さした。

見ると大きな夕陽が空を茜《あかね》色に染めていた。

「綺麗ですね……」

　ヤスコは夕陽に見惚《みと》れた。

　先刻、男が渋々謝って立ち去ると、ヤスコはすぐに三阪に寄り添い、大丈夫ですか、と声をかけた。すると見物人から拍手が起こった。

　いいぞ、お嬢さん、たいしたものだ。正義の味方だ、パチパチ……。

「三阪さん、どうしましょう、私、恥かしい……」

「そうですね。イイ場所がある。とりあえずそこへ行きましょう」

　そう言って三阪はヤスコの手を取って走り出した。

　駅前を左折し、一気に階段を駆け上がり、この陸橋の上に二人で立った。

　痛てて、と三阪がおでこを手でおさえた。見ると額にたんこぶができていた。

「三阪さん、ちょっと待って下さい」

　ヤスコは走って駅へ引き返し、洗面所でハンカチを濡らして戻り、三阪の額に当ててやった。

「ここって絶景でしょう。ボクのこの町のお気に入りの場所のひとつです」

「この町にお住まいなんですか」

「いや、ここから少し行った太子堂《たいしどう》というところです。下北沢は家賃が高いから学生のボクには住めません」

　――三阪さんは学生なんだ。

「そう言えば、さっきあなたは海の近くで育ったって言いかけてませんでした」

「ええ、私は四国の松山の近くで生まれ育ったんです。だから海が大好きです」

「そうか、松山なら海は瀬戸内海ですよね」

「ええ、とても夕陽が綺麗な町なんです」

「ボクの生まれ育った町も夕陽が綺麗なんです」

「どちらですか？　三阪さんの故郷は」

「北陸の富山県の魚津《うおづ》です。魚津の海から眺める夕陽は最高ですよ」

ヤスコはそう言って線路の彼方に沈もうとする夕陽を見つめている、三阪の横顔を見た。

先刻、非礼な男に突進して行った姿がよみがえった。殴られ、蹴《け》られても、三阪は立ち上がり、何度も相手にむかって行った。自分の身体の倍もある相手に懸命に立ちむかって行った。

――本当に勇気のあるのはこの人だ……。

東京でそんな若者を見たのは初めてだった。

――いい人なのだ……。

「子供の頃、夕陽を見てると、あの太陽が沈む場所に朝が来て、どんな人が暮らしているんだろうって考えてたんです。いつか夕陽を追いかけて旅をしてみたいって……。あれっ、ボク、変なことを話したかな」

「いいえ、ロマンチックな話ですね。私、そんなこと考えたこともなかったから、いいお話だと思って聞いてました」

「本当に？」

「ええ」

「ありがとう。ほらよく女の子のことで言うでしょう、〝夢見る夢子さん〟って。ボクは子供の頃、皆から〝夢見る夢男君〟ってからかわれていたんです」

ヤスコは思わず微笑んだ。

「そのくせ夕陽を見てると故郷の家に帰りたくなるんです。サワタリさんはそんなことはありませんか？　父や、母や、無性に妹に逢いたくなるんです。」

「……」

ヤスコはどう返答していいのかわからなくなった。

「……逢いたいとは思いますが。私、実は一人なんです」

「どういうことですか。えっ、もしかして」

「……ええ、早くに両親を亡くしてしまったんです」

「それはごめんなさい。失礼なことを口にして……」

三阪が深々と頭を下げた。

「そんなことはありません。そんなふうにしないで下さい」

二人は駅にむかって歩き出した。

三阪はヤスコに身寄りがないと聞いてから何も話をしなくなった。

自分でもどうしてそんな話をしたのかわからなかった。

――話さなければよかった。

三阪が立ち止まって、ヤスコを見た。

「さっきは嫌なことを質問して本当にごめんなさい」

また三阪は頭を下げていた。

――気にしないで下さい。

そう言うつもりが、頭を下げている三阪を見て、ヤスコは思わぬことを口にしていた。

「そんなふうにするのはやめて下さい。私、誰からも同情されたくないんです。母と約束したんです。いや母だけでなく父にもそう誓ったんです。独りでもちゃんと生きて行くと。だから頭を下げたりしないで下さい」

目に涙が溜《た》まっているのがわかった。

「ボ、ボク、そんなつもりでは……」

ヤスコは駆け出した。


その夜、ヤスコはアパートに帰って、部屋の電灯も点《つ》けずにじっとしていた。

自分でも思わぬ感情の昂《たかぶ》りに戸惑っていた。

人前で泣いたことがなかった自分が、自分から言い出したことに動揺していた。

涙が何度も零《こぼ》れ落ちた。

泣くだけ泣いてしまえばいいと思った。

夜の十時を過ぎた頃、気持ちが落ち着いてきた。

冷静になると、三阪に悪いことをしたと思いはじめた。

――明日、アルバイト先で逢ったら謝ろう。

洗濯物を整理し、明日の準備をした。

銭湯に行きたかったがしかたがない。

壁の隅に貼った御影《ごえい》の前で祈りをはじめた。目を閉じると、昼間、訪れた教会と神父のやさしい顔が思い出された。

「またいつでもお見え下さい」

――いつかまた訪ねてみよう。

祈りを終え、蒲団《ふとん》に入った。

薄暗い天井に人なつっこい笑顔があらわれた。

三阪剛だった。

翌日は朝から忙しく、三阪に昨日のことを謝るタイミングがなかった。

ヤスコは昼休みに三阪へ伝言を書き、仕事が終った後で、昨日はすみませんでした、と頭を下げ、ボクの方こそ、と言いかけた三阪の顔も見ずに、一目散に事務所を出た。

伝言を渡すこともそうだが、三阪の前に立つと自分がどぎまぎしていた。

翌日、朝のミーティングの後で、三阪から手紙を渡された。

ヤスコはその手紙を帰りの電車の中で読んだ。

男の人に手紙をもらうのは初めてだった。

胸が高鳴った。

一昨日は本当にすみませんでした。ボクは少しあわてん坊のところがあって、人が皆自分と同じように生きてると思い込んでしまうんです。下北沢駅前での出来事を見て、ボクはサワタリさんを尊敬しています。あの日、イイコトがあった、というのは、あなたに逢えたことです。一昨日の失言のお詫《わ》びに、ボクの好きな映画にご招待したいのですが、どうですか。ちなみに映画は、イタリア映画の〝ひまわり〟です。三軒茶屋《さんげんぢゃや》に名画座があって、そこで上映しています。来週の木曜日までなのです。これを逃がすと、また何年も観ることができません。どうでしょうか。

三阪剛

手紙を読み終えると、ヤスコは少し驚いた。

父と母と、三人で観た映画が〝ひまわり〟だった。好きな映画だった。

ラストシーンで美しいひまわり畑が映し出されると、父と母、そしてヤスコも泣いていた。

悲しいあまりに、三人とも泣いてしまったのだが、映画館からの帰り道は、ヤスコにとって家族の〝幸福の情景〟だった。皆、泣きながら幸福だった。

——観てみたいな、もう一度……。

しかしヤスコは三阪と映画を観に行く勇気がなかった。

これまで一度だって、男の人とデートをしたこともなければ、二人っきりで時間を過ごしたこともなかった。

——断わろう……。

そう胸の奥でつぶやいて、ヤスコは少し悲しい目をして車窓に映る夜景を眺めた。


その週末の土曜日のランチクルージングは結婚式の披露宴だった。

船上で披露宴をするというと費用がかかると思われるが、その逆で、都内のホテルでする披露宴よりずっと廉価にセッティングされていた。

披露宴は規模がちいさく十数人のゲストが出席し、新郎と新婦の門出を祝うものだった。アテンドのスタッフも少なく、そこにヤスコと三阪が担当になった。

ちいさな披露宴だったが、とても印象的な祝宴だった。

普段、ヤスコたちは料理を運ぶことと飲み物の注文を聞いてゲストに出すことで精一杯になるので、披露宴の内容などとてもわかるどころではなかった。

だが、ランチクルージングに他の団体客が入っていて、新郎、新婦のアテンドをヤスコと三阪がしなくてはならなかった。

新郎、新婦の入場まで二人でカバーした。

新郎は披露宴の一週間前に足を骨折し、車椅子で出ていた。

「新郎さま、足は大丈夫ですか」

三阪が聞いた。すると新婦が、

「式の直前にあわてん坊と思われるでしょう。でもそうじゃないんです。その日、私と二人で都内の桜を見物に行った先で、川遊びをしていた子供が流されたんです。それでこの人がいきなり川へ飛び降りたら、浅瀬だったんです。やはりあわてん坊ですかね、クスッ」

と笑った。

「それは素晴らしい」

と三阪が言った。

新郎は見た感じ、身体は小柄でそんな勇敢な男の人には見えなかった。

披露宴がはじまり、挨拶が終り、料理を運ぶ時、三阪が、

「感じのいい二人ですね」

とヤスコに言った。

「ええ、そうですね」

どういうわけか新婦が初中後《しょっちゅう》泣いていた。

ヤスコはよほど感激しているのだと思った。

ところが、料理が終り、最後のデザートが出た時、新婦が一人で出席者に話をはじめた。

ヤスコはデザートを配りながら、聞くとはなしに新婦の話が耳に入った。

「皆さん、今日は私たちの披露宴に、遠い方は海外からわざわざ見えてくれてありがとう。皆さんは奇跡を信じますか。私は信じます。その話をします」

ヤスコは思わず新婦を見た。

三阪もじっと見ていた。

ヤスコは新婦の話を聞いていて、この二人は運命の糸で結ばれていたのだと思った。

新婦は青年海外協力隊の一員となって、西アフリカへ支援隊として入った。

そこで数年前から青年海外協力隊で活動していた新郎に出逢った。政治情勢が数ヶ月毎に変わる国で各地に紛争をかかえていた。いくつもの難民キャンプに大勢の難民がいた。各国共同でPKO（平和維持活動部隊）も派遣され、駐留していた。

新婦が難民キャンプで活動をはじめて、半年目に、大きなクーデターが勃発《ぼっぱつ》した。

ベテラン隊員が話し合い、この国からいったん引き揚げることが決定した。彼女は難民キャンプの中で、この半年、何かと彼女を助けてくれた或る家族に情勢を伝え、一時の別れを告げに出かけた。そこは難民キャンプの中でも比較的安全と言われ、協力隊の本部からもさして離れていなかった。ところがそのキャンプを突然、反乱軍が襲った。

何人かの隊員が彼女の救助にむかったが、戦闘地域になっていて、救助する方の命が危険に晒《さら》される状態だった。その中に新郎もいた。彼は最後まで彼女を探してキャンプの中を駆け回ったが、他の隊員に説得され、ＰＫＯ部隊のいる海岸まで避難した。彼はもう一度、彼女を探索しに出かけたいと申し出たが許可を出してもらえなかった。

「私、難民キャンプにその家族に逢いに行く直前にタケオさん（新郎）と約束したんです。実は、その数日前、タケオさんと私、初めてゆっくり話をして、次の休みができたら私を西海岸にとても綺麗な海岸があるので、そこに連れて行ってくれると。私はすぐに戻って来るので、海岸へ行くのを楽しみにしていると言って出発しました。そうしたらクーデターが起こって、難民キャンプの中は大混乱し、大勢の人が殺されました。私はその家族に守ってもらいながら砂漠地帯へ逃亡を続けました。拉致《らち》されそうにもなりました。顔を墨で塗り、家族の男の子、女の子と必死で砂漠を逃げ回り、洞窟《どうくつ》に潜んでいました。さまよい続けて半年目でした。もう自分はここで死んでしまうかもしれないと思った夜、洞窟を出て夜空を見上げました。本当にここでこんな残虐なことが起こっているのが信じられないほど美しい星空でした。その時、私、日本にいる家族のことも思いましたが、タケオさんのことを思い出して、彼の名前を呼んだんです。タケオさん、約束は果たせそうにもないわ、ゴメンネって。そうしたら、どこからともなく聞こえて来たんです。『待ってるよ。待ってるからねー』って。私、耳を疑いました」

「もしかしてその声は私の、一緒に海へ行きたいという思いが募《つの》り過ぎて聞こえた幻聴だったのかもしれません。でもあの夜、その声を聞いたから私は生還できたのだと思っています。逃亡を続けて半年目のことです。挫《くじ》けそうになった時、私は、その海岸のことを思いながら頑張りました。半年過ぎても情況は良くなりませんでした。九ヶ月目に、残った避難民がどちらの方角に逃げるかを決める時、ほとんどの人が隠れ場所の多い山岳地帯を選びましたが、私は家族のお母さんに、すでにお父さんは殺されていましたから、声を聞いた話をして海の方角に行きましょう、と提案しました。お母さんも海の近くで生まれ育った方でしたから、数家族で夜の星を見ながら海の方角を目指し、砂漠を歩き続けました。海を目指すと決めた夜、私は星を見ていて、また声を聞きました。

『大丈夫だ。それで大丈夫だ』

とはっきり聞こえました。

そうして二ヶ月後の夜明けに海岸に着きました。

私たちが海を見ていた時、そこに信じられないことが起こりました。私の名前を呼んで、タケオさんが海岸に立っていたのです。他の隊員が隣国に避難していたのに、タケオさんはずっとその国に残り、海岸で私を待ってくれていたのです。

手を振るタケオさんにむかって、私は夢中で声を上げ、走り出しました。タケオさんはそういう人です。これからもよろしくお願いします」

新婦が話を終えると、拍手が起こった。

ヤスコも拍手した。

見ると三阪も拍手をしながら泣いていた。

最後に新郎のタケオさんが挨拶した。

「ボクはご覧のとおり、こんなにちいさい身体だし、顔もどちらかというと童顔です」

ゲストから笑い声が聞こえた。

「だけど、精神は、ハートは強靭《きょうじん》と言いたいのですが、子供の時からピィーピィー泣いてばかりのいくじなしでした。青年海外協力隊に入ったのは、自分が強くなりたかったからです。誰かの役に立つ人生を送りたいと思ったからです。でも活動の時も、怒られてばかりで、相変らずの怖がりでした。でもトモコさん（新婦）に逢った時、ボクはこの人のお婿さんになれるように頑張るぞ、と決心しました。だからボクが十一ヶ月も踏ん張れたのは、逢っていなくとも、ボクにとってデートをしていたのと同じだったからなんです。トモコさんはボクの運命の人です」

夕刻からのナイトクルージングの時もヤスコは、昼間の新郎と新婦のことを、時折、思い出した。

日本から遠く離れた異国の地であっても、結ばれる男女は結ばれるのだ。

――出逢いは、偶然なんかではないんだわ。

「サワタリ君、配膳《はいぜん》のディッシュが停滞してるよ。少し急いで」

珍しくヤスコはチーフに注意された。

三阪が笑って言った。

「どんな星だったんでしょうね、昼間の新婦さんが仰ぎ見た星って？」

三阪が最後にバスに飛び乗って来た。

三阪があわてて走って来た。

と声をかけた。

「三阪さん、バスが来ますよ」

ヤスコは走りかけて、三阪を振りむき、
サワタリさん、バスが来るわよ、とアルバイト仲間の声がした。

もしかしたら三阪も同じことを思って星を見ているのかもしれない。

――どんな星だったのかしら。彼女が見ていた星は……。

夜空を見上げている。見ると三阪だった。春の星座がゆっくりと回っていた。

着換えを済ませて外へ出ると、ちいさな人影が岸に立っていた。ヤスコも空を見上げた。

船が船着場に接岸し、ゲストが引き揚げ、スタッフが船を降りた。

ゲストテーブルに料理を運ぶ三阪のうしろ姿を見て、ヤスコは複雑な気持ちになった。

三阪が心配して声をかけてくれた。

「大丈夫ですか、サワタリさん。身体の調子でも良くないんですか」

「は、はい。すみません」

ヤスコも笑い返した。

「来週の火曜日なら、夕方以降に時間が空きます。それでいいのなら」

「勿論です。ヤッホ――」

周囲にいた仲間が目を丸くしていた。

ヤスコは、自分が今、三阪に話したことに自分で一番驚いていた。

新橋《しんばし》駅で三阪と別れた時、三阪が階段の前で飛び跳ねているのを見た。

「サワタリさん、三阪さんって少し調子が良過ぎない？」

同僚の女性の声に、ヤスコは笑ってうなずいた。


火曜日の朝、ヤスコは一番の電車に乗って下調べをしておいた郊外の町へアパートを探しに出かけた。

いくつかの候補を見て回ったが、ヤスコの条件に合う物件はなかった。ひとつだけ、ここならという安い物件があったが、最寄りの駅から遠過ぎて、アパートまでに民家も少なく、夜遅い一人の帰宅では無理に思えた。

大家さんとの約束まで、三週間しかない。

ヤスコはくたくたになって、渋谷から三阪と約束した三軒茶屋にむかう電車に乗った。

地下鉄の車窓に映る自分の顔を見た。疲れているのがわかった。

ヤスコは三軒茶屋駅に着くと、洗面所へ行き、髪を整え、ファンデーションを塗り、リップを引いた。ブラウスの襟元を直した。

――もう少し明るい色を着てくればよかったかもしれない。

駅の階段を上ると、三阪にもらった地図に記してある映画館はすぐに見つかった。

館の前に三阪が立っていた。

「やあ、よく来てくれてありがとう」

「私の方こそお誘い、嬉しかったです」

「上映までには三十分あるから、お茶でも飲みませんか」

正直、ヤスコは喉《のど》が渇いていた。

「ええ」

三阪が案内したのはカウンターにミキサーの並んだ立飲みのジュースの店だった。

「ここのメロンジュースは最高だよ」

「ではそれをいただくわ」

ひと口飲むと美味しかった。ヤスコは一気に飲んだ。

「もう一杯どうです?」

「いいえ、もう」

「でもとても勢い良く飲んでたよ。喉が渇いてたんでしょう。実はボクもそうで、ここまであわてて来たものだから喉がカラカラなんだ。オバサン、メロンジュースをもう一杯」

ヤスコははしたなく思われはしないかと気になったが、二杯目もすぐに飲み干した。

「さあこれで準備オッケーだ。なにしろこれから観る〝ひまわり〟は水分不足になりますから」

「どうして？」

「涙がたくさん出てしまうもの」

三阪の言葉にヤスコは笑い出した。

映画館に入り、隣り同士で腰かけると、どぎまぎした。

——泣かないようにしなくては……。

ヤスコは自分に言い聞かせた。

ヤスコは映画の中盤、ヒロインのジョバンナ役を演じるソフィア・ローレンがソ連戦線から戻って来ない夫、アントニオ役のマルチェロ・マストロヤンニを探して、ソ連を訪ね、夫を探し回るあたりから、胸が熱くなった。

——泣いてはいけない

と思うのだが、鼻の奥がツーンとしてきた。

三阪に泣いているところを見られたくないのでヤスコはスクリーンを凝視していた。

グスンと洟《はな》をかむ音がした。

ヤスコはちらりと見た。

三阪はハンカチを鼻先にあてて、大粒の涙を流していた。

ヤスコは驚いて、スクリーンに目を戻した。またグスンと音がした。見ると三阪は、画面にむかって、そこへ行ってはいけない、と言いたげに首を横に何度も振っている。

スクリーンには異郷の地で夫を救ったロシア娘、マーシャの家をジョバンナが訪ねようとしているシーンが映し出されていた。

——その家へ行ってはいけないよ、ジョバンナ……

と三阪は言いたげに首を横に振っていた。

二人の女性が顔を合わせた瞬間、三阪は号泣しはじめた。

周りの客が目を丸くして三阪を見ていた。

失笑している客もいた。

こんなふうに人前で泣く男の人を初めて目にしたが、ヤスコは三阪をおかしいとは思わなかった。

——素直な人なのだ……。

それが嬉しかった。

ヤスコは三阪のハンカチがすでに涙と鼻水でぐしょぐしょなのに気付いて、バッグの中から自分のハンカチを出し、三阪に差し出した。

「あん、が、どう」

言葉にならない声で三阪はハンカチを受け取った。ヤスコは三阪の手から元のハンカチを取り上げ、スクリーンに目を戻した。

映画がクライマックスに入り、ミラノに戻って来たアントニオが、ジョバンナの再婚を知り、ソ連に帰るシーンとなった。汽車が去ったプラットホームは、かつてジョバンナが出征する夫を見送ったホームとわかる。

先刻からヤスコは涙が止まらない。隣りで三阪はもっと泣いていた。

ラストシーンであふれるほどのひまわりが咲く野辺がスクリーン全体に映し出され、三阪は声を上げて泣いていた。ヤスコも涙が出るままにしておいた。

観客の大半が席を立ち上がり、出口にむかって歩き出している。その客たちが大泣きをしている二人を見て、笑っている。その客たちも目をうるませていた。

スクリーンからひまわり畑が消え、場内が明るくなった。

涙をためた目で三阪がヤスコを見て、

「帰りましょうか。いい映画でしたね」

と鼻をグスンと鳴らして言った。

ヤスコはうなずきながら胸の奥でつぶやいた。

――私はこの人が好きだ……。

ヤスコは立ち上がると、大泣きをして恥かしいのか、もじもじしている三阪に手を差し出して言った。

「剛さん、さあ行きましょう」

姓でなく下の名前を呼ばれた三阪は顔を上げ、ヤスコが差し出した手を見て、少年のように白い歯を見せて笑い、ヤスコの手を握りしめて立ち上がった。

三阪は映画館を出ても握りしめた手を離さなかった。

生まれて初めて異性と手を握り合っている。そんなカップルを上京して以来、何組も見て、よくあんなふうにできるものだ、恥かしくはないのだろうか、と思っていたのに、こうして手と手を握っていることが、こんなに頼もしくて、たしかなものを感じるということがよくわかった。

――そう、イエスさまはおっしゃっている。あなたの真っ直ぐな気持ちが、それを望むのなら、信じるままにするがよい。それは自分を偽っていない証《あか》しだから。

「いい映画だったですね、サワタリさん」

「ヤスコと呼んで下さい。私も剛さんと言いますから」

「えっ、本当に。でもちょっと恥かしいな。でも言ってしまおう。いい映画だったですね、ヤスコさん」

「ええ、とってもいい映画でした。人はさまざまな運命に揺り動かされても、こころの根のところではずっとつながっているのだとわかりました。ジョバンナもアントニオも生涯お互いのことを愛しているはずです」

「ああ、そうだね。ボクは気付かなかった」

ヤスコは剛と手を握り合って歩いていても、もうそれを恥かしいとは少しも思わなかった。

——自分はこの日を待っていたのだとわかった。

——私はこの人を待っていたのだ。この人が好きだ。

「ヤスコさん、少しお腹が空《す》きませんか」

剛が言った。

「そう言えば、そうですね。さっき食べたばかりなのに、どうしてでしょう」

「それは赤ちゃんが何度もミルクを欲しがるのと同じでしょう」

「どういう意味ですか？」

「たくさん泣くと、お腹が空くんですよ」

ヤスコは何のことかわからず、剛の顔をじっと見てから、思わず笑い出した。

「はい。それはたしかにそうかもしれません。とくに剛さんはお腹が空いたでしょう」

「そうなんです。ごめんなさい。あっ、もしかしてボクのこと子供扱いしていません？」

「そんなことはありません。とてもいい人だと思います」

「ヤッタ——、ありがとう」

ヤスコには無邪気に喜ぶ剛がまぶしかった。

二人は三軒茶屋のちいさなレストランに入った。

インテリアがスペイン風の造りで感じの良い店だった。

「この店はよくみえるのですか」

ヤスコが訊くと、剛は少し照れくさそうに、

「いえ、初めてなんです。以前からこの店の前を通る度に、いつか誰かとこの店に来ることができたらいいなと思っていたんです」

と言った。

ヤスコは和紙に天使が印刷してあるメニューを見ながら、自分もいつかこんなふうにできることを夢見ていたことに気付いた。

その天使を見ながら、父と母もこんなふうに二人でデートをしたのだろう、とヤスコは思った。自分の今の姿を、父と母がどこかで見てくれていたら、と願った。

「ヤスコさん、ボクはこの上から二番目のパスタと店の名前のサラダにしようと思うのですが……」

「私も同じものでいいですか」

「ええ、勿論」

剛が笑ってうなずいた。

「少しワインでも飲みましょうか。ヤスコさんはお酒はどうなんですか」

「……」

ヤスコはすぐに返答ができなかった。こうして男の人と二人で食事をするのも初めてなのに、お酒はどうなんですか、と訊かれても、酒を飲んだ経験はなかった。祖母が酒

を好んで飲んでいたが、父と母はほとんど飲むことはなかった。父の晩酌の時、食膳に赤ワインがあったくらいだ。それに酒は、島の男衆が飲んで声が大きくなったり、諍《いさか》いをはじめるのを見知っていたから、余計に警戒するようになっていた。

「お酒はダメなんですね。ボクも大好物ではありませんから、それだったらやめましょう」

「いいえ、ワインなら少し飲んでみます」

「もしかして初めてってことはないですよね？」

「初めてです」

「本当に？」

「はい。でも大丈夫です」

ヤスコがそう言ったのは、聖書の中でイエスさまもお弟子さんたちも一杯のワインをパンとともに召し上がっているのを思い出したからだ。

グラスに入った白ワインがテーブルに運ばれた。いつも船の中でゲストに運んでいるワインなのだが、こうして目の前で見ると何やら違った飲み物に見える。グラスを取り、ワインを見ると、美しい色をしていた。

――こんなに綺麗な飲み物だったんだ……。

ヤスコはワインを口にしてみた。

少し酸っぱい味だが、ワインは喉をすんなりと流れて行った。

「どうですか？」

「美味しい」

「本当に初めてなんですか」

「ええ」

身体に入ると、すぐに頬が温かくなった気がした。

「このパスタも美味しいですね。どうですか」

「ええ、とても」

「アルバイト先の食事も美味しいんですが、この店の味は特別だ。ボク、今夜のこと、ずっと忘れません」

——はい、私も……

と答えたかったが、ヤスコは黙って微笑んだ。

食事が終ると、時刻は九時を回っていた。

そろそろ帰らなくては、とヤスコは思った。

店を出て歩き出すと、剛が言った。

「少し時間はありますか？」

「あっ、いえ……」

「ほんの三十分です」

「は、はい」

「すぐそこにちいさな公園があるんです。上京して初めて行った公園なんです」

「そうなんですか」

二人は三軒茶屋から下北沢にむかう通りを歩き出した。

ほどなく路地を左に折れて住宅街を少し歩くと、そこにちいさな公園があった。

すべり台にブランコ、そしてちいさな砂場があるだけだった。

ただひとつ、公園の奥に大きな木が一本聳《そび》えていた。その周囲を低木が生け垣のように囲んでいた。

「立派な木ですね」

「でしょう。クスノキです。東京にはよく見るととても雰囲気のある木が、こうした住宅街の中や、少し静かな場所にあるんです」

剛の話を聞いて、ヤスコは先日、訪ねた教会の木を思い出した。

「ボクの街にも大きな木があるんです。どんぐりの木です。ほらボクはこのとおり背が高くないでしょう。でも木を見上げると、あすなろではないんですが、明日は今より少し大きくなろうと頑張っている木の話が好きで、思い出したものです。大きな木にはたくさんの鳥や虫がやって来るし、雨が降り出せば人間も木の下で雨宿りします。木はボクたちと違ってどこへでも歩いていけない分だけ、よく考えてる気がします」

「考えてる？」

「はい。大きな木はこうしてずっと自分を仰ぎ見た人間のこころも見守って来たんじゃないかと思うんです」

ヤスコにとってそんなふうに木を見ている人は初めてだった。

「木は独りで淋《さび》しくないんですかね？」

「いろんな鳥や虫、人が集まってくるので淋しくないんじゃないでしょうか」

「ヤスコさんはやさしいんですね。ボクは時々、自分のことで精一杯の時があります」

「それは私も同じですよ。私の方が自分勝手かもしれません」

「いや、それはないな。ボクはわかります」

剛はブランコのそばに歩み寄り、どうですか、とふたつのブランコのひとつを笑って指さした。

——何年振りだろう。こうしてブランコに乗るのは……。

ヤスコは両手でチェーンを握った。冷たい感触が心地良かった。

足を蹴り身体を前傾させるとヤスコの身体はゆっくりと宙に揺れた。そして後方に身体が運ばれると、そこから風を切るように進んだ。

——気持ちいい……。

ヤスコは笑いながら視界の中で上下する砂場やすべり台を見ていた。

ヤスコはさらに勢いをつけた。

視界に夜空が飛び込み、そこに春の星座がまたたいていた。

——綺麗だ……。

ヤスコは思わず声を上げた。

「剛さん、ほら春の星が……」

「本当だね。星が揺れてる」

「本当、星が揺れてます」

「気持ちいいですね」

「ええ、とっても」

「ねえ、剛さん、覚えています」

「何をですか」

「あなたと話をした時を……」

「はい、ちゃんと覚えています。ヤスコさんは船のデッキで星空を見上げてました」

「そう、私、星を見ていました。するとあなたが話しかけて下さって北極星の話をして下さったんです」

「そう、春の北極星の探し方」

「はい。そんなふうに星の話をする人に、私、初めて逢ったんです」

「やっぱり変でしたか」

「いいえ、少しも変ではありませんでした。いい人だな、と思いました」

「本当に？」

剛のブランコを漕《こ》ぐ音が止んだ。

ヤスコも漕ぐのを止めて、剛を見た。剛は目を見開いて、ヤスコを見ていた。

「本当に、ボクのことをそう思ってもらえたんですか」

「はい」

「ありがとう。実は、船であなたを見た瞬間から、ボクは……、ボクはあなたを好きに、いや大好きになったんです」

ヤスコは目をしばたたかせて剛を見た。

ヤスコは胸の鼓動が強くなっているのを感じた。

「そんなふうに女性のことを思ったのは生まれて初めてなんです。不思議な気持ちのままその日は部屋に帰り、窓を開けてじっと星を見ていました。そうして次の日、あなたを見て、自分があなたのことを好きなんだとたしかめることができました。この気持ちを打ち明けることはたぶんボクはしないだろうと思っていました。その日、アルバイトが終って、あなたの姿を探していたら、あなたは船のデッキに立って一人で星空を見上げていました。それで……」

そこまで言って剛は言葉を止めた。

ヤスコは剛の顔を見た。

剛は少し緊張しているのか右手で彼の胸元をおさえていた。

「それで……、実は……、これはボクが以前から夢見ていたことなんですが、ボク、山登りが好きで、高校生になってから一人で山に何度も登ったんです。キャンプして、夜中に誰かの声を聞いた気がしてテントを抜け出しました。誰もいません。どうしたのだろう、と周囲を見回すと、頭の上に満天の星がきらめいていました。その時、ボク、生まれて初めて、なんて淋しいんだって思ったんです。子どもの時から、陽気で、いつも笑ってばかりいて、お調子者なんて言われていた自分が、この世の中で一人っきりなんだということに気付きました。そう気付いた途端、悲しくなってボクは一人で泣いてしまったんです」

ヤスコは山頂で一人で泣いている剛の姿を想像して、知らぬうちに涙を零していた。

「そうして泣くだけ泣いた後、何かの気配に気付いて、すぐ先の岩の上を見ました。するとそこに人影が見えたんです。背中に何かが揺れていて、それが風に揺れる髪だと思いました。ボクは驚いて、二度、目を閉じ、開けてみました。もうそこに人影はありませんでした。でもその時、その人影はボクが泣いているんであらわれてくれたと腑《ふ》に落ちたんです。それで……」

そこでまた剛は、右手を胸元に当て、大きく深呼吸をしてから、先刻より少し大きな声で、話し出した。

「それで、ボクは決めたんです。これから生きて行く時に、もし星を見上げている女性に出逢ったら、その人が、あの夜、山の頂きにボクに逢いに来てくれた人だと……」

そこでまた剛は言葉を止めた。

今度は両手で胸元をおさえている。

次に剛が何を言い出すのか、ヤスコにはわからなかったが、今がとても大切な時間なのはわかった。

「それで、あの夜から、浪人、大学生活を含めての六年間、その人にめぐり逢うことは一度もありませんでした。それが、あの夜、船のデッキで、星を見上げているヤスコさん、あなたの姿を見た時、あらわれてくれたんだと確信したんです。この人が、山の頂きにあらわれた人だと……」

「……」

ヤスコは何も言わずに剛を見ていた。

「そうして今日までボクはずっとあなたを見ていました。あなたのような人に恋人がいないはずはないと……、でも、それでもかまわないと思って、一緒に映画につき合ってもらったら、その後で自分の気持ちをあなたに正直に話してみようと決めていました。サワタリヤスコさん」

「はい」

「ボクと結婚してもらえないでしょうか」

ヤスコは今、自分の耳に聞こえた言葉が、あまりにも唐突で、信じ難い言葉だったので、心臓の鼓動が止まったような気がした。

「ボクと結婚してもらえませんか」

剛が深々と頭を下げた。

「あっ、あの……、私……」

ヤスコは何を言っていいのかわからなかった。

「剛さん、お言葉はすごく嬉しいのですが、あなたは私のことを何もご存知ありません。私はあなたからそんなことを申し込まれる資格がありません。私のことをご存知ないから……」

「ボクは、あなたがどんな人であっても大丈夫です。ボクはあなたのすべてを信じられるんです」

剛は目を大きく見開いてヤスコを見ていた。

「そうではないんです。私にはあなたのプロポーズを……、いや、突然、そんなふうに言われたので、私、混乱しているんだと思います」

「驚かせてすみません。自分がしていることが、普通の人から見れば非常識なこともわかっています。きっとヤスコさんに笑われてしまうかもしれないと不安でした。でもこの気持ちは、いっときの恋愛感情で打ち明けたのではありません。考えに考えて、今日まで自分に何度も問い直して、打ち明けたんです。今すぐ返事を下さいとは言いません。あなたの返事を待っているとも言いません。でも今、言っておかなくては、ボクは一生後悔するだろうと思ったんです。ごめんなさい」

また剛は頭を下げた。

「そんなふうになさらないで下さい。私、あなたの今夜の言葉……」

そこまで言ってヤスコは、ちいさく肩で息をした。

「あなたの今夜の言葉、私、とても嬉しいです。ありがとう。でも……」

ヤスコは自分がどうしていいのかわからなかった。腕時計を見た。

「剛さん、ごめんなさい。電車の最終の時間に遅れてしまいます。今は、本当に、私、どうしていいのかわからなくて……、失礼します」

ヤスコは言って全速力で走り出した。

「ヤスコさん、ヤスコさん」

背中で聞こえる剛の声を断ち切るようにヤスコは駅にむかって走った。

大粒の涙が次から次に零れ出していた。

その涙が、悲しいために零れ出しているのか、それとも嬉しくてそうなっているのかわからなかった。

その夜、アパートの窓を開けて、ヤスコは星空を見上げた。

生まれて初めてのプロポーズだった。

そんなことが自分に起こるなんて想像もしていなかった。

嬉しかった。

しかしヤスコは悲しかった。

ヤスコには剛のプロポーズを受けられない理由があった。

自分はもう誰とも結婚はできないと思い続けていた。

二年前の冬のことだった。

ヤスコは大阪にある音楽大学に通っていた。

あと一年で卒業を迎え、それから大学院へ進む予定でいた。

父と母が残してくれた財産は多くはなかったが、ヤスコが音楽大学へ通うには足りるものだった。

三年生になり、授業が早く終る日は大学の先輩や同期と、企業のイベントでの演奏や大阪のホテルのサロンやバーでチェロを弾いて生活費、学費の足しにしていた。

その年はアルバイトも忙しく、聖夜、クリスマスとヤスコはいくつかのホテルでの演奏に追われた。

クリスマスのアルバイトが終ったのは深夜の一時過ぎだった。

電車はすでになく、先輩の運転する車で同期と二人で送ってもらった。先に同期が降り、ヤスコは枚方《ひらかた》の駅まで送ってもらい、そこからアパートにむかった。

疲れていた。チェロケースが重かった。

アパートの前まで来た時、そこに人が立っているのが見えた。同じアパートの住人か、と挨拶しようとして、ヤスコは相手の顔を見て、思わず声を上げそうになった。

ナオキだった。

「よう、ずいぶん遅い帰りじゃのう」

――どうしてこのアパートが……。

ヤスコは向きを変え、走り出した。

アパートの周囲は田圃《たんぼ》が多く人気がなかった。

三年前、当時住んでいたアパートに、突然、ナオキがあらわれた。その時は悲鳴を上げ、気付いた大家が助けに来てくれた。それでも大家はナオキと悶着《もんちゃく》になり怪我を負った。警察で聴取された。自分を追って四国から来た男だとは話せなかった。大家は警察に、ヤスコと顔見知りらしいと話した。

ヤスコはすぐにアパートを出た。それから一年毎にアパートを移った。

ナオキの気配を感じると眠れなかった。

それが枚方に移ってから、ナオキの気配が失《う》せた。

ヤスコはチェロケースを抱えたまま畦道《あぜみち》を走った。

背後で足音がした。

ヤスコは必死で走った。

チェロケースも捨てて、遠くに見える家灯《いえあか》りにむかった。

背後から肩をつかまれた。

ヤスコは、一瞬で振り回されるようにして乾いた稲田の土の上に倒された。

「こいつ、逃げ回りやがって」

ナオキが馬乗りになった。

「やめて。やめて下さい。誰か～～」

大声を上げたヤスコの左頰に衝撃が走った。ナオキが左頰を叩《たた》き上げていた。

ヤスコは、一瞬、失神しそうになった。歯を食いしばって、ナオキを睨《にら》んだ。

「やめて、お願い。やめて下さい」

「やかましい。静かにしろ」

「誰か、助け……」

二度、三度、顔と頭に衝撃があり、ヤスコは意識が朦朧《もうろう》とした。

衣服が胸元から裂ける音を聞きながら、ヤスコは気を失った。

頰にかかる冷たい感触でヤスコは目を開いた。

視界の中に白いものが舞っていた。

ヤスコは胸元に手を当て、起き上がろうとしたが背中にひどい痛みが走った。

ヤスコはあわてて下腹部に手を伸ばした。

下着をつけていなかった。ヤスコの指先に何か粘り気のあるものが触れた。

ヤスコはゆっくりと手を上げて鼻の先に近づけた。

血であった。

ヤスコは泣き崩れた。

散らばっていた衣服を拾い、コートを着て歩き出し、畦道の脇にあったチェロケースを抱えてアパートに戻った。

翌朝、ヤスコは水道の水で、もう一度身体を拭《ふ》いた。

玄関に小紙が一枚落ちていた。

拾い上げると、そこに子供が書いたような文字で、

〝おまえはもう俺の女だ。松山に帰って来い〟

とあった。

ヤスコは泣きながら、それを引きちぎった。

数日後、ヤスコは退学届けを出し、東京にむかった。

ヤスコは、あの夜から自分の身体は取り返しがつかない穢《けが》れを受けたと思うようになっていた。

いつしか男の人を自分から避けるようになっていた。

アルバイト先の宮田もそうだが、男の人から声をかけられる度に、自分の身体が震え出すのがわかった。

その震えが、どうしてだか三阪剛だけからは起きなかった。

自分でも不思議だった。

ただそれが、自分が剛を好いていることと結びつけられなかったが、下北沢の町で偶

然逢って以来、ヤスコは、時々、剛のことを思い出すことがあった。何かの拍子に剛の笑顔や、老女を自転車で引っかけて倒した礼儀知らずの男に突き飛ばされながら立ちむかって行く剛の姿がよみがえった。

自分の身体の倍もある相手に突進して行く剛をヤスコは頼もしいと思った。人を威圧的に脅す男や、大勢で一人をいたぶる男は見たことがあるが、あんなふうに強そうな相手に毅然《きぜん》とむかって行く男を見たのは初めてだった。

——あの人は、今まで私が見て来た男たちとは何かが違っている。

私鉄電車が通る陸橋の欄干に両肘《りょうひじ》をついて夕陽を眺めている横顔を見て、ヤスコは、

——なんてまぶしい人なの……

と思った。

数日間、何度となく剛の面影があらわれるのに気づいて、ヤスコは、

——もしかして、私はあの人のことが好きなのかもしれない……

と思うようになった。

それでも、ナオキに受けた仕打ちのことを考えると、自分は剛を好きになる資格はないのだ、と自分に言い聞かせた。

そんな戸惑いを胸に抱いたままヤスコは剛の映画への誘いを承諾した。

二人でアテンドした新郎新婦のドラマチックな結婚のエピソードを知ったこともあったが、ヤスコは自分の気持ちに正直になってみようと思った。

剛とともに時間を過ごし、そんなふうに男の人に対して思ったのも初めてだった。

それが、いきなり結婚を申し込まれた。

——忘れてしまおう、剛さんのことは……。

そう思えば思うほど、ブランコに腰かけたまま見ていた剛の真剣な表情がよみがえってきた。

「その時、ボクは自分が一人っきりだということがわかったんです。ボクは一人ぼっちなんだ。そう思うと悲しくなったんです」

剛の言葉が耳の奥に響いた時、ヤスコは星空にむかって声を上げた。

「一人ぼっちは、あなただけじゃないわ」

また涙が頰を伝った。

ヤスコはその涙を指先で拭《ぬぐ》って、もう一度同じ言葉を口にした。

「そう、一人ぼっちなのは、あなただけじゃないわ。私も、母さんと別れてからずっと一人ぼっちだったもの」

ヤスコはせめて、そのことを剛にだけは打ち明けたいと思った。

翌日、剛はアルバイト先にあらわれなかった。

ヤスコは落着かなかった。

——どうしたのだろう。もしかして私があんなふうにして立ち去ったのがいけなかったの……。

ランチクルージングが終ると、ヤスコはチーフに申し出て下船し、事務所へ行った。顔見知りの事務の女性の下へ行き、訊いた。

「三阪剛さん、今日お休みなんですが、どこか身体の具合いでも悪いんでしょうか」

「そうじゃないわ。今日は三阪君、就職の手続きがあるんでお休みよ。どうして？　何か三阪君に……」

「それならいいんです。すみません」

――そうなんだ……。

ヤスコは剛が来年大学を卒業し、就職が内定していると話していたのを思い出した。

ヤスコは安堵《あんど》してナイトクルージングの仕事に戻った。

「どうして？　何か三阪君に……」

とヤスコを見た事務の女性の怪訝《けげん》そうな表情がよみがえり、自分でも大胆な行動をしたと少し恥かしくなった。

剛がいない船は働いていて淋しい気持ちになった。

ヤスコは初めて経験する感情に自分でも驚いていた。

翌日、剛は何事もなかったように、あの人なつっこい笑顔でヤスコに挨拶した。

「おはようございます。先日はありがとう」

「いいえ、こちらこそ。ごめんなさいね。ちゃんとお礼も言わずに、あんなふうに帰ってしまって。映画も楽しかったし、パスタもとても美味しかったわ。それに……」

「それに何ですか？」

剛の目が光った。

「ワインも美味しかったわ」

「何だ、ワインのことか。でもヤスコさんが喜んでくれたのなら、ボクは満足です。ヤスコさん、次の休みの日、もし天気が良かったら一緒に山登りに行きませんか？」

――山登り……。

いきなりそんなことを言い出した剛にヤスコは驚いた。

「私、山登りをしたことがないので……」

「あなたならきっと好きになります」

「考えておきます」

「ヤッター」

剛はちいさく飛び上がって手を叩いた。

――どうしてこんなふうに明るいんだろう？

あの夜、公園での二人の時間を忘れているのではとさえ思える。

「もし山へ登るとなると準備がいるんでしょう」

「最初は簡単な山へ、ハイキングの感じで行きますからスニーカーと歩き易いパンツに帽子、ヤッケはボクが友だちのを借りてきますから」

剛はもうヤスコが山登りを承諾したような口振りだった。

次の休日、ヤスコは新宿駅の中央線のホームに立っていた。

ヤスコは昨夜《ゆうべ》、眠る前に、どうして山登りに行くことになったのだろうと振り返ったが、明日、剛と逢えると思うと、自分でも胸がときめいているのがわかり、微笑して目を閉じた。

「やあ、早いね。さすがヤスコさんだ。その服装は合格です」

剛の足元を見るといかにも使い古しの登山靴を履いていた。

電車に乗ってみると、自分たちと同じようにハイキングか山登りに行くカップルが多いのにヤスコは感心した。

皆楽しそうに話をしている。

「ヤスコさん、どうして人は山に登るか知っていますか」

「さあ」

「イギリスの登山家でマロリーという人がいて、彼はエベレスト登頂を何度も目指した人で、どうしてそんな危険を冒してまであなたは山に登るのですか、と尋ねられた時、平然として言ったそうです。『そこに山があるからさ』ってね。ボク、この言葉が好きなんです。だってそれしか答えようがないほど、山は魅力的なんです」

熱を込めて話す剛を見ていて、ヤスコはアパート探しを休んで剛に逢いに来て良かったと思った。

「剛さん、就職の方は決まったのですか」

「えっ、どうしてボクの就職活動のことを知っているんですか」

「事務所の人から聞きました」

「あっそうか、内定後の手続きで休んだ時ですよね。はい。就職することができました」

「おめでとうございます」

「ありがとう」

高尾山口駅に降りると大勢の登山客で駅前はあふれていた。

「こんなに大勢の人が山登りに見えるんですね」

「はい。そこに山があるからです、なんて」

そう言って剛は前方の山を指さした。

剛はヤスコの隣りでゆっくりと歩いてくれた。

「山登りは決して急がないことが大事です。自分のペースを守って楽しむことです。疲れたら遠慮なく言って下さいよ」

ヤスコは剛の声を聞きながら歩いていることで満足だった。

「ほら見えて来ました。今日はあそこまで登ればいいんです」

頂上に着き、眼下を見下ろし、吹き上げて来る風に当たった時、ヤスコは胸の奥にあったモヤモヤがどこかに吹いて消えた気がした。

頂上に立った時、ヤスコはこれまでに経験したことがない満足感を味わっていた。その満足感は初めての山登りで頂上まで登り切ったことからきただけではなかった。ヤスコは剛と並んで山径《やまみち》を登り、うしろについて彼の背中を見ていた時、

——私はこの人が好きなんだ

と何度も確認していた。

少し大きな岩を迂回《うかい》し、狭い坂を登る時に剛は何のためらいもなく、ヤスコに手を差しのべ、最初は戸惑いながら差し出したヤスコの手を握りしめ、引き上げてくれた。同じことを何度かしているうちに、剛の手のぬくもりがヤスコの身体に伝わり、それが嬉しかった。

——私はこの人が好きなんだ。本当に好きなんだ。

そう思いながら、白い歯を見せて笑いかける剛がまぶしく見えた。

これが人を好きになるということなのだ。人が人を好きになることはこんなに嬉しいことなのか、とヤスコは、時折、自分の頬が熱くなるのを感じた。

山頂で昼食を二人で摂った。

剛がサンドウィッチを用意してくれていた。

「どうしたんですか、このサンドウィッチ？」

「昨夜、三軒茶屋にあるサンドウィッチ屋さんに注文しておいたんだ」

「あの映画の前にジュースを飲んだ店ですか」

「そっそう」

「次の時は、私が昼食をこしらえて来ましょう」

「えっ本当に？　また一緒に山登りしてくれるんですか」

「ええ」

「ヤッター！」

剛は空にむかって両手を上げた。

「でもこの次の休日は、アパートを探しに行かなくてはならないんで、少し先になります」

「アパートを探しているんだ。それで下北沢で不動産屋の物件を見ていたんですね」

「ええ、そうです。なかなか安いアパートが見つからなくて……」

「じゃ一緒に探してあげますよ」

剛がこともなげに言った。

次の休日、ヤスコは剛と一緒に東京の郊外の町にアパートを探しに出かけた。

なかなかヤスコの条件にかなう物件はなかった。

夕暮れになって二人は新宿駅に着き、雑踏の中を歩いた。

「上手《うま》く探せないものだね」

剛が言った。

「ごめんなさい。私のことであなたを一日中歩かせてしまって」

「そんなことはないよ。ボクはヤスコさんと一緒にいられれば嬉しいもの」

「……」

ヤスコは何と返答していいのか、わからなかった。

大きなスクランブル交差点で二人は信号が青になるのを並んで待っていた。

「初めて東京に来た時、この交差点で、こんなふうに信号を待っていた時に思ったんだ。こんなに大勢の人がいるのにボクの友だちは一人もいない。そうしてボクの名前も、ボクがどんな人かも知らない人ばかりなんだって……。その時、いつかボクに話しかけてくれる人が一人でも多くできるようにしようとね。そして誰よりも大切な人と、この場所に立てたらいいなって……。だから今日はしあわせなんです」

「ありがとう」

実はヤスコも大阪で、東京で、大きな交差点に立つ度に同じように思ったことがあった。

「故郷がある人はない人よりしあわせだけど、ボクのように都会へ出て一人で生きて行こうと決心した人間は、都会の中の孤独を経験するんだと思うよ。こんなに人がいて孤独ってのも変に思うかもしれないけど、こんなに人がいるから余計に淋しくなるんだろうね」

「わかります。私も同じようなことがあります」

「えっ、本当に？　ボクたち気が合うよね？」

笑って自分を見た剛にヤスコはちいさくうなずいて微笑んだ。

信号が青に変わった。

剛が手を差し出した。ヤスコはゆっくりとその手を握って歩き出した。

手を握っているだけで、ヤスコは自分が守られている気がした。これまで感じたことのない安堵だった。

ちいさなレストランの前に貼り出してあるメニューを二人して見つめた。

「ここならボクたちの予算でも大丈夫そうだね」

剛が言った。

「ええ」

ヤスコは答えて、レストランのガラス窓に映っている剛と自分を見た。まぶしかった。自分の姿をまぶしいと思ったことも初めてだった。

店に入ってテーブルに案内されると周囲はカップルの客ばかりだった。ごく普通の情景なのに、ヤスコは、その情景の中に自分がいることが嬉しかった。

ワインを一杯ずつ飲んで食事した。剛はずっと彼の故郷の話と彼の少年時代の話をしていた。聞いているだけで楽しかった。

「ねぇ、ヤスコさん、ボクの話、退屈しませんか」

「いいえ、退屈しません。とても楽しい」

「以前から思ってたんだけど、ヤスコさんはあなたの故郷や家族の話をボクにしないけど、どうして？　あっ、ボクがずっと話しているからかな」

「私、話が上手くありませんから」

「でも聞きたいな。ヤスコさんの少女の頃の話を……」

ヤスコはうつむいた。

「……」

しばらく黙っていると、剛が言った。

「ごめんなさい。話したくないことならいいんだ。ボクは今のヤスコさんが目の前にいるだけで嬉しいんだから」

「ごめんなさい。いつか話します。今はどう話していいのか」

ヤスコが申し訳なさそうに言うと、剛は笑って言った。

「いいんだ。ヤスコさんが話したい時にそうしてくれれば。じゃひとつだけ訊いていいかな。……あの、ヤスコさんは初恋の経験はありますか」

「えっ？」

「ボクは、小学校の時にクラスメイトを好きになったんだ。好きって言うと、その子に、私は好きじゃないって言われた。ひどい話でしょう。それがボクの初恋……。ヤスコさんの初恋は？」

「……私の初恋は……」

「いいですよ。嫉妬《しっと》なんかしないから」

「……私の初恋は……、剛さん、あなたです」

「えっ？」

剛が目を大きく開き、ヤスコを見た。

「あなたです。本当に……」

ヤスコは自分の頰がみるみる熱くなってくるのがわかった。自分は何を言い出しているんだろうと思った。

剛の顔も紅潮していた。

「あ、ありがとう」

今度は剛が黙ってしまった。

二人はしばらく黙っていた。

食事が終り、西武新宿駅まで二人は歩いた。改札にむかう階段が見えた。

「ヤスコさん、もう少し歩いていていいですか」

「はい」

駅の周囲を二人は歩き、また階段が見えると今度は別の方向へ歩き出した。そうしてまた改札にむかう階段が見えると剛が言った。

「鷺ノ宮の駅まで電車で送っていいかな」

「それは剛さんが大変だから」

「ボクは大変じゃありません、そうさせて下さい」

電車はあっと言う間に鷺ノ宮の駅についた。

「速い電車だね」

剛が言った。ヤスコもそう思った。

「せっかくだからアパートまで送らせて下さい」

ヤスコは黙ってうなずいた。

ヤスコは通い慣れた道を剛と手をつないで歩いていることが半分信じられなかったが、自分に正直になろうと言い聞かせた。

「あのアパートです。じゃ、ここで」

「わかった。今日は一日ありがとう。ヤスコさんの初恋の話、最高でした」

二人はゆっくり手を離そうとした。指先が離れる瞬間、剛がその指を握り返し、ヤスコの身体を引き寄せた。

真剣な表情をした剛の顔がヤスコの視界一杯にあった。

剛の顔が近づいてくる。熱い吐息が頬にかかった時、唇が触れた。

ヤスコは台所でお茶を淹《い》れながら、窓の桟に座って星を見上げている剛の姿を見た。

――離れたくなかったのだから……。

ヤスコはそう思いながら、お茶を剛に運んで行った。

新宿に戻る電車はとうになくなっていた。

「剛さん、少し休んで下さい。今日は私のために一日中歩かせてしまったので疲れてるでしょうから」

「平気だよ。ごめんなさい。ボクのワガママであなたに迷惑かけて……」

「そんなことはありません。私の方がもう少し電車のことを気にしてればよかったんです。今、寝具の準備をします。少し休まれて……」

「あっ、ボクは平気です。山登りで寝袋ひとつで休んでましたから」

「そういうわけにはいきません。あなたは男の人だから、きちんと私がしますから」

「いや本当に……」

ヤスコは襖《ふすま》を開けて蒲団を出して敷きはじめた。

「ヤスコさん、本当にボクは何も必要ありません。大丈夫ですから」

「剛さん、あなたが大丈夫でも、私が大丈夫じゃありません。私は母にそう教えられて育ちました」

ヤスコの言葉に、剛が急に笑い出した。

そうして手を叩いて、ヤッターと声を上げた。

「何がですか？」

「初めてヤスコさんの家族の話をしてくれました。いいお母さんだったんですね」

ヤスコも笑っている剛を見て笑い出した。

——なんて明るい人なんだろう。

ヤスコは冬用の毛布を掛けクッションを枕にして少し離れて休んだ。なかなか寝つけなかった。

すぐに剛の寝息が聞こえて来た。

ヤスコは薄闇の天井を見ながら微笑した。

一日中、私のために歩き回って疲れているのだと思った。剛が自分のために何に対しても懸命にしてくれる姿を思い出し、ヤスコは有難いと思うと同時に自分はしあわせだと思った。

——私たちはこれからどうなるのだろう。

ヤスコは就寝前の祈りをしていなかったことを思い出し、小声で神に感謝を捧げた。

翌日、ヤスコがアルバイト先へ行くと、剛はもう出社していてヤスコの顔を見ると笑って会釈した。

剛の自然な様子にヤスコは安堵した。

——あの素直な剛がいい。

サブチーフの宮田が無愛想に手を上げた。

「宮田さん、おはようございます。いい天気ですね」

ヤスコが言うと、宮田が驚いたようにヤスコを見返し、お、おはよう、と言って首をかしげて通り過ぎた。

ヤスコは事務所から船に向かいながら空を見上げ、澄み渡った青空にむかって両手を突き出し、大きく背伸びして、

「ガンバルゾ――」

と声を上げた。

背後から足音がして、サワタリさん、元気ね、とアルバイトの女性が声をかけ、肩にポンと触れて追い越して行った。ヤスコも走り出した。

一日がまたたく間に過ぎた。

帰り支度をしている時、剛からそっと伝言を渡された。


次の休み、アパートのことで少し提案があります。三軒茶屋で待ち合わせしませんか

三阪剛

着換えて事務所を出ると、剛が他のアルバイトと笑って話をしていた。

「三阪君」

ヤスコの声に剛が振り向くと、ヤスコは右手の親指とひとさし指でオーケーのサインを作った。

ヤッター、とまた剛が飛び上がった。

次の休日、三軒茶屋で待ち合わせると、剛は笑って言った。

「今日はひとつ見て欲しい物件があるんだ。案内するね」

——三軒茶屋じゃ、私の予算ではダメでしょう

と思いながら、ヤスコは剛について歩き出した。

途中、大通りから路地に入り、二度、三度折れると、少し広い敷地に出て、そこにちいさな工場が見えた。

その工場の裏手に回った。

——どこに連れて行くの？　剛さん。

工場の裏手にちいさな畑があった。トマトがちいさな実をつけていた。

「ここです。ここが今日、ヤスコさんに見て欲しい物件です。どうぞ」

剛が指をさしたのは畑のむこうにある建物で、下にトラックと乗用車二台が停車したガレージになっている二階建ての家だった。

「ここですか」

「そうです。建物は少し古いんですが、しっかりしています。さあ、どうぞ」

剛が言って、先に階段を上がり出した。

「あっ、七段目の階段が少し凹《へこ》んでいるので気を付けて下さい」

二階に着くと、ペンキの描き文字で、T・MISAKAとあった。

——もしかして、ここって剛さんの住まい？

「さあ、どうぞどうぞ……」

部屋に入ると、中は外から見るより広かった。左手に六畳ほどのキッチン、十二畳くらいのリビング兼寝室があった。

「ここってもしかして剛さんのアパート」

「ピンポン！　でもまさかヤスコさんにここに住んで欲しいとは言いません。はい、こちらです」

寝室の奥にドアがあった。そのドアを剛が開けた。

「ジャジャーン、どうぞご覧下さい」

中を見ると半分以上は荷物が山積みにされていた。部屋の奥に、剛の部屋よりは少し狭いが窓が二ヶ所にあった。

「ほら、あのガラクタが積んである下には、実はキッチンがそのままあるんです。その上なんと鋳物の山が積まれたあちらの奥にはちいさいけどバスルームもあります。ここの大家さんは鋳物工場の社長さんです。ボクはこのボロアパートを見つけて住みはじめてもう四年になります。ヤスコさんのことを話したら、大家さんが、それなら隣りを使えばどうだ、と言ってくれました。ドアもむこう側には元々あったんです。但し、階段がありません。梯子《はしご》をつけようなんて言ってました」

剛が笑って言った。

「でも、こんなに広いと……」

「大丈夫、部屋代は……」

剛は言いかけてヤスコに近寄り耳打ちした。

「えっ、そんな値段で？」

「はい。いい大家さんなんです。それにここはずっと物置にしか使ってなかったんですから……。どうです？」

剛がガラクタの山の前で両手を広げた。

「ただ条件があるんです」

「そうでしょう。条件って何ですか？」

「このガラクタは住む人が片付けなくちゃならないんです」

ヤスコはガラクタの山を見つめ、おもむろに着ていた上着の袖口《そでぐち》をまくり上げて言った。

「ならすぐに片付けましょう」

ヤスコが言うと、剛はまた、ヤッホー、と飛び上がった。

二人は半日でガラクタを片付けた。

ヤスコと剛が運び出したガラクタの山の脇で汗を拭いながら缶ジュースを飲んでいると、帽子を被《かぶ》り、作業着を着た老人が一人笑ってやって来た。

「ほう、もう運び出したのかね。さすがに三阪君はやることが速いね」

「あっ、大家さん、先日から話をしていたサワタリヤスコさんです」

剛が老人にヤスコを紹介した。

「初めまして、サワタリヤスコです。お話は三阪さんからお聞きしましたが、もしよろしければ、あの二階の部屋をお借りしたいと思いまして、私、三阪さんの友だちで、今、履歴書といいますか、住民票を取ってきますから……」

ヤスコがバッグを取りに二階に上がろうとすると老人が言った。

「いいんだ、そんなものは。ガラクタを片付けたら貸すと約束したんだから。それにあなたを見ればどんな人かわかる」

と言った。

「ありがとうございます」

「礼を言われることじゃない。私も男一人が二階に住んでいるんで物騒だと思っていたんだ」

「えっ、本当にそう思っていたんですか」

剛が言うと、ハッハハ、冗談だよ、と老人が笑った。

「それでいつ引っ越してくるんだね？」

老人の言葉にヤスコは剛を見た。

剛は腕時計を見て、

「大家さん、甘えついでに、今日はあのトラックを使いますか？」

と訊いた。

「いや、今日は納品はない」

「じゃ、トラックをお借りして、今から引っ越しをします」

剛は大家に返事をした。

――えっ、今からって、剛さん、何を言い出すの？

「ヤスコさん、善は急げです。頑張ってやりましょう」

――こんなに強引な人だったの？

そう思ったがヤスコは大きくうなずいた。

剛の運転するトラックの助手席に乗って環状七号線の車の流れを見ながら、ヤスコは剛の強引さも、大家さんのあっけらかんとした対応も、あとから出てきた工場の若い職人さんたちも、今思い出しても、その姿が楽しくてしかたなかった。

――こんなことってあるんだ……。

なんだか夢の中にいるような気がした。

鷺ノ宮のアパートに到着すると、ヤスコは階下に住む大家さんに挨拶に行った。

「あらあら、今日、引っ越すの。ごめんなさいね。追い立てるようなことばかりを言ってしまって」

大家の老女が頭を下げた。

「いいえ、こちらこそ。なかなか引っ越せなくてすみませんでした」

荷物は以前から準備をしていたので、ほんの数時間でトラックにすべてを積むことができた。

二人して大家に挨拶に行った。

「あらもう済んだの。あっと言う間ね」

大家は目を丸くしていた。

「はい、前もって準備していましたから。長い間、お世話になりました。いずれあらためて挨拶に来ますから」

「いいのよ。こちらが迷惑をかけたんだから」

二人は大家に送られながらアパートを出発した。

ヤスコは剛の運転するトラックの助手席にチェロケースを抱えて座り、時折、剛の顔を見た。

――これからどんな暮らしがはじまるんだろう……。

どんな暮らしになってもヤスコは剛とならやって行ける気がした。

「少しお腹が空きましたね？」

「はい、空きました」

ヤスコは言って環状七号線沿いの建物を見た。

「ラーメン食べましょうか」

「賛成」

二人は笑って顔を見合わせた。


新しい生活はヤスコが想像もしなかった暮らしだった。

あわただしい引っ越しの後、部屋を片付け、ようやく一段落した週末の休日、大家さんがヤスコの引っ越し祝いの宴会を催してくれた。鋳物工場の仕事が終った夕刻から、工場とヤスコたちのアパートの間の敷地で工場の人も集まり、バーベキューパーティーがはじまった。

挨拶に立った大家の森《もり》さんがスピーチをした。

「今夕は、この森鋳物工場に新しい家族を一人迎えて、私はまことに嬉しい。しかも男ばかりの所帯のむさくるしいところへ美しい娘さんがやって来られた。サワタリヤスコさんだ。皆、拍手」

ヤスコは立ち上がり、サワタリヤスコです、よろしくお願いします、と挨拶した。

「ほれ、声まで珠《たま》のようだ。これで私も十年長生きできる。あわてん坊の泣き虫、三阪君もたまには良いことをするもんだ。あとは三阪君がヤスコさんに手を出さないように私たちでしっかり彼女を守りましょう」

すると工場の若者から、危ないのはヒゲ森、あなたじゃないの、社長、と声がした。

「誰じゃ、今言ったのは。残業させるぞ」

皆が笑い出した。

工場の皆が自己紹介し、ヤスコは握手した。コラッ、誰が手を握っていいと言った、と森社長が声を出す。バーベキューパーティーがはじまると、鉄板の上で肉やソーセージの美味しそうな香りがひろがった。ヤスコがバーベキューを手伝おうとすると、あなたは主役なんだから、と席に戻された。お酒を飲む人たちは赤い顔をして笑っていた。

宴たけなわの頃、剛が立ち上がって、

「皆さん、ありがとう。ヤスコさんは恥かしがり屋なので、今夜のお礼にボクが一曲歌います」

と言うと、森社長と工場の人がいっせいに声を上げた。

「三阪君の山の歌はもう聞きあきた」

「そんな淋しいこと言わないで下さいよ」

「何を言っとるんだ。彼女がやって来たんだからもう淋しくないじゃないか。果報者」

ヤスコは思い切って立ち上がって言った。

「あの、もし私の演奏で良ければお礼に一曲弾かせて下さい」

「演奏ですか？」と皆がヤスコを見た。

「ヤスコさんはチェロを演奏します」

「ほう」と皆が顔を見合わせた。

ヤスコは急いで部屋に戻ると、チェロケースを抱えて来た。

「今夜は本当にありがとうございます。私、生まれてこのかた、こんなにやさしくしてもらったことは初めてなんです。ここに三阪さんの紹介で住むことになって本当にしあわせです。まだ勉強中のチェロですが、お礼に一曲演奏します」

皆が拍手した。

ヤスコがケースからチェロを取り出すと、皆がオーッと声を上げた。

ヤスコが調律し、皆にゆっくり頭を下げた。皆が拍手した。

「この曲は外国航路の航海士だった父がスペインから譜面を買って来てくれた私の思い出の曲です」

ヤスコは目を閉じ、ゆっくりと演奏をはじめた。皆の頭上には、夜空に夏にむかう星が美しい旋律とともに静かに回っていた。

皆、そのやさしい調べに聞き惚《ほ》れていた。

三分余りの短い演奏を終えると、ヤスコは立ち上がって丁寧に頭を下げた。

大きな拍手がひろがった。

「いや、感動した。サワタリさん、あなたは素晴らしい才能をお持ちだ。よくこんな所へ来て下さった。なあ皆」

工場の人も、良かったよ、感動です、と口々に言ってくれた。

「三阪君、君はサワタリさんのこんな素晴らしい演奏がいつも聞けて果報者だ」

「いや、大家さん、ボクも今夜初めて聞かせてもらったんです。ヤスコさん、本当にボ

ク も 感動しました」

剛は右手で鼻先をこすり、グスンと鼻を鳴らした。

「こいつ、また泣き出しよった」

工場の事務の女性がザルに盛ったサクランボを持って来た。

「さあ召し上がって下さい。社長の田舎の山形から今日届いたサクランボです」

オゥーッ、今年も来たか、ヒゲ森のサクランボが、と声がした。今、誰が言った、と社長が声を上げた。皆が笑い出した。

「片付けは明日にするから、部屋に戻れば。明日またアルバイト早いんでしょう」

事務の女性が言ってくれた。


部屋の窓を開けると工場の屋根のむこうに六月の星座がまたたいていた。

——綺麗な星空……。こんな楽しい時間を過ごしたのは生まれて初めてだわ。何だか夢のよう……。

ヤスコは星にむかって祈りを捧げた。

神に祈りながら、これまで経験した孤独や切なさがどこかへ失せている気がした。

ヤスコはマザー・テレサの言葉を思い出した。

〝あなたの苦しみ、哀しみはイエスさまの足元に運びなさい。あとはイエスさまがして下さいます〟

その言葉を信じて、苦しい時も哀しい時もそうして来たが、一人になってからヤスコが安堵できる日は長く続くことはなかった。それでもヤスコは祈りを続けて来た。

——やっと私にも安堵できる、おだやかな時間がやって来たのかもしれない……。

ヤスコは神に感謝した。両手を合わせた手の中に涙が一粒落ちた。

しかしその涙は、これまでの涙とまったく違うものだった。

「ちょっといいですか」

声がした。

「ヤスコさん、もう休みましたか」

隣りの部屋から剛の声が聞こえた。

「まだ起きてますよ。何でしょうか、剛さん」

「そちらの冷蔵庫にボクのサクランボも一緒に入ってるんですけど、それを……」

——あっ、イケナイ。

「剛さん、ごめんなさい。忘れてました。今、そちらにお持ちします。お茶も淹れますから何がいいですか」

「サクランボだけで十分です」

「いいえ、夜の果物はお腹が冷えますから、温かいモノを飲みましょう」

「じゃ、紅茶を」

「わかりました」

ヤスコはすぐに支度して、剛の部屋とつながっているドアの前に立つと、ドアをお願いします、と声をかけた。

ドアが開いて、剛が笑って立っていた。

引っ越して来て、こうしてドアを開けてもらって剛の部屋に入るのは初めてだった。

大家さんがヤスコのために、数日がかりで部屋の階段をこしらえてくれていた。

「遅くにごめんなさい。休んでたんでしょう」

「いいえ、今夜のことを思い出してました」

「今夜のことって？」

「歓迎パーティーです。大家さんと工場の皆さんのことです」

「そうですか。少し口は悪いけど」

「そんなことありません。皆さん、とてもいい方です。あんなにこころのあたたかい人たちはいません」

「そう、なら良かった」

剛が皿の上のサクランボの軸をふたつ指でつまんで、ひとつをヤスコに差し出した。

二人は同時に口の中にサクランボを運んでそっと噛《か》んだ。

「美味しい！」

同時に声を上げた。

「今年は去年より倍も甘い」

「こんな美味しいサクランボは初めて。大家さんの田舎から届いたっておっしゃってましたね」

「ああ、ヒゲ森の田舎がサクランボをこしらえてるんだ」

「その〝ヒゲ森〟って何ですか。工場の人もそう言ってましたね。大家さん、ヒゲ生やしてないのに……」

「大家さんに似ているラグビー選手が昔いたんだ。そのラガーマンのファイト振りが大家さんの性格と似て、しぶといんで、皆そう呼びはじめたんだ」

「そうなんですか。その人もきっといい人なんでしょうね」

「どうしてそう思うの？」

「こころねのやさしい人は目や鼻、肌の色が違っていても、皆同じ表情をするって神父さまから聞いたことがあります」

「ふぅ～ん、そういうものなんだ。じゃボクはどうですか」

「剛さんはとてもいい顔をしてますよ」

「本当に？」

「はい、本当です」

「その言葉が嘘じゃなかったら、ボクのどこがどういうふうにいいのか教えて下さい」

「どこがどうと説明はできません」

「じゃ、お世辞だ。嘘をついてます？」

「違います。嘘にはいろんな説明やもっともらしい理由がつきますが、真実には理由も、説明もないものです」

ヤスコが言うと、剛がじっとヤスコの顔を見つめた。

「ヤスコさんって、時々、ボクが考えてもみなかったことを言う時があるね。聞いたばかりの時はヤスコさんが何を言いたいかすぐにわからないことがあるけど、あとからゆっくり考えると、なるほどそうかもしれないとボクは思うんだ」

「ごめんなさい。私、話が下手だから」

ヤスコがうつむくと、目の前に剛の指先があらわれ、そこに真っ赤なサクランボがあった。

ヤスコは口を開けた。ゆっくりサクランボが運ばれてくる。

ヤスコはサクランボを噛んで甘い果汁が口にひろがるのを感じた。

「剛さん、今、あなたがおっしゃったことと同じ言葉を私はあなたに言いたいんです」

「どういうこと？」

「剛さんが話すことで、私はこれまで、正直、何度も驚きました。でもあとからあなたの話を思い出して、もう一度反復すると、剛さんはとてもこころねのやさしい人なんだとわかります。お話だけじゃなくて、剛さんの場合は行動がそうなんです」

「ボクの行動？　それって、あわてん坊なところ？」

ヤスコは大きく首を横に振り、皿の上のサクランボをひとつ指でつまんで剛の口元へ運んだ。

剛が目を閉じた。

長い睫毛《まつげ》が少年のようだ。

——この人をどんどん好きになって行く……。

「どんな行動？」

剛は目を閉じている。

「下北沢であんな大きな人に撥《は》ねのけられても何度も突進したり、西武線の新宿駅の周囲を何度も歩いたり、くたくたに疲れてもずっと笑っていてくれたりするところです」

剛が目を開けて白い歯を見せ、皿の上の最後のサクランボをヤスコの口に運ぼうとした。

ヤスコは目を閉じた。

「ヤスコさんの行動にボクの方が感動しています。今夜のチェロ、涙が出てきちゃった」

口の中にサクランボが入ったのでヤスコは噛んだ。そうして目を閉じたまま訊いた。

「チェロは好きですか」

「好きです」

と声がして、熱い息がかかり、唇が触れた。

「次の休日、もう少し高い山へ登りましょう」

ヤスコはちいさくうなずいた。

何もかもがまぶしく見えた。

駅までの道に並ぶ街路樹の柳の葉が薫風に光りかがやき、その葉と遊ぶツバメの表情さえも活き活きしている。

電車の中や、往来で出逢う人も皆楽しげで善い人に映る。

これまで人の目を気にしてうつむいていた自分が嘘のようだった。いつも誰かの影や、視線から逃れようと怯《おび》えてさえいた自分は、もうどこかに吹き飛んで消えてしまったのだと思った。

アルバイト先の休憩時間にデッキに出て仰ぎ見る空も、遥《はる》か彼方の水平線も、海原も、すべてがきらきらとしている。

こんなに自分の周りが美しいものであふれていたことにどうして気付かなかったのだろうかと思った。

——私は変わることができる。あの人が私を変えてくれる……。

ヤスコは剛のことを想うと、屈託のない笑顔や、自分を真っ直ぐに見つめる大きな瞳《ひとみ》がよみがえり、その度に身体が熱くなった。

想っていると、胸の隅が少し痛くなる時さえあった。

——これが恋なのだ……。

母が言ったことは本当だった。

病室で母はヤスコに言った。

「ヤスコ、あなたは決して一人じゃないのよ。きっといつかあなたにもわかる時が来るわ。この人にめぐり逢うために自分が生まれて来たんだ、と思える人があらわれるわ。それを信じてちょうだいね」

その時は、自分にそんなことが訪れるとは思わなかった。

むしろ逆で、ナオキの影に怯えて生きている自分が哀しかった。苦しいと思う夜さえあった。

そんな不安が、剛が目の前にあらわれ、二人で過ごしているうちに、少しずつ消えて行っていたのに気付かなかった。

——母さんの言うとおりだったわ……。

アルバイト先で仲間に言われた。

「ヤスコさん、この頃とても元気ね。少し日焼けしているし、最近のヤスコさんといると私まで楽しくなるわ」

「そうですか。ならいいんだけど、ありがとう」

「ねぇ、もしかして恋をしている人だったりして……」

恋をしているの、と言われて、ヤスコは頬が、一瞬のうちに火照った。

「あら、頬っぺが赤くなった。本物ですか？　ヤスコさん」

「からかわないで下さい。そんなんじゃ、ありません」

「もしかしてお相手は先週、退《や》めた三阪君？」

剛の名前を出されてドキッとした。

「あの人、ＮＨＺに就職が決まってるんですってね。何だか頼りなさそうに見えたけど結構優秀なんだわ」

「そうなんですか……」

剛は六月一杯でアルバイトを退めていた。

大学の卒業論文を書きはじめていた。

〝マスコミ論〟と言われても、ヤスコには皆目わからない。でも夜中まで懸命に机にかじりついている姿は頼もしい。

あと三日過ぎると休日で、剛と三度目の山登りだ。

前の休日に二人で登った山も良かった。

一度目より少し高い山で、途中へばりそうになったが、

「ヤスコさん、急がないで、ゆっくりでいいんだよ。疲れたら休むからね」

と剛の声を聞いているから頑張れた。

頂上に着いて眼下を見下ろし、心地良い風が頬に、身体に当たった時、思わず、バンザイと叫びたくなった。

「剛さん、今日の方が、前回より気持ちイイです」

と声をかけると剛は笑って言った。

「それは良かった。でも少しきつかったでしょう」

「ちっとも。次はもっと高い山に登りたいわ」

「本当に？」

「はい」

二人で過ごした時間を思い出すと、ヤスコは知らぬ間に笑みが零れてしまうことがある。

それに二人して自然の中を歩いていると、いろんな発見があった。

東京という大都会から少し離れただけで、あんなにたくさんの花や木々に囲まれるとは想像もしなかった。

植物だけではない。リスの可愛い目、走り出すウサギたち、カワセミの美しい羽根、アカゲラの木を突く音……。皆まぶしかった。

休日まで二日の夕刻、その日はヤスコは早番だったので、剛と外食をする約束をしていた。

「ヤスコさん、木曜日は外で食事をしませんか」

「山登りのヤッケも買ったし、贅沢《ぜいたく》はできません」

とヤスコが言うと、ボクがご馳走《ちそう》します、と笑った。

「何かいいことがありましたか？」

「それはディナーの時に話します」

「わかりました。楽しみにしています」

ヤスコは先日の剛との会話を思い出しながら約束のレストランにむかった。

そこは二人が初めて食事をしたレストランだった。

剛はもう着いていて、二人が座ったテーブルで何かを読んでいた。

「待たせてごめんなさい」

「そんなことはないよ。まだ時間前だし」

「その目はもしかして徹夜ですか？」

「いや、少し休んでキャンパスに行きました」

メニューを見て、ヤスコは前と同じパスタを注文すると、剛も笑って、ボクも、と言った。

「ところで、いいことって何ですか」

「三日前、提出した卒論の粗書《あらが》きが、教授からオッケーが出ました。それで清書を提出したのが今日です。ヤッター」

剛が席から飛び上がりそうな仕草をした。

「それはおめでとう。良かったですね」

「ありがとう。これでもうあとは社会へ飛び出すだけだ。故郷へ帰ったら思いっ切り山に登るぞ」

「その前に、明後日《あさって》、私との山行《さんこう》でしょう」

「おう、サンコウなんて渋いね」

「剛さんが教えてくれたんでしょう」

食事が運ばれて来て、二人はパスタを食べ、少し高いグラスのワインを飲んだ。

ヤスコはそっと周りの客を見た。自分たち二人が一番しあわせそうに見えた。

「ヤスコさんはテレパシーって信じる？」

「あの、遠くで人と人とが交信できる能力のことですか？」

「そうそう。ボクのゼミに双子の兄さんの方がいて、妹さんと二卵性双生児なんだ。或る時、遠くにいる妹さんの声を聞いたんだって」

「本当に？」

剛がうなずいた。

「そうなんだって。そのゼミの友だちが言うには、彼が実家のある札幌《さっぽろ》にいた時、昼間に妹の声を聞いたそうだ。〝お兄ちゃん、痛い。お兄ちゃん、助けて〟って。それで心配になって妹さんに連絡したら、応答がなかった。彼女は仲間と旅行で九州の長崎にいたので、宿泊のホテルに連絡したら、妹さんは、その日の朝から体調が悪くて観光も中止して部屋で休んでいたんだ。ホテルの人が部屋に様子を見に行くと、お腹をおさえて苦しんでる妹さんがいて、すぐに病院へ連れて行ったんだ。彼女、急性虫垂炎で大事に至る一歩手前だった、という話だった。その友だちが言うには、幼い頃にも同じようなことがあったんだって。長崎から札幌だよ。信じられる？」

剛が双子の子供同士だけが持つ不思議な能力の話をした。

「そう言えば聞いたことがあります。双子の子供たちの能力の話。世界中で同じことがあるので、日本でも双子の子供を集めて研究しているって」

「そうそう。小学生くらいから同じ学校へ通わせているんだよね。人間の能力ってまだわからないところが多いんだね」

パスタの次に魚料理が出た。魚のソテーを剛は口に入れ、美味い、と言ってから、

「ヤスコさんはカソリックだから、勿論、〝奇跡〟は信じる人なんでしょう？」

「〝奇跡〟はよくわかりませんが、神さまの力は信じています。イエスさまがなさることはどんなことでも、私たちのためになさっていることですから」

「ボクは〝奇跡〟を信じているんだ。去年、公開したアメリカの野球を題材にした映画で、〝フィールド・オブ・ドリームス〟ってあるの……観ましたか？」

「ええ、主人公が夢の中で聞こえていた声が昼間も聞こえはじめて、農園の中に野球場をこしらえると、昔、八百長事件で野球界から追放された選手たちが球場に帰って来るのね。野球はよくわからないけど、面白かったわ」

「そうシューレス・ジョーの話なんだ。ボクはあの映画を何回も観て、その度に泣いてしまうんだ」

ヤスコは剛と映画〝ひまわり〟を初めて観た時の、剛の号泣する姿を思い出して微笑

んだ。

「テレパシーもそうだけど、誰かに救いを求めると届くのかな……。子供の頃は信じてたけど、大人になるとね……」

剛は言って少し首をかしげた。

「私は神さまに祈れば、神さまからの声は届く気がします。私にはそんな力はないと思いますが」

「そうかな。ヤスコさんを見てると、他の人とは違う、何か力のようなものを感じるけど」

「そうだと嬉しいけど、私は私のことをよく知っているもの。他の人より不器用だから何をするのだって人の倍はしないとダメなの」

「不器用？　あんなにチェロを演奏するのが上手いヤスコさんが？」

「私より演奏が上手い人をたくさん見て来たもの。音楽にはやはり才能が必要なんだとつくづく思ったわ。でも才能がなくともひとつひとつを丁寧に学んでいけば、私のチェロが誰かの胸の中に届く日が来るんじゃないかと、それを信じてみたいの。ごめんなさい、偉そうなことを言って……。こんなこと今まで誰にも話したことがないのに」

ヤスコは言って自分の頬が火照っているのに気付いて両手を当てた。

「やっぱり思ったとおりだ。ヤスコさんは」

「何がですか？」

「何でもありません」

剛はひとり合点したように笑ってうなずいた。

アパートに戻ると、ヤスコは、食事の後で剛から山登りの用具を買っておいたから取りに来て欲しいといわれていたので、部屋へ行った。

床の上に大きな青色のリュックと、その半分くらいのピンク色のリュックが並べて置いてあった。

「はい、これがヤスコさんのリュック。日帰り用だからデイパックと呼ぶんだ。こっちがボクのリュック。35リットルある。ヤスコさんのは20リットルより少しちいさい」

「リットルって？」

「リュックの容量はキロではなくてリットルであらわすんだ」

「そうなんですか。でもどうして剛さんのはこんなに大きいの？」

「今度の山行《さんこう》は山小屋に宿泊もしないからこんな大きさは必要ないんだけど、富山に帰ってからのトレーニングでこれを背負うんだ。リュックの中に他の道具も入っているよ」

剛に言われてピンクのリュックを開けると、水筒、カップ、靴下、常備薬セット……などが入っていた。

「あら、これ可愛い。どんな音がするの」

ヤスコがホイッスルを電灯にかざした。

「今、吹いちゃダメ。何かあった時、自分の位置を知らせるためのものだ」

ヤスコは剛の説明を聞きながら、山登りに必要な道具を目をかがやかせて見ていた。

「はい、これがヤスコさんのストックです。友だちがもう使わなくなったのをボクが少し短くしたんです。どうぞ」

「あら、素敵ですね。何だかスキーを滑るみたいですね」

「あれ、ヤスコさん、スキーをしたことがあるんですか」

「ありません。積もった雪も見たことはありません」

「それは愉快だな」

「何がですか」

「だってヤスコさんは積もった雪も見たことがないのに〝スキーを滑るみたい〟って言うんだもの」

剛が笑いながら言った。

「そう言えばそうですね。ごめんなさい」

「ハッハハ、何、謝ることじゃないよ。いつか機会があったらボクがスキーに連れて行ってあげましょう。ところで登山靴は少し慣れましたか」

「はい。いただいてから二度、あの靴を履いてこの近所を歩いてみました」

「先輩の奥さんが昔履いていたものだから少し癖があるかもしれないと心配していたので、それなら安心です」

その日二人は新宿発の始発電車で高尾へむかった。

「ヤスコさん、眠くありませんか？」

「いいえ」

「山登りは、〝早く発《た》って早く着く〟のが基本ですから。今日は夕刻から少し天気が崩れると気象予報に出てましたから、早く登った方がいいんです。まあこの天気なら大丈夫でしょう」

剛が電車の窓から空を覗《のぞ》くようにして言った。

ボックス席のむかいに、夫婦だろうか白髪の二人組が座っていた。婦人がバッグから何かを取り出し、ご主人に差し出した。キャンディーだった。開いた口に婦人がキャンディーを入れた。ご主人がうなずいて笑った。

——私たちもこんなふうにずっと一緒にいることができるのだろうか。

婦人がヤスコの視線に気付いて、会釈した。ヤスコも会釈を返した。

その日の登山ルートはヤスコがこれまで経験したものとは違って、険しい山径がいくつかあった。

剛が一緒だったから怖くはなかった。むしろヤスコは冒険に出かけたようで浮き立った。

頂上まであと一時間というところで足元を風がさらいはじめ、見上げると麓《ふもと》を出発した時は雲間に見えていた青空が、低く垂れ込めた鉛色の雲にかわっていた。

剛が空を見上げて言った。

「早く降り出すかもしれないね。ヤスコさん、少し休んで、ひと雨来たらどこかで雨宿りをしましょうか」

「頂上まであとどのくらいですか」

「急げば四十分はかからないと思う。頂上手前まで行けば山小屋があります。ヤスコさん、身体は疲れていませんか」

「私は大丈夫です。少しも疲れていませんし、今日はとても元気です」

「そう……」

剛はリュックから地図を出して登るルートをたしかめていた。

「それじゃ、少し急いで最短のルートを行きましょう。そのルートなら三十分で小屋まで行けるはずですから」

「わかりました。……剛さん」

ヤスコは名前を呼んだ。

「何ですか？」

「とても楽しいです。剛さんとこうして山を登っていることが」

ヤスコがそう言うと、剛はヤスコの顔を見返し、白い歯を見せた。

「ありがとう。ボクもヤスコさんとこうして一緒にいられて楽しいです。じゃ、行きましょう。少し狭い径だから足元に気を付けてね。ボクの後をしっかり付いて来て下さい」

沢をいったん下りて、そこから林の中を剛は登りはじめた。

さわさわと葉音を鳴らして吹いていた風が、ザワザワと重い音にかわっていた。

ヤスコは、時折、剛が差し出す手を握りしめて急勾配《きゅうこうばい》の径を登った。

やがて狭いながら山径がはっきりして来て、二人は黙々と登った。

ポツポツと雨が降って来た。

「帽子を被ってヤッケのフードで頭を包んで下さい」

「はい。わかりました」

雨足が強くなった。

足元を水が流れている。

「このまま登るのは危険だ」

剛は言って立ち止まると、登って来た後方の径を振りむいた。

そうして次に前方を目を細めて睨んだ。

「ヤスコさん、少しここに居て下さい。ボクはこの先を見て来ます。進むか引き返すか、ここで雨が通り過ぎるのを待つか、様子を見てきますから」

「私も一緒に行きます」

「それはダメです。こんなに雨が降って来ると山はまったく違ったものになります。ボク一人の方が見て来るにも速いですから」

「一人で大丈夫ですか？」

ヤスコの声に剛は笑ってうなずいた。

「こういう天候の時も何度か経験していますから」

「そうですね。じゃ、待っています。気を付けて……」

ヤスコは握っていた手を離した。

剛は、じゃ、すぐ戻りますから、と言って前方へむかって進んだ。

見ると沢を吹き下ろす風と雨の飛沫《しぶき》が剛の姿を揺らしているように映った。

二十メートルほど進んだ時、突然、剛が奇声を上げたように思った。続いてザーッ、ザ、ザッザ――ッと沢を何かが滑り落ちる音が耳に届いた。

前方の山径にいたはずの剛の姿が視界から失せていた。

「剛さん、剛さ――ん、どうしたの、剛さーん」

声を掛けたが返答がなかった。

ヤスコは何が起こったのかわからなかった。それでも剛に何かが起きたことは察知できた。

ヤスコはすぐに剛の姿が消えた山径まで用心深く進んだ。

剛の姿はなかった。

今しがた背中を見たあたりに立つと、そこに沢の木を倒すように黒く泥が付いた跡があった。

――まさか……。

眼下を見ると切り立った崖《がけ》であった。

「剛さ――ん、剛さーん、どこですか、剛さ――ん」

ヤスコの声は降りしきる雨と風音に掻《か》き消された。

それでもヤスコは剛の名前を呼び続けた。

剛がここから落下したのは、なぎ倒された枝や岩場に泥がついているのでわかった。

「剛さーん、剛さーん」

返答はなく、ただ雨音と風が吹くだけだった。

ヤスコは崖下を用心深く覗いて探したが、どこにも剛の姿はなかった。

崖下に下りて行こうかとも考えたが、自分の力ではとても下りて行ける地形ではなかった。

今登って来た山径を引き返して助けを求め、人を連れて来るべきなのだろうかと考えたが、剛がここで待つようにと言ったヤスコの居た場所へ戻る径に、水が滝のように流れていた。

――冷静にならなきゃいけない。

ヤスコは額から伝って流れる雨水を手で拭いながら、剛に聞いた山での注意点を思い出していた。

『山で事故に遭ったら、まず自分の身の安全を確保することが最優先だ』

ヤスコは剛が落下したであろう岩場が少し傾いているのに気付いて、そこから離れ、少し前方にある大きな木の下に寄った。

周囲を見回し、雨水がそこに流れ落ちて来ないかをたしかめた。剛の言葉を思い出そうとした。

『山の天気は、突然かわりますから雨や風を避けて、身体が流れないようにすることです。濡れてしまった身体はよく拭いて、寒いと思ったら防寒着をすぐに着るようにして下さい』

ヤスコは自分の身体が小刻みに震えているのに気付いて、リュックの中から防寒着を出して着た。数枚の新聞紙があった。

それを服の中の胸元、背中に入れた。

身体の震えが止まった。

ヤスコは時計を見た。剛が落下してすでに四十分が過ぎていた。

――どうしたらいいの？　どうすれば剛さんを助けられるの？

ガタガタと歯が口の中で音を立てた。

ヤスコはチョコレートバーを出して口の中に入れた。味はしなかった。だが、何かが気になった。チョコレートを出した時、指先に何かが触れた。

ヤスコは急いでリュックの底をまさぐった。

――これだ。

ヤスコは手の中のホイッスルを見て、それを思い切り吹きはじめた。

沢の上方にむかって、下方にもむかって、四方にむいてホイッスルを吹き続けた。

そうして耳をすまして反応を探ったが、誰か人の声がしたりこちらに近づいて来る気配はしなかった。

ホイッスルをひとしきり鳴らすと、剛が落下したであろう下方の沢にむかって、名前を呼んだ。

返答はなかった。

ホイッスルとかけ声を必死でくり返したが状況はかわらなかった。

たちまち剛が落下した時刻から四時間が過ぎた。

雨は小降りになっていたが、相変らず沢の上方から水が流れて来て、狭い山径を消していた。

このままではやがて日が暮れてしまう。

——私がこんなところでうろたえていたら、剛さんを救い出せない。

ヤスコは崖を下りるルートがないかと地面に這《は》いつくばって覗き込んだ。

雨は小降りになったが崖が想像以上に切り立っていて、底の方は生い茂った木々で、どこまで崖が続いているのかわからなかった。

ホイッスルを力の限り吹き続け、

「誰か、誰かいませんか、助けて下さ〜い」

と叫んだ。

六時間になろうとしていた。

周囲が暗くなって来た。沢一帯の温度が下がったように思った。

——このままではいけない。

ヤスコは立ち上がり、もう一度力の限りホイッスルを吹き、誰か、誰かいませんか、助けて下さ〜い、と叫んだ。

何も返答がない。

それでもヤスコはホイッスルを口にくわえ大きく深呼吸した。

すると耳の底に、何か声が聞こえた気がした。耳をすました。何も聞こえない。

もう一度ホイッスルを吹いた。

「誰か、誰かいませんか。助けて下さい」

するとまた声がした。

ヤスコは声がした沢の上方を見た。

「そこに誰かいるのか？」

男の声だった。

「はい。ここにいます。助けて下さい」

「もう一度、声を出しなさい」

「ここです。こっちです」

沢の上方からあらわれたのはオレンジ色のヤッケを着て、ヘルメットを被った男だった。

男はヤスコの姿を確認すると、大声で言った。

「すぐそちらへ行きます。怪我はありませんか」

「大丈夫です。でも剛さんが、同伴者がこの崖の下に転落しているんです」

「わかった。そこを動かないで」

すぐに無線が鳴るような音と声がして、遭難女性一名発見。△△沢××メートル地点。同伴者一名崖下へ転落した模様……。

男は身体にロープをくりつけ、沢を少しずつ下りて来て、ヤスコの前に立つとヤスコの足元から頭を点検するように見て、

「怪我はしていないんですね。大丈夫ですか」

と言って大きな手でヤスコの両肩を軽く叩いた。

「それでもう一名の方は？」

「あ、あの岩の所から急に姿が消えて……」

「それは何時ぐらいのことですか」

「十一時四十分くらいです」

ヤスコの言葉に男は時計を見て、

「六時間前ですね、あなたはずっとここにいたのですか？」

「は、はい。助けを求めて、これを吹いていました」

「最初に声をかけた時、崖下から声が返って来ましたか」

「いいえ、何も……」

男は背負ったリュックから分厚いヤッケを出して言った。

「これをその上から着なさい。紐《ひも》は私が結びますから」

「私のことより、剛さんをすぐに助けて下さい」

「まずあなただ。それが先です。早くしなさい。日が暮れます」

「でも、お願いです。あの人を助けて下さい。私のことは……」

「言うことを聞きなさい。山には山のルールがあるんだ」

ヤスコが渡されたヤッケを頭から被っていると、男は無線機で状況を報告していた。

……無理です。△△沢の3号地点の崖ですから、すぐにはどうにもなりません。転落者の装備は今聞きます……。

……了解しました。

男が無線にむかって言った。

「同伴者のお名前を?」

「三阪剛です」

「わかりました」

男は崖の上に立つと、大声で、三阪さ～ん、三阪さ～ん、聞こえていたら返事をするか、何かで答えて下さい。三阪さ～ん、三阪さ～ん。

　男は耳をすまして崖下の気配をうかがっていた。同じことを二度くり返した後、男はヤスコを振りむくと、

「もう日が暮れます。この崖下は八十メートルあります。そこへ行くには、私一名では無理ですし、ひとまずあなたを麓までお連れします」

「このまま放っておいたら剛さんが……」

「この状況で捜索に行けば、さらに危険なことになります。私の言うことに従ってもらいますから。私は山岳救助隊の牧田《まきた》です。もう一人の方の捜索は明朝はじめることになりますから、山を下りて下さい」

　隊員の口調には有無を言わせない強いものがあった。

　ヤスコは両手で顔を覆って激しく首を横に振った。涙があふれ出した。

「お願いです。剛さんを見捨てないで下さい。どうかお願いです。お願いです。神さま……」

　ヤスコの震える身体に隊員がロープをかけた。


　ヤスコは数名の隊員たちにともなわれ麓の町の病院へ収容された。

　医者に診察を受け、ひどく疲労しているといわれ、ベッドに寝かされ点滴を受けた。

　少しの間、ヤスコは眠っていた。

　目を覚ますと、先刻の牧田という隊員ともう一人白髪頭の男がいた。

「少し話ができますか?」

「は、はい。ありがとうございました」

「ではあなたのお名前と住所、もう一人の方も教えて下さい。そして事故の様子を聞かせて下さい」

ヤスコは救助隊の主任と牧田に昼間のことを話した。

「では三阪さんは山登りの経験は長い方なんですね」

ヤスコはうなずいた。


ヤスコは病院の一室で休むように言われた。

先刻、牧田たちが引き揚げる時、ヤスコは牧田に言った。

「私も明日の朝一緒に山へ行ってはいけませんか」

「それは先程お話ししたとおりです。一刻を争う状況も考えられますから、私たちプロだけで行きます。転落の場所も確認できていますから、ここでお待ち下さい」

「……」

ヤスコはうつむいた。

「サワタリさん。あなたは好運だったのですよ。今日はたまたま救助隊の訓練日で、それがあの沢のそばだったということまでが偶然過ぎるくらいです。その運の良さを信じて下さい。三阪さんもきっと生還しようと、踏ん張っていますよ。空には星が出ています。明日は天気もいい。頑張って探し出しますから」

「お願いします」

一人になると、やはりこころ細かった。

ヤスコは病室の窓辺に寄った。牧田が言ったように、昼間の天候が嘘のように夏の星座がまたたいていた。

ヤスコは窓辺にむかい膝《ひざ》を突き、祈りはじめた。

「神さまお願いです。どうか剛さんを救って下さい。あなたのお力を剛さんに与えて下さいませ。剛さんが助かるのなら、私は何でもいたします。どうか願いを聞いて下さい
……」

祈りを終えると、ヤスコは剛にむかって声を掛けた。

「剛さん、すぐに皆が救助に行きますから、それまでどうか無事でいて下さい。あなたがいてくださったから、あなたに出逢えたから、私、これまで知らなかったいろんなことと出逢えているんです。私にはあなたが必要です。どうか無事でいて下さい。あなたが帰って来られたら、あなたの、あの山の頂上で思った、孤独も、淋しさも、私が皆包んで差し上げます。ですから、どうか一晩、無事でいて下さい」

ヤスコは知らぬうちにまた眠った。

「ダメ、そこへ行ってはダメ」

ヤスコは声を上げて目覚めた。

自分でなぜこんな大声を上げていたのかわからなかった。

窓の外は少しずつ朝陽の気配が満ちていた。

ヤスコは起き上がると、看護師に、今朝、山岳救助隊が出発するのはどこからなのかを尋ねた。

「さあ、私は知りません。あっ、当直の看護師でご主人がたしか救助隊にいた人がいるので聞いてみるわ」

ほどなく一人の看護師がやって来て、遭難のことを知っていたらしく、ヤスコの身体の加減を気遣ってくれた。

「主人はもう引退したのだけれど、たぶん東の登山口から出発するはずよ。出発は早いから今すぐ行けば間に合うと思うわ。きっと無事に帰ってみえるわよ」

ヤスコは礼を言って、すぐに東の登山口にむかって駆け出した。

登山口には数名の隊員の姿があった。見送りの人もいる。牧田の顔が見えた。ヤスコは牧田に駆け寄り、他の隊員にも、どうかよろしくお願いします、と深々と頭を下げた。

「大丈夫ですよ。吉報を待っていて下さい。状況を報《しら》せますから」

隊員が揃うと、訓示があり、救助隊は出発した。見送りに来た家族が声をかけていた。気を付けるんだぞ、沢はまだ濡れてるからな、と一人の老人が声を上げた。その老人に隊員の何人かが振りむいてうなずいた。

隊員の姿が林の中に消えると、見送りの家族は皆ぞろぞろと引き揚げはじめた。

ヤスコも彼等に続いた。

前を歩く老人と孫娘らしき二人の会話が聞こえた。

「お祖父《じい》ちゃん、今日の捜索は大丈夫なの？」

「ああ、この天気だ。皆もうベテランだから無茶はしないよ」

「転落した人、助かるといいね」

「本当だ。無事に助かって欲しいものだ。しかし……」

「しかし何？」

「しかし今日捜索する△△沢の3号地点の崖は昔は〝天狗《てんぐ》の逆さ落とし〟と言われた絶壁だ。あの天狗さまでも落ちたら助からんとね。よほどの好運がないと、途中の木に引っかかるとか、上手く崖の窪《くぼ》地《ち》に入り込んだとかな。まあ何とか助かって欲しいもんだ」

「そうだね」

ヤスコは救助隊の家族の会話を耳にして思わず立ち止まった。

――〝天狗の逆さ落とし〟、よほどの好運がないと……何とか助かって欲しいが……。

どの言葉も、剛の生存の確率がきわめて低いことを語っていた。

足が動かなかった。

背中に冷たいものが走った。

――そんなに厳しい場所から剛さんは転落してしまったの……。

ヤスコは身体が震え出した。

――初心者の私が一緒にいたからこんなことになったのだ……。

剛一人なら、あんなふうに無理をしなかったとヤスコは思った。

もし剛に何かあったら自分はどうしたらいいのだろう。

――いや、そんなことは考えるべきではない。剛さんはきっと帰って来るはずだ。

ヤスコは山の頂きを見上げた。昨日とは打って変わって青空がひろがっている。

耳の奥で声がした。

「サワタリさん、あなたは好運だった。あの沢で私たち救助隊がたまたま訓練をしていた時に出逢うなんてほとんどあり得ないことだ。その好運で、きっと三阪さんも無事に生還しますよ」

牧田の声だった。

今頃、救助隊は、あの沢に到着しているのだろうか。

ヤスコは病院に戻って、救助隊の報告が届くのを待った。

時折、窓辺に寄り、青空を見上げた。

夏の積乱雲がせり出していた。

刻々とかたちを変える積乱雲が、時折、剛の、ヤッターと飛び跳ねる姿に似たり、やさしい横顔に映る。

ヤスコは剛との出逢いから、今日までのことを思い起こした。下北沢での事件、陸橋での会話、二人で観た映画、別れ辛《づら》くて何度も歩いた新宿の街、そして公園のブランコに乗って受けたプロポーズ……。

——どうして私はすぐに剛さんの申し出を受けなかったのだろうか？

「私はなんてひどい仕打ちをしてしまったんだろう……」

ヤスコは声に出して言い、両手で顔を覆った。涙があふれ出していた。

涙が途切れるまで泣き崩れていたヤスコの背後で部屋のドアが開く音がした。

女性の声に振りむくと、今朝方、救助隊が出発する登山口を教えてくれた看護師が立っていた。

「サワタリさん。無事だったそうよ」

「今、主人に、後輩の救助隊員の牧田さんから連絡が入って、あなたに報せてあげて欲しいって……」

ヤスコはすぐに返答ができずに相手の顔を見た。

白い歯を見せて笑ってうなずいていた。

「良かったわね」

「本、本当ですか」

「はい。主人からすぐにあなたに報せてあげて欲しいって」

その笑顔を見て、出つくしていたはずの涙がまたあふれ出した。

「そ、それで剛さんは、三阪さんは……」

「大きな怪我もなく、救助隊員の助けを借りて下山しているそうよ」

「あ、ありがとうございます。……ありがとうございます」

ヤスコは相手に何度も礼を言って頭を下げた。

「きっとあなたが無事帰っているので頑張られたのだと思うわ。昼前までには下山してこられるんじゃないかしら。それまで少し休んだら。目が赤いわ。昨夜、休んでないんでしょう。元気な顔で迎えてあげた方がいいわ」

「ありがとうございます。皆さんのお蔭です……」

頭を下げた時、ヤスコは急に視界の中の相手の姿が揺れて、意識が遠ざかった。

無理もなかった。昨夜からヤスコはほとんど眠っていなかった。

サワタリさん、サワタリさん……、自分の名前を呼ぶ声が少しずつ遠くなり、ヤスコはどこか光の中に連れて行かれている気がした。

長い時間、光の中をさまよっていた。

それでも意識の中で、自分はここを抜け出して、どこかへ行かなくてはならない、と自覚すると少しずつ力が湧いて来た。

ヤスコさん、ヤスコさん、遠くから自分を呼ぶ声がした。

聞き覚えのある声だった。

「ヤスコさん、ヤスコさん」

声に目を開けると視界の中にぼんやりと人の顔が見えた。

「ヤスコさん、ヤスコさん」

ヤスコは懸命に目をしばたたかせた。

ようやく見開いた目に、剛の顔がはっきりと見てとれた。

「剛さん！」

ヤスコは叫んで剛の首にしがみついた。

「ごめんね。心配かけて、ごめんね」

耳元で剛の声がする。

ヤスコは顔を何度も横に振って、そんなことはないの、謝らないで下さい、と言いたいのだが、言葉にならなかった。

ヤスコは剛の胸の中で声を上げて泣いた。

これまで父にも、母にもそんなことをしたことがなかった。

ヤスコは剛の胸に顔を埋《うず》めて泣き続けた。

泣きながら、ヤスコは剛の身体のことに気付き、顔を離して、

「剛さん、怪我は大丈夫なの？」

と剛の身体を見直した。

「背中とお尻《しり》を強く打ってるだけだよ。あとは擦り傷だから」

「ダメです。ちゃんとお医者さんに診てもらいましょう」

剛の背後から人影があらわれて笑顔で言った。

「もう医者の処置は終っていますよ」

救助隊員の牧田だった。

「ああ、牧田さん、ありがとうございました」

「礼なんかいりません。この人が頑張ったんだ。それに、あなたにも言ったけど、あなたたち二人は私たちがビックリするほど運が良かったんだよ」

「本当にありがとうございました」

「ヤスコさん、君のお蔭でボクは助かりました。ボクが君にお礼を言わなくちゃいけないんです。君の声を聞かなかったら、ボクはもうとっくに、あの崖の途中で冷たくなっていたんです」

ヤスコは剛が何を言っているのかわからなかった。

剛が両目に一杯の涙をためて、ヤスコを見つめ、今度は剛がヤスコの胸に顔を埋めて泣きはじめた。

ヤスコは肩を震わせて泣いている剛の背中に両手を回し、空を仰いでささやいた。

「神さま、本当にありがとう」

二人がアパートに戻って来た時には、すでに陽は落ちていた。

二人の姿を、残業していた工場の若者が見つけ、大家さんを呼んだ。

「よう、どこへ行ってたんだよ、二人とも。皆、心配してたんだ……。どうした三阪君、その腕の包帯は、怪我でもしたのか。ヤスコさんも疲れた顔をしてるぞ。いったい二人ともどこの山を登ってたんだ？　まさかエベレストまで登ったなんて言うなよ」

「ハッハハー」

剛が笑い出した。

ヤスコも一緒に笑った。

「エベレストまでは登りませんでしたが、かなりの頂上まで登りました。ハッハハ」

二人が笑うと、大家さんも笑い出した。

「三阪君はもうすぐ故郷に帰るんだろう。また一ヶ月も二ヶ月も山ばかり登って……。どうだい、今夜か、明日あたり、皆でまた宴会をしないか。工場《うち》の若いのに子供が生まれたんだ」

「それはお目出度うございます。せっかくですが、今夜はもう疲れてしまって、ゆっくり休みたいんです」

剛がそう言って、ヤスコの顔を見た。

「ええ、私もゆっくり休みます」

「そうか、じゃ宴会の話はまたにしよう」

二人はそれぞれの部屋に入った。

ヤスコは大の字になって天井を見た。そして跳ね起きると、風呂《ふろ》の蛇口を開いてお湯を入れた。そうして剛の部屋につながるドアを叩いた。

すぐに返答があり、ヤスコはドアを開けた。

「剛さん、まずお風呂に入って下さい。今、お湯をためはじめましたから。汚れた衣服を脱いで下さい。私が洗います」

「いいですよ。自分でしますから」

「ダメです。腕を怪我してるんだから。今、お湯に入れるようにビニールで包帯の上から包みますから」

ためらうような顔をしている剛に、ヤスコは強い口調で言った。

「早くして下さい。今夜は私の言うとおりにしてもらいます」

「は、はい」

お湯がたまるとヤスコは剛を呼んだ。

もじもじしている剛にヤスコは、

「さあ、山であったことを皆洗い流しましょう。早く」

剛は衣服を脱いで湯船に入った。

剛が風呂に入っている間に、ヤスコは夕食の準備をはじめた。

疲れているはずの剛の身体に負担がかからぬように粥《かゆ》を作ることにした。

母に教わった田舎の粥である。乾燥させた小海老《こえび》と三つ葉が入っただけのあっさりした味である。田舎では三つ葉のかわりに蓬《よもぎ》か芹《せり》を入れた。

――剛さんが喜んで食べてくれればいいが……。

剛のために料理を用意したのはこれが二度目であるが、一度目は豚のしゃぶしゃぶだったので手料理とは言えない。

　風呂から上がってパジャマに着換えた剛が仔犬《こいぬ》のように鼻を鳴らして言った。

「う〜ん、美味しそうな匂いだね」

「美味しいといいですが」

「ヤスコさんの手料理は二度目だね」

「前は鍋《なべ》にお肉と野菜を入れただけですから」

「でも美味しかった」

　剛が卓の前に座った。

「ねえ、ヤスコさん、喉が渇いたんだけど缶ビールを一本だけ飲んでいいかな」

「今日はダメです。麓の診療所の先生がおっしゃってたでしょう。内臓のどこかを傷付けているかもしれないから、お酒は飲まないようにと」

「は〜い。あれっ、ヤスコさんは食べないの？」

「私は剛さんが食べたあとでいただきます」

「そんなのダメだよ。二人で食べなきゃ美味しくないよ」

「あとでいただきます」

「ダメだ。一緒じゃないと食べない」

　剛は頰をふくらませている。

「わかりました。じゃ、私も一緒にいただきます」

「ヤッター――」

剛が腕を上げて笑った。

――まるで子供のよう……。

「うん、このお粥は最高だね。ヤスコさんは料理が上手いね。料理が上手い人をお嫁さんにもらうと、ご主人はしあわせらしいよ」

「そうなんですか。私は母から少し教わっただけで、決して料理が上手いわけじゃありません」

「そんなことはない。ボクはしあわせ者だ」

料理を食べ終えると、二人は剛の部屋に移って、お茶を飲んだ。

ヤスコは立ち上がり、自分の部屋に戻り、冷蔵庫からチョコレートを取って戻った。

「へぇー、ヤスコさん、チョコレートなんか食べるんだね」

「普段はそんなに食べません。去年のクリスマスにクルーズ船のキャプテンから女の子のスタッフにいただいたんです。それを冷蔵庫にしまっておいたんです。そういえば昔、父がお土産に時々チョコレートを買って来たものです。父がいない時、母と二人で父を思い出しながら少しずつ食べました」

「ヤスコさん、ボクに初めてご両親の話をしてくれましたね」

「そうでしたか」

「ボク、嬉しいよ。やっとヤスコさんがボクにご家族の話をしてくれて……」

「ごめんなさい。きちんとお話ができなくて……」

「いいんだよ。ヤスコさんが今一人ぼっちのことはわかっているし、誰にだって口にしたくない思い出はあるもの」

「いや、そうではなくて、自分のことをどこから、どんなふうに話せばわかってもらえるのか、とずっと考えていました」

「ありがとう。そんなふうにボクのことを考えていてくれて……」

　剛が笑っている。

　ヤスコも剛の笑顔を見て、微笑んだ。

「昨日の夕刻だか、もっと遅い時間だったのかはわからないんだけど、ほら、崖から落ちた拍子に腕時計が岩に当たって、こわれてしまっていたから……。崖の、そこだけ人が一人入れるちいさな窪みになった場所で、ボクは気を失っていたらしいんだ。そうして寒さで目が覚めて、リュックも転落した時に身体から外れていたから、寒くてしかたなかったんだ。身体が震えるほど凍えているのに、なぜか睡魔が襲って来て、ボクは眠ってしまったんだ。その眠りの中で、夜中なのに急に空が光であふれて来て、ボクが、ボクの身体から離れて、その光の中に昇りはじめた時、ヤスコさんの声がしたんだ。はっきりした声で、そっちへ行ってはいけない。剛さん、そっちはダメだから帰って来なさいって……」

　剛は崖の途中で見た夢の話をした。

「あれはきっと誰かがボクを、この地上から連れて行こうとしたんだと思う。ほら、臨死体験をした人がよく言うでしょう。光があふれはじめて、その心地良さそうな光の中に誘われて、入りそうになった時、家族や親しい人の声を聞いて黄泉《よみ》の国へ行かなくて済んだ話を。あれと同じ体験を、あの崖でボクはしたんだ。そのボクを黄泉の国から、地上に戻してくれたのはヤスコさん、あなただったんです」

ヤスコは黙って剛の話を聞いていた。

「ヤスコさん、本当にありがとう」

剛が深々と頭を下げた。

「剛さん、そんなふうに言わないで下さい。転落して命も危ない時に夢の中であっても、私の声を聞いて下さったことが、私には何よりも嬉しいです。でもお礼を言わなくてはならないのは、私の方なんです。あなたは私のために、あの雨の中を一人で立ちむかって下さったんですから。あなたは私のために命懸けで頑張って下さったんです。本当にありがとうございます」

ヤスコの目には知らぬ間に涙があふれ出していた。

「私、今日まで生きていて、こんなに嬉しいことはありませんでした。そして……」

そこまで言ってヤスコは言葉を止め、涙を拭ってから、

「……そして私にははっきりわかったんです。この世の中で、剛さん、あなたが私のことを一番思ってくれていて、そして私にとって一番大切な人だということが……。こん

な私でよかったら、剛さん、あなたと一緒に歩いて行かせて下さい。このとおりです」

ヤスコは畳の上に正座し、両手をついてお辞儀し、

「どうか、あなたのお嫁さんにして下さい」

「……」

剛も正座していた。剛の目にもいつの間にか涙があふれそうになっていた。

「ヤスコさん、本当にボクでいいんですか」

「はい。剛さん、あなたにどこまでもついて行きます」

剛が膝を寄せて来て、ヤスコを抱きしめた。そうしてヤスコの胸元に顔を埋めて泣きはじめた。

ヤスコは剛の背中を何度も引き寄せた。

ヤスコは剛の瞳を見つめていた。

美しい瞳のかがやきだと、部屋の灯りを消した薄闇の中でもはっきりとそう思った。こうして、この人に自分のこころも、身体も、すべてをゆだねるのだ。

剛の熱い吐息がヤスコの首筋から胸元にかかる。ヤスコの身体の中に剛の温度がたしかに感じられた。

ヤスコは剛の瞳のかがやきを見つめながら、剛から受けるすべてのものを離したくないと思った、同時に自分のあらゆるものを剛に捧げようと決心した。

剛が短い声を上げて、ヤスコの身体にもたれかかって来た。

ヤスコは剛の背中を、肩を、首元をやさしく撫《な》でた。

すぐに剛の寝息が聞こえ出した。

その寝息を耳元で聞きながら、ヤスコは、この人で私の新しい人生がはじまると確信した。

目を閉じると、満天の星を山頂で一人見上げている剛の姿があらわれた。

剛はヤスコの気配に気付いたのか、ヤスコを振りむいて笑った。

そうして静かな声で言った。

「やあ、やっとめぐり逢えたね……」

ヤスコはゆっくりとうなずいた。

「ずっと君を待っていたんだ」

「私もです」

剛がヤスコに手を差し出した。

ヤスコも剛の手にむかって、両手を差し出した……。

ヤスコは鳥の声で目覚めた。

どうしてしまったのか、とあわてて身体に触れると一枚の毛布が裸身のヤスコに掛けられていた。

——剛さんはどこ？

と顔を振ると、ヤスコの背中に片手を当てて眠っている剛がいた。

ヤスコは剛を起こさぬように身体を半回転させ、目を閉じた剛の顔を見つめた。

何かいい夢でも見ているのか、剛の顔は微笑んでいるように映った。

ヤスコは剛の額に接吻《くちづけ》をした。

剛が笑った。ヤスコは少し驚いた。

剛が右の目だけ開けて、おはよう、と言った。


朝の光が、これほどまぶしいと、これまでヤスコは感じたことはなかった。

アパートの窓辺に聳える大柳の木の薄緑色の葉を通り、やわらかな色彩をふくんだ光が自分の手に当たっている。

光の声さえ聞こえる気がした。

――こんな朝を迎えるために自分はこの世に生まれてきたのだろうか。そうであるならば、これまでの哀しみは忘れることが、きっとできる。いやもうそうなっているのかもしれない。

ヤスコは今朝の自分を、父と母に見せてあげたいと思った。

ヤスコは朝の空を見上げ、神さまに感謝した。

背後でドアをノックする音がした。

「どうぞ」

「朝食はまだですか」

剛がドアから顔をのぞかせて言った。

「お味噌汁《みそしる》があたたまったら、準備完了です」

「じゃ呼んで下さい。それとアルバイトは今日まで休みの連絡をしていたんですよね」

「はい」

「もしよかったら上野に展覧会を見に行きませんか。見て欲しいものもあるし」

「朝食の時に話しましょう」

「オーケー」

ドアが閉まる音がして、また窓から七月の風が吹き寄せて来た。

「あっ、いけない。お味噌汁が……」

ヤスコはあわててレンジの方に駆け寄った。

——展覧会か……。

午後から二人は上野にむかった。

「どんな展覧会なの？」

「見てのお楽しみです」

「そう、じゃ期待しています」

上野駅を降りて、夏木立の中を歩き出すと、ヤスコは立ち止まって深呼吸した。

それを見て剛も同じように深呼吸した。

「いいなあ、木々の匂いって。山とはまた違いますね」

剛の言葉にヤスコは笑ってうなずいた。

国立西洋美術館の前で剛はポケットからチケットを出した。

展覧会は版画で有名な十五世紀のドイツの画家、マルティン・ショーンガウアーの展覧会だった。

展覧会のタイトルは『ショーンガウアー歿後《ぼつご》五百年記念展』とあった。

「まあ……」

ヤスコは思わず声を上げた。

「どう、気に入りましたか」

「私のために？」

「そう。一週間前にひさしぶりに大学に行ったら、キャンパスの壁にポスターが貼ってあったので、ヤスコさんなら喜ぶんじゃないかと思って前売券を買っておいたんだ」

「ありがとう」

どの作品も精巧に仕上げられていて、五百年前の制作とは思えないほど活き活きとしていた。

ヤスコは一枚の版画の前で立ち止まった。

それはイエスとマリアが天上界の玉座に二人並んで腰かけている作品だった。右側に座るイエスは膝の上に全宇宙を象徴する世界球を載せ、左手を添えている。そうして右手を上げ、聖母マリアに祝福を与えていた。祝福を受けるマリアは目を伏せ、両手を合わせて感謝している。その二人を三人の天使が見守っていた。

ヤスコは作品にむかって手を合わせ、胸前で十字をこしらえた。

ヤスコは胸の中で、剛とめぐり逢わせてもらえたことを感謝した。

二時間余り、鑑賞し、二人は美術館を出た。

「見せたいものって、これだったんですよね。剛さん、ありがとう」

「いや見せたいものはもうひとつあるんだ」

「そうなの」

「さあついて来て」

剛は前を歩いた。

そうして東京国立博物館の入口に立つと、係員と話をして、ヤスコを手招いた。

二人は正面の博物館の建物にむかって歩き出した。

「見せたいものって、ほら、あれだよ」

剛が指さした前方に一本の大きな木が聳《そび》えていた。

剛は木に近づくと、その木を見上げて言った。

「これユリノキって言うんだ。どう見事でしょう。ボク、東京へ受験に来た四年前に、ここに来て、この木と出逢ったんだ。それから毎年、何度かこの木を見るんだ。何か嫌なことがあると、口惜しかったり、メソメソしている自分を、この木にむかって、ダメだなボクは……、でも頑張れば何とかなるかな、って言ってたんだ。そうすると少しずつ気持ちが晴れて来るんだ。この木がボクにむかって、何をメソメソしてるんだ、きっとできるに決まってるよ、と声を掛けてくれている気がするんだ。勿論、イイことも話しに来たよ。今日は、この木にボクの最高の人を紹介しようと思って来ました」

剛は木にむかって話しはじめた。

「やあ、元気かい？　彼女、サワタリヤスコさん。ボクのフィアンセだよ。どうだい？　ボクもやるだろう」

ヤスコは思わず笑い出した。

「ほら、君は言っただろう。淋しいことはずっとは続かないって。ボクにも光がきっと見える日が来るって。彼女がボクの光だよ。どんなもんだい」

剛の話を聞いているうちに、ヤスコの身体の奥から感情がこみ上げて来た。

——この人はずっと私を待っていてくれたのだ……。私も、この人にめぐり逢うために歩いて来たのだわ。

「ヤスコさん、何か話しかけてみる？」

剛が笑って見ている。

ヤスコは木を見上げて言った。

「初めまして、サワタリヤスコです。剛さんのフィアンセです。どうぞよろしくお願いします」

「ヤッター――」

剛が手を打って飛び上がった。

「私、剛さんとずっと一緒に生きて行きます。どうぞ見守って下さい」

ヤスコが言い終えると、剛が真剣な顔で、

「本当にありがとう」

と深々と頭を下げた。

「やめて下さい。もうこれからは私にそんなふうにしないで下さい。そうしたいのは私の方なんですから」

「わかりました。さあ、もうひとつ見せたいものが、いや、これは聴かせたいものかな」

剛の言葉にヤスコは、何だろうという顔をした。

剛が二枚のチケットを出した。

「えっ、剛さん、私に何を聴かせて下さるの？」

剛が手にしたチケットをヤスコの目の前に近づけた。

「もしかして、それは渡部宏《わたなべこう》先生のリサイタルのチケットなの？」

「ピンポーン。正解です。今日がその日だったから、もしヤスコさんがアルバイトの日だったら休んでもらおうと思っていたんだ」

「はい。それがわかっていたら、勿論、そうしています。でもどうして私が渡部先生のリサイタルに行きたかったことを剛さんは知っているの？」

「ヤスコさんと初めて食事をした夜、レストランでチェロの話をあなたがしてくれたでしょう。この人の名前をあなたから聞いたのを覚えていたんだ。この人のような音色が出せたら……って話してました」

ヤスコは、あの夜、ワインを飲んで自分が少し昂揚《こうよう》していたことだけを覚えていた。

渡部宏は今後が期待されるチェロ奏者だった。東京藝術大学を卒業後、ドイツ、フライブルグ音楽大学に留学し、卒業後、スペイン音楽を学び、欧州の各地で音楽祭に参加し、ミュンヘン音楽大学マイスター・クラスを修了、室内楽だけでなく、教会音楽、バロック音楽にも積極的に取り組み、コンサートツアー、レコーディングに多数出演して帰国した。チェロの演奏だけでなく、渡部の出身地である岩手県の同郷の詩人、宮沢賢治《みやざわけんじ》に因《ちな》んだ「どうして賢治はチェロを弾きたかったのか」というテーマでのコンサートも開いていた。

ヤスコは大阪の音楽大学でチェロを学んでいた時、一度、彼のリサイタルを聴きに行き、感動したことがあった。

スペイン、カタルーニャ出身のパブロ・カザルスが演奏して有名になった〝鳥の歌〟を何より大切にしていることも、ヤスコが渡部宏に惹《ひ》かれる理由のひとつだった。

上京してからは生活することで忙しく、渡部のリサイタルに行けなかった。

ヤスコはチケットを見て、思わず剛の首に手を回して抱きついた。

「剛さん、ありがとう。こんなに嬉しい日はないわ」

「ど、どうしたの急に……」

剛は驚きながら満更でもない声を出していた。

二人はリサイタルの会場の東京文化会館にむかって歩き出した。

ヤスコは自分の頰が火照っているのがわかった。喜びのあまり、思わず剛に抱きついてしまったのだが、周囲の人たちが自分たちを見ているのに気付いて、あわてて剛から離れた。自分でも大胆なことをしてしまったと思った。

席に着くと会場は満杯だった。

――よくチケットが入手できたものだわ。

剛がチケットを手に入れてくれていたことも嬉しかったが、それ以上に剛が自分のことをずっと気にかけてくれていたことが嬉しかった。

レストランでの食事の席で、ほんの少しだけ口にした名前をちゃんと覚えていた剛の記憶の良さとやさしさに感動した。

その夕べの演奏はベートーベンのチェロ・ソナタ第2番ト短調作品5―2からはじまった。

どうしたら、こんな音色と音楽世界が創り出せるのだろう、とヤスコは身体の芯《しん》のようなところが震えるのを感じた。続く演目は――

イベール　無伴奏チェロのための練習奇想曲〝ショパンの墓に〟

　ドビュッシー　チェロ・ソナタ
　プーランク　チェロ・ソナタ
　そしてアンコールに、フォーレの〝夢のあとに〟とポンセの〝エストレリータ（星に願いを）〟が演奏された。

　会場の客が全員立ち上がって渡部宏に惜しみない拍手を送った。

　ヤスコは会場を出て歩き出した時、思わず立ち止まって、両手で顔を覆った。

「どうしたの？」

　剛が立ち止まり声をかけた。

「大丈夫？」

　剛の声だけが届く。

　ヤスコは泣き出していた。突然先触れもなく涙があふれて止まらなかった。

「ごめんなさい。私、こんな、こんなしあわせな時がくるなんて……思ってもいなかったの。本当にありがとう、剛さん」

　剛はヤスコが泣きやむまで、そっと側にいてくれた。


　三軒茶屋のアパートに戻ると、夜の十時を過ぎていた。

「剛さん、今日は一日本当にありがとう」

「もういいよ。そんなにお礼を言わなくても……」

「はい、でも本当に嬉しかったの」

「どうですか、休む前にワインで乾杯でもしませんか？　今夜のためにに買っておいたんだ」

「身体は大丈夫なんですか」

「勿論、ほらこのとおり……」

と剛が案山子《かかし》のまねをして片足で立って両手をひろげて見せた。

「わかりました。じゃ、今、お風呂を沸かしますから剛さんが先に入って下さい」

「オーケー」

ドアが閉まると、ヤスコは風呂の用意をして、着換えをした。

机の上に置いたリサイタルのパンフレットをあらためて見直した。

目を閉じると、耳の底に素晴らしいチェロの音色がよみがえってきた。まだヤスコの身体のどこかがチェロの旋律に酔いしれている気がした。

ヤスコはパンフレットを本棚のクリアブックに仕舞った。

そのクリアブックの一ページ目、母に連れられて初めてチェロを習いに行った日に母と撮影した写真が目に留まった。

小学三年生のヤスコが母と二人で郡中教会の前で笑って立っていた。

ヤスコにチェロをすすめてくれたのはスペインから日本にやって来た郡中教会のラチョレ神父さまだった。

パブロ・カザルスという世界的なチェロ奏者の名前と〝鳥の歌〟の話も、ラチョレ神父さまが教えてくれた。

「チェロの音色には人間の魂の声が聞こえるとスペインでは言います」

神父さまの言葉だった。

ヤスコはあらためて、自分がいろんな人たちから見守られて来たのだとわかった。

剛がワイングラスをかかげて言った。

「何に乾杯しようか？」

「そうですね。剛さんの素敵なプレゼントに感謝して乾杯しましょう」

「いや、それだけじゃなくて、ボクたちがこうしていられることに、いろんな人たちに乾杯しよう」

「そうですね」

ヤスコには剛がまぶしく見えてしかたなかった。


ヤスコは、その夕刻、東京湾クルージングの仕事の合間に、東京湾と湾岸の街々を朱色に染める美しい夕陽を何度か見つめた。

――もうこの夕景を見ることはないのだろうか……。

ヤスコは胸の奥でつぶやいた。

その日の朝、ヤスコは事務所の人たちに礼を言った。数日前にこのアルバイトを退《や》めることは申し出ていた。

「サワタリさんに今抜けられると困るんだけどな……。でも事情は聞いているからね。音楽大学へ入る準備をするんだってね」

「はい。申し訳ありません。本当に十一ヶ月間お世話になりました」

ヤスコは事務の女性たちに挨拶し、アルバイト最後の乗船をした。

山での事故があってから三日後、ヤスコは剛から彼が帰省し、実家の両親にヤスコの話をして結婚の許可をもらうと言われ、ヤスコが希望するなら来年、音楽大学へ入学し、チェロの勉強を再びはじめてはどうかとすすめられた。

「学費ならボクも来年から手伝えるから」

「いいえ、それは大変ですもの。実は私にも父と母が残してくれたものが少しあるんです。でもそれは将来のためにと取って置いたんです。剛さんに渡部先生のリサイタルに連れて行っていただいて、私ももう一度勉強しなおそうという気持ちになれました。これも剛さんのお蔭です」

「そんなことはないよ。ここに引っ越して来た後、大家さんや工場の皆で聞いたヤスコさんのチェロの演奏に、ボクは本当に感激したんだ。だからいつかその時が来たら、もう一度やってみたらと言おうと思ってたんだ」

——それで剛さんは私をリサイタルに誘ってくれたのだわ……。

「ありがとう剛さん」

ヤスコは剛にめぐり逢ったことで自分の明日に明るい光が差しはじめたのを強く感じた。

サワタリさん、メインディッシュがはじまりますよ、と同僚の女の子の声がした。

「あっ、はい。すぐに」

ヤスコは厨房にむかう前にもう一度夕陽に染まる東京湾を見直した。

——ありがとう。私、頑張るから。いつかまたここに来ますから……

とつぶやいて走り出した。

ヤスコは最後のアルバイトを終えて電車に乗った。時計を見ると、時刻はすでに十一時前だった。三軒茶屋のアパートには剛が待っているはずだ。

今夜でしばらく剛にも逢えない。

昨夜、剛がいなくなる不安をヤスコは剛の腕の中で洩《も》らした。

「あなたがいなくなるのが少し不安です」

「そうなの？　じゃ帰省するのをやめようか」

「いや、そんなことじゃないの。あなたにとって、夏の休みにご家族と過ごしたり、山へ登ったりするのが楽しみなのは十分わかっているし、私もあなたがそうしてくれるのは嬉しいの。ただこんなにずっと人と一緒にいたことがなかったから……そう言っただけ。ごめんなさい」

剛がヤスコの髪を撫でた。

「淋しいのはボクも同じだよ」

「剛さん、今言ったことは忘れてください。一ヶ月なんて、あっと言う間ですもの」

「そうだね……」

ヤスコは電車に揺られながら、耳の底に残る昨夜の会話を思い出していた。

——一ヶ月が過ぎれば、また、楽しい時間がやって来るのだから……。

そう思った時、ヤスコは剛が実家で自分のことを家族に打ち明けて、剛が言うように、『皆きっとヤスコさんの話をしたら大喜びするに違いないよ』ということになるのだろうか。そんなに簡単に結婚ができるものなのか。ヤスコは急に不安になった。

このまま剛に永遠に逢えなくなるのではなかろうか。この二ヶ月間の出来事は幻であったのではないか……。

ヤスコは目を閉じて激しく首を横に振った。どうしてこんなふうにしか考えられない性格になってしまったのだろう。

その時、ヤスコは何かの気配を感じて目を開けた。

ゆっくりと顔を上げて周囲を見た。

車輛《しゃりょう》の中の一人一人の顔をうかがった。車輛の隅の方にヤスコから隠れるようにしている男を見た。

男の顔が見えた。ヤスコは胸を撫でおろした。

——そんなはずはない。

ヤスコは肩で息をしていた。

ナオキの気配を感じたのだった。気配は失せ、ヤスコは車内のアナウンスを聞き、席から立ち上がった。

アパートに着くと剛の部屋の灯りが点《とも》っていた。

灯りを見てヤスコは安堵した。

階段を音を立てて駆け上がると、予期したように、お帰りなさい、と剛の声がした。

その声にヤスコは思わず白い歯を見せた。

ドアを開けると一枚の紙がたたきに落ちた。拾い上げると剛の伝言だった。

ヤスコさんへ
お疲れさま。今夜の食事は準備してあります。どうぞ剛亭へ

剛

——あら、そうなんだ……。

ヤスコは服を着換えて剛の部屋につながるドアを開けた。

「お帰りなさい。ようこそ剛亭へ。今夜は思い切って剛流のスキヤキで～す」

テーブルの上に鍋が置かれ、周りに野菜の具材と肉の載ったお皿が見えた。

「まあ美味しそう。これを剛さんが全部準備して下さったの」

「勿論。でも野菜と肉を切っただけだよ」

「怪我しなかった」

「大丈夫、下ごしらえの時、少しワインを飲んでしまいましたが……」

そういえば剛の顔が少し赤かった。

「さあ主役はそこに座って下さい」

「主役？」

「そう、アルバイトお疲れさま。ヤスコさんと、あの船で出逢わなければ、今のボクのしあわせはありません。あの船のデッキで空を見上げていたヤスコさんが主役です」

「それは私も同じです。私にとっては剛さんが主役です」

「そんなふうに言わないの。今夜はヤスコさんが主役です。さあ乾杯しましょう」

剛がワインのボトルを取った。

ヤスコもワイングラスを手にして、

「このグラスどうしたんですか？」

と花柄のワイングラスを見つめた。

「今日、三軒茶屋の近くでガレージセールをしていて、これを見つけたんだ。ふたつで三百円、いいでしょう」

ヤスコは剛がこしらえてくれる肉や野菜を口にし、美味しい、と何度も言った。

「へえ～アパートの屋上って、こんなふうになってたんだ。知らなかった」

ヤスコと剛は食事を終えると、剛の提案でアパートの屋上に上った。

「でしょう？　ロマンチックだと思いません」

「そうですね。わあー、星が綺麗……」

見上げると星が七月の夜空にひろがっていた。

「本当だね。夕刻から少し風が出たんで、今夜の星は最高だね」

「剛さん、ほら」

ヤスコが北極星を指さした。

「あなたと最初にあの星のことで話をしたのね。縁結びの星です」

「縁結びの星か、いい言葉だね」

「一万二千年後になると、星たちは一周して、今夜のかたちでかがやいているんでしょう」

「そう、よく憶《おぼ》えているね」

「私、剛さんが話してくれたことは全部憶えています」

「えっ、それは困る。変なことも口にしてるし……」

「そんなことはありません。寒くない？」

「ちっとも」

ヤスコは手にしたショールを剛の肩にかけようとした。すると剛がヤスコを引き寄せ、そのショールを二人でかけた。

「一万二千年後もボクは君をずっと守るから……」

「私も……」

二人は頬を寄せて星を見上げた。

翌朝、ヤスコは早く目覚めて朝食の準備をした。

時刻が来たので、ヤスコは剛を起こした。

「まだ眠いな。あと五分だけ」

「ダメです。皆さんが剛さんの帰りを待っていますよ」

欠伸《あくび》をする剛を洗面所に連れて行き、朝食のテーブルの前に座らせた。

「う～ん、美味しそう」

朝食が終ると、二人はアパートを出て、大家さんに挨拶に行った。

「ボクは一ヶ月後に戻りますからヤスコさんをよろしく」

「わかった。早く帰って来なさい。工場も数日後に改修工事をやるんで、一週間、皆が休日になる。ヤスコさん、私と二人でデートしよう」

剛がヒゲ森を睨むと、冗談だよ、と笑われた。

上野駅のプラットホームでヤスコはデッキに立つ剛を見ていた。

「剛さん、このチケットありがとう。行って来るわ」

ヤスコは昨夜、剛がくれた若い女性のチェロリサイタルのチケットが入った白い封筒を差し示した。

「いいリサイタルだといいね」

「きっと素敵な演奏だと思うわ」

発車のベルがプラットホームに響いた。

ドアが閉まると剛は窓に寄り、笑って手を振った。ヤスコも手を振った。

剛が唇を動かした。すぼめた唇の次に唇を開いて、それが何の言葉かヤスコにはすぐにわかった。〝好き〟と言っている。

ヤスコも同じように〝好き〟と言った。

その瞬間、剛が泣いているのがわかった。列車が動き出し、半ベソの剛の顔だけがヤスコの目の中に残った。

列車の姿が消えると、ヤスコは両手で顔を覆った。

その日の午後、ヤスコは上野の音楽大学へ行き、来年の入学に必要な書類、試験の科目のレクチャーを受けた。レクチャーが終ると、大阪の音楽大学で以前、教えを受けていた教授の紹介状を持って、音楽大学の教授の部屋へ挨拶に行き、秋からチェロの指導を受けるお願いをした。

物静かで、やさしい先生だったのでヤスコは安心した。

夕刻から、剛が用意してくれたリサイタルを聴きに行く予定だった。

時間が少しあったので、ユリノキを見に行くことにした。

木は葉が少し大きくなって、剛と見た時より明るく重厚に見えた。

——こんにちは。元気ですか。

ヤスコは木を見上げてささやいた。

七月の風がわずかに吹いてザワザワと葉音をさせた。それがヤスコには木の声のように思えた。

「やあ、私は元気だ。君はどうだい？」

——私も元気です。剛さんがいなくて少し淋しいけど、大丈夫です。

またザワザワと葉音が返って来た。

リサイタルは東京文化会館の小ホールで催されていた。

パンフレットを見ると、チェリストはヤスコと年齢が変わらなかった。

ヤスコの方がふたつ若い。

清楚《せいそ》な女性であった。羨《うら》やましい気もしたが、きっとこの人はこの人なりに頑張ってきたのだろう、と思った。

演奏がはじまるとヤスコは姿勢を正した。

素晴らしい演奏である。

ヤスコの耳に入って来るシューマンのアダージョとアレグロは、ヤスコを興奮させた。

続く、シューベルトのアルペジョーネ・ソナタはさらに感心した。

——私にも、こんなふうに演奏できる時が来るのかしら……。

ブラームスのチェロ・ソナタ第2番で演奏が終り、彼女の姿が舞台から消えても、観客の拍手は鳴りやまなかった。

アンコールは、カサドが師カザルスに捧げて作った〝親愛なる言葉〟だった。ヤスコの好きな曲だった。続くポッパーのハンガリー狂詩曲は迫力があった。圧倒的な力量を持つチェリストだった。

アンコールが終り、チェリストの姿が消えてもヤスコはしばらく立ち上がれなかった。自分がひどく興奮しているのがわかった。

剛と二人で渡部宏のリサイタルに来た時は、急に剛にリサイタルに行こうと言われて驚きの方が大きく、こころの準備もできないまま聴きはじめた。それにチェリストの実力に圧倒され、ただただ聴いていた。

今夜は違っていた。来年から音楽大学へ通うことを決意し、個人教授も申し込んで来た。舞台の上に立つ演奏者が自分と同じ世代と知って、彼女とは今は比べようもないが、これから精進して、少しでも彼女に近づきたい、と思った。

ヤスコは自分の身体の奥に潜んでいたチェロに対する情熱がひさしぶりに頭を持ち上げて来るのを感じた。

——これも剛さんのお蔭だわ。ありがとう剛さん……。

ヤスコは席を立ち上がり会場を出た。

これまでと違って、自分が一人ではないと思うと、きっとチェロも頑張れると思う。

——さあ、今夜から練習だ。

ヤスコは上野の森を歩きながら、剛のお蔭で新しい自分の生き方が見つかるのだ、と今夜のチケットを用意してくれたことに感謝した。

——もう一度やり直そう。今夜からチェロの練習をはじめよう……。

ヤスコは自分の身体がどこかはずんでいる気がした。

風が出ていた。

木々の葉がざわめく。見上げると空は、雲に覆われて星は見えない。

足元を風がさらった。

少し肌寒い気がしたが、ヤスコは、

「ちっとも寒くないわ」

と声に出した。

歩調を速めて駅にむかおうとした時、風音の中に声を聞いた。

「……ヤスコ」

自分の名前を誰かが呼んだ気がした。

うん、とヤスコは小首をかしげ、聞き間違いと思って歩き出した。

「ヤスコ」

ヤスコは思わず立ち止まった。

背中に戦慄《せんりつ》が走った。

——まさか……。

振りむくと、数メートル先に黒い影が立っていた。話し出した声でナオキとわかった。

「ずいぶんと探したぜ。……思ったとおりだ。おまえが、あの夜も後生大事にかかえていた、あの楽器を東京で演奏する場所で待ち受けていたんだ。どうだ、俺の勘の良さは……。探したぜ、この二年。よくも逃げ出しやがって……」

ヤスコは周囲の様子をうかがい、どちらに逃げ出せばいいかを考えた。

周囲に人の気配はなかった。

——駅だ。駅にむかって走ろう。そこで大声を出して助けを求めよう。

ヤスコの考えを見抜いているかのようにナオキは少しずつ回り込み、駅を背後にした。

駅とは逆方向に灯りが点り、そこに数人の人影があった。

——あそこまで走ろう。

ヤスコはナオキの顔をじっと見つめ、ナオキが動いた瞬間、その場を走り出した。

待て、この野郎、と声がしたと思ったら、ヤスコは襟元をつかまれ、アッと声を上げる暇もなく、後頭部に強い衝撃を受けた。

第三章　めぐり逢い

目を開けた時、ヤスコは何が起こったのかわからなかった。

自分が今どこにいるのか、なぜ目を覚ましたのか、今が夜なのか、昼なのか、何をしているのかさえわからない。

薄闇の中に自分が横たわっている。物音もしない。現実の世界なのかもあやふやだ。

――もしかして死んでしまったの……。

顔を上げようとすると後頭部に鈍痛がして、上半身が痺《しび》れるような感覚がした。痛みがあるというのは現実のはずだ。起き上がろうとしたが身体が思うように動かせない。

口元が何かで覆われていた。

手を上げようとしても両手が重い。それでも歯を食いしばって両手を持ち上げた時、両手が何かで縛られているのがわかった。

――何なの、これは？　どうしてこんなことをされているの……。

フッ、とヤスコは声を上げた。薄暗い宙に上野の森で自分を待ち伏せていたナオキの顔がよみがえった。

——ナオキに拉致《ら ち》されているのだ……。

ヤスコは顔を歪《ゆが》めた。

リサイタルの帰り道、森の中からナオキがあらわれた。逃げ出そうと走り出した。そこまでは思い出せた。後頭部に衝撃が走った。

気を失ってしまったのだ。ナオキが私をここへ運んできたに違いない。ここはどこなのだろう。視界に見えるものを探った。窓もない。耳を澄ました。遠くで何か音が聞こえる。寄せて返すような音である。波音かもしれない。波音なら、意識を失っている間にかなり遠くまで運ばれたことになる。

足を動かそうとした。右足は動くが左足を引き寄せて膝《ひざ》を立てようとしたがまったく動かない。左足首を何かに縛られている。

右膝を立てると腹部に痛みが走った。

蹴《け》られたのか……。いやお腹ではない。下腹部が痛い。

その瞬間、ヤスコは目を閉じ、顔を歪めた。

——犯されたのだ……。

大阪のアパートのそばの田圃《たんぼ》の中でされたように、ナオキに弄《もてあそ》ばれたのだ。

喉《のど》の奥から呻《うめ》き声が出て、ヤスコは泣き出した。

——なぜこんなことをされなくては……。

あふれる涙を拭《ぬぐ》うことのもままならない。

とめどなく涙が流れて全身が震え出し、吐き気が襲い、胃の奥から何かが喉元まで上がって来た。口を覆った隙間から異臭が鼻を突いた。

——何を飲まされたの？

自分の身体が自分のものではないように思える。

ヤスコは唾《つば》を飲み込み、吐き気を止めた。息が荒くなっている。こんなふうになったことはない。

ヤスコは泣き続けた。両手を必死で上げた。粘着テープで指先まで固定されていた。

涙を振り払い、目をしっかり開いた時、天井の闇に剛の顔があらわれた。

——そうだ、ここを脱出して、剛さんのもとに帰らなくては……。

ヤスコは歯を食いしばった。

その時、足音がした。ドアが開くような音がして、隣室に誰かが入って来た。

ヤスコは目を閉じた。

引き戸が開くような音がして灯《あか》りが差し込んだのが目蓋《まぶた》を通してわかった。

戸を開いた者は何も言わない。自分の様子を見ているのだろう。

——ナオキだ。

思い出したくもないナオキの体臭を感じた。

戸が閉まる音がして、隣室を歩く足音がした。足音はやみ、声が聞こえて来た。

誰かと話をしている。電話をしているのだろう。

また下腹部に激痛が走った。

ヤスコは冷静になろうとした。

何か、ここを脱出する方法があるはずだ。

隣室の話し声がやみ、すぐにドアが開く音がして鍵《かぎ》がかかる音が続いた。

ヤスコは上半身を起こそうと身体をねじり、横向きになって上半身を折り曲げた。立て膝の恰好《かっこう》で起きると、闇に慣れた目でヤスコが居る部屋の様子を見回した。

窓は左手にあった。カーテンが粘着テープで留めてある。先刻、聞こえた波音に似た音がした。波音とは違う。すると違う音が聞こえた。

車の走る音に似ている。三軒茶屋のアパートで夜半に聞く音に似ている。

──高速道路を走る車の音だわ。

もしそうなら、ここは東京ではないかと思った。波の音に似た音は何なのだろう。

──もしかして川を流れる水音……。

地の底から聞こえる水音だとしたら東京の下町かもしれない。

その時、また足音がした。

足音は複数だった。

ヤスコはあわてて横になり、あおむけで目を閉じた。

ドアが開く音がして男の声がした。

「それがまだ肝心の船が着かねえんだよ」

「何をやってんのや」

ナオキの声だった。

「まったくあいつらは段取りが悪いんや。それで漁場への下見は上手《うま》く行ったのかい」

「俺にぬかりがあるか」

「ところでネエちゃんは元気かい？」

「いらんことを言うな」

「喉が渇いたぜ。ビールでもくれよ」

「冷蔵庫にある」

「どこだ？　冷蔵庫は」

「うるせえ野郎だ」

「悪いな」

その時、ヤスコの居る部屋の戸がいきなり開いた。

「何をしてやがる。勝手なことをしやがるとわれもくらわすぞ」

ナオキの怒鳴り声がした。

「いいじゃねえか、ちょっと拝ませてもらってもよ。ネエちゃんをかかえて運んだのは俺たちだぜ。少しくらいお裾分《すそわ》けにあずかっても罰はあたらねえだろうよ」

戸が勢い良く閉じられた。

「二度とこんな真似をしたら、われの両腕を千切るぞ」

「ほお面白いじゃねえか」

声がやんだ。

ヤスコは生唾を飲んだ。

「ハッハハ、冗談だよ。冗談に決まってるじゃねえか。おまえが強いのは知ってるからよ。機嫌を直してくれよ。どうだい観音裏にいい飲み屋がある。今夜は俺が奢《おご》るからよ。兄貴からもあんたの面倒をちゃんとみるように言われてんだ。さあ行こう」

二人が隣室から出て行った。

また静寂がひろがった。

たしかナオキと一緒に入って来た男が、観音裏の店と言っていた。と言うことは、ここは浅草《あさくさ》の近くなのだろうか。

そうだとしたら、あの音は隅田川《すみだがわ》の水音なのだろう。

東京にいるのだ。東京なら何とか脱出の方法があるはずだ。

ナオキが戻って来たのは明け方だった。粘着テープでカーテンは閉じられていても、かすかに外光の気配は見てとれた。

男たちが出て行ってから、ヤスコはここを脱出する方法を考え続けたが、これという手立ては思いつかなかった。しかしどこかでそのチャンスが来ると思った。

水道の水が勢い良く出ている音がする。水を吐き出している。

戸が開いた。ヤスコは目を閉じていた。ナオキが近づいて来る。酒の匂いがした。ナオキは酔うと乱暴になるのをヤスコは知っている。ナオキが頭のそばで立っている。ヤスコは息を殺していた。

カチャッ、と音がした。何の音だろう。

ナオキが縛られた両手をつかみ、ギィギィッという音とともに粘着テープを切った。そうしてその手を取り、ヤスコの身体に馬乗りになった。

ヤスコは目を開き、ナオキを睨《にら》みつけた。

ナオキもヤスコを睨んでいる。ヤスコは両手を取られている。ヤスコは必死で上半身をねじり、抗《あらが》った。

「おとなしくしろ」

野太い声がした。ヤスコは激しく首を振った。

下腹部に痛みが走った。ヤスコは目の玉を剝《む》くようにして、ヤメテ、ヤメナサイ、と訴えたが、なすすべがなかった。

涙があふれ出した。

剛の笑顔が頭の中を横切った。さらに涙があふれる。

ヤスコは粘着テープを貼られた口を動かし呻き声を上げた。

――お願い、ヤメテ……。

三日目の朝になった。

一昨日も、昨日も、ナオキは近くで買って来たものを食べさせようとしたが、ヤスコは食べることを拒絶した。

「食わずに死ぬつもりか。そうはさせんぞ」

ヤスコは一言も口をきいていない。

ナオキは無理矢理食べ物をヤスコの口に入れた。その指をヤスコは思い切り嚙《か》んだが、ナオキは平然としていた。ヤスコは口の中のものを吐き捨てた。

四日目にヤスコは食べ物を進んで口にした。

昨夜《ゆうべ》、ヤスコは考えて、そうすることにした。

「フッフフ、空腹には耐えられんか……」

ヤスコはパンを嚙みながらナオキを睨みつけた。

――あなたのために食べてるんじゃない。あの人のために生きるの。

ナオキの姿が失《う》せると、剛のことを考えた。自分はあの人のためにも、ここを脱出しなくてはいけない。

夏休みで剛が帰省したことが唯一の救いだった。そうでなかったら、今頃、あの人は私を探し続けているに違いない。私は必ずあの人の下に帰る。二人でしあわせになる約束をしたのだから……。

ヤスコはそう何度も自分に言い聞かせた。

しかしナオキに犯される度に、ヤスコは自分が剛から離れて行くようで不安になった。涙を流しながらヤスコはナオキとの時間に耐えた。

「いつまで泣いとるんや。わしらはもう、ほれ、ちゃんと添い遂げとるぜよ。われはわしの女じゃから。もうちっとやさしい目をせんか。その目は、あの強情っ張りのミネ婆にそっくりじゃ」

ナオキはヤスコの祖母の名前を出した。

ナオキは昔の話を独り言のように聞かせた。ヤスコはいっさい耳を貸さなかった。それでも話は何度もくり返された。

「……わしはこんまい（少年の）時、われを一目見て、わしの嫁にすることに決めたんじゃ。水天宮の神さんに何度《なんべん》も祈った。冬の、寒《さん》むい時の水垢離《みずごり》もした。水天宮さんの声がようやっと聞こえたんじゃ。『ヤスコをわれの嫁にせよ』とな。そやし、わしらは運命の糸で結ばれとるんじゃ。まあ、いずれわれもわかるて……」

その話をする時のナオキの声は妙に澄んでいた。

——この人は狂っているのだ。

ヤスコはそう思うことにした。

「われを探すためにつまらんことも引き受けた。まあそんなことはどうでもええ。われがおとなしゅうなれば大阪へ連れて行く」

ヤスコはナオキが自分を探すだけのために上京したことを知ってそらおそろしくなっ

た。ヤスコを運んだのは、時折、あらわれる男たちだった。

ナオキが、あの男たちと何をするのか、ヤスコには関係のないことだった。

ただ少しずつナオキが自分に対して警戒心を解いている気がした。

縛る足首を左から右に変え、縛っていた足首を揉《も》んでくれたりした。

――どんなことをしても私があなたに情を抱くことはない。

スープをあたためてくれることもあった。

ヤスコは黙って、それを飲んだ。すべては剛のためだと耐え続けた。

五日目、男たちの動きがあわただしくなった。ようやく船が着いたとか、漁協の見張りが、とか、ヤスコには訳のわからぬことを話していた。

その日の夕刻、ナオキが言った。

「明日の朝まで出かける。手は少し動くようにしてやる。逃げようとか、つまらぬことをするな。表に見張りがつけてある。声を上げたらすぐに飛び込んで来る。その時は二度と口がきけぬようにしてもええと言うてある。嘘や、脅しと思うなら声を出してみるとええ。仕事が終ったらおまえを連れて大阪へ帰る」

ナオキが男たちと出て行くと、静寂がひろがった。

ヤスコは指先が少し動くようにしてあるのを確認して、口を覆った粘着テープを丁寧に剝《は》がした。上半身を起こして縛られた足首を見た。

ナイロンのチューブの中に鉄の鎖が入ったロープで結ばれ、鍵がかけてあった。ヤスコは両手でロープを握り、力の限り引っ張った。何度くり返しても同じだった。途中、力を入れ過ぎてヤスコは尻《しり》からドーンと音を立てて転んだ。あわてて外の気配をうかがった。人が動く気配はなかった。

次にカーテンの所へ近寄り、指先がわずかに届くので粘着テープを取ろうとした。近くに家があり、誰か人がいれば大声で助けを求めるか、拉致されていることを報《しら》せられるかもしれないと思った。あと十数センチが足りなかった。

ナオキが置いていったミネラルウォーターを飲み、パンを口にした。外の気配をうかがった。

天井を見た。電気のコードが垂れている。

一瞬、死んでしまえる、と思ったが、ヤスコは首を激しく横に振り、

「剛さん」

ここに来て、はじめて声を出し、泣き崩れた。

ナオキは陽が昇った時刻に戻って来た。

疲れているのがわかった。何をしてきたのか詮索《せんさく》するつもりもなかった。悪事に決まっている。

「ほう、一度テープを取ったな。思ったとおりだ。われは頭がええ女じゃ、そうすると思うとった。けど逃げ出しはせんかった。いや逃げる方法がなかったまでじゃろう」

ナオキが口元をゆるめた。笑うナオキを見て、ヤスコはナオキの自信のようなものと、自分の置かれている状況の厳しさをあらためて確認した。

ナオキはヤスコを犯し、隣室で高鼾《たかいびき》をかいて寝ていた。

必ず脱出のチャンスはやって来る。

ヤスコは下腹部の痛みに耐えながら天井を見ていた。

ヤスコは先刻、ナオキが部屋に戻って来た時、表の見張りの男にむかって、部屋に入ったりしなかっただろうな、おかしなことをすると命がないぞ、と脅していたのを聞いていた。拉致されている自分が、監禁しているナオキから守られている……。

午後から風が吹き出し、雨も降っているのがカーテン越しにわかった。

起き出して部屋に来たナオキが、今夜も同じように出かける、と言った。

「今夜で仕舞いじゃ。大阪へ行こう」

その夜半、事態が急変した。

ヤスコは口のテープを外し、脱出の方法を考えていた。外は暴風雨でも襲っているような気配だった。

夜半、表のドアが開いた。ヤスコはナオキが戻ったのだと思い、あわてて口をテープで留め、横になった。どこか様子が違っていた。目を閉じていると、戸が開いた。ナオキと別の体臭がした。ヤスコは咄嗟《とっさ》に上半身を起こした。隣室からもれる灯りの中にいたのは見知らぬ男だった。

「静かにしろ。黙って相手をしとれば痛い目にはあわせない」

ヤスコは這《は》って部屋の隅に逃げ、激しく首を横に振った。

「バカヤロー、誰がその身体を上野から運んだと思ってやがる。少しばかりおとなしくしてろ。どうせあいつは朝まで戻りゃしない。昨日、襲わなかったのを有難いと思え。畜生、我慢させやがって」

男が近づいて来た。

ヤスコは必死で抵抗した。

口のテープを外し、あらん限りの声で、助けて、誰か、助けて、と叫んだ。男はいきなりヤスコの頰を殴りつけた。

トシ、こいつの口を塞《ふさ》げ。そこの手拭いを入れろ、と男が怒鳴った。ヤスコはその時初めて相手が二人なのに気付いた。口の中に何かを詰めようとしている。その指をヤスコは嚙んだ。痛え、この野郎。また右頰が熱くなった。ヤスコは足をバタつかせ抵抗した。最初の男がヤスコの手を摑《つか》んでねじ伏せた。

——こんなことをしたらナオキが許さない、

と言おうとしたが言葉にならなかった。馬乗りになった男の汗が顔に落ちた。やめて、やめて、と首を激しく横に振った。その顔に男は顔を寄せて来た。ヤスコは男の耳を嚙もうとしたが、口が思うように動かせない。

ヒィヒヒヒッと男の奇声に似た笑い声が耳に響く。ヤスコは唸《うな》り声を上げた。このまま死んだ方がましだと思った。舌を嚙みきりたいと思った。

——なぜ、なぜ私だけ……。

ヤスコが目を閉じた瞬間、表のドアの方で怒声がした。

われ何をやっとんじゃ、このカスがぁー。ナオキの声にも思えたが意識が遠ざかろうとする。朦朧《もうろう》とする意識の中で男たちの怒声と物が壊れるような凄《すさま》じい音が響き、床が振動し、悲鳴の声が重なった。最後に聞こえた男の声が、ゆっくりと遠くなる。

ヤメテクレ、頼ム、ヤメテクレ、助ケテクレ……、続いて聞こえた悲鳴とともにヤスコは気を失った。

再び目覚めた時、ヤスコのすぐそばに血だらけの手が見えた。その手のむこうにうつ伏せた男の頭がある。頭髪が黒く光っている。それが血で、男がナオキとわかった時、ヤスコは、口の中の布切れを指先で取り、ナオキの名前を呼んだ。

「ナオキさん、ナオキさん」

ナオキは動かない。

「ナオキさん」

ヤスコは、つながれた足首の痛みに耐え、ナオキの血だらけの指先に触れ、ナオキさん、と声を上げた。指先はピクリともしない。

「ナオキさん、ナオキさん」

大声で叫ぶと、かすかに指先が動いた。

――生きている。

ヤスコは指先を握りしめた。

「ナオキさん、ナオキさん」

ヤスコの声にナオキの頭が動き、何かを探るような音がして、もう一方の手が伸びて来た。その手に鍵のようなものが見えた。

ヤスコはそれが自分の足首をつなぎ止めている鎖にかけられた錠の鍵だとわかった。

ヤスコはそれを取り、素早く足元に上半身を寄せた。なかなか鍵穴に入らない。隣室から唸り声がした。

――急がなくては……。

ヤスコには、最初に聞こえたナオキの言葉が頭の隅に残っていたので何が起こっていたのかは想像がついた。〝何をやっとんじゃ〟ナオキは状況をすぐに察知したのだろう。

錠を開き、ヤスコは立ち上がった。隣室を見て、ヤスコは目を見張り、一瞬、息を止めた。数人の男が倒れていた。畳の上におびただしい血がひろがっていた。ナオキはうつ伏せて動かない。ヤスコはナオキのそばにあった刃物を取り、両手を縛ったテープを切り落とした。

――今がチャンスだ。

ヤスコは、ナオキの様子を見ながらドアにむかって歩き出した。ドアを出たら一目散に走るのだ。あおむけに倒れ、白目を剥いている男もいた。死んでいるのかもしれない。

――かかわってはいけない。放っておくのだ。

ヤスコは奥の部屋にうつ伏せているナオキをちらりと見た。

その時、冷蔵庫の前に倒れていた男が呻《うめ》き声を上げた。

野郎、ただじゃおかねえぞ、殺してやる……。男は立ち上がろうとしていた。ヤスコはもう一度、奥の部屋のナオキを見た。うつ伏せたままである。ナオキが自分を助けようとしたことはわかっていた。

――放っておこう。

ヤスコはドアを押して外へ出た。

走り出そうとしたが足が動かなかった。ヤスコは肩で息をした。両手を見ると血がべっとりついている。

――違う世界なんだ。ここに居てはいけない……。

ヤスコは自分に言い聞かせた。

背後で、野郎、と怒声がした。

ヤスコは振りむき、部屋に飛び込んだ。

奥の部屋で男が誰かに馬乗りになっていた。腕を振り上げて殴りつけている。ヤスコは上がり口に落ちていた金属バットを拾い上げ、奥の部屋に突進した。

バットを振り上げると、男が拳《こぶし》を上げたまま振りむいた。

ナオキだった。ナオキはヤスコを一瞥《いちべつ》し、拳を打ち下ろした。呻き声がした。

「片付いた。ここを出るぞ。肩を貸せ」

ヤスコはナオキに肩を寄せ、建物を出た。

「左の道をずっと行けば大通りに出る。タクシーを拾って、新小岩《しんこいわ》の佐々木《ささき》病院へ行けと言え」

ヤスコはナオキの背中に回した自分の右手が粘ついているのに気付いた。ようやく街路灯の下に出て、スカートの右下を見た。血であった。左脇かどこかが傷ついているのだろう。ナオキの顔を見ると、目を見開いているが焦点が定まっていない。

通りに出るとタクシーがすぐに来た。ドアが開き、運転手は二人を見るとドアを閉めようとした。ヤスコはドアを摑み、すみません、事故で怪我をしてるんです、すぐに新小岩の佐々木病院へ行って下さい、お願いです、と懇願した。

タクシーが走り出し、地図で病院の位置を見つけた。

「お客さん、車の中を汚さないで下さいよ。弁償してもらいますからね」

ナオキが耳元で、左のポケットに金がある、十万円出せ、と小声で言った。ヤスコは札束を出し金を数えた。渡せ、とナオキが言った。

「運転手さん、十万円あります。料金とクリーニング代にして下さい」

おい、車を停めろ、といきなりナオキが言った。運転手に後部のトランクからタオルでも布切れでもいいから出せ、と命じた。

汚れたタオルと布切れをナオキは左脇に詰め、ヤスコにおさえておくように言った。

「車はちゃんと走っているのか？」

ナオキが前方を見て言った。目を見開いているのに方角がわからないのだろうか。病院に着くと、白髪の院長が出て来て、またバカなことをしたのか、と毒づいて、看護師に奥へ運ぶように言った。

一番大きな怪我は脇の傷で、肋骨《ろっこつ》が白く剝き出しになっていた。傷は大きく腹から左脇の上部まで達していた。傷口を縫合するまで二時間かかった。縫合の時以外、ナオキはヤスコの手を握りしめていた。


ナオキはやがて眠りはじめた。

麻酔が効いてきたのだろう。

——今なら逃げ出せる……。

ヤスコはゆっくりと自分の手を握りしめているナオキの指をはずそうとした。一本、二本と指がはずれた。三本目の指をはずそうとすると、まるでわかっているかのようにナオキの手がヤスコの手を握りしめた。

もう一度、慎重にナオキの指をはずして行った。あと二本というところで再び握り返された。

——もしかして眠っていないの？

ヤスコはナオキの顔を覗《のぞ》いた。大きな寝息を立てている。たしかに眠っている。

ヤスコはさらに慎重に指をはずそうとした。

その時、ナオキの口から言葉が発せられた。

「ヤスコ……」

はっきりとその言葉は聞こえた。

「……ヤスコ……」

もう一度、ナオキはヤスコの名前を呼んだ。

──夢を見ているのだ……。私の夢って……。

ヤスコはナオキの顔を見た。

その顔は眉間《みけん》に深いシワが刻まれ、苦悩の表情が浮かんでいた。

狂おしそうな顔をしている。殴打されたせいできちんと閉じない右目の黒い瞳《ひとみ》がさまようように動いている。

夢の中に何かを見ているのだ。

──この人は今、私を見ているのだ……。

「……ヤスコ……」

また名前を呼んだ。

その時、完全に閉じていない右目から大粒の涙があふれ、傷だらけの顔を伝って流れ落ちた。

──泣いているのだ。ナオキが泣いているのだ。

ヤスコがこれまで逢《あ》った誰よりも凶暴で、無慈悲なナオキが、切ない表情をして泣いていた。

——そんなにまで、この人は私のことを……。

ヤスコは指をはずすのをやめて、ナオキの顔に指を近づけ、涙をやさしく拭ってやった。

——せめて目覚めるまで、このままでいよう。

とヤスコは思った。

ナオキが目覚めたのは、翌日の午後であった。

ヤスコはベッドサイドで手を握られたままうとうとしていた。

どこかで声がしたのに気付いて目を開いた。

握られたヤスコの手がちいさく揺れている。揺れているのではなく、ナオキが揺らしていた。

「水をくれ」

ナオキが喉の奥から絞り出すような声で言った。

「水ですね。少し待って下さい」

ヤスコはナオキの指を離し、テーブルから吸い飲みを取り、ナオキに水を飲ませた。

ナオキは水を飲み終えると、

「今は夜中か」

と訊《き》いた。

「いいえ」

と答えて、ヤスコは病室のカーテンを開けた。

「午後の三時です。よく眠っていました」

ヤスコの言葉を聞いていないふうにナオキは何度も頭を振り、目を見開いた。

「さっきの音はカーテンを開けた音か」

「そうです」

ヤスコが言うと、ナオキは窓の方に顔をむけた。

「陽が差しているんだな」

「はい」

「すぐ院長を呼べ」

「えっ？」

ヤスコはナオキの顔を見返した。

「すぐに院長を呼ぶんだ」

ヤスコはナースコールのボタンを押して、看護師の応答の声に、院長先生いらっしゃいますか、と訊いた。

ほどなく院長が病室にやって来た。

「おう、目覚めたか。おまえはたいした奴だ。あの傷と出血で、もう平然と起き出したのか」

「院長」

「何だ？」

「目が見えない。目がまるで見えん」

ヤスコはその声に思わずナオキを見返した。

院長はペンライトをナオキの目に当てて、左右に動かし、じっと覗き込んでいた。

「痛みはあるか」

「ない」

「かすかにものが見える時はあるのか」

「ない」

「いつからだ」

「ここに来るタクシーの中ではもう少しおかしかった」

「頭は強く打ったか」

「よくは覚えてないが、顔に何発か喰《く》らった。あとは鈍器のようなものでうしろからやられただろう」

「その時、めまいか何かあったか」

「いや……」

「おそらく一過性のものだろうが、念のため眼科の医者を呼ぼう」

「……」

ナオキはそれを聞いてちいさくうなずいた。

ヤスコは驚いて、ナオキの顔をじっと見ていた。

やはりあの時、タクシーの中で、ちゃんと走っているのか、とナオキが聞いたのは、すでに視力が怪しかったのだろう。

夕刻、眼科医がやって来た。

ヤスコは病室の外へ出ようとした。

「ヤスコ、ここにいろ」

ナオキが険しい表情で言った。それを聞いた眼科医が怪訝《けげん》そうな顔をしてヤスコを見た。よろしくお願いします、と言ってヤスコは窓際の椅子に座って診察を見ていた。

医師はナオキの眉《まゆ》のあたりを丁寧に診ていた。

「この傷は何かに当たったのですか」

「殴られたんだろう」

「そうですか。おそらくこの傷が原因ですね。〝外傷性視神経症〟と思われます。視神経管と言って、視神経が頭蓋骨《ずがいこつ》の中へ入って行くための細い穴があるのですが、そこが圧迫され、視覚に障害が起こる病気です」

「治るのか」

「それはこれから精密検査をしないとなんともいえません」

「このまま見えないということもあるのか」

「あります」

医師ははっきりと言った。


医師が病室を出て行くと、ナオキは天井を見ていた。

そうして時折、ヤスコの方を見たが、すぐにまた何かを考えるかのように天井を見た。

夕食はヤスコが食べさせた。

夜の八時を過ぎた時、ナオキが急に起き上がり、着る物を出せ、と言った。

「そんな身体でどこへ行くんですか」

「大阪へ戻る。このままここにいたら連中が必ず嗅《か》ぎつける」

「その身体で行くんですか」

「ここでくたばるよりはましだろう。支度しろ」

「私は行きません。一緒に生きて行こうと約束した人がいます」

「何だと?」

ナオキの顔色が変わった。

「ならそいつを始末して、おまえを大阪へ連れて行く」

「そんなこと許しません」

「許す？　決めるのは俺だ」

「違います。この二日間、私はいつだってここから逃げ出せたんです」

その時、階下から女性の悲鳴が聞こえた。

「奴等だ。ヤスコ、部屋の電気を消せ。外に連れて行け」

ナオキの手を引いて廊下に出ると、ナオキが、左だ、そこにドアがある、と言った。外へ出た。この階段を下りろ、とナオキが非常階段の踊り場で言った。一階へ下りると、金網の塀の方へ行け、そこを這い上って越えろ……。

ヤスコとナオキは病院の裏手を流れる川縁《かわべり》の壁に身体を寄せるようにして潜んでいた。水深のある川でどっぷり肩まで水に浸《つか》っていた。ずり落ちそうになるヤスコをナオキは左手で抱き上げ、右手で壁の突起物を握っていた。水で浮力があるとはいえ、ナオキは平然としていた。

二人を探す男たちの声がしばらくあちこちでしていたが、やがて静かになった。

「この水の匂いがわかるか？」

ナオキが言った。

ヤスコは首を横に振った。ナオキのパジャマの上着にしがみついていた手を離しそうになる。

「汐《しお》の匂いだ。満潮には汐水が上がっているってことだ。海へ出れば大阪だろうが島だろうがすぐに行けるということだ」

ヤスコは七月とはいえ、寒さに震え出しながらナオキの強靭《きょうじん》さにおそれを抱いた。

ヤスコは急激に身体が冷えるのがわかった。歯と歯が合わさってカチカチと音を立てた。身体が震え出した。

「奥歯を噛んで腹に力を入れろ。寒いと思いはじめたら身体はそうなる。もっと奥歯を噛め」

ナオキの言うとおりにしたが震えは止まらない。やにわにナオキがヤスコの身体を引き上げ、俺の上着の上のボタンをふたつはずせ、と言った。言われたようにすると、一度沈んで上着の中に頭を入れろ、早くしろ。ヤスコは息を吸い込み、水に入ってナオキのパジャマの上着に頭を突っ込んで水面に出た。

もっと近づけ、俺の首を頬とつけろ、そうだ。身体が密着すると、ナオキの胸肌から温《ぬく》もりが伝わって来た。

「あと少しで汐が来る。逆流して来る汐水はぬくいから大丈夫だ。隙間がないようにして力を抜け、目を閉じていろ」

ヤスコは言われるままにナオキの肌に自分の肌をできるだけ密着させた。目を閉じた。震えは止まっていた。ナオキの心臓の鼓動がヤスコの乳房に伝わって来る。

——何をしてるの私は……。

ヤスコはそう思いながら意識が薄れて行った。

目を覚ました時、ヤスコは小船の上にいた。

「おう、目を覚ましたかの？」

老人が笑ってヤスコを見ていた。身体は毛布に包《くる》まれていた。夜が明けていた。

「わしは川漁師だ。もう大丈夫だ。たいした旦那《だんな》だな。同じ漁師だから声に気付いた」

見るとナオキはビニールシートを肩から巻いていた。

「どれ、旦那があの病院に忘れもんがあるそうだ」

「ヤスコ、あと少ししたら病院へ行って来い。服と、金がある。必ず戻って来い。大阪まで行けば放してやる」

「おいおい、連れ合い同士が何の話だ」

ヤスコは逃げて来た道を引き返し、非常階段から病室に入り、川船に戻って来た。逃げるなら今しかない、と一瞬思ったが、ヤスコは必死で川船にむかって川原を走る自分が何をしているのかわからなかった。

その日の午後、ヤスコはナオキと大阪へむかう電車に乗った。


大阪に着くと、ナオキの仲間が駅まで迎えに来ていた。ヤスコを車に乗せようとした。

「私は東京に戻ります」

ヤスコが言うと、いきなりナオキがヤスコの手をまさぐって摑むと、平手で頰を殴打した。ヤスコは気を失った。

また監禁生活が始まった。

東京での監禁とは違っていた。

部屋から逃げ出せないというだけで、縛られることはなかった。トイレも使えたし、身体が洗いたいと望めば見張りはついていたがシャワーを使うことはできた。食事も三度、賄《まかな》いの女性が運んできた。言葉遣いは荒っぽいが皆、根は善い男と女たちに見えた。

「残さんと食べぇや。ようナオさん連れて戻ってくれたね。もっともあんたを探してナオさんは上京したんやしなあ。たんと食べてええ子を産むんや」

この家に住む何人かの男と女はナオキを中心に暮らしているようだった。信じられないことだったが、ヤスコがナオキの子供を産むものだと思っていた。それを当然と思っているようなのだ。

夜になるとナオキはヤスコの部屋にやって来た。

毎晩、ナオキは淡々とヤスコを抱いた。

それはもう犯されているというより、日常のごとく身体がつながっているという感覚だった。

大阪に着いて、最初の夜、ナオキはヤスコの身体の上に乗り、

「ええか、俺の子供を産め。それがおまえのやることじゃ」

ヤスコはそう言われた瞬間、首を横に振った。しかしナオキの目が見えないことに気付いた。口に出して拒絶することを言いたくなかった。ヤスコはナオキに犯されて以来、いっさい声を出さなかった。

それがヤスコにできる唯一の抵抗だと思っていた。

――やりたいようにやればいい。あなたは鬼よ……。

最初はそう胸の中でつぶやいていた。

――今は、そんな感情も湧かない。

なのに必ず涙があふれ出た。

それは、こうして抱かれる度に、剛から離れて行くような気がしてならなかったからだ。

女はサキという名前だった。

話をするきっかけはサキが肌地のクリームを持って来てくれた時だった。そのクリームはヤスコが母から受け継いだもので、〝黒龍《こくりゅう》〟という、昔からあるものだった。

「もしかしてこれじゃないかと思うてたんや。それにこれも買うて来たわ」

と言って口紅を差し出した。

「ナオキが高級品買うて来い、言うよって。あんた口紅くらいナオキのためにつけたらなあかんで」

「口紅はいりません」

「あんた東京にええ人がおったんやて。忘れなあかん。あないにナオキが惚《ほ》れとんやさかい」

「……」

ヤスコは口をつぐんだ。

「もうあんたはその人の所に帰ってもしゃあないよ。ナオキはその人を許せへん。そういう男や。それにあんたかて心底ナオキを嫌うてへん。うちにはわかるわ。そやないと大阪まで連れて来てへんわ。一度ナオキに惚れてしまうと他の男は見えへんようになるねん」

「私は違います」

「何も違わへん。そのうちわかるわ」

サキは言って部屋を出た。

ヤスコは部屋に一人になると、剛のことを考えた。剛があのアパートに戻って来るまでに、私は帰らなくてはいけない。

今日で三週間が過ぎた。生理が止まっていた。まさかとは思うが、ヤスコはナオキの子を宿すことなど想像もしたくなかった。

ヤスコはここを脱出する方法をずっと考えていたが妙案が浮かばなかった。

その夜、ナオキが部屋にあらわれ、ヤスコを抱いて引き揚げようとした時、ヤスコはナオキに言った。

「次の日曜日に教会へミサに行きたいのですが……」

「教会？　そう言やあ、おまえの一家は教会へ行っていたな。わかった。近くの教会を探させよう」

「ありがとうございます」

日曜日の朝、二人の若衆に連れられて教会に行った。二人も教会へ入って来た。

ミサの後、ヤスコは神父に頼んで懺悔《ざんげ》を聞いてもらうことにした。

二人の若衆は何のことかわからず、ヤスコをたとえ神父とでも二人にはできないと言った。

「私は逃げたりしません。懺悔の間、待っていて下さい」

ヤスコは懺悔室に入ると、神父に話をはじめた。

「神父さん、信じていただけるかどうかわかりませんが……」

と自分が拉致され、大阪まで連れて来られ、今も同じ事が続いていることを話し、この数日の間心配になっていた体調変化のことを打ち明けた。

「あなたはその人を愛してはいないのですか」

——愛？　ナオキに対して愛などあるはずがない。

「愛していません」

「その人が目が見えなくなったので助けただけですか」

「はい。それも脅かされて」

「お話を聞いていて、イエスさまがどう考えられるだろうかと考えました。あなたが約束をなさった方もきっと素晴らしい人なのでしょう。しかしあなたの身体の中に新しい生命が宿っているのなら、それはイエスさまのお導きです。それは決して私たちが決めることではありません。イエスさまはあなたはここで生きよとおっしゃっているのだと思います」

ヤスコは涙があふれて来た。

「そ、それがイエスさまのお考えなのでしょうか」

「私はそう思います」

ヤスコは神父に礼を言って懺悔室を出た。

目を光らせて待っていた若衆二人と部屋に戻った。

その夜、ヤスコはナオキに言った。

「東京に私が住んでいたアパートがあります。そこにある私の荷物のいっさいを片付けてもらえませんでしょうか」

「わかった。若い者に住所を教えてやれ」

「家財から何までいっさいあとかたもなく無くして欲しいのです」

「わかった。必要なものはないのか」

「それはその人たちに伝えます。すぐに取りかかって下さいますね」

「明日、東京へ行かせよう」

その夜、ナオキが去ってから、ヤスコは一人でさめざめと泣き続けた。その涙はそれまでの何度も流した涙と違っていた。

もう二度と剛と逢うことはない。

こうすることが剛がこの先きちんと生きて行くためには最良の選択なのだとヤスコは自分に言い聞かせた。

翌春、ヤスコは女児を産んだ。

助産師が取り上げた時、周囲を驚かせるほど元気な赤児だった。

ナオキは大喜びし、祝宴で我を忘れるほど酒を飲み、皆の前で踊りを披露するほどだった。皆がヤスコに祝いの言葉を告げに来た。赤児に命名する折、ヤスコは亡き父が望んでいた名前をつけて欲しいと申し出た。

美香江という名前であった。

「名前か、好きにしたらええ」

ナオキはあっさりと言った。

祝福されて誕生するはずの我ヶ子が誰からも祝ってもらえる子ではないとヤスコは薄々気付いていた。

天使のごとき赤ん坊に嫉妬《しっと》の目を送る女がいた。

サキであった。サキがナオキを好いていることはともに暮らすようになってヤスコはすぐに気付いた。最初のうちサキが何かとヤスコの面倒をみてくれるのを見ていて、サキの微妙な感情に気付いた。

サキの思いが、単なる恋情と違うことがわかったのは、ヤスコの妊娠がわかってからだった。少しずつ大きくなるヤスコのお腹を見る彼女の目つきが変わって行った。

それだけではなかった。サキはナオキと男と女の関係であるのをヤスコは女の勘で察知した。

東京のアパートに若衆を連れて荷物を片付けに行ったのもサキであった。ヤスコはサキに部屋の祭壇の箱の下にレースで隠すようにしてある小箱を持って帰って欲しいと頼んだ。小箱の中には両親から贈られたロザリオとイエスさまの御影《ごえい》、子供の時から読んでいる聖書に、両親からの財産を預けてある銀行通帳が入っていた。

「他にはないの？」

「ありません。すべてを焼却して下さい」

「わかったわ。潔いのやね。フッフフ」

サキの笑いの本意がわからなかった。

サキはヤスコが頼んだとおり、若衆と夜半にアパートに入り、すべてのものをあとかたなく持ち去り、それを東京の夢の島にうち捨てたとヤスコに言った。

ヤスコには小箱の中身だけが残ったが、それを悲しいとは思わなかった。自分の身体の中に宿った赤児がいるだけで、ヤスコは生き続ける希望を持つことができた。

産後の肥立ちも順調であった梅雨入りの或《あ》る日、激しく罵《ののし》り合う声が皆が住む長屋の一軒から聞こえた。

大阪、淀川《よどがわ》沿いの一角にある長屋に住んで一年近くになるが、そんなことはそれまでなかった。

たまっていた鬱憤《うっぷん》が一気にあふれ出したような諍《いさか》いだった。仲間割れをした。ふた家族が長屋を出て行った。

「ヤスコはん、あんたも早うここを出て行き。そやないと母子ともどもええようにされてしまうで」

荷を背負い孫の手を引いた老婆が言った。

――そんなことは……

と思っていたヤスコが甘かった。

すでにナオキはヤスコとミカエの所へ戻らなくなっていた。

突然、数人の男がヤスコの家へあらわれたのは梅雨明けした朝のことだった。

「おい、おまえはわしらの預りになったんや。なんやガキがいるやないか」

「あなたたちは何ですか。ここは私たちの家です」

「何をごちゃごちゃ抜かしてんのや」

「ナオキさんを呼んで来ます」

「ナオキ？　そのナオキがおまえをわしらに売り飛ばしたんや。おまえはあいつの博打《ばくち》の借金のカタなんや。おいガキは放ってまえ」

その言葉を聞いてヤスコは声を上げた。

「この子に指一本でも触れたら許しません。あなたたちと刺し違えても、私はこの子を守ります。ナオキさんがそんなことをするはずがありません。この子はナオキさんの子供なんですから」

ヤスコの剣幕に男が目を剝き、なんやと、そのガキがあいつの子やと、と言ってから、背後の若い衆に何事かを告げた。

「ガキを連れて来い」

ヤスコはミカエと風呂敷《ふろしき》に最小限の荷物を手に男たちに腕を引かれて車に乗せられた。

ミカエはヤスコの腕の中で目を大きく見開きヤスコに笑い返した。

——丈夫な子で良かった……。

ヤスコは思いながら、行き先を見ていた。

その日の夕刻、ヤスコは狭い部屋にミカエと押し込められた。

ミカエにミルクをやり寝かせつけていると、若い男があらわれた。

「仕事や、ガキは置いていけ」

「ダメです。この子とは離れません」

「じゃかましい」

男は平手でヤスコの頰を打った。ミカエが音に気付いて声を上げた。男はヤスコの腕を取り、強引に外へ連れて行った。

「いやです。あの子と離さないで下さい。いやです」

ヤスコが叫び声を上げていると、昼間の男が顔を出し、何を大声を上げとんのや、と怒鳴った。お願いです、あの子を……、とヤスコが懇願すると、男は、仕事を終えたらガキの所に帰したる、おまえらとっとと客の所に連れて行かんかい、阿呆《あほ》んだらが、と口早に言った。

ヤスコがミカエの所に戻ったのは二時間後であった。

その夜、ヤスコはもう二人客を取らされた。

三日目が過ぎた朝、ヤスコは鍵のかかったドアを内から激しく叩《たた》き、見張りの男を呼んだ。

「あの男の人を呼んで来て下さい」

「兄貴は忙しいんや。そんなわけに行くか」

「なら私はここでこの子と死にます」

ヤスコは若い男にミカエを背負う紐《ひも》を見せた。何を考えとるんや、と若い男は言って、ヤスコの手から紐を奪い取った。

「その紐を取っても、死のうと思ったらどんな方法でもあります。早くあの男を呼んで下さい」

「わ、わかった。待っとけ」

三十分後に男があらわれた。

「何や話言うのは？」

「あの人の借金はいくらですか」

「聞いてどないするんや。おまえが金を用意するとでも言うんかい」

ヤスコはうなずいた。

男は表情を変え、千五百万円や、どや？　と笑った。

「払います。払えば私とこの子を自由にしてくれるのですね」

「話がほんまやったら、そうしよう。金を出してみい」

「ここにはありませんが、用意できます」

男がヤスコを見返した。

ヤスコはミカエを抱き、車に乗った。男たちに連れ去られた時からミカエの肌着の間に預金通帳を隠しておいた。

銀行の前に着くと、男がミカエを渡すように言った。ヤスコは首を横に振った。

「あなたが私たちと銀行へ入って下さい」

男はしかたないという顔をしてヤスコたちと銀行へ入った。

ヤスコは払戻請求書を手に窓口に行くと、ミカエの肩から手を入れ、預金通帳を出した。

「おまえは頭のええ女やな」

男が笑った。

ではお待ち下さいと係の女性が番号札を寄越した。

男と二人して並んでいると、男が言った。

「ほんまにおまえは、あのクソタレの女なんかい？」

ヤスコは返答しなかった。

8番の方、と声がして、ヤスコと男は窓口へ行った。

「おそれいりますが、あなたの預金は解約されています」

「えっ、何ですって。何かの間違いです。私は預金を下ろしていません。いつのことですか？」

いきなり男の手がヤスコの腕をつかんだ。

「このガキ、舐《な》めた真似しよって」

ヤスコは声を上げた。

「じゃかあしい。静かにせんかい」

銀行にいた客や従業員が男とヤスコを見たが、男はかまわずヤスコとミカエを外へ連れ出した。

表に出ると男はヤスコを殴りつけた。

ヤスコはその場にうずくまった。男がヤスコの背中を蹴りつけていた。ヤスコは必死でミカエを抱きしめていた。

鏡を見ると顔半分が膨れ上がり紫色になっていた。

それでも客を取らされた。

一ヶ月が過ぎた。

ヤスコは預金通帳の金が誰によって解約されたかを考えたこともあった。おそらくサキとナオキだろう。しかし今はそんなことはどうでも良かった。

――ここを脱出しなくては……。

ヤスコは頭をめぐらせたが、ミカエと二人で出て行く良い方法が浮かばなかった。それでもミカエをこんな場所にいつまでもいさせるわけにはいかなかった。

或る夜、客から酷《ひど》い仕打ちを受けた。

相手が酔ったこともあったのだろうが、ヤスコは声を上げて助けを求めたが、部屋の外にいるはずの若い衆はあらわれなかった。あとでそのことを告げると、兄貴格の川地《かわじ》が若い衆を痛めつけた。

「おめえも縛られたくらいでいちいち兄貴にちくるんやないで、この阿呆ったれが」

ヤスコはミカエをあやしながら、自分にはもう誰一人頼る人がいないのだとつくづく思った。

最初のうちは、なぜナオキが自分と我ヶ子をこんな目に遭わせるのかわからなかった。サキの存在を考えても、ナオキはそこまで非情なことをする人間に思えなかった。それでもここでの日々が続くと次第にナオキのことも考えなくなった。

夏の終りにヤスコは風邪を引いた。客から感染したようだった。ミカエが熱を出した。ヤスコは川地に病院へ連れて行って欲しいと言った。川地は若い衆に連れて行かせると言ったがヤスコは断わった。ミカエが熱があるうちは客は取らないし、この子に何かあったら自分は死ぬと告げた。川地はヤスコとミカエを連れて病院へ行った。熱は半日でおさまり、ヤスコも一日休んだ。休んで、ミカエと病院から帰る時、ヤスコはこの建物の裏手が川になっているのを見た。部屋は二階にあるが、川床が深ければミカエを抱いて飛び込めるかもしれないと思った。トイレに小窓がひとつあった。覗いてみるとやはり下は川だった。衣類を結んで紐をこしらえ、まずミカエを小窓から下ろし、自分があとから窓を出れば何とかなる気がした。

その日の夜明け前、ヤスコはミカエを毛布でくるみ、こしらえた紐に巻き、トイレに入ってミカエを窓からゆっくり下ろした。ミカエが水面ギリギリまで着いたのを確認し、窓から出ようとした時、部屋の外で大声がして何かが壊れる音がした。銃声のようなものも聞こえた気がしたが、ヤスコは必死で頭から窓を出て紐を握った。

ヤスコはどこじゃい、ヤスコ、ヤスコ……。ナオキの声だった。

その時、紐が切れた。ヤスコは頭から川に落ちた。必死でミカエを闇の中で探した。ミカエはすぐに見つかった。抱き上げて毛布を剝がすと泣き出した。

ヤスコは毛布ごとミカエを抱いて川岸まで歩いた。堤まで上り、走り出した。振りむかなかった。

長い堤道だった。走り続けた。前方に一台の車が見えた。人が一人車の脇に立っていた。

「助けて下さい、すみません、助けて……」

そこまで言って、黙った。車のそばに立っていたのはサキだった。

「たいした女やね。そんなボロボロになってもまだ逃げようと言うんかい。まあええわ。手間がはぶけたわ。そのガキをこっちによこしや。そいつがおるからナオキはあんたを忘れられんのや」

サキが近づいて来た。何かを手に持っていた。ヤスコはミカエを抱きしめてあとずさった。ヤスコは堤道を駆け下りた。逃げてもあかんで、二人とも沈めたるわ。サキの声と足音が追いかけて来る。水門があった。ミカエが声を上げて泣いている。水門の先は行き止まりだった。サキが下りて来た。白い歯を見せている。少しずつ明るくなりはじめた空の光にサキの右手に持っていたものが光った。サキが手にしている包丁が、あの長屋で器用に肉をさばいていたものだとわかった。

ヤスコは少しずつあとずさった。川の水面までは五メートル以上あった。ミカエを抱いて飛び込んでも、ミカエが助からない気がした。

「ちょうどええとこへ逃げ込んでくれたわ。二人とも淀川に流したるわ」

ヤスコはミカエを巻いた毛布をきつく締め直した。サキが近づいてくる。ヤスコは少し前傾姿勢になると、

「お力を下さい」

と大声を上げ、サキに頭から突進して行った。背中に痛みが走り、鈍い音がして、サキの身体がよろけた。そのままヤスコは頭をサキの胸にむけ、前へ踏み出した。

アッ、とサキはちいさく叫び、水門から落ちて行った。ドサッと下方で音がした。

ヤスコはそれを見ずに、一目散に堤道に上り、街並が見える方角に走り出した。

ミカエの泣き声が止んでいた。

「ミカエちゃん、ミカエちゃん、大丈夫？」

ミカエが笑い声を上げた。

朝の光の中で、それは天使のように見えた。


ミカエが寝返りを打ってヤスコの方をむいた。

十四歳のミカエの歳の頃はまだあどけなさが残っている。

自分がミカエの寝顔にはまだ夢を抱いていたし希望が見えていた。

ミカエはヤスコの前では気丈にしてくれているし、自分たち母子に降りかかってくるものを黙って受け入れてくれている。しかしそれはミカエの本心ではないはずだ。

――もう逃亡の日々に終止符を打つべきなのかもしれない。

今日まで二人はいつも何かに怯え、安住の場所を手にすることがなかった。

淀川沿いの家を赤児だったミカエを抱いて逃げ出した朝からそうだ。あの家を襲って来たのはナオキとあとで知った。ナオキの視力は快復していた。ナオキがヤスコとミカエを救出に来たのかどうかはヤスコにはわからない。堤道で逢ったサキの話ではそう聞こえたが、本当のところはわからない。ヤスコとミカエを赤の他人に平然と売り飛ばした男が自分を救いに来たとは思えなかった。

ナオキは川地という男とあの家の若い衆に重傷を負わせ、川地は数日後に死んだと聞いた。ナオキは警察に逮捕され、刑務所に送られた。

ヤスコはナオキの下を離れたふた家族を頼り、八尾《やお》で三年暮らした。朝早くから女たちとリヤカーでクズを運んだ。夜は夜で市場の清掃、食堂の皿洗い……と、さまざまな職場でミカエを負《お》ぶって働いた。身寄りのない母子には生き抜くことで精一杯だった。八尾から和歌山、和歌山から明石《あかし》へ転々とし、ミカエが五歳になった時、孫の存在を知った与一が二人を探し当てて来て、松山に家を用意してくれた。

松山に半年住んだ頃、ナオキの仮釈放の噂を耳にした。ヤスコは与一に松山を出て行く旨を話した。理由を訊く与一にヤスコはこれまでナオキがしたことを打ち明けた。息子に言って聞かせると与一は言ったが、ヤスコはミカエと九州、大分へ渡った。温泉宿の仲居として働き、ミカエを幼稚園にやり、ミカエの希望で地元の少年野球チームに入れた。しかし温泉街にナオキらしき男があらわれ二人を探していたと聞き、二人は夜逃げをするように熊本へ行った。

ナオキが逮捕されたというテレビのニュースを見たのは熊本の市場で働いていた時だ

った。

その年の冬、ヤスコはミカエと松山に戻った。

翌春に、ミカエを小学校へ行かせなくてはならなかった。

聖夜の二日前、ミカエの希望もあってヤスコはミカエに洗礼を受けさせた。ヤスコが洗礼を受けたカトリック郡中教会でラチョレ神父がミカエに授けてくれた。

ミカエは小学校に入学し、ヤスコも水産加工工場で働きはじめた。ミカエは地元の少年野球チームに入り、手伝いをしていた。女の子が野球を、と思ったが学校から戻ると、飛んでグラウンドに行くらしい。好きなことを懸命にやればいいと思った。

淡々と日々が過ぎて行くのだが、胸の底にいつかナオキがあらわれる不安はあった。ミカエが中学校に上がり、髪を金髪にして来た時は驚いたが、ヤスコはミカエがしたいようにさせておいた。時折、ミカエが与一のいる島へ行くのは知っていたし、自分の父親がどんな人間かもわかっているようだった。ナオキの従兄弟《いとこ》の市也から話を聞いているのだろう、ナオキは島の若い衆の間ではまだ英雄だった。

或る時、ミカエがナオキのことをヤスコに訊いたことがあった。

「あいつ、ナオキやけどメチャ喧嘩《けんか》が強いんやてね」

「あいつって誰なの？　あなたのお父さんでしょう。名前を呼び捨てにするのもやめなさい。喧嘩が強いことが何になるの。お母さんの工場や町で毎日働いている人の方が、あの人より何倍も偉いわ」

「そうやね。あいつのせいでうちら夜逃げをせないかんかったんやもんね」

——わかっているのだ……。

あれから十四年が経ち——。

去年の秋、与一が取り仕切っていた養魚場が密漁船に根こそぎ襲われ、撃退しようと船を出し、相手にむかって行った島の者が逆に攻撃された。島の男の一人が水死し、与一は半死状態で救われ、九死に一生を得たが、全身不随となり、ヤスコの下にやって来た。

ナオキが出所する噂は聞いていたが、やはり突然、電話の声を聞いた時は動揺した。

ミカエと二人、ヤスコはすぐに町を離れた。それしかできなかった。ナオキは大阪でヤクザと揉めた後、刑務所に入っていたのだ。

しかし、こんなことをくり返していてもしかたない、とヤスコは丸亀の町に着いて思うようになった。

「お母さん、寝なかったの？」

目覚めたミカエが言った。

「そんなことはないわ」

「今日は早い電車に乗るんだったね」

「いいえ、ミカエちゃん。あなた市也さんの連絡先を知ってるでしょう。市也さんに連絡して欲しいの」

ミカエが驚いた顔をした。

「市也さんに連絡をして、ナオキさんにお母さんが逢いたいと言って。その時間と場所を連絡して下さいって」

ミカエはヤスコの顔をじっと見ていた。ヤスコもミカエの顔を見て、最後に笑った。

「わかった」

ミカエがメールを打ち終えるとヤスコはミカエに支度をするように言った。

「さあどこへ行くの？」

「まずは家に戻ってオジイチャンに朝食を出してあげましょう」

「わかった。でもお母さん、怖かったら無理をしなくていいんだよ」

「大丈夫」

二人は丸亀駅に行き松山行きの電車に乗った。ミカエは窓辺に頬杖《ほおづえ》をつき流れる風景を見ていた。

「やっぱりここが故郷なのかな……」

ミカエがぽつりと言った。電車がトンネルに入った。トンネルを抜けると海が朝の光にかがやいていた。ヤスコはまぶしい瀬戸内海を見た。

「そうね。この海も町も、私たちの故郷だね。ごめんなさいね、今まで」

「何が？」

「あなたに辛《つら》い思いをさせてたわ」

「そんなことはないよ」

その時、ミカエの手の中で着信音がした。

ミカエがメールを覗いた。

「あいつが、ごめん、ナオキさんが今日の夕刻、島に来て欲しいって」

「そう。じゃ、オジイチャンに逢って、今日の夕刻、午後の船に乗りましょう」

「うん。島はひさしぶりだな」

「へぇ～、そんなに行ってたの？」

「ごめんなさい」

「いいの。故郷なんだから」

与一はおだやかな顔で休んでいた。やがて物音に気付いて目を開いた。

「今日の夕刻、ナオキさんにミカエと逢います。そこではっきり別れて欲しいことを言います」

与一が急に目を剝いて何事かを言おうとした。

前方に島が見える。

何年振りだろうか、島へ行くのは……。水天宮の鳥居が揺れていた。

栈橋に人影が見える。ヤスコは生唾を飲み込んだ。船が近づくと、人影が市也とわかった。

「ナオキさんは今、沖へ出とるけえ、待っとってくれいうこっちゃ」

市也の顔が曇っているように見えた。

昼間、与一がヤスコに見せた訴えるような表情もヤスコには気になっていた。

「何をしに沖に行ったの？」

「そ、それは漁に決まっとる」

市也があわてて答えた。

「こんな時間にですか？」

「えっ、あっ、そうじゃ。わしもようは知らん。いろいろ質問をするな。網元の家で待っとりゃいいんじゃ」

市也が怒り出した。

ヤスコとミカエは栈橋を渡り、与一の屋敷へ続く坂道を歩いた。何か胸騒ぎがする。

左手に水天宮へ行く階段が見えた。

「ミカエちゃん、水天宮さんへお参りして行きましょう」

二人が階段の方へ行くと、背後で、ど、どこへ行くんじゃ、と声がしたが無視をして階段を上った。

少女の頃、この階段を祖母のミネに手を引かれて上った日を思い出した。

「島の者は皆、この水天宮と龍神《りゅうじん》さまが守ってくれるぞな。ヤスコも守ってもらわんとな……」

境内に立った。左手に石塔の物見櫓《ものみやぐら》がある。そのむこうに傾きかけた夏の陽に海がかがやいている。

二人は社の前に立って手を合わせた。

目を閉じて、祈りを捧《ささ》げた。目を開けようとした時、耳の奥で声がした。何かが聞こえた。えっ、とヤスコは背後を見た。市也の姿はない。空耳か、と目をまた閉じると、

「助けに行きなさい」

とはっきりした声が聞こえた。

ヤスコは目を開け、ミカエを見た。ミカエもヤスコを見ていた。

「今、何か聞いた？」

ミカエがうなずいた。

「何って？」

「〝助けに行きなさい〟って」

ヤスコはミカエの手を引き走り出した。

市也を訪ねたヤスコは、彼に詰め寄った。

「市也さん、ナオキさんは沖に何をしに行ったの？　何があったの？」

ヤスコの剣幕に市也はあとずさった。

「何を隠しているの。ナオキさんが沖へ行った理由を話しなさい」

「与、与一さんの仇討《かたきう》ちじゃ。去年、島の養魚場を襲った連中がまたここいらをうろうろしとる情報が入ったんじゃ。兄貴も昔、浅草でやられた相手じゃと言うとった。二日前に新居浜《にいはま》の漁場がやられた。その船を見つけたという無線が入ったんで若い衆が皆、船を出したんじゃ」

ヤスコは、市也の言葉の、昔、浅草と聞いて、あの連中の残酷さを思い出した。

「なあーに、大丈夫じゃ。今回は兄貴がおるけぇ。そ、それに兄貴はピストルを持っちょるんじゃ」

――ピストル……。

「馬鹿なことをしてはダメ。そんなことをしたら生きて戻れなくなるわ。すぐに漁協へ行って海上保安庁に連絡しなさい。何をしてるの。島の衆が皆襲われてしまうのよ」

ヤスコは漁協にむかって走り出した。ミカエも後に続いた。ヤスコは走りながら、なぜあの男たちがわざわざこんな遠くの海まで、と考えると、あの浅草でナオキが密漁の手先をしていたことがわかった。

島の男たちが束になってかかっても倒せる相手ではない。

漁協に飛び込んだ。老人が一人座っていた。

「何ですかいのぅ?」

「す、すぐに海上保安庁に連絡をして下さい。島の養魚場を襲いに密漁船が東京から来ているんです。その密漁船を迎え撃とうと与一の息子のナオキさんと島の衆が沖にむかっているんです」

「何の話をしとるんじゃ」

老人がぼんやりと言った。

「無線はどこにあるんですか。あっ、あれですね」

ヤスコが無線機の前に座った。

「こら何を勝手なことを……」

「ええから、さしちゃれ」

入口に立っていた市也が怒鳴った。

すでに陽は落ち、海は暗くなっていた。

漁協の老人が無線のスイッチを入れた時、奇妙な音が聞こえた。乾いた音だった。

「何の音、今の音は?」

ヤスコは市也を振り返った。

「銃声じゃ」

市也が顔色を変え、表に飛び出した。ヤスコも表へ走った。漁協の駐車場の隅へ走った市也が闇の海を見ていた。

続いて何回かの音がした。

「来やがったんじゃ、あいつらが養魚場へ」

市也が声を上げた。

その時、耳を劈《つんざ》くような爆発音がした。

「何、何の音？」

「発破《はっぱ》じゃ、若い衆が発破を、ダイナマイトを持って行くと言いよった」

「いったい沖で何をしとるんじゃ」

漁協の老人が心配そうに言った。

「市也さん、すぐに養魚場へ行きましょう。船を出して下さい」

「わしは島を抜けた者じゃから船なんぞ……」

「わしの船を出そう」

老人が言った。

皆、島の船着場へむかって走り出した。

沖にむかって船が出発した。前方にむけてライトを点《つ》けているが、周囲は闇である。

船は全速力で二十分余り運航した。

「ありゃ、養魚場のポイントの灯りが見えんがの」

老人が前方を見て首をかしげた。

「あいつら待ち伏せしとったんじゃ。灯りは消しとろうが」

ヤスコも老人も養魚場のあるらしき海を目を凝らして見た。

いきなり乾いた音がして、操舵室《そうだしつ》の窓ガラスが割れた。

「皆、頭を下げろ。船の灯りを消すんじゃ」

市也が叫んだ。

続いて、数回銃声らしき音がした。音のする方から火焔《かえん》が見えた。

「あれじゃ、あれが密漁船の母船じゃ」

市也が指さした方角を見るとかすかに船影が見えた。かなり大型のクルーザーに見える。

左前方の方から叫び声がした。

ナオさん、ナオさん、もう放っとけ、兄貴、戻って来てくれ……。

「お母さん、あそこ、あそこに人が」

ミカエが海の一ヶ所を指さして叫んだ。

ヤスコは黒い海の中を泳ぐ人影のようなものがかすかに見えた。ナオキに思えた。人影は少し先に停泊しているクルーザーの方角にむかっていた。

「あそこに行って下さい。あれはきっと……、お願いです」

「何を言うとる。むこうは武器を持っとるんじゃぞ。こっちがやられてしまうがの」

老人が言った。

その老人の腕を摑んでミカエが叫んだ。

「お願い。お願いだから、あの人を、父さんを助けて」

「……」

老人は返答をしない。

「もうえが、わしがやる」

市也が操舵室に飛び込んだ。船が動き出した。汐の流れが速いのか、誰もが、人影に近づけない。

「どこじゃ、兄貴は、どこじゃ」

市也が船の灯りを点けた。先刻までいたはずの人影が消えていた。

「あそこ、あそこよ」

ミカエが右手を指さした。

市也が船をそちらにむけた。サーチライトの中に人影が浮かんだ。

やはりナオキである。何かを背負《しょ》って泳いでいる。

「ナオキさん、ナオキさん、戻って下さい」

ヤスコが大声で言った。

「父さん、父さん」

ミカエが叫んだ。

その時、人影がこちらを振りむいた。

ナオキの顔がはっきりと見えた。

「父さん、父さーん、帰って来てー」

ミカエが叫んだ。

ナオキはミカエの方を見た。その顔に、かすかに白い歯が見えた。

銃声がして、ナオキのそばの水面が飛沫《しぶき》を上げた。

「市也さん、灯りを消して」

灯りが消えても銃声は続き、ヤスコたちの船にも銃がむけられた。

三十分後、大爆音とともに停泊したクルーザーが火柱を上げて傾いた。

空っぽの棺で簡素なナオキの葬儀が終り、ヤスコとミカエは荷物をまとめ島の桟橋に出た。

迎えのフェリーから市也たちに担架に乗せられた与一が下りて来た。与一が唸り声を上げ、担架がヤスコとミカエの前で止まった。

ヤスコは与一を見た。ヤスコが微笑むと、与一がかすかにうなずいたように見えた。

――お元気で、私はあなたもナオキさんも恨んでいません。

ヤスコは胸の中でつぶやいた。

「ジイチャン、また遊びに来るから、早く元気になって」

ミカエが与一の手を握って言った。与一の目から大粒の涙があふれ出した。その涙が一人息子を亡くした涙なのか、孫娘と別れることの涙なのかヤスコにはわからなかった。

ヤスコは二度と島へ来るつもりはなかった。船のデッキに立っても島を振りむかなかった。手に持ったバッグの中に、ナオキがヤスコにあてて持ち帰ったというお金が入っていた。この先ヤスコとミカエが生きて行くには有難い金額であったが、この重さがナオキの、あの波乱の人生の重さとは思えなかった。

ヤスコは家に戻り、与一のいた部屋を片付け、部屋を掃除し、祭壇を新しく整え、ミカエを松山の寮へ送り出すと、一人で海へ出た。自分のこころが空っぽになっているのを、ナオキの死を見た後から感じていた。

あの時、サーチライトに照らされた海面でミカエの声を聞き、ナオキが白い歯を見せた気がした。あとでナオキが何発かの銃弾を受けていたと聞かされた。速い汐の中をクルーザー目指して必死で泳いでいたので痛みに歯を食いしばっていただけなのかもしれない。でもあれはナオキがヤスコとミカエに笑い返したようにしか見えなかった。自分たちに残した金のことを考えると、ナオキはヤスコたちに別離を告げるために島に戻って来たように思える。しかし自分たち母子を売り飛ばし、乳飲み子のミカエにも死ぬような思いをさせた男がそんなことをするのだろうか。そうだとしたらいっときでもあんなに憎み続けていた感情は何だったのだろう。

――どうして笑ったの？

ヤスコは沖合いを行く船影を見た。

自分がずっと東京を見ているとヤスコはわかっていた……。

ヤスコは水産加工工場へも連絡を取らなかった。

こんな空虚な感情を抱いたのは初めてのことだった。

一週間が過ぎ、ミカエが松山から帰って来た。

「どうしたの、急に？」

「何でもないけど、お母さん、元気がないから。工場に連絡しても来てないって言うし」

「そうだったの。ごめんなさい。少し疲れただけよ」

「そうかな……」

ミカエが言った。

「どうして？」

「いやなんとなく……。そうだ。お母さん、私、もう一度野球をやっていい？」

「ええ、かまわないわ」

ヤスコはミカエを見直した。どこか顔がかがやいているように見えた。

「じゃ、これからグラウンドに行って来る」

ミカエは支度をして家を出た。そうしてすぐに戻って来た。

「忘れ物？」

「違う。市也さんがむこうの原っぱにいる。少し酔ってるみたい。家の方を見てた」

「大丈夫よ。あの人は親戚《しんせき》だもの。それに私はもう大丈夫なの」

「そうなの？」

顔を覗き込むミカエに笑って、早くグラウンドに行くように言った。

ヤスコが裏木戸から出ると市也は家のそばにいた。

「どうしたの？　ここに用はないでしょう」

「兄貴が持って来た金をもう少し分けてもらおうと思ってよ」

「与一さんの分とあなたの分は渡したでしょう。あとはミカエのものだから」

「なしてミカエが兄貴の金をもらわにゃならんのだよ」

「当たり前でしょう。ミカエはあの人の娘よ」

ハッハハハと市也が大声で笑い出した。

「何がおかしいの？　お金も渡すつもりはないし、警察を呼ぶわよ」

「ミカエは兄貴の子供じゃねえよ。兄貴は種無しじゃ。ガキの時、高熱を出した病いがもとで、そうなったんじゃ」

「市也さん、今、何《なん》と言ったの？」

ヤスコは市也が唐突に口にした言葉をたしかめるように訊いた。

「だから、兄貴には子供はできないと言ったのよ」

「何をいい加減なことを言ってるの？」

「いい加減なもんか。ほれ、あんたも知っとるだろう。兄貴が大阪におる時におったサキという女。あいつがきちんとたしかめたんじゃ」

「出鱈目《でたらめ》は言わないで」

「出鱈目なものか。兄貴も自分の口でそう言うとった」

「ナオキさんが？」

「そうじゃ。そやからミカエは兄貴の子供じゃないんじゃから、その金の取り分をよこせと言うとるんじゃ」

「……」

ヤスコは酔っている市也を見ながら、彼の話の信憑性《しんぴょう》を計ろうとした。しかし混乱して何と返答していいのかわからなかった。

「ミカエとナオキさんは親子なんです。それはあの夜にはっきりわかったことです。あなたに分けるお金は一銭もありません。帰って下さい。さもないと警察を呼びますよ。酒に酔って嘘八百を口にして、人には言っていいことと悪いことがあるでしょう。早くここから出て行って……」

ミカエが顔に泥をつけて家に戻ってきたのは夕刻の七時過ぎだった。

「お腹すいちゃった」

ミカエの口調からは、彼女がひさしぶりに楽しい時間を過ごした興奮が伝わって来た。

「だと思って、好物のハンバーグを作っておいたわ」

「ヤッター」

ミカエが跳び上がった。

その仕草を見て、ヤスコは凍っていた。

ヤスコは市也が出て行ってから、市也の言葉を反復した。

「兄貴には子供はできないと言ったのよ……」

ヤスコはミカエを産む前にナオキ以外の男に自ら抱かれたことはない。

抱かれた人は唯一、三阪剛だけである。

「初産は予定より少し早く生まれるからね」

ミカエを取り上げた助産師の笑顔がよみがえった。

――まさか……。

その夜、食事を終えてヤスコは裏庭へ出た。見上げると満天の星がきらめいていた。

――まさか、そんなことが……。

ヤスコは北斗七星を見つめているうちに涙があふれ出した。ヤスコは星にむかって手を合わせた。

――イエスさま、どうか教えて下さい。あの子は剛さんの子供なのでしょうか。そうだとしたら、私はどうしたらいいのでしょうか。

星はただかがやくばかりで、背後から波音だけが聞こえた。

ヤスコにもどうしていいのかわからなかった。涙を拭って、家の中に戻った。

ミカエの部屋からテレビの音が聞こえた。珍しいと思った。普段はイヤホーンを付けて音楽を聞いている。カーンと乾いた音と歓声が聞こえた。ヤスコは台所へ行き、買っておいたリンゴを剝いた。リンゴの甘い香りの中で、何かミカエに聞こうと思っていることがあったが、それが何であったか思い出せなかった。

ヤスコはリンゴを皿に入れ、ミカエの部屋に行った。ミカエはテレビの前に座っていた。ブラウン管に一人の少年が映っていた。

「ねえ、お母さん、見てごらん。この子はとても内気な少年なのに、この子からヤンキースの松井秀喜選手のプレーを見たいと言い出したんだって」

ミカエに言われてヤスコも少年の顔を見た。なるほどやさしそうな目は少し内気なのかもしれないと思った。

「これ何の番組なの？」

「ヤンキースに入団した松井秀喜選手の一年目の活躍をドキュメントした番組。番組のタイトルが〝ベースボールの神様に抱かれて〟って言うの。お母さんの好きそうなタイトルでしょう」

ヤスコは野球のことはよくわからなかったが松井というプロ野球選手がアメリカのメジャー野球に挑戦して活躍しているのは知っていた。

「へぇ～、野球にも神さまがいらっしゃるの」

「さあどうなんだろう。チームの監督がいい番組だから観ておけってビデオテープとデッキを貸してくれたの。ねえ一緒に最初から観ようよ」

ヤスコはリンゴの皿を差し出し、テレビの前に座った。

松井秀喜という選手はいい顔をしていた。

「ハンサムね」

「あっ、お母さんもそう思う？　一緒だね」

こうしてテレビを二人でゆっくり観るのも初めてならミカエの口から男の人の好みを聞いたのも初めてだった。

——この子も誰かを好きになり、恋をして、大人になるのだろう……。

テレビに選手の少年時代の写真が映し出された。

「大きな子供だったのね」

「そうだよ、ゴジラだもの」

「何、それっ？」

「ニックネームだよ」

ヤスコは次第にその番組に引かれ、一人の日本人選手が異国で懸命にプレーする姿に感心した。

番組のラストシーンで松井選手が大きくジャンプする姿が映し出された時、ヤスコは思わず涙が出そうになった。

ミカエが拍手をしながら、やっぱりNHZはいい番組を作るね、と言った。

ヤスコはNHZというテレビの局の名前を聞いて、思わず目をしばたたかせてミカエを見た。懐かしい響きだった。

「こ、これNHZの番組なのね」

「そうだよ。だからコマーシャルがないでしょう。ほらテロップにあるじゃない」

テレビには番組制作者の名前が流れていた。ヤスコは何となしにその文字を目で追っていた。

その瞬間、ヤスコは思わず、あっ、と声を上げた。

「どうしたの?」

「ミカエちゃん。今のシーン、もう一度見ることができる?」

「できるよ。巻き戻せばいいだけだもの。どのシーン?」

「最後の、いろんな人の名前が出て来たところ」

いいよ、と言ってミカエが手元のリモコンを操作した。ラストシーンがあらわれ、やがて画面に制作者たちの名前が流れ出した。

ヤスコはまた声を上げそうになり、両手で口を覆った。

脚本、演出、三阪剛、とまぎれもなく剛の名前がそこにあった。

ヤスコは蒲団に入って天井を見ていた。

――あの人は元気にしていたのだ。そうしてあんなに素晴らしいテレビ番組を制作しているのだ。

ヤスコはそれがわかっただけでも良かったと思った。

先刻のミカエの顔がよみがえった。

「ねぇ、面白かったでしょう」

「ええ、とても。野球っていろんなことがあるのね。松井さんという人も尊敬しちゃった。神さまはきっといるんでしょうね」

「それは彼が人一倍練習をしたからよ。明日は早朝練習で早く家を出るからね」

「そう、頑張ってね」

「うん、頑張る。私もいつかメジャーへ行こうかな」

ミカエは立ち上がり伸びをしていた。

ヤスコはミカエの姿を思い浮かべながら、

——もしかして、ミカエは彼女の父親が制作したテレビを観て感激していたのかもしれない。

そう胸の中でつぶやいてから、ヤスコは首を横に振り、

「そんなはずはない。そんなことが……」

と声に出して言った。

ヤスコは混乱していた。

翌日、ミカエを見送って片付けを終えると、ヤスコは一人で郡中の教会へ行った。

ラチョレ神父とはひさしぶりの再会だった。

「お元気でしたか、ヤスコさん」

「はい、神父さまもお元気そうで何よりです。今日は少しお祈りをしようと思ってまいりました」

祭壇の前に跪《ひざまず》くとこころが落着くのがわかった。ヤスコは三時間、祭壇の前で聖書を声を出して読み続けた。

教会の外から子供たちの声がした。隣りの幼稚園が昼食の時間になったのだろう。

ヤスコは立ち上がり、神父に挨拶《あいさつ》しようとしたが姿がなかった。

表に出ると、秋の空は青く澄んでいた。

ヤスコは教会の脇に聳《そび》える樫《かし》の木を見上げた。少女の頃、こうしてこの木を何度も見上げた。背後から声がした。神父だった。

「木は人のように歩けない分、しっかりとしていますね。私たちも見習わなくては……。ヤスコさん。何か心配事でもおありですか」

「えっ、どうしてですか」

「あなたの様子を見に何度か扉を開けましたが、一生懸命に聖書を読んでいました。もし主とお話をするのに私の力が必要なら……」

ヤスコは神父の顔を見た。

神父は笑ってうなずいた。

ヤスコはすべてを打ち明けた。

神父は静かに語りはじめた。

「私たちは皆イエスさまの子供です。あなたとミカエさんが、どんな苦難に遭いながらもこうしてこの教会に戻ることができたのもイエスさまのお力でしょう。天に召されたナオキさんもあなたたちが元気にしているのをきっと喜んでいらっしゃいます。大切なのはあなたたちが主の下で誠実に生きることです。その誠実に生きるために、遠い日離れ離れになった方と逢われる運命があるのなら、イエスさまはあなたたちと逢うようにお力を下さるでしょう。すべてはイエスさまが教えて下さいます」

ヤスコは家に戻ると、浜へ出た。

松山に帰ってから何度となく立った場所である。沖合いに東上する船影が見える。東上する船影を見る度にヤスコは東京の街のことを思った。十五年間、一度として思わない日はなかった。それは誰にも、いやヤスコ自身も口にすることはなかった。今の自分がこうなったことをヤスコはしかたなかったことだとは考えなかった。どうにかできたはずだ、と今も考える時がある。勇気が、決断力がなかったのだ。ミカエを身籠《みご》もってからは、まだ見ぬ我ヶ子のために生き抜くことだけを考えて、どんなことにも耐えて来た。ミカエが誕生し澄んだ瞳を見た時、この子は自分にとっての天使だと思った。ナオキが父らしいことをしなくても気にはならなかった。しかし、乳飲み子だったミカエを連れていたヤスコが借金のカタに男たちに預けられた時は、ヤスコは訳がわからず、ナオキもそうだが、自分たち母子だけがどうしてこんな目に遭うのかと奈落《ならく》に堕《お》とされた気がした。

あの夜明け、ナオキが本当に自分たちを助けに来たかどうかもヤスコには今でもよくわからない。しかし与一をあんな目に遭わせた者へ立ちむかうために帰島したナオキが残してくれたお金とボストンバッグの中に入っていたロザリオがナオキの夫として、父親としての行動なのだと納得した。

――それが今になって……。

真実がどこにあるのかヤスコにはわからない。身体を売らなくてはならなかった以前、ヤスコがどんなかたちであれ、身を預けることになったのはナオキと剛だけだった。

――そんなことがあるのだろうか。

〝すべてはイエスさまが教えて下さいます〟と神父さまはおっしゃった。

――十五年という歳月が過ぎているのだ。

ヤスコは剛の下を去った自分の行動を裏切り行為と思っている。そう自分に言い聞かせなくては生きて行けなかった。

ミカエが一人前の女性になるまで生き抜くのだ。それを運命と決めて踏ん張って来た。それでもヤスコの人生の中で唯一ひかりかがやいていた剛との日々はこころの隅から決して消え去ることはなかった。

――もう二度と逢うことはない。自分に剛に逢う資格などない。

ナオキに拉致されてからの一ヶ月は、どうにか逃げ出し、あの部屋に辿《たど》り着き、剛を迎えるのだと思っていた。

妊娠がわかり、ほどなく剛が帰京する日が近づいた時、ヤスコは決心した。

「ええで、ようわかるわ、あんたの気持ち。何ひとつあとかたもなくしたげるよって。それが誠意と言うもんや」

サキの言葉にうなずいたが、その夜、ヤスコは自分は二度と剛に逢えないと思った。

それが……、偶然にしても、ミカエが観ていたテレビの番組に、あの人の名前を見つけた。

動揺した。再会を望んでいるわけではなかった。十五年という歳月の大きさはミカエの成長が教えてくれている。

——あの人のことだ。こんなひどい仕打ちをした女のことは忘れて、きっとしあわせにしているはずだ……。

そう思ってから、ヤスコは自分がそんなことを考えることさえ、自分に許されないことだと思った。

目の前の瀬戸内海が夕陽に染まろうとしていた。

「やっぱりここだ。そうだと思った」

振りむくと、ジャージ姿のミカエが笑って立っていた。

その笑顔を見た瞬間、ヤスコはミカエに訊こうとしていたことを思い出した。

「そう言えばミカエちゃん、島の水天宮にいた時、お母さんと顔を見合わせたのを覚えている」

「よく覚えてるよ。お母さんも聞いたんでしょう、あの声を……」

ヤスコはミカエの顔を見ながら目をしばたたかせた。

ミカエには幼い頃から奇妙な声を聞くという癖があった。

ミカエは活発な子供だったから、よく走り飛び跳ね、ヤスコがハラハラすることがよくある少女だった。危ない場所にも笑って立つことがよくあった。もっと危険な時があった。

それはミカエが六歳の時、浜から遊びに出る船に乗ろうとして泣いて帰ったことがあった。近所の若衆が乗せてやると言い、瀬戸内海で時折、起こる満潮を見物しようという船だった。

「どうしたの。アンちゃんたちに船に乗せてもらわなかったの」

「ダメだった。乗っちゃダメだって」

ミカエは口惜《くや》しかったのかベソをかいていた。

「アンちゃんたちも忙しくて子供を乗せるのが大変だったんでしょう」

ヤスコはミカエの頭を撫《な》でて笑った。

ところが夕刻、表へ出ると、満潮見物の船が事故に遭ったと言う。ヤスコは驚いた。見物に来た船同士が衝突し、大人二人が行方不明だった。捜索船を待つ篝火《かがりび》が浜で焚《た》かれた。ミカエには教えなかった。

その夜、ヤスコはミカエに小声で訊いた。

「ねえ、今日、ミカエちゃんに船に乗っちゃダメと言ってくれたのはどこの人？」

「どこの人でもない。時々、私にささやいてくれる人」

「本当に？　いつも話してくれる人の声なの」

ミカエはうなずいた。

ヤスコは少し心配になったが、その声がイエスさまであって欲しいと思った。

「どんな声？」

「明るい声だよ。でも今日は怖かった」

「怖かったの？」

「うん、絶対にダメだって、怒ってた」

「そう。これまで聞いたのはどんな時？」

あとはたわいもないことだったが、それでもヤスコは誰かがミカエを助けてくれていると思うようにした。

一度、医者に相談すると、幼少期には、時折、そういう声を聞いたりすることがあり、いずれなくなるだろうと言われ、安心した。

水天宮では、その声をヤスコも聞いた。

——どういうことなのだろう……。

それでもヤスコは養魚場へ船で出て、ナオキの最期の姿を見ることになった。それが何を意味するのかヤスコにはわからなかった。

その日、ヤスコはミカエと二人で松山へ出かけた。ミカエの友だちが出場する少年野球の試合を一緒に観戦しに行った。以前、松井秀喜選手の番組を観て、ヤスコも野球に興味を抱き、彼のその後の活躍を応援していたからだ。

ミカエにルールを教えてもらいながら観戦していると、野球の面白さがわかって来た。ヤスコは野球の織りなす音色を好きになった。ボールがグローブにおさまる音。掛け合う少年たちの声。そして何よりカーンと空から響き渡る打球音。その音を聞くとこころが晴れやかになった。

「野球っていいわね」

「でしょう。神さまがこしらえたスポーツだからね。ほら観たでしょう、前に、あの番組」

あれからミカエと、あのビデオを二度観た。観る度に、最後のテロップに出る三阪剛の名前にどぎまぎした。

——こんなんじゃダメ。きっとしあわせに暮らしてらっしゃるはずだから……。

ヤスコは自分に言い聞かせて暮らした。

高校に入学して、野球を続けたミカエは四国でも有名な投手になっていた。

試合は惜しくもミカエの友だちのチームが敗れた。ベンチに挨拶に行ったミカエを待っていると秋の青空が球場を包んでいるのがわかった。ヤスコは背伸びをした。昔、どこかでこんなふうに背伸びをしたことがある気がしたが、どこでだったか思い出せなかった。

ミカエが走って来た。片手に何か持っていた。それを笑って振っている。

「ねぇ、母さん、準優勝のご褒美の元湯の家族券もらっちゃった。帰りに行こうよ」

「あらよかったわね。そうね。温泉もひさしぶりだから、そうしようか」

「ヤッター」

ミカエが飛び跳ねた。ヤスコはそのポーズを目をしばたたかせて見つめた。

路面電車に乗り、道後《どうご》温泉駅で降りると大勢の観光客で駅周辺はあふれていた。

「すごい人だね。今、〝坂の上の雲〟のキャンペーンをやってるからだね」

二人は元湯の木戸番に券を出し、タオルと浴衣《ゆかた》をもらい、三階の席に上がった。

「お茶とお菓子もついてるんだね」

二人は浴衣に着替え、湯に入った。

「わあっ、広い。気持ちいいね」

湯の中でミカエが声を上げた。

湯煙りの中で笑うミカエを見ながら、こんなふうに二人で温泉に来たのはひさしぶりで、よくここまでミカエが頑張ってくれたと思った。

――二人で元気に生きて行かなくては……。

ヤスコはミカエと二人で新しい生活をする決意をした。

三階の座敷に戻ると、大勢の観光客がいた。外国人の姿もあった。

二人にお茶とお菓子が運ばれた。ミカエはお菓子を片手でつかんで口に入れて笑った。

「ミカエちゃん。お行儀悪いわよ」

ミカエは赤い舌を出し肩をすくめた。そうしてお茶を一気に飲むと、客たちが外を眺めはじめたので窓辺に行った。

「お母さん、人力車に花嫁さんが乗ってるよ。綺麗《きれい》だよ。見てご覧」

ミカエに言われてヤスコは客たちがむらがる窓辺に行った。外を見ようとして隣りの客の肩に肩が当たった。

「あっ、すみませんでした」

「お母さん、こっちだよ」

ミカエが声を上げた。

「もしかしてサワタリさんじゃありませんか」

その声にヤスコは声のする方を見た。

ヤスコは相手の顔を見て、思わず声を上げそうになった。浴衣を着て、赤い顔をしているが、有名ラグビー選手に似ている顔は、三軒茶屋のアパートの大家の森社長だった。

「いえ、違います。人違いです」

「いや、そうじゃない。あなたはサワタリヤスコさんだ。いや、お元気でしたか」

「す、すみません。私……」

「お母さん、早く」

「娘さんですか」

「は、はい。いいえ、失礼します」

その場から離れようとしたヤスコの手を森が握って言った。

「あなたにもいろいろ事情があったのでしょう。それくらいは私もわかります。私は今日、会社の慰安旅行で松山に来ました。工場の連中も一緒です。あなたに逢ったことは連中には話しません。でもこうしてあなたに逢ったのはきっと縁があったからでしょう。私はあなたに伝えたいことと、渡したいものがあった。伝えたいことは、三阪君がこの春……」

そこまで言って森は鼻を鳴らして涙ぐんだ。

――えっ、あの人に何か？

「あの人がどうかしたのですか？」

「この春、亡くなりました。若いのにね」

ヤスコは思わず森を見直した。

ヤスコはその場に崩れ落ちるように、膝をついた。

――あの人が、剛さんが……どうして。

ヤスコの肩を森がやさしく撫でた。

「一年半前から癌を患っていたらしいんだが、見つかった時はもういけなかったらしい。なのに三阪君は自分で取りかかっていたスポーツドキュメント番組の新作をスタッフには病いのことを隠して作り続けたって話だ。〝ＯＮの時代〟という、そりゃ見事な番組でした。三阪君はずっとあなたを待っていたんだよ、ずっとね。私は彼にヤスコさんはもうどこかで別の人生を歩んでいるはずだからと何度も言ったんだよ。でも良かった。あなたが元気でいてくれて」

ヤスコは声を押し殺すようにして泣きながら森の話を聞いていた。

「お母さん、どうしたの？」

「やあ、お嬢さん、私はお母さんの古い友人なんだ。ひさしぶりに逢ってね」

「あなたがお母さんを泣かせたの。そうなら許さないからね。お母さんはたくさん苦労して来たんだから」

「ミカエ、そうじゃないの。じゃ、失礼します。森さん、お元気で」

「待って下さい。話はもうひとつあるんです。私はあなたの大切なものを預っています。三阪君には内緒でね、ずっと大切に仕舞っていたものです。それを三阪君の亡くなる前に病院に見舞いに行き、謝りがてら話したんです。すると三阪君が、それはまだ預っていて欲しいと言ったんです」

「何のことでしょうか」

「あなたのチェロですよ。あなたの家財道具が一晩でそっくり消えた翌日、なぜかケースに入ったチェロだけが工場の前の道端に落ちていたんです。覚えてるでしょう？」

「私は東京には戻っていません」

「でも家財道具が届いてわかったでしょう」

「すべて私の知らない所で処分されました」

「えっ、どういうことですか」

「森さん、失礼します。逢ったこともどうか忘れて下さい」

ミカエの手を引いて立ち去るヤスコに、

「三阪君はきっとあなたが帰って来るから預って欲しいと言ったんです。待っています」

と声が聞こえた。


ヤスコはミカエと二人で東京駅のプラットホームに降り立った時、自分が少し昂揚《こうよう》しているのがわかった。

二人が上京したのは、ミカエが大学の野球部のセレクションを受けるためだった。夏の終りから東京、大阪の大学野球部の関係者から熱心に勧誘されていたが、ヤスコがそれを望まなかったこともあり、ミカエも野球をしたいとは言わなかった。ヤスコもミカエの本心はわからなかった。高校でも女の子というだけで大きな大会へ出場できなかった。大学野球の関係者はリーグ戦への出場は確約すると言った。それでもヤスコは賛成しなかった。何か他のことを目指して欲しかった。ミカエも従ってくれた。二人の気持ちが少しずつ変わったのは、今シーズン後半の松井秀喜選手のヤンキースでの活躍だった。

じっとテレビの野球中継を観ているミカエを見ていて、ヤスコは複雑な気持ちだった。

そんな時、膝の故障でベンチで過ごすことが多かった松井選手が黙々と練習し、活躍しはじめた姿を二人は見た。

「野球って大変なのね。でも感動するわね」

「……」

ミカエは返答しなかった。ヤスコは赤ん坊のミカエを抱いて逃亡した日々を思い返した。

――この子がいたから私は生き抜くことができた。この子は私の天使だった……。

それを思い出した時、野球に神さまが本当にいるのなら、女の子が一人くらい、天使がグラウンドにいても許される気がした。

「ミカエ、野球をやりたいのならいいわよ」

「本当に？　ヤッター」

二人は東京駅からR大学の野球部のグラウンドがある埼玉県の志木《しき》にむかった。

武蔵野《むさしの》の林の中に美しいグラウンドはあった。さすがに東京六大学野球の名門校だけに、グラウンドも寮も四国の大学とスケールが違っていた。応接室で待っていると、監督と部長が挨拶に来た。挨拶を終えると、ミカエはユニホームに着換えてグラウンドに出た。

ヤスコは応接室の窓からグラウンドを見ていた。大勢の選手がミカエを見ていた。地元でもそうだった。奇異なものを見る目だ。

「耐えられるだろうか……」

敢《あ》えて苦しい道を選ぶ我ヶ子を見るのはやはり辛かった。

――それでも……。

あの人が言っていた言葉がよみがえった。

――それでも、やらないよりやってみた方に何かが生まれる。差しのべた手にしか葡《ぶ》萄《どう》の実は落ちて来ない。

あの人がヤスコに教えてくれた言葉だ。

グラウンドから帰って来たミカエの顔にはどこか達成感があった。ミカエが着換える間に応接室に監督と部長が入って来た。

「素晴らしいお嬢さんですね。私も四十年余り野球をして、選手も育てて来ましたが、男の選手でもあれだけの素質を持った選手は数えるほどしかいませんでした。ぜひ我ヶ校へ入部していただきたい」

監督が興奮したように話した。

「ありがとうございます。私は野球のことは詳しくはありませんので、娘と相談して決めたいと思います」

「よろしくお願いします」

二人が深々と頭を下げた。

ヤスコとミカエはバスで志木駅まで行き、電車で都心にむかった。

「監督さん、とても誉めていたわ」

「今日は何だか緊張しないでのびのびできたから……。でもやはり大変かな」

ミカエの顔が曇った。

三日の予定の上京だった。もう一校勧誘されていた大学があったが、そこは上京の少し前に断わっていた。ミカエがR大学だけにすると決めた。

「どうしてR大学なの？　K大学も名門じゃないの」

「R大学は松井秀喜選手を育てた長嶋監督の母校だもの。ここまでミカエが頑張れたのはゴジラのお蔭《かげ》だもの」

その一言を聞いてヤスコは納得した。

「さああとはお母さんの約束につき合うよ。けど明後日《あさって》の昼間は空けといてね」

海のむこうでメジャーのワールドシリーズをヤンキースは戦っていた。今日のゲームにヤンキースは敗れフィリーズとの対戦成績が3勝2敗になっていた。

次のゲームは一日置いてヤンキースはホームグラウンドのヤンキースタジアムに帰って来る。松井選手はDHでフル出場できる。第2戦でもホームランを打っていた。

「打てるといいな、松井選手が……。起きるといいな……」

「何が？」

「奇跡が……」

ミカエが電車の窓から青い空を見て言った。

その夜、ヤスコはミカエと宿泊している新宿のホテルの近くにあるレストランに行った。

ヤスコがそのレストランの入口に立ってじっと店を眺めていると、どうしたの？　とミカエが訊いた。

「何でもないわ。可愛いお店だなと思って」

「じゃここに入ろうよ」

「お肉が食べたかったんじゃないの」

「もうセレクションも終ったし、体力をつけなくてもいいよ。それにこういう可愛いお店も入ってみたかったの。女の子ですから。いつか誰かとデートすることもあるかもしれないし……」

「そうね。いつかそうして欲しいわ」

窓際の同じ席に座ることができた。

料理を注文すると、飲み物を訊かれた。

「母さん、少しワインを飲もうかな」

「えっ、本当に？　お酒を飲んでいるお母さんを見たことない。私もいい？」

「未成年者はダメ。　お母さんの少しあげる」

「ヤッター」

味も昔のままだった。ワインをひと口飲んだミカエの頬が赤くなっていた。

「東京には何年いたの？」

「一年と八ヶ月かな」

「チェロの勉強してたの」

「勉強するためにアルバイトをしてたわ」

「どんなアルバイト？」

「それは明後日教えてあげる」

「明日はチェロの演奏を聴きに行くんだったね」

「そう、素晴らしい奏者の方だからミカエちゃんも好きになるわ」

「お母さん、私に野球より他のことをして欲しいんでしょう」

「その気持ちはあるわね」

「でしょう。たとえばお母さんが勉強していたように音楽の大学へ行くとか」

「音楽でなくともいいから何か、ミカエさんが人として豊かになるものを学んで欲しいとは思うわ」

「野球は豊かじゃない？」

「わからない……。ごめんなさい」

食事を終えてホテルに帰る道で、ヤスコの視界に私鉄の駅の建物が入った。

何度もこの駅の周辺をぐるぐる回っていた夜がよみがえった。その情景は少しも色褪《いろあ》せることなくかがやいていた。


その夜、寝る前に森社長から届いた手紙を読み返した。

三軒茶屋のアパートを見るのは忍びないだろうから、森社長が以前から一度乗ってみたかった東京湾クルージングの船で食事をしながら逢うのはどうかと手紙に書いてあった。


——偶然だろうか……。

ヤスコは自分が冷静でいられるかどうか自信がなかったが、せっかくの厚意だし、それに従うことにした。

昼間のセレクションで疲れたのだろう、ミカエは寝息を立てていた。

翌日、ヤスコはミカエを連れて上野の森へ行った。昼間の公演のチケットだった。

「野球と違って緊張しちゃうね」

席に着いたミカエが言った。

演奏からミカエが興奮しているのがわかった。

——やはりこの子もチェロが好きなのだ。

そう思うとヤスコは嬉《うれ》しかった。

アンコールは〝鳥の歌〟だった。ヤスコも十数年振りに聴く〝鳥の歌〟に感動した。

ミカエが立ち上がり拍手をしていた。

「恰好いい！」

ミカエは言ってヤスコを見た。ヤスコはうなずき、拍手を送った。

会場を出ると秋の陽は少し傾きかけていた。

「ねえ、すぐそこに少し寄ってみたい場所があるんだけど、いい」

「いいよ」

ヤスコはミカエを連れて東京国立博物館の中に入り、真っ直ぐユリノキの下まで歩いた。そうしてそこでユリノキを見上げた。

「大きな木だね。ユリノキって言うんだ。私が生まれるもっと前に植えたんだね。お母さん、この木を見に来たの」

ミカエは木の下の標示板を読んで言った。

ヤスコはちいさくうなずいた。

耳の奥で剛の声がした。

「十年後、二十年後、いやもっと先まで二人でこの木を見に来ることができるといいね」

その木を今は自分一人で見ている。ミカエにも見て欲しかった。

ヤスコはこの三年間、ミカエが剛の子供かどうかを何度も考えた。正直、わからなかった。それを調べようとは思わなかった。ミカエに失礼だと思った。

木を仰ぎ見ていた頬にひとすじの涙が伝わった。

翌日は早くに東京湾にむかった。

埠頭に立つと頬を撫でる汐の香りが懐かしかった。

以前、事務所のあった建物はなくなっていた。ヤスコたちが乗る予定のクルーズ船も新しかった。

「お母さん、早く乗ろうよ。そうでないと野球がはじまっちゃうよ」

ミカエに手を引かれるようにしてタラップに近づくと、上から声がした。

「やあ、来てくれてありがとう」

デッキから森社長と見覚えのある工場の事務の女性が手を振っていた。

「ミカエちゃん、試合がはじまるよ」

森社長が笑って言った。

船に乗り込み、荷物を部屋に入れ、ミカエが観戦している大型のテレビのあるラウンジルームへ行った。

三十人近いゲストがテレビの前にいた。皆この試合を注目しているのだ。

森社長がゲストの一人に歩み寄り、

「先生」

と声をかけ、何事かを話しかけていた。

背の高い、少し白髪混じりの男は大きくうなずき、ちらりとヤスコの方を見て、すぐに手元に目を移した。そこに一匹の犬がちょこんと座っていた。犬はシッポを振っていた。

犬の目線の先に、ミカエがいた。

昨夜、ミカエが真剣な目で見ていた。

昨夜、ミカエが松井選手のために祈っている姿が浮かんだ。

「神さまはミカエの願いを聞いてくれるかな……。もし打てたらミカエも神さまに誓ったことをできるんだ」

「そうだといいわね。でも大丈夫よ。ゴジラなんだから」

「わあ、お母さんが初めてゴジラって言った」

対戦相手の投手、ペドロ・マルチネスはメジャーで屈指の投手だと解説者が言っていた。対戦成績は決して良くなかったし、ワールドシリーズの第2戦が松井選手に打たれたホームランの、あのボールだけが失投だともインタビューで言い、次は決して打たせないと険しい顔で話したらしい。

正念場はいきなり2回裏にやって来た。

——こんな大事な場面で打てるのかしら、打って欲しい……。もし打てたら……。

ヤスコはその言葉を口にした。

「もし打てたら、ミカエはあなたの……」

スタンドに飛び込む大きな打球だった。鋭いライナー、すべてがファールだった。

——打って欲しい。

ヤスコが胸の中で叫んだ時、声が聞こえた。

「大丈夫さ。打てるよ」

その瞬間、ミカエがヤスコを振りむいた。ヤスコも目を見開いた。今の声をミカエも聞いたのだ。

ヤスコの耳の奥に、その声がもう一度反響するように聞こえた。

「大丈夫さ。打てるよ」

その声をたしかめながらヤスコはミカエにうなずいた。ミカエもうなずき返した。

声の余韻がまだ耳に残っていた。どこかで聞いたような声だった。

「あっ」

ヤスコは思わず声を上げた。

——もしかして、この声は……。

すると、同じ声で違う言葉がよみがえった。

「大丈夫だよ。ボクがいて、ヤスコさんもいるんだから……、大丈夫」

——まさか。

相手投手は懸命に松井選手を打ち取ろうとして全力投球をしている。

そのボールを松井選手が打ち返し、ファールになる度、球場全体にどよめきがする。すでに7球を投げている。

「やはりメジャーで一番のピッチャーだけのことはあるな。打てるかな、ゴジラは」

テレビの前にむらがる男の声がする。

――もしここで打てたら、ミカエはあなたの……。

ヤスコはもう一度、その言葉を胸の先でくり返した。

ミカエは何をこの対決に託したのだろうか。母と子が夢を託していることがヤスコにはひどく神聖な行為に思えた。

画面には必死の顔をした松井選手のアップが映し出されている。

「無理かな。膝の調子も悪いしな……」

「ここで打ったら奇跡になりますね」

背後から森社長の声がした。

相手投手がゆっくりと振りかぶって第8球目を投げた。

それはまるでスローモーションのフィルムを見ているかのように、松井選手のバットがゆっくりと動き出し、白いバットが白いボールをしっかりと芯《しん》でとらえ、弾《はじ》き返された球が、まるで星にむかって行くようにニューヨークの夜空へ上昇して行った。

満員のヤンキースタジアムのファンが、松井選手が、そしてミカエとヤスコが、夜空を昇る白球を見つめた。

打球がライトスタンド上段に吸い込まれた瞬間、すべての時間がはじけた。ミカエがヤスコに抱きついて来た。泣いているのがわかる。なぜかヤスコも涙がこぼれた。

ヤンキースタジアムはファンが総立ちになっていた。

松井選手は次の打席でもタイムリーヒットを打ちヤンキースは2点追加した。ついに豪腕投手ペドロ・マルチネスをマウンドから引きずり降ろし、3打席目でまたもや2打点をあげた。この1試合6打点は一九六〇年のワールドシリーズの記録に並ぶ大活躍だった。

ヤスコは半分夢見心地だった。

――こんなことが起こるのね。野球って本当に神さまがこしらえたスポーツかもしれない。

ヤスコは松井選手のホームランを見た瞬間にこころの中で決めることにした。

――信じることにしよう。ミカエは、剛さん、あなたの子供だと……。

血がつながっているとか、いないとか、そんなことはいい。私が今、こうしてミカエと生きていられるのは、あなたと出逢えたからなのだから。

最後のイニングに近づくと、ヤンキースタジアムは興奮の坩堝《るつぼ》と化していた。ファンは総立ちで松井選手にむかって、M、V、P、と叫んでいた。

「森さん、MVPって何でしょうか」

「世界一を決める対戦で最高の活躍をした選手に捧げる賞のことですよ」

「まあ素晴らしい」

「ヤスコさん、素晴らしいなんてものじゃないんです。もしそうなったら、その賞を日本人選手が受賞するのは初めてだし、こんなことは百年に一度あるかないかの、そう奇跡ですよ。いや私は二〇〇九年にこの目で松井選手の活躍を目にしたことが生涯の誇りになります。私たちは好運です。こんなことが本当に起きるなんて……」

――奇跡が……。そうかもしれない。

MVPのトロフィーを少し恥かしそうに笑ってかかげた松井選手の姿はかがやいていた。

「さあ、昼食にしましょう」

森社長がヤスコとミカエに言った。

ヤスコはミカエと歩きながら訊いた。

「ミカエさん、あなたは松井選手が活躍したら何をすると神さまに誓ったの？」

ミカエは返事をしなかった。

「当ててみましょうか。野球をずっとやらせて下さい……そうでしょう」

ミカエが嬉しそうにうなずいた。

「お母さんは何を誓ったの？」

「それは秘密。お母さんもいいことをお願いしたわ」

「いやだ。私は教えたんだから、お母さんも教えて」

「それはあなたが大人になったら話してあげましょう」

「えっ、そんな先なの？」

「そんな先じゃないわ。あなたは、アッと言う間に大人になる。生きるってそういうことなのよ」

「ふう〜ん」

三人で昼食を摂《と》りながら、ヤスコは森社長とミカエの話を聞いていた。

「お母さんはここでウェイトレスをしてたんだ。森さん、若い頃のお母さんはどんな女の人だったの？」

「今でもヤスコさんは若いでしょう。そうだね。それは美しい娘さんだったよ。ミカエさんに目元が似ているね。あなたもきっと美しくなりますよ。ところで、どうしてそんなに野球が上手くなったのかい。子供の時から誰かに教わったの？」

「子供の頃、男の子たちが野球をしているのを見ていて面白そうだと思ったから仲間に入れてもらったら、何だか上手くできて。一生懸命にボールを追いかけてたら、こうなったみたい」

「じゃ、才能があったんだ。お父さんが野球をやってたとか？」

ミカエは首を横に振った。

「お父さんは海の男だもの。強くて大きい人だった」

「だったって……」

「三年前に悪い奴を捕えに沖へ出て亡くなったの」

「それは失礼なことを聞いて済まない」

「大丈夫よ。それに私は本当のお父さんはもしかして別の場所にいるかもしれないと思ってるの」

ヤスコがフォークを皿に落とした。

「すみません。この子、時々、変なことを言うんです」

「変じゃないよ。野球をはじめてから、私、時々、耳の奥でやさしい声を聞くことがよくあるの。大丈夫だよ、とか、頑張るんだよ、ってね。その人もきっと私のお父さんの一人だと思ってるの」

指先が小刻みに震えるヤスコを森社長が見ていた。

食事が終り、船の中を見物するというミカエと離れて、ヤスコはデッキに出た。午後の陽差しを浴びて沖合いにむかう船は汐風を裂いて勇壮に進んでいる。船首の脇にスタッフとわかる若者が一人、デッキから空を見ていた。空を見つめる若者の背中がどこかものうげで、遠い日の剛の姿と重なった。

「今日は来てくれて、本当にありがとう」

背後から声がして、森社長が隣りに立った。

「いいえ、こちらこそ、ご馳走《ちそう》になってしまって」

二人はデッキチェアーに腰を下ろした。

「来てもらえないかと思ってました」

「私もずいぶんと迷いましたが、ミカエが上京することになって、たぶん最後の機会だと思って……」

「松山で偶然再会して、旅の日程を延ばしてあなたに連絡できるところまで辿り着いた時、私も自分がしていることが果して、あなたにも半ベソ剛にも良いことなのかどうか迷いました。でも私はあの夏の夜に工場の広場で聴いた、あなたのチェロの音色を信じようと思ったんです」

ヤスコは白波立つ海原を見ながら黙っていた。森社長がぽつりと言った。

「でも正直、今もわかりません」

「……良かったと思います。そうでなければ私は一生後悔を続けていたかもしれません」

「……そう、そう言ってもらって私も救われました。半ベソは最後まで、あなたがどこかで生きていることを信じていました。最期を看取ったわけではありませんが、私にはわかるんです」

「今でも申し訳なく思っています。あの人が一番辛かったでしょう」

「それは違う。辛いのは皆同じです。松山で再会した時にすぐにわかりました。私も若い時に伴侶《はんりょ》を亡くしたからわかるんです。別れるために生きる人間なんかいません。出逢えたことがすべてでしょう」

「ありがとうございます」

「礼を言うのはこっちだ。さあ、私の我儘《わがまま》をひとつだけかなえて下さい」

——我儘？

ヤスコは森社長の顔を見返した。

「そうです。老人の最後の我儘です。もう準備してあります。ほれ、丁度、未来のメジャー選手も帰って来ました。ミカエさんがなぜか私には半ベソの面影と重なるんです」

ミカエがこちらに走って来た。

そこはウエディングで使う部屋だった。

ステージの上を見て、ヤスコは思わず目を見張った。

そこに椅子と、懐かしいヤスコのチェロが置いてあった。

「エッー、これってお母さんが演奏するの？　本当に？　お母さん」

ヤスコは首を横に振り、そんなのは無理よ、と笑って答えた。

「ミカエさん、大丈夫だ。お母さんはちゃんと演奏してくれるから、さあ私たちは席に着こう」

正面に二人だけの椅子が並べられていた。

森社長とミカエがその椅子に座った。

ミカエが嬉しそうに椅子に座って手を叩《たた》いた。隣りで森社長も拍手した。

「森さん、本当に無理なんです。もう私の身体にはチェロを弾く私はいないんです」

「お母さん、上手く弾かなくてもいいよ。いつもお母さんが言ってるじゃない。上手くすることより、一生懸命、誠実にやったかって。頑張って下さい」

ミカエは笑っている。

――そういうことではないのよ……。

その時、森社長が立ち上がり、数歩前へ進むと、直立不動の姿勢でヤスコの目をじっと見つめ深々と頭を下げた。その目がうるんでいた。

ヤスコは森社長の表情に胸を突かれた。

ヤスコはチェロを見た。チェロはそこに静かに置いてあった。どんな時も手元から離さずこのチェロと過ごしていた時間がよみがえって来た。

震える指先でチェロに触れた。チェロはそれを待ち望んでいたようにヤスコに身を預けた。

チューニングをはじめるとチェロは少しずつ息を吹き返したように音色を上げた。

「では自信はありませんが一曲だけ……」

「ヤスコさん」森社長が声をかけた。

「何でしょうか」

「できれば〝鳥の歌〟を」

「私も、〝鳥の歌〟がいい。森さん、家にCDがあるんだよ」はしゃいでいるミカエを見ながら、ヤスコは目をしばたたかせ、二人の正面に座り直した。

お腹に力を入れ、両足を踏ん張った。

大きく深呼吸し、周囲に目をやると、窓から差し込んだ光はすでに黄昏《たそがれ》の色彩につつまれ、対岸に点《とも》りはじめた房総《ぼうそう》半島の街灯りがきらめいていた。

ゆっくりと慎重に弓をチェロに触れさせた。ぎこちない音であったが、ヤスコは懸命に演奏することだけをこころ掛けた。

ぎこちなかった音が少しずつ温《ぬく》りをもって来るのを感じた。

この場所で、こんなふうに〝鳥の歌〟を演奏するとは思ってもいなかった。しかしそんな余計なことも忘れて、演奏の中に入り込んで行く自分があった。

奏でながらヤスコはミカエと森社長を見た。それが、正面を見つめて演奏することが、ヤスコが最初に教わった演奏の姿勢だった。

ミカエも森社長も真剣な目をして聴いてくれている。森の肩にミカエが時々もたれかかりそうになる。

ミカエはそれまで見たことがない表情で自分を見ている。森社長はいつしか目を閉じていた。

船はヤスコのチェロの音色をくれなずむ東京湾の秋の波に聴かせながら進んでいた。

——そうだった。この時間に、私は帰りたかったんだ。ミカエを連れて、この時間に帰ることが、今、私にできているのだ。ありがとうございます、森さん……。

ヤスコが森社長の方を見た時、森社長が立ち上がり、ゆっくりと左手へ去った。

——どうしたの？

空いた椅子に目をやると、そこに三阪剛が座っていた。

ヤスコは目を見開いた。剛は静かに笑ってうなずいた。あの屈託のない少年のような瞳が、ヤスコに笑いかけている。

——待ってくれていたんだ……。

剛がまたうなずいた。

その肩にミカエがもたれかかっている。剛の手がミカエの肩を静かに抱いている。

演奏が後半に入った。

——間違えないように、丁寧に弾かねば……。

ヤスコは唇を少し噛んだ。

——この時間に帰るために……。あなたたち二人を連れ、この時間にいることが、私の、私のすべてだから……。

船が外海に出て、大きく傾いた。それでもヤスコはさらに弓を持つ手に力を込めた。

黄昏の東京湾を波を蹴立てて、クルージングの真っ白な船体が美しい音色を奏でながら勢い良く進んで行った。

（完）

解説

池《いけ》上《がみ》冬《ふゆ》樹《き》

深い感動につつまれながら、本書を読まれたことだと思う。目頭をおさえながら本をとじた人もいるだろう。ストーリーもいいが、場面や台詞《せりふ》もいい。文学作品にはストーリーで読ませる小説もあれば、場面や台詞で読ませる小説もあり、作家はみなどちらでも読ませようと試みるものだが、得手不得手もあり、たいていどちらかに傾かざるをえない。二つをかねそなえることは、とても難しいからである。

だが、本書『東京クルージング』は、その両方の魅力をかねそなえている。前半は場面や台詞で読ませ、後半は波瀾《はらん》にみちたストーリー展開で読者を惹《ひ》きつける。だがその後半でも、一つ一つの場面が印象的で忘れがたい。それは至るところに箴言《しんげん》がちりばめられているからである。箴言が大げさなら、人生の妙味を解きあかす言葉といってもいい。その言葉に頁を繰る手がとまり、思いをめぐらせてしまう。頭の中に知識として入るのではなく、心で感じて読んでしまうのである。そして覚えた感慨が心を占めて離れない。

本書を読むあいだ、僕はずっとある詩句を思い出していた。それは「過ぎ去ってしまってからでないと／それが何であるかわからない何か／それが何であったかわかったときには／もはや失われてしまった何か」という黒田《くろだ》三郎《さぶろう》の詩句（「ただ過ぎ去るために」）である。過ぎ去ってはじめてわかるものがあり、それが何であるかをわかったときにはすでに失われているという、誰もが思い至る人生の真実をついている。この後悔と諦念《ていねん》と失意をめぐる詩句は、哀しみを主題にする伊集院静の小説やエッセイによく似合っている。事実、伊集院静は、この後悔と諦念と失意をめぐって、作品の中で、曖昧《あいまい》な何かについてきちんと的確に言葉をあてはめ、人生の複雑な機微と消息を摑《つか》みとり、肯定してくれる。だから感動する。本書『東京クルージング』も例外ではない。

物語は二部構成である。第一部は、作家の私を主人公にしたもので、第二部はヤスコという女性の視点になる。この二人は直接的には関係がないが、それでも大きく太いつながりがある。

作家の私は、ドキュメンタリー番組の仕事で、三阪剛《みさかつよし》という青年と出逢《であ》う。珍しく瞳《ひとみ》の澄んだ純粋な青年だった。松井《まつい》秀喜《ひでき》のアメリカでの活躍を追うドキュメンタリー番組は、締め切りに追われる多忙な生活でも愉《たの》しく有意義で成功をおさめる。ただひとつの心残りは、青年に投げかけた言葉だった。三阪には将来を誓い合った女性がいたが、十二年前に突如三阪の前から消えてしまった。それでも忘れられないでいるという。私は「その人は、今も、どこかで生きていて、三阪君、君以外の人と暮らしています」（五五頁）といってしまったのである。考えてみれば酷い言葉だった。

三阪との付き合いは続いたが、彼は病魔に襲われていたことを私に知らせなかった。若くして彼は亡くなり、彼の死後に手紙を受け取った私は、三阪の過去を辿りながら、行方をくらましたひとりの女性の姿に思いをはせる――。

ある種実験的な作品といえるかもしれない。詳しく説明すると、前半は若きディレクター三阪剛との交流を中心とした作家の私小説であり、後半はディレクターと愛し合った女性ヤスコの苦難と絶望の物語である。分離しているようで、話はきちっとかみあい、前半のテーマがすべて後半で変奏されていく。前半の向日的で明るく語られる事柄が、後半の暗く罪悪感の濃い世界で捉《とら》え直される。具体的にあげるなら、ディレクターと語り合った「神さま」や「天使の分け前」、奇跡という言葉、さりげなく語られる棺《ひつぎ》にまつわる箴言（「人間は棺の中に入ってから、その人の真の価値や人間としての品格が出る」〔二四八頁〕）、カザルスの「鳥の歌」、さらには教会、樹木、星、夕陽のイメージ、繰り返されるヤッターや大丈夫という言葉、そして前半で大きな比重を占める松井秀喜の活躍などが、別の場面、別の文脈で捉え直されて、苦く、ときに厳しい事実をつきつけて、より深い意味合いを付与するのである。

おそらく読者は第二部の中盤の物語にたじろぐかもしれない。女性が味わうことになる残酷で、理不尽で、あまりにも無慈悲な運命が辛《つら》すぎるからだ。でも、読まされてしまう。読まされ、体を熱くして、ひとりの女性の受難の物語を自らにひきつけてしまう。どんなに悲惨で残酷な運命でも、そこには意味があることを教えてくれるからである。

作者は、あるインタヴューで、本書執筆について次のように語っている。「人間は遥か昔から、〝自分と共に人生を歩んでくれる人との出会い〟を繰り返し求め続けています。本書に登場する青年・三阪剛と、三阪と将来を誓い合ったヤスコも、それぞれが未来への希望を持ち、いつか伴侶となる相手とめぐり逢えたらと願いながら生きてきました。異なる場所に生まれ育った二人が、数カ月だけでも気持ちを通じ合わせ、そのあともずっと相手を思い、また人生の支えとして感じられるほどの出会いをすることができた。〝生きる〟ことをテーマにした物語では、どんな結末を迎えるかが重要と思われがちですが、〝もしかしたら最初の出会いが、生きることのすべてなのではないか。そして、そんな出会いができたというだけで、生きるという物語になるのではないか〟と考え、本書を書きました」

この言葉が示すように、本文のなかにも「人と人が出逢うことは、人間がこの世に生きていることの中で、一番不思議で、一番魅力があって、そして何よりも〝奇跡〟に近い出来事だと、私は信じている」（二七頁）とある。「世界は新しい出逢いであふれているんだ。その出逢いをこころの隅で待ち望んでいるのが人間という生きものさ。私であり、君ということだよ」（七〇頁）とも。

このように出逢いの奇跡を謳った物語といえるが、ふたりの人生は決して幸福ではなく、むしろ不幸だろう。男は病気で早く亡くなり、女は犯罪者に拉致されて一時期苦海に身を落とすからである。二人は別れ別れになるが、それでも、作者はそれを〝ごく普通の出来事〟といいきる。「近しい人との別離を否応なしに迎えると、最初は自分だけに哀しみが襲ったと思うのだけど、やがて歳月を経たことで、それがごく普通の出来事だとわかってくる」（一三二頁）と。何と冷徹な見方だろう。でも、それが生きることなのだ。

ある場面では、「私は誰でも他人には見えない傷や痛み、つまり切ないものをかかえて生きていると思う。いや、それをかかえることが生きることだとも思っている。……三阪君、君も、私も、そんなことを平然とかかえて生きていきたいよね」（五八頁）と作家の私が三阪君に語りかけるのだが、それはかつて恩師のいねむり先生から言われたことでもある。「生きて行けば悲しいこととめぐり逢うのが、私たちの〝生《せい》〟です。でも人間がこうして何千、何万年と、泣いたり、笑ったり、怒ったりしているのは、悲しみが終わりを迎える時があるからです。どうかそれを信じて下さい」（一九〇頁）と。

ただ、誤解してほしくないのは、〝悲しみが終りを迎える〟のであって〝悲しみが消える〟といっているわけではないことだ。個人的なことになるが、老夫婦が食事の席で偶然、四十年前に三歳で病気で亡くなった長女の話に及んだとき、二人ともご飯を食べながら涙ぐんだのを見たことがある。いまはなき僕の両親の姿だ。悲しみは消えるのではなく、心の奥底に深く沈殿するだけなのである。歳月が悲しむ経験にとりあえずの終わりをつけてくれるだけである。

実は、冒頭で紹介した黒田三郎の詩句には続きがあり、「それが何であるかわかっていても／みすみす過ぎ去るに任せる外はない何か」と歌っている。多少ニュアンスは異なるけれど、辛い現実を乗り切るには「過ぎ去るに任せる外はない」のである。時間の経過だけしかない。でも、自ら進んで何か求める姿勢をなくしてはいけない。何故なら「差しのべた手の中にしか、葡萄の果実は落ちてこない」（四六頁）からである。本書には未来を幻視するかのような啓示的場面がいくつかあるが（祈りに似た敬虔《けいけん》な書き方が素晴らしい）、幸福を摑むのは、未来へと大きく開かれた心でもあるだろう。

このように、本書『東京クルージング』は、まことに多くのことを教えてくれる小説である。波瀾にとんだ男と女の悲劇的な物語であるにもかかわらず、読後感が温かいのは、人物たちの潔く力強い生き方が、静かに、熱く、胸を揺さぶるからである。伊集院静の代表作のひとつといえるだろう。

本作品はフィクションです。

本書は、二〇一七年二月に小社より単行本として刊行された作品を、加筆修正の上、文庫化したものです。

東京《とうきょう》クルージング

伊集院《いじゅういん》 静《しずか》

令和2年 2月25日　初版発行

発行者●郡司 聡

発行●株式会社KADOKAWA
〒102-8177　東京都千代田区富士見2-13-3
電話　0570-002-301（ナビダイヤル）

角川文庫 22042

印刷所●株式会社KADOKAWA
製本所●株式会社KADOKAWA

表紙画●和田三造

●お問い合わせ
https://www.kadokawa.co.jp/（「お問い合わせ」へお進みください）
※内容によっては、お答えできない場合があります。
※サポートは日本国内のみとさせていただきます。
※Japanese text only

ISBN 978-4-04-109023-7　C0193

角川文庫発刊に際して

角川源義

第二次世界大戦の敗北は、軍事力の敗北であった以上に、私たちの若い文化力の敗退であった。私たちの文化が戦争に対して如何に無力であり、単なるあだ花に過ぎなかったかを、私たちは身を以て体験し痛感した。西洋近代文化の摂取にとって、明治以後八十年の歳月は決して短かすぎたとは言えない。にもかかわらず、近代文化の伝統を確立し、自由な批判と柔軟な良識に富む文化層として自らを形成することに私たちは失敗して来た。そしてこれは、各層への文化の普及滲透を任務とする出版人の責任でもあった。

一九四五年以来、私たちは再び振出しに戻り、第一歩から踏み出すことを余儀なくされた。これは大きな不幸ではあるが、反面、これまでの混沌・未熟・歪曲の中にあった我が国の文化に秩序と確たる基礎を齎らすためには絶好の機会でもある。角川書店は、このような祖国の文化的危機にあたり、微力をも顧みず再建の礎石たるべき抱負と決意とをもって出発したが、ここに創立以来の念願を果すべく角川文庫を発刊する。これまで刊行されたあらゆる全集叢書文庫類の長所と短所とを検討し、古今東西の不朽の典籍を、良心的編集のもとに、廉価に、そして書架にふさわしい美本として、多くのひとびとに提供しようとする。しかし私たちは徒らに百科全書的な知識のジレッタントを作ることを目的とせず、あくまで祖国の文化に秩序と再建への道を示し、この文庫を角川書店の栄ある事業として、今後永久に継続発展せしめ、学芸と教養との殿堂として大成せんことを期したい。多くの読書子の愛情ある忠言と支持とによって、この希望と抱負とを完遂せしめられんことを願う。

一九四九年五月三日

角川文庫ベストセラー